IMMORAL

MAFIAKRIEGE NEW YORK
BUCH ZWEI

MAGGIE COLE

PULSE PRESS INC

Dieses Buch ist frei erfunden. Jeder Hinweis auf historische Ereignisse, reale Personen oder reale Orte wird fiktiv verwendet. Alle Namen, Charaktere, Handlungen und Ereignisse sind Produkte der Fantasie der Autorin. Jede Ähnlichkeit mit tatsächlichen Ereignissen, Orten oder Personen, ob lebend oder tot, ist rein zufällig.

Copyright © 2022 von Maggie Cole

Alle Rechte vorbehalten.

Kein Teil dieses Buches darf in irgendeiner Form oder mit irgendwelchen elektronischen oder mechanischen Mitteln, einschließlich Informationsspeicher- und Abrufsystemen, ohne schriftliche Genehmigung der Autorin vervielfältigt werden, mit Ausnahme der Verwendung von kurzen Zitaten in einer Buchbesprechung.

PROLOG

Cara Serrano

HÄMMER BEARBEITEN MEINEN SCHÄDEL. MEINE KEHLE FÜHLT sich rau an, fast so, als hätte ich längere Zeit nichts mehr getrunken. Ich versuche, meine Augen zu öffnen, aber mein Kopf dreht sich.

Ich kneife meine Augen zu und versuche, es zu stoppen.

Was ist passiert?

Wo bin ich?

Langsam blitzt das Letzte, woran ich mich erinnere, in Bruchstücken in meiner Erinnerung auf.

Uberto schrie mich wegen Gianni an. Ich beteuerte, dass nichts zwischen uns war, aber Uberto wollte mir nicht glauben. Ich konnte es ihm nicht verdenken. Gianni ließ nicht locker und warnte mich nicht nur, mit Uberto Schluss zu machen, sondern bedrohte ihn auch.

Giannis Gesicht schießt mir durch den Kopf. Mein Puls schießt in die Höhe, und ich verfluche mich zum millionsten Mal. Egal wie sehr ich auch versuche, mir einzureden, dass ich mich nicht mehr zu ihm hingezogen fühle, es gelingt mir nicht. Die Zeit hat ihn nur noch sexyer aussehen lassen, was ich nie für möglich gehalten hätte. Er hat sich hervorragend gehalten und ist gut durchtrainiert. Jeder Mann auf Erden würde ihn für seinen Körperbau beneiden. Er ist im Einklang mit den grauen Strähnen in seinem Haar und den winzigen Fältchen um seine Augen, die seine dominante Ausstrahlung nur noch verstärken.

Hör auf, so über ihn zu denken. Konzentriere dich!

Ich lecke mir über die Lippen und frage mich, warum mein Mund so trocken ist und mein Kopf so weh tut. Ich konzentriere mich auf meine nebligen Erinnerungen, aber alles, woran ich mich entsinnen kann, ist Uberto und wie sehr er mir Angst gemacht hat. Ich hatte ihn noch nie so wütend gesehen. Ich habe versucht zu gehen, aber er hat mich nicht gelassen. Und dann erinnere ich mich, wie er mich in die Küche zerrte und mir etwas Spitzes ins Bein stach. Danach wurde alles schwarz.

Wut überkommt mich, als ich verstehe, dass er mich unter Drogen gesetzt haben muss. Dann ersetzt Schmerz die Wut, gefolgt von Entsetzen. Ich kneife meine Augen fester zu und halte die Tränen zurück. Hatte Gianni die ganze Zeit über recht? Ist es möglich, dass er nicht nur eifersüchtig war und versucht hat, mein Liebesleben zu zerstören?

Das wäre das erste Mal.

Es vergehen einige Augenblicke, bis ich meine Gefühle unter Kontrolle bringen kann. Ich muss herausfinden, wo ich bin und von hier verschwinden. Langsam öffne ich meine Augen. Dunkelheit umgibt mich. Als sich meine Augen daran gewöhnen, dringen Geräusche an meine Ohren. Ich erschaudere, als andere Frauen, die alle nackt auf dem Betonboden liegen, sichtbar werden. Ich sehe an meinem unbekleideten Körper hinunter, und eine neue Angst braut sich in mir zusammen.

Ein schriller Ton durchdringt die Luft. Die schwachen Umrisse von drei Männern werden im Eingang zu diesem Raum sichtbar, die durch eine Metalltür treten. Ich setze mich auf, schlinge meine Arme um meine Knie und versuche, mich zu schützen.

Einer der Männer stapft auf mich zu. Ich weiche zurück, schaue zu Boden, bete, dass er nicht meinetwegen hier ist, aber zittere vor der plötzlichen Kälte und der Angst. Aber dann sehe ich seine Schuhe – glänzende, italienische Designer-Slipper. Ich rieche den Moschusgeruch seines Parfüms und weiß, wer es ist.

Uberto.

Wie konnte ich nur übersehen, dass er so boshaft ist?

Warum habe ich nicht auf Gianni gehört? Seine Warnungen nicht beherzigt?

Was wird er mit mir machen?

Er hockt sich vor mich, packt mein Kinn und reißt es hoch, sodass ich seinem Blick nicht ausweichen kann. Meine Lippen beben, und Tränen entweichen meinen Augen und gleiten schnell über meine Wangen. Er gräbt seine Finger in meine Haut. Ubertos abgestandener Atem erinnert mich an jemanden, der seit Stunden getrunken hat. Das Rot in seinen Augen bestätigt meine Theorie. Seine Stimme zeugt von seiner Wut, aber er ist so ruhig. „Du hast dich so gut geschlagen, Cara."

Ich starre ihn an und weiß nicht, was er meint.

Er lehnt sich näher an mich heran. Ich versuche, zurückzuweichen, aber er hält mich fest. Seine Lippen berühren mein Ohr, und ich zittere noch mehr, als er sagt, „Da du eine Hure bist, wirst du den Rest deiner Tage als eine solche verbringen."

Die Worte bleiben mir im Hals stecken. Ich verstehe nicht, was er meint. Irgendetwas sagt mir, dass ich es nicht herausfinden will.

Er gräbt seine Finger tiefer in meine Haut. Ich zucke zurück und er grunzt. „Du hättest es dir zweimal überlegen sollen, bevor du mich mit einem Marino betrügst." Er lässt mich los und steht auf.

Ich packe sein Bein. „Uberto! Bitte! Ich habe nie …"

„Halt die Klappe!", schreit er, zieht sein Bein zurück und geht.

„Uberto!", rufe ich ihm hinterher, aber meine Stimme ist schwach dank der Drogen, die er mir gegeben hat.

Ein anderer Mann kommt herüber und reißt mich vom Boden hoch. Mein Verstand sagt mir, dass ich kämpfen soll, aber meinem Körper fehlt die Kraft dazu. Er führt mich zu einer Wand, an der andere Frauen nebeneinander stehen. Bevor ich begreifen kann, was los ist, werde ich erbarmungslos mit kaltem Wasser übergossen.

Ich schreie, genau wie die anderen Frauen.

Alles geht ineinander über. Mir wird befohlen, mein Haar zu waschen, meinen Körper zu waschen und mich abzutrocknen. Die Männer führen uns in einen Umkleideraum, wo eine andere Gruppe von Frauen bereits wartet.

Diese Frauen sind nicht nackt. Ich bitte sie, mir zu helfen, aber sie vermeiden den Blickkontakt. Eine von ihnen föhnt und stylt mein Haar. Sie legt mir mehr Make-up auf, als ich es gewohnt bin zu tragen. Einer der Männer befiehlt mir, ein Paar High

Heels anzuziehen. Er legt mir ein Halsband mit einer Leine um den Hals und schubst mich aus dem Zimmer.

Ich trete durch dieselbe Tür, durch die auch Uberto gegangen ist. Der Mann zwingt mich die Treppe hinauf und einen langen Flur hinunter. Das Geräusch von Männern, die reden und lachen, erfüllt meine Ohren. Zigarrenrauch weht in meine Nase und wir bleiben vor einem Vorhang stehen. Er packt mich mit der Faust in den Haaren und zieht so stark daran, dass mein Nacken schmerzt.

„Au!", platze ich heraus.

Er richtet eine Pistole auf meinen Kopf und knurrt, „Geh auf die Bühne. Wenn dir befohlen wird, dich umzudrehen, gehorchst du. Was auch immer man dir sagt, tust du. Hast du verstanden?"

Mein Puls rast so schnell, dass mir schwindlig wird. Ich antworte nicht.

„Antworte mir", bellt er.

Ich zucke zusammen. „J-ja."

Er trennt den Vorhang und schiebt mich vorwärts.

Die Lichter sind hell. Ich bleibe stehen und blinzle, um mich an meine Umgebung zu gewöhnen.

„Stell dich auf das X!", knurrt er.

Ich gehe ein paar Schritte und positioniere mich auf dem aufgeklebten X. Als ich aufschaue, erstarre ich vor Entsetzen. Der Raum ist voll von Männern, die herumsitzen, Alkohol trinken und rauchen. Einige der Männer haben nackte Frauen auf ihrem Schoß. Verängstigte Mienen starren mich an. Das gleiche Halsband, das ich trage, liegt um ihre Hälse.

Ich bedecke meine Brüste und meinen Unterkörper, aber ich kann mich nicht verstecken. Ein Mann in einem teuer aussehenden Anzug steht einige Meter von mir entfernt. Er hält ein Mikrofon in der Hand und befiehlt, „Nimm deine Arme zur Seite."

Ich bin wie erstarrt.

Er tritt näher und wiederholt das Gleiche, nur dass dieses Mal eine Warnung in seiner Stimme mitschwingt. „Nimm deine Arme zur Seite."

Sein Auftreten macht mir Angst, also tue ich, was er sagt. Die Tränen fallen schnell und tropfen auf den Boden.

„Cara Serrano. Einundvierzig. Aufgewachsen in New York. Verbrachte eine ganze Weile in Europa. Spricht mehrere Sprachen", beginnt er.

Mein Herz schlägt härter gegen meine Brust. Meine Knie wackeln, aber meine Situation wird nur noch schlimmer.

„Anfangsgebot 100.000 Dollar", verkündet er und fordert dann, „Drehen."

Unsicher, was ich tun soll, immer noch benebelt von dem, was Uberto mir verabreicht hat, und um nicht getötet zu werden, drehe ich mich um.

Die Männer fangen an, Angebote zu rufen. Ich kneife meine Augen zu und wünsche mir, dass das alles vorbei ist. Ich wünschte, ich hätte auf Gianni gehört und mich von Uberto ferngehalten, als ich noch die Chance dazu hatte.

Der Auktionator gibt mir einen Klaps auf den Hintern, und ich zucke zusammen. „Bück dich und umfasse deine Knöchel", befiehlt er.

Gedemütigt gehorche ich.

Weitere Gebote werden ihm entgegengeschrien, bis jemand „Zehn Millionen" ruft.

Alle im Raum verstummen. Das Blut rauscht so stark in meinen Ohren, dass ich mich frage, ob sie es alle hören können.

„Zum ersten. Zum zweiten. Verkauft."

Der Raum bricht in Beifall aus. Ein dunkelhaariger Mann mit einer Narbe auf der Wange kommt auf die Bühne, packt mich an der Schulter und schiebt mich durch den Vorhang. Ich bin noch zu schwach dank der Drogen, aber ich versuche, mich seinem Griff zu entziehen.

„Hör auf, mich zu bekämpfen. Du machst es nur noch schlimmer", warnt er.

„Bitte", flehe ich, aber er nimmt es nicht einmal zur Kenntnis.

Er zieht seine Anzugjacke aus, legt sie mir um, dann öffnet er eine Tür.

Kalte Luft strömt ins Innere des Gebäudes und trifft auf meine fast nackte Haut. Es ist dunkel, bis auf die Umrisse eines Geländewagens. Ich versuche, mich zu wehren, aber der Mann schiebt mich zu ihm hin und öffnet die Hintertür. Bevor ich irgendetwas sagen kann, zerrt mich ein anderer Mann hinein und über seinen Schoß.

Ich schreie, aber es stößt auf taube Ohren. Das Zuschlagen der Türen hallt durch die Luft, bevor sich das Auto in Bewegung setzt. Ich versuche, mich aufzusetzen, aber derjenige, der mich auf seinem Schoß hält, lässt mich nicht los.

Dann höre ich seine Stimme und erstarre. Der Grund für meinen inneren Kampf verändert sich.

MAGGIE COLE

Ich kämpfe nicht mehr um mein Leben.

Dies ist ein Kampf um mein Herz.

1

Gianni Marino

„Hör auf, dich gegen mich zu wehren!", fordere ich sauer, dass Cara in dieser Situation ist. Und ich bin wütend, weil sie mir nicht zuhören wollte, was Uberto angeht. Er ist eine abruzzesische Schlange. Egal wie oft ich sie gewarnt habe, sie hat es immer wieder geleugnet, nur um mich zu verärgern. Und obwohl ich nicht behaupten will, dass ich nicht jedes Quäntchen ihres Zorns verdiene für das, was ich ihr über die Jahre zugemutet habe, macht es das Schlucken dieser bitteren Pille nicht einfacher.

Sie erstarrt.

Ich lasse meine Hand unter die Anzugjacke und über ihren nackten Hintern gleiten, und versuche, mein immer noch rasendes Herz zu beruhigen. Drei Stunden lang saß ich wie auf glühenden Kohlen und wartete darauf, dass mein Undercover-Mann Luca die anderen überbieten würde. Jede Sekunde, die verging, stellte meine Willenskraft weiter auf die Probe. Ich kämpfte dagegen an, die Tür aufzubrechen und jeden Gangster im Raum zu erschießen. Aber so heiß ich auch auf eine Auseinandersetzung war, ich wusste, dass das nur dazu führen würde, dass Cara verletzt wurde.

Ich hatte nicht genug Verstärkung bei mir, um genügend Männer auszuschalten. Es waren mindestens dreihundert in dem Lagerhaus, die alle Geld auf Frauen setzten, die sie besitzen wollten.

Seit Monaten hat Cara nichts mehr getan, ohne dass ich davon wusste. Ich habe ihr Handy angezapft und meine vertrauenswürdigsten Leute haben sie beschattet. Auch Uberto ließ ich überwachen. Ich wusste, wozu er fähig war, als ich ihn das erste Mal sah. Wäre unsere gemeinsame Vergangenheit nicht was sie war, hätte Cara vielleicht meine Warnung beherzigt und ihm den Laufpass gegeben. Aber ich habe ihr über die Jahre zu oft gesagt, sie solle den Kerl, mit dem sie sich traf, loswerden, nur um sie dann nach kürzester Zeit wieder gehen zu lassen.

Ich weiß nicht, warum ich das immer gemacht habe. Jedes Mal, wenn ich ihr zu nahe kam, zwang ich mich zur Flucht.

Es hat nie lange gedauert, bis ich es bereut habe. Jedes Mal habe ich mir selbst einen Tritt in den Hintern verpasst. Und doch tat ich es beim nächsten Mal wieder.

Inzwischen konnte ich Cara noch so oft beteuern, dass ich nicht abhauen würde, , aber sie ließ sich nicht beirren. Es ist, als hätte sie mich abgeschrieben, und noch nie habe ich mich so verzweifelt nach ihr gesehnt.

Jetzt hatte sie keine Wahl mehr, mich in ihrem Leben zu haben. Es gibt nur einen Weg, sie in Zukunft zu schützen. Ich muss dafür sorgen, dass es keinen Ausweg für sie gibt.

„Nimm deine Hand von meinem Arsch!", befiehlt sie, aber ihre Stimme bricht.

Ich tätschle ihre Arschbacke und positioniere sie so, dass sie auf meinem Schoß sitzt. Sie versucht, sich zu befreien, aber sie ist zu schwach. Ich halte sie fest, denn ich weiß, was die Abruzzos mit den Frauen in ihren Fängen machen. Zweifellos ist sie unter Drogen gesetzt worden. Sie ist nicht in der Lage, sich aus meinem Griff zu befreien. Aber das hält mich nicht davon ab, sie für mich zu beanspruchen. Jetzt, da ich sie wieder habe, werde ich niemals so dumm sein, sie gehen zu lassen.

Ich streichle ihr übers Haar und betrachte sie eingehend. Wut entflammt in mir. Ihre blauen Augen sind blutunterlaufen. Sie ist stark geschminkt, was in meinen Augen eine Sünde ist. Caras Mutter ist Französin und ihr Vater ist Latino. Sie hat eine natürliche Schönheit an sich, die nicht durch Make-up versteckt werden sollte. Das ist ein weiterer Hinweis darauf, wie desillusioniert die Abruzzos sind. Aber was mich am meisten beunruhigt, ist, wie hart sie versucht, sich zusammenzureißen. Ihre Lippen beben, und der Hass, den sie für mich empfindet, füllt ihre Augen und vermischt sich mit der Angst vor dem, was sie gerade durchgemacht hat.

Ich presse meine Stirn gegen ihre und schließe für einen kurzen Moment meine Augen. „Du hast mich zu Tode erschreckt", murmele ich.

Sie zittert am ganzen Körper und eine Träne läuft ihr über die Wange. Ihr Atem vermischt sich mit meinem.

Ich will sie einfach nur küssen, aber ich halte mich zurück. Ich stelle die Frage, vor deren Antwort ich am meisten Angst habe, der wir aber nicht entgehen können. „Bist du verletzt, Tesoro?"

„Ich bin nicht dein Schatz", flüstert sie.

Trauer erfüllt mein Herz. Ich lege meinen Arm um sie und ziehe sie noch näher an meine Brust. „Das bist du. Das warst du immer und wirst du immer sein. Hör auf, dich gegen mich zu wehren."

Weitere Tränen gleiten über ihr Gesicht. „Dieses Recht hast du schon vor Jahren verwirkt."

Ich ignoriere den stechenden Schmerz in meiner Brust, der immer intensiver wird. Ich drücke ihren Kopf an meine Brust und schlinge meine Arme um ihren zitternden Körper. „Was haben sie mit dir gemacht? Bist du verletzt?", wiederhole ich.

Der Ernst der Lage scheint sie endlich einzuholen. Ihr ganzer Körper verkrampft sich, und sie beginnt heftig zu schluchzen.

Angst plagt mich. „Ssch, Tesoro", gurre ich und versuche, sie zu beruhigen, aber sie kann es nicht. Ich neige ihr Kinn zurück, blicke tief in ihre tränenverschwommenen Augen und sage streng, „Sag mir, was sie dir angetan haben."

Sie schüttelt den Kopf und sagt erstickt, „Nichts außer mich auf die Bühne zu zerren."

Ich versuche den Krieg, der in mir tobt, zu kontrollieren. Die Vorstellung, wie sie nackt auf der Bühne steht, nur in Halsband und High Heels gekleidet, während Männer auf sie bieten, verbrennt jede Zelle in meinem Körper. Ich bin kein Mann, der sich zurücklehnt und zulässt, dass andere die verletzen, die ich liebe. Es ist kein Geheimnis, dass die Abruzzos in Menschenhandel verwickelt sind. Das ist eine Untat, an der sich meine Familie nie beteiligen würde, und die Tatsache, dass mein Tesoro fast verkauft worden wäre, macht mich krank. In einem typischen Szenario würde ich schnell, brutal und mit Präzision handeln. Uberto jetzt nicht zu töten, stellt meine hart gewonnene Zurückhaltung auf die Probe, aber mich um Cara zu kümmern und die Voraussetzungen dafür zu schaffen, dass sie niemand mehr anrührt, muss meine oberste Priorität sein.

Ich küsse sie auf den Kopf und drücke sie wieder an meine Brust. Sie zittert immer noch stark und eine Gänsehaut überzieht ihre Haut. Ich nehme die Decke neben mir und lege sie um sie, dann murmle ich, „Trink etwas Wasser und versuche zu schlafen. Wir haben eine lange Fahrt vor uns."

Sie legt den Kopf schief. „Wo sind wir?"

Ich lüge, denn ich weiß, dass sie ausflippen und sich mir widersetzen wird, wenn sie herausfindet, was bald passieren wird. „Weit weg von der Stadt." Ich öffne eine Wasserflasche und halte sie ihr an die Lippen. „Trink. Er hat dich unter Drogen gesetzt. Der beste Weg, es aus deinem System zu bekommen, ist, viel zu trinken und zu schlafen."

Sie widerspricht nicht und trinkt fast die ganze Flasche aus. Dann holt sie tief Luft, lehnt ihren Kopf an meine Brust und murmelt, „Ich hasse dich trotzdem."

„Nein, das tust du nicht", antworte ich, aber ich frage mich, ob sie es wirklich tut.

„Doch", sagt sie und schließt die Augen.

Ich küsse sie noch einmal auf den Kopf und sehe zu, wie sie einschläft. Mein Handy vibriert. Ich ziehe es aus meiner Tasche und werfe einen Blick auf das Display. Dantes Name erscheint, aber ich schicke seinen Anruf auf die Mailbox, denn ich will nicht hören, wie er mich belehrt oder versucht, mir das, was ich vorhabe, auszureden.

Dann bekomme ich eine Nachricht.

Dante: *Wo bist du?*

Ich seufze, überlege, was ich antworten soll und beginne zu tippen.

Ich: *Sie ist in Sicherheit. Keiner wusste, dass ich da war.*

Dante: *Ich habe dich gefragt, wo du bist!*

Ich: *Auf dem Weg zum Flughafen.*

Dante: *Warum fährst du zum Flughafen? Was zum Teufel hast du vor?*

Ich: *Du musst nur wissen, dass ich die Situation im Griff habe. Geh zurück zu deiner Party.*

Dante: *Gianni, was ist dein Plan?*

Ich schniefe heftig und brauche einige Augenblicke, um zu antworten. Mein Zwillingsbruder kennt mich gut. Wir haben eine Verbindung, die nur wir beide verstehen können. Heute findet seine Verlobungsfeier statt, und ich fühle mich schuldig, weil ich nicht da bin, aber das hier ist wichtiger.

Ich: *Ich tue das, was ich schon vor langer Zeit hätte tun sollen.*

Dante: *Oh Gott. Was zum Teufel soll das bedeuten?*

Ich: *Sie gehört mir. Ich mache sie zu meiner.*

Er versucht erneut, mich anzurufen, und ich schicke den Anruf wieder auf die Mailbox.

Dante: *Verdammt noch mal! Geh an dein Handy!*

Ich: *Du kannst nichts machen, Bruder. Geh zurück zu deiner Party. Ich sage dir Bescheid, wenn ich auf dem Heimweg bin, aber das wird nicht so bald geschehen.*

Dante: *Du machst einen Fehler.*

Ich schnaube.

Ich: *Ist Bridget ein Fehler?*

Dante: *Versuch gar nicht erst, Bridget und mich mit dem zu vergleichen, was du vorhast.*

Ich: *Es scheint mir eine ähnliche Situation zu sein.*

Dante: *Nein. Ist es nicht.*

Ich: *Kümmere dich um deinen eigenen Kram. Dieses Gespräch ist beendet.*

Dante: *Was ist mit Uberto?*

Ich atme mehrmals tief durch, um mich zu beruhigen, öffne und schließe meine Faust. Die Dinge, die ich ihm antun möchte, blitzen vor mir auf.

Ich: *Nachdem ich getan habe, was ich tun muss, um Cara zu schützen, kümmere ich mich um ihn.*

Zwei lange Minuten vergehen. Ich starre aus dem Fenster und beobachte, wie sich eine dicke Schneedecke um das Fahrzeug bildet.

Dante: *Wir werden ihn einsacken. Er wird auf dich warten, wenn du zurückkommst.*

Ich: *Nein. Ich kümmere mich darum.*

Dante: *Sei kein Narr.*

Ich: *Komm mir nicht in die Quere. Ich schalte jetzt mein Handy aus. Genieß deine Party.*

Ich tue, was ich sage, schiebe mein Handy zurück in meine Tasche und starre Cara an. Verschmierte Wimperntusche ziert ihre Wangen. Ihre geschwollenen Lippen sind leuchtend rot und leicht geöffnet. Ich küsse sie kurz und streichle dann ihr weiches, dunkles Haar, während ich in Gedanken darüber nachdenke, wie ich sie über das, was gleich passieren wird, informieren werde.

Sie wird mich umbringen wollen. Doch ich kann nur daran denken, dass sie endlich mir gehören wird. Es wird ihr nicht möglich sein, mich weiter zu ignorieren. Sie und ich werden bis zu dem Tag, an dem einer von uns stirbt, aneinander gebunden sein, denn wenn wir unser Gelübde einmal abgelegt haben, gibt es kein Zurück mehr.

Ich rutsche hin und her, schließe meine Arme fester um sie und lasse meine Gedanken an einen Ort wandern, an den sie nicht gehen sollte.

Das ist die Stelle, die mich zu einem noch größeren Mistkerl macht, als ich ohnehin schon bin. Ich kann mich nicht nur damit zufriedengeben, dass sie *Ich will* sagen wird.

Ich werde sie dazu bringen, jedes Versprechen zu wiederholen, das ich schon immer von ihr hören wollte. Sie wird in jeder Hinsicht mir gehören, und jedes Mal, wenn sie etwas anderes behaupten will, werde ich sie an ihr Versprechen mir gegenüber erinnern – ihrem Ehemann – demjenigen, der sterben würde, um sie zu beschützen. Dem sie bereitwillig jeden Teil ihrer selbst geben wird, immer und immer wieder.

All die Möglichkeiten, die wir in den letzten Jahren zusammen hätten haben sollen, werden nicht länger von hypothetischer Natur sein. Sie werden Realität werden, und mein Tesoro wird jede Minute ihres neuen Lebens genießen.

Sobald sie ihre Wut überwunden hat, ermahne ich mich.

Ich blicke wieder auf sie herab und weiß, dass jeder Teil dieses Wunschszenarios mein verzerrtes Selbst weiter aufbauscht. Ich bin nicht unwissend darüber, wer ich bin. Ich weiß, wie tief meine Unmoral sitzt. Verdammt, Cara weiß es auch. Sie ist die einzige Frau, die mein wahres *Ich* wirklich kennt. Sie ist nie davor weggelaufen. Ich hätte wissen müssen, dass ich sie nicht einfach so gehenlassen kann. Ich war ein Narr, aber ich werde es mir nicht mehr erlauben, den gleichen Fehler zu machen. Nie wieder werde ich um eine weitere Chance betteln. Sie wird mir gehören, und niemand außer mir wird sie je wieder haben.

Und ich werde Uberto den schmerzhaftesten Tod bescheren, den ich mir ausdenken kann.

Dann werde ich mir den Rest der Abruzzos vornehmen. Jeden Mann, der heute Abend in diesem Raum war, werde ich zur Strecke bringen.

Der SUV fährt auf den Privatflughafen und hält neben dem Jet. Es ist nicht der meiner Familie. Ich will nicht, dass mein Papà oder meine Brüder meine Bewegungen verfolgen können.

Cara regt sich und ihre Lider flattern.

Ich streichle ihre Wange. „Ich ziehe dir die Decke höher über deinen Kopf. Es wird jetzt gleich sehr kalt werden."

„Wo …?"

„Ssch", sage ich, lege meine Finger auf ihre Lippen und lüge weiter. „Wir müssen zurück in die Stadt. Mach die Augen zu."

Sie seufzt, gehorcht aber.

Ich ziehe die Decke über ihren Hinterkopf, öffne die Tür und steige aus. Ich laufe durch den dicken Schnee, die Treppe hinauf und nicke dem Steward zu. Drinnen angekommen gehe ich direkt ins Schlafzimmer, schließe die Tür, lege mich zu Cara aufs Bett und ziehe ihr die Decke vom Kopf.

Ihre müden blauen Augen blicken mich unter ihren langen Wimpern hervor an. „Mein Kopf tut noch mehr weh als vorhin."

Ich nehme eine Flasche Wasser vom Nachttisch, schraube den Deckel ab und halte sie ihr an die Lippen. „Hier. Trink."

Sie trinkt die Hälfte der Flasche aus und nickt dann.

Ich lasse ihr einen Moment Zeit, bevor ich frage, ob sie mehr möchte.

Sie schüttelt den Kopf und sieht mir in die Augen.

Ich streiche ihr eine Haarsträhne hinters Ohr. „Ruh dich aus. Wir haben fast sechs Stunden Zeit."

Sie zieht die Augenbrauen zusammen. „Wo genau sind wir?"

„Weit weg von dem Ort, wo wir sein sollten." Ich rutsche am Kopfteil hinunter, sodass ich flach auf dem Bett liege, und ziehe sie mit mir. „Versuch, noch ein bisschen zu schlafen. Ich werde dich wecken, wenn wir da sind."

Sie versucht, sich von mir wegzurollen, aber ich lasse es nicht zu.

„Entspann dich einfach. Du hast die Drogen noch nicht abgebaut. Du kannst mich später wieder hassen", sage ich, aber mein Magen sackt, während ich es sage. Ich würde alles dafür tun, dass Cara mich nicht verabscheut und mich wieder liebt. Aber ich bin nicht naiv. Es wird Zeit brauchen, bis sie mir wieder ihr Herz schenkt.

Sie zögert, versteift sich in meinen Armen.

Ich presse meine Lippen auf ihre Stirn und murmle, „Es hat keinen Sinn zu streiten. Du bist im Moment nicht stark genug, um gegen mich zu kämpfen."

Sie seufzt, aber entspannt sich. Sie lehnt ihren Kopf an meine Brust und verkündet, „Du bist trotzdem ein Arschloch."

„Ja, ich bin mir dessen bewusst", zwitschere ich erfreut, dass sie noch immer schlagfertig genug ist, um mir die Stirn zu bieten.

Sie schnaubt. „Man könnte meinen, du denkst, es sei ein Kompliment."

Ich gleite mit meiner Hand unter die Decke, streichle ihren Rücken, dann ihren Hintern. „Ich nehme, was du mir gibst."

„Hör auf zu reden. Diese Unterhaltung hilft nicht gegen meine Kopfschmerzen. Und mein Arsch gehört nicht mehr dir."

Ich lache leise, bewege aber meine Hand nicht. „Das werden wir ja sehen."

Sie gähnt und rollt sich näher an mich heran. „Ich werde jetzt schlafen gehen. Versuch nicht, dich mir aufzudrängen."

„Wenn ich mich recht erinnere, warst du immer mehr als willig", necke ich sie.

„Halt die Klappe", befiehlt sie.

Mein Grinsen wird breiter. „Okay, Tesoro."

„Ich bin nicht deine Tesoro", sagt sie leise, aber es klingt traurig.

Ich reagiere nicht darauf. Ich lasse sie schlafen, an mich gekuschelt, und genieße jede Minute, in der sie friedlich in meinen Armen liegt. Sie schläft den ganzen Flug über, während ich sie beobachte.

Als der Jet landet, wecke ich sie sanft auf und mache mich auf den Kampf gefasst, der mir bevorsteht.

Ihre Lider flattern auf. Ihr schläfriger Gesichtsausdruck weckt den Wunsch in mir, an Ort und Stelle zu bleiben, aber ich habe keine Zeit. Ich habe nur ein kleines Zeitfenster, um das hier zu erledigen und dann zurückzufliegen.

„Sind wir zu Hause?", fragt sie schläfrig.

„Ja. Du bist bei mir, also bist du zu Hause."

Sie rollt mit den Augen und setzt sich auf. Ich lehne mich gegen das Kopfteil und ziehe sie mit dem Rücken an mich. Sie dreht sich zu mir um, öffnet den Mund, schließt ihn aber dann wieder und schaut schnell weg.

„Was wolltest du sagen, Cara?"

Sie wirft einen Blick an die Decke, dann richtet sie ihre funkelnden Augen auf mich. „Danke, dass du mich gerettet hast. Es tut mir leid, dass ich in Bezug auf Uberto nicht auf dich gehört habe."

Ich lecke mir über die Lippen und zähle bis fünf, damit ich nichts sage, was ich später bereue. Jetzt ist nicht der richtige Zeitpunkt für ein *Ich habe es dir ja gesagt*.

„Er wird hinter mir her sein, nicht wahr?", fährt sie fort.

Ich packe ihre Hüften, ziehe sie rittlings auf meinen Schoß und lege meine Hände an ihre Wangen. „Ja. Und deshalb sind wir hier."

Sie runzelt die Stirn. „Hier?" Sie dreht den Kopf, ohne den Blickkontakt zu unterbrechen, und fragt langsam, „Du meinst zu Hause?"

Ich spanne meinen Kiefer an und nehme mir einen Moment, um meine Gedanken zu sammeln. „Nein. Wir sind in Vegas."

Sie zuckt zurück und sieht mich entsetzt an. Sie legt ihre Hand auf ihre Stirn und schnappt, „Warum sind wir in Vegas?"

Ich schließe meine Arme um sie, damit sie mir nicht entkommen kann. „Um zu heiraten."

Sie starrt mich an. „Bist du verrückt geworden?"

„Nein."

„Du hast offiziell den Verstand verloren!"

„Nein, habe ich nicht."

Sie drückt gegen meine Brust. „Lass mich los, Gianni!"

Ich gebe ihrem Wunsch nicht statt. „Nein. Hör mir zu. Die einzige Möglichkeit, dich zu schützen, ist, dich zu heiraten. Niemand, und ich meine niemand, wird hinter meiner Frau her sein."

Zorn flammt in ihren Augen auf. „Hast du das geplant? Hast du dafür gesorgt, dass ich auf dieser Bühne lande?"

„Was? Nein, natürlich nicht. Ich werde diesen Bastard umbringen, sobald ich sicher bin, dass du in Sicherheit bist. Dann werde ich mir jeden einzelnen Mann vorknöpfen, der in diesem Lagerhaus anwesend war", schwöre ich.

„Bist du verrückt? Es waren Hunderte von ihnen!"

Ich nicke. „Ja. Und sie alle verdienen es zu sterben."

Gespannte Stille liegt in der Luft. Sie zittert und ihre Lippen beben. „Ich werde dich nicht heiraten."

„Doch, das wirst du", sage ich mit Nachdruck.

Es klopft an der Tür und die Stewardess ruft, „Mr. Marino. Der Standesbeamte ist hier."

„Einen Moment", rufe ich.

Cara schüttelt den Kopf, schneidet eine Grimasse und knurrt: „Sag ihm, dass wir ihn nicht brauchen."

Ich lächle, was, wie ich weiß, ein weiterer schlechter Zug meinerseits ist. „Alles läuft nach Plan ab", rufe ich und senke dann meine Stimme so weit, dass nur Cara mich hören kann.

„Glaubst du, ich habe mich nicht auf deinen Kampf vorbereitet? Hm?"

Sie verengt ihre Augen zu Schlitzen und versucht, sich aus meinem Griff zu befreien. Dieses Mal lasse ich sie gewähren. Sie gleitet vom Bett, und ich folge ihr, aber stößt mir eine Hand gegen die Brust. „Ich werde dich nicht heiraten. Nur über meine Leiche werde ich jemals deine Frau werden!"

Ich lasse meinen Blick über ihren nackten Körper schweifen und schniefe hart. „Das ist genau, wie du enden wirst, wenn du mich nicht heiratest. Tot."

„Blödsinn!" Sie dreht sich, um zu gehen.

Ich halte sie auf, lege meinen Arm um ihre Taille und ziehe sie an meinen Körper. Ich balle eine Faust in ihrem Haar, damit sie meinem Blick nicht ausweichen kann. Sie keucht. Ich ignoriere meine wachsende Erektion und knurre, „Du wurdest gerade unter Drogen gesetzt, entführt und auf einer Auktion präsentiert. Was glaubst du, was die Männer dort mit dir gemacht hätten?"

Sie schließt die Augen. Tränen entweichen und perlen an ihren Wangen herunter.

Ich mildere meinen Ton. „Es gibt keine andere Wahl, Cara. Heirate mich, oder es vergeht nicht einmal ein Tag, bevor du wieder in ihrem Besitz bist."

Sie ist wie erstarrt, der Raum ist in Stille getaucht, bis auf das Geräusch ihrer aufgewühlten Atemzüge.

Ich fahre mit meinen Lippen über ihre, wickle die Leine, die mit ihrem Halsband verbunden ist, um meine Faust und halte sie von uns weg, damit sie sie sehen kann. Sie funkelt mich wütend an, als ich sage, „Ich gehe jetzt in den Hauptraum. Im Kleiderschrank ist ein Kleid für dich. Du hast zehn Minuten Zeit, um dich umzuziehen. Danach wirst du mit der Decke und dem hier heiraten. Entscheide dich, Cara."

Wenn Blicke töten könnten, stünde ich bereits in Flammen. „Ich gehöre dir nicht", flüstert sie.

Ich sollte es nicht sagen. Es würde die Dinge zwischen uns nur noch schlimmer machen. Aber ich bin kein Mann, der gerne Schwäche zeigt. Wenn ich meine Macht ausüben kann, tue ich das. Das finstere Lächeln, das sich auf meinen Lippen bildet, fühlt sich wie ein Adrenalinschub an. Mit der Hand, die die Leine hält, lege ich meinen Zeigefinger unter ihr Kinn. „Ist es das, was du denkst?"

„Fick dich, Gianni."

Ich habe keine Kontrolle mehr über mich. Ich grinse breiter und antworte, „Ich freue mich darauf."

„Du bist so ein Schwein", schimpft sie.

Mein Schwanz wird härter. Jedes Mal, wenn Cara wütend auf mich ist und mich beschimpft, löst das etwas in mir aus. Ich küsse sie, zwinge ihre Lippen mit meiner Zunge auseinander und lasse nicht locker, bis sie den Kuss erwidert und ihre Knie weich werden.

„Ich hasse dich", flüstert sie wieder.

„Das ist dein Vorrecht. Und wasch dir die Schminke aus dem Gesicht. Du bist zu schön für diesen ganzen Scheiß. Zehn Minuten. Du entscheidest, wie du mich heiraten willst." Ich lasse sie gehen und verlasse den Raum mit einem Kribbeln im Bauch. Alles, was ich über die Abruzzos gesagt habe, die hinter ihr her sein werden, ist wahr. Was ich ausgelassen habe, ist, dass ihre missliche Lage dazu führt, dass ich endlich alles bekomme, was ich mir immer gewünscht habe.

Sie.

Jetzt wird sie nie mehr vor mir weglaufen können.

Innerlich führt der verrückte Teil meiner selbst einen Freudentanz auf, obwohl ich weiß, dass es eines der beschissensten Dinge ist, die ich je getan habe.

Doch kann ich nicht einmal mehr zählen, wie viele verachtenswerte Dinge ich in meinem Leben getan habe, um zu bekommen, was ich will.

Und trotzdem fühle ich mich nicht annähernd schuldig. Sie gehört mir. Das tat sie immer. Es ist an der Zeit, dass sie begreift, was ich schon seit Jahren weiß.

Es mag ihr vielleicht nicht gefallen, aber meine winzigen Gewissensbisse, nagen nicht genug an mir, um mich davon abzuhalten, sie zu heiraten.

Je eher Cara ihre Zukunft akzeptiert, desto besser.

Es gibt kein Zurück mehr.

2

Cara

Mein Inneres bebt, als ich auf die Rückseite der geschlossenen Tür starre. Mehr als mein halbes Leben lang wollte ich nur Mrs. Gianni Marino sein. Ich habe davon geträumt und mir ein Happy End vorgestellt, das nie eingetreten ist.

Nicht mit Gianni.

Ich bin nicht mehr dieses naive Mädchen. Ich weiß, wie dumm ich war zu glauben, dass er sich ändern würde. Am Ende des Tages ist Gianni ein Spieler. Er hat mich zu oft benutzt, um sein Ego zu streicheln, hat mir die Welt versprochen und dass er mich nie wieder verletzen würde, nur um mich dann wieder fallen zu lassen wie eine heiße Kartoffel.

Ich werde seinem Charme nicht mehr erliegen, so wie ich es in der Vergangenheit getan habe. Dumme Cara.

„Acht Minuten", ruft Gianni.

Ich kneife meine Augen zu. Seine Drohungen sind immer ernst gemeint. Er ist grausam in der Umsetzung seiner Wünsche und Vorstellungen. Ich habe immer bewundert, dass er nie nachgibt. Es gab mir das Gefühl, dass er mich immer beschützen und wir gemeinsam die Welt erobern würden.

Jetzt möchte ich ihn am liebsten ohrfeigen.

Ich schaue zur Türklinke hinunter, aber es gibt kein Schloss. Ich überlege, ob ich nackt bleiben soll, aber das Letzte, was ich will, ist, dass ein weiterer Fremder mich nackt sieht. Die Erinnerung an die Männer, die mich begutachteten, lässt mich erschaudern.

Ich war so kurz davor, verkauft zu werden.

Verkauft. Als ob ich ein Möbelstück wäre.

Mein Herz rast, und ich lege eine Hand auf meinen Bauch. Der Ausdruck in Ubertos Gesicht und der Glanz seiner polierten Schuhe gehen mir durch den Kopf.

Wie konnte ich nur so dumm sein?

Gianni hat mich gewarnt, dass Uberto ein Abruzzo ist. Ich glaubte Ubertos Lügen, als ich ihn danach fragte. Ich beteuerte seine Unschuld, aber Gianni beharrte darauf, dass er nichts Gutes im Schilde führte. Immer wieder sagte ich, es sei mir egal, ob er ein Abruzzo sei. Ich gehöre nicht zu ihrer kriminellen Mafiawelt und ihren Kriegen.

Wie dumm war ich nur gewesen?

„Sieben", ruft Gianni.

Ich reiße die Tür auf. „Könntest du einfach …"

Ein Mann, von dem ich annehme, dass er der Standesbeamte ist, starrt mich an.

„Sieh meine Frau nicht an, oder ich zerhacke dich in Stücke!", droht Gianni.

„I-ich ..." Der Standesbeamte reißt seine Augen weg.

Gianni stürmt auf mich zu, und ich weiche zurück, bis meine Kniekehlen das Bett berühren. Er schlägt die Tür zu, baut sich vor mir auf und packt mich am Kinn. Das Adrenalin in meinem Körper schießt in die Höhe, aber ich wehre mich nicht. Ich verabscheue es, wie sehr mein Körper auf ihn reagiert. Und Gianni weiß es. Trotzdem bohren sich seine dunklen Augen in meine. „Denkst du, ich bluffe?"

Tränen trüben meine Sicht.

„Willst du, dass Uberto oder die anderen Abruzzos hinter dir her sind?", fragt er.

Ich schließe die Augen, schüttle langsam den Kopf und frage mich, wie mein Leben so verlaufen konnte. Ich habe eine erfolgreiche Karriere und habe allerorts auf der Welt gelebt. Ich war immer frei – bis jetzt. In diesem Moment fühle ich mich wie eingesperrt. Der Gedanke macht mich wahnsinnig. Ich kann nur daran denken, wie Gianni diese Situation ausnutzen wird.

„Welche andere Möglichkeit hast du?", fragt er.

Ich zerbreche mir den Kopf, aber es fällt mir nichts ein. Ich bin noch benebelt von den Drogen, aber ich weiß auch, dass Gianni recht hat. Niemand würde Jagd auf seine Frau machen. Die Marinos sind eine Verbrecherfamilie. Sie beherrschen New York. Das weiß ich seit meiner Highschoolzeit. Das war immer ein Teil dessen, was mich an ihm reizte. Er symbolisiert Gefahr und köstliche Sünde, verpackt in einem perfekten Muskelpaket. Und niemand legt sich mit Gianni an. Wenn es jemand versucht, rächt er sich gnadenlos.

Irgendwie habe ich den Fehler gemacht, Uberto mit den Marinos gleichzustellen.

„Muss ich dich anziehen?", fragt Gianni entschlossen.

Ich kann nicht denken, und mein Kopf schmerzt unaufhörlich. Mein Kampfgeist schwindet. „Nein."

„Bist du dir sicher?", fragt er.

Ich drücke mit einer Hand gegen seine Brust, aber er rührt sich nicht. „Geh."

„Fünf Minuten. Wir müssen so schnell wie möglich wieder abheben", mahnt er, tritt zurück und verlässt das Schlafzimmer.

Ich atme tief durch, gehe ins Bad und wasche mir das Make-up aus dem Gesicht. Der Make-up-Entferner, den ich gerne nehme, steht auf der Theke, was mich noch mehr irritiert. Wieso ist Gianni so gut vorbereitet? Wie lange hat er gebraucht, um das alles auf die Beine zu stellen?

Wahrscheinlich Sekunden. Das ist die Sache mit ihm. Er kann alles innerhalb eines Wimpernschlages erreichen. Er ist der entschlossenste Mensch, den ich je getroffen habe.

Früher habe ich diesen Charakterzug bewundert. Jetzt nervt es mich.

Ich trockne mein Gesicht ab, gehe zum Schrank und erstarre. Vielleicht sind es die Drogen oder die Situation, in der ich mich befinde, aber ich beginne unter Tränen hysterisch zu lachen. Ein teures, zartes, weißes Spitzenbrautkleid hängt darin. Es ist figurbetont und hat kaum eine Schleppe.

Ich kenne dieses Kleid. Jeder Zentimeter des weißen Stoffes verfolgte mich in den letzten Jahren. Ich sah es zum ersten Mal, als ich mit Gianni zusammen war.

Wir waren vor einigen Jahren in Italien. Ich war nach Europa geflohen, um über ihn hinwegzukommen, und nach ein paar Monaten, gerade als ich anfing, mich ernsthaft mit einem anderen Mann zu treffen, tauchte er vor meiner Tür auf. Wie all die anderen Male versprach er mir die Welt, sagte mir, ich solle meinen Freund abservieren, und schwor, dass es in Zukunft nur noch uns geben würde. Es dauerte länger als sonst, bis er mich überzeugen konnte, aber schließlich tat ich, was er wollte, und fiel auf sein süßes Gerede herein.

Eines Tages waren wir einkaufen. Ich sah das Kleid im Schaufenster. Er stellte sich hinter mich, legte seinen Arm um meinen Bauch und zog mich dicht an seine Brust. „Ich kaufe dir das Kleid, wenn du mich heiratest", flüsterte er in mein Ohr.

Ich war wie erstarrt. Es war das erste Mal, dass er die Ehe erwähnte. In der Vergangenheit war er jedes Mal, wenn ich das Thema ansprach, davongelaufen.

In dieser Nacht war er wie ein besessenes Tier im Bett. Die ganze Nacht liebten wir uns, als ob es das letzte Mal wäre, dass wir zusammen sein würden. Ich wusste nicht, dass es genau das sein würde.

Es war die letzte Nacht in Bezug auf so viele Dinge.

In diesen Stunden erlaubte ich mir zum letzten Mal, ihn zu lieben, seine Arme um mich zu spüren oder auf seine Lügen hereinzufallen.

Schließlich schlief ich ein. Es war fast Mittag, als ich aufwachte, und Gianni war nirgends aufzufinden. Auf einem Zettel neben meinem Bett stand:

Tesoro,

. . .

Ich muss zurück in die Staaten. Besuch mich, wenn du wieder in der Stadt bist.

Gianni

All die Male, in denen Gianni mich sitzen lassen hat, verletzte mich dieses Mal am meisten. Ich machte mir monatelang Vorwürfe, weil ich ihn wieder in mein Leben gelassen hatte. Ein weiteres Jahr verging, und gerade als ich mit meinem Leben weitermachen wollte, tauchte er wieder auf.

Dieses Mal ließ ich ihn nicht an mich heran. Und seither habe ich mich nicht wieder unterkriegen lassen.

Gianni Marino ist nichts weiter als ein Mann ohne Gewissen. Wenn er eines hätte, hätte er mich nicht all die Jahre hingehalten und verarscht. Er hätte meine Liebe nicht genommen und sie weggeworfen, als wäre sie wertlos.

Jetzt starre ich jenes Brautkleid an und meine Brust zieht sich zusammen. Ich blinzle heftig und wünschte, ich würde wegen dieses Kleides nicht so emotional werden. Es ist eine grausame Erinnerung an den Schmerz, den er mir zugefügt hat, und an all die leeren Versprechen, an die ich geglaubt habe.

„Drei Minuten", dröhnt Giannis Stimme durch die Tür und reißt mich aus meinen Erinnerungen.

Mit zitternden Händen ziehe ich das Kleid vom Bügel und steige hinein. Ich schiebe meine Füße in die Designerheels und schließe den Reißverschluss so weit wie möglich.

Was mache ich hier eigentlich?

Ich habe keine andere Wahl. Uberto wird mich brechen oder töten.

Ich stütze mich mit der Hand an der Wand ab, um mich zu beruhigen. Vor Jahren wäre dies mein wahr gewordener Traum gewesen. Jetzt kommt es mir wie ein Albtraum vor, Mrs. Gianni Marino zu werden.

„Zwei!", ruft er.

Ich atme tief ein und drehe mich um, dann öffne ich die Tür. Gianni starrt mich mit einem selbstzufriedenen Gesichtsausdruck an. Ich sage nichts und drehe mich um, damit er mir den Reißverschluss zu Ende hochziehen kann.

Der Bastard fährt mit dem Finger über meine nackte Wirbelsäule und meine Haut kribbelt. Ich verfluche mich selbst, erschaudere, immer noch unfähig, meine Reaktion auf seine Berührung zu kontrollieren.

Sein heißer Atem trifft meinen Nacken und ein wohliger Schauer läuft mir über den Rücken. Langsam zieht er den Reißverschluss hoch. Er sagt mit einer so tiefen Stimme, dass nur ich ihn hören kann, „Ich habe mir dich immer in diesem Kleid vorgestellt."

Ich drehe mich und starre ihn an. „Wann hast du es gekauft?"

Schuldgefühle, die ich noch nie in Gianni beobachtet habe, überfluten seinen Gesichtsausdruck. Seine Augen huschen an meiner Vorderseite hinunter und kehren dann zu meinen zurück. „An demselben Tag, an dem wir es gefunden haben", antwortet er leise.

Die Wut schlägt mir ins Gesicht. „Warum?", knurre ich.

Er strafft die Schultern und leckt sich die Lippen. „Du weißt, warum."

„Nein, das tue ich nicht."

Er zieht eine Augenbraue hoch, als ob ich wirklich wissen sollte, warum.

Ich verschränke die Arme und wende den Blick ab, weil es mich ärgert, dass er in diesem Moment wieder eines seiner Spielchen mit mir spielt.

Er mustert mich länger und sagt dann, als ob es wahr wäre, „Du weißt, dass du schon immer mir gehört hast, Cara. Du warst immer dazu bestimmt, meine Frau zu werden."

Ich schnaufe abschätzend und versuche, nicht in Tränen auszubrechen. Das Letzte, was ich brauche, ist, dass Gianni wieder in meinen Kopf eindringt. Nach allem, was ich gerade durchgemacht habe, traue ich meinen Gefühlen nicht mehr. Ich knirsche mit den Zähnen und sage, „Tu mir einen Gefallen. Versuche nicht, mich zum hundertsten Mal zu verarschen. Wenn du es darauf anlegst, versichere ich dir, dass ich dir die Eier abschneiden werde, während du schläfst."

„Ich spiele nicht mit dir", sagt er ruhig.

Ich schnaube. „Klar doch." Ich wende mich an den Standesbeamten. „Können wir das hier hinter uns bringen?"

Das Gesicht des Mannes wird rot. Er verlagert sein Gewicht von einem Bein auf das andere und nickt. „Ja."

Gianni ergreift meine Hände. Ich versuche, sie ihm zu entziehen, aber er hat sie fest im Griff. Ich vermeide es, ihn anzuschauen, und konzentriere mich auf den Standesbeamten.

Er räuspert sich. „Wollen Sie, Gianni Marino, Cara Serrano zu Ihrer rechtmäßigen Frau nehmen?"

Ich versuche, Gianni zu ignorieren, aber er dreht mein Kinn in seine Richtung. „Ich will."

Ich schaue finster drein und kann immer noch nicht glauben, dass dies wirklich geschieht oder dass ich mich in dieser Situation befinde. Schmetterlinge breiten ihre Flügel in meinem Bauch aus und verursachen mir Übelkeit.

Gianni tritt näher. Sein holziger Tom-Ford-Duft – Leder, Tonkabohne und Salbei – steigt mir in die Nase. Früher habe ich seinen Duft geliebt. Dann verfolgte er mich über die Jahre hinweg. Jedes Mal, wenn ich ihn roch, tat mein Herz wieder weh und dann konnte ich die Tränen nicht zurückhalten.

Mein Inneres bebt noch stärker, und ich ermahne mich, mich zusammenzureißen. Er hält mein Gesicht fest zwischen seinen Händen, während ein langer Finger über meine Lippen fährt.

Ich halte den Atem an, bewege mich nicht und widerstehe dem Drang, meine Augen zu schließen und mich in alles zu stürzen, was Gianni ausmacht. Stattdessen betrachte ich seine dunklen, kalten Augen und erinnere mich daran, dass sie repräsentieren, wer er ist, und dass ich bei ihm immer auf der Hut sein muss.

In seinem typisch selbstbewussten Tonfall sagt er, „Ich gelobe, dich zu lieben, zu ehren und zu beschützen, in Krankheit und Gesundheit, in guten wie in schlechten Zeiten, in Reichtum und Armut. Vor allem aber verspreche ich, all den Mist wiedergutzumachen, den ich dir in den letzten Jahren angetan habe."

Mir bleibt fast das Herz stehen. Meine Lippen beben unter seinem Finger. Ich spanne meinen Kiefer an und straffe meine Schultern.

Das ist eine weitere seiner Lügen. Glaube ihm nicht. Er ist ein Experte darin, leere Versprechungen zu machen, die er bald bricht, ermahne ich mich wieder.

Als wüsste er, was ich denke, lehnt er sich näher an mich heran und sagt, „Es ist wahr. Ich werde alles wiedergutmachen, was ich dir je angetan habe. Ich werde dich als meine Frau und die Mutter meiner Kinder ehren."

Ein sarkastisches Lachen entweicht meinen Lippen. Kinder? Jedes Mal, wenn ich etwas über Kinder gesagt habe, hat er die Flucht ergriffen. Und jetzt sind wir in unseren Vierzigern. Glaubt er wirklich, wir könnten die Vergangenheit auslöschen und plötzlich eine glückliche kleine Familie haben?

Seine Miene verhärtet sich. „Findest du meine Gelübde komisch?"

Wut schießt durch mich hindurch. All die Jahre, in denen ich auf ihn gewartet habe, ihn zurückgenommen habe und dann mein Leben für eines, von dem ich glaubte, dass wir es haben könnten, auf den Kopf gestellt habe, fordern ihren Tribut von mir. Für ihn ist das alles nur ein Spiel, und dieses Mal ist es nicht anders. Sobald ich ihm mein Herz schenke, wird er es zertrampeln. Ich entreiße ihm mein Kinn. Ich sage: „In der Tat, ich finde sie komisch."

Verwirrung macht sich in seinem Gesicht breit. „Warum?"

„Spar dir deine leeren Versprechungen." Ich wende mich an den Standesbeamten. „Ist das der Punkt, an dem ich sage, ich will?"

Vor lauter Nervosität wird sein Gesicht noch röter, während seine Augen zwischen uns hin und her huschen.

„Und?", frage ich, weil ich diese Scharade beenden will.

Er schluckt schwer und sagt dann, „Wollen Sie, Cara Serrano, Gianni Marino zu Ihrem rechtmäßigen Ehemann nehmen?"

„Ja. Sind wir jetzt fertig?"

Seine Augen weiten sich.

„Nein. Du musst deine Gelübde ablegen", unterbricht Gianni trocken.

Ich werfe ihm einen bösen Blick zu.

„Sprechen Sie mir nach. „Ich gelobe …"

„Ich gelobe, dich niemals zu lieben, zu schätzen oder zu ehren. Ich gelobe, mich immer daran zu erinnern, wer du bist und was du mir angetan hast. Ich gelobe, deinen Schutz anzunehmen und dankbar dafür zu sein, aber mehr nicht. Ich gelobe, an deiner Seite zu stehen und immer das Ausmaß deiner Grausamkeit zu kennen, aber mich nie wieder davon täuschen zu lassen."
Ich atme tief durch und versuche, mein rasendes Herz zu beruhigen.

Giannis Augen verengen sich zu Schlitzen. Seine Hände drücken meine fester, als ich versuche, sie wegzuziehen.

„Ähm … oh …", murmelt der Standesbeamte.

Ich wende mich an ihn. „Sind wir jetzt verheiratet?"

Er sieht Gianni zur Bestätigung an. Mir entgeht nicht die Angst, die in seinem Blick liegt. Das ist eine weitere Sache, die ich an Gianni geliebt habe – die Art, wie er Respekt in den Leuten hervorruft, ohne davon zu sprechen. Seine Fähigkeit, erwachsene Männer dazu zu bringen, sich vor ihm zu fürchten, habe ich früher als Kunst angesehen.

Jetzt verabscheue ich seine Art.

„Mach weiter", befiehlt Gianni.

Der Standesbeamte verschränkt seine Finger. „Kraft des mir verliehenen Amtes erkläre ich Sie nun zu Mann und Frau. Sie dürfen Ihre Braut küssen."

Ich lehne mich zurück, um ihm auszuweichen, aber Gianni hat meine Bewegung bereits vorausgesehen. Er packt mich am Hinterkopf, gräbt seine Hand in meinen Hintern und zieht mich an seinen Körper. Ich drücke beide Hände gegen seine Brust, aber es ist zwecklos. Seine Zunge spaltet meine Lippen und dringt in meinen Mund ein.

Ich wünschte, ich wäre immun gegen seine Küsse und seinen Körper. Ich hasse es, dass kaum Zeit vergeht, bevor sich meine Hände in sein Hemd krallen, und ich ihn zurückküsse.

Er verwöhnt meinen Mund, wie jedes Mal, wenn er mich zuvor geküsst hat. Es spielt keine Rolle, ob ich ein Teenager war, in meinen Zwanzigern, Dreißigern oder jetzt. Irgendetwas an Gianni Marinos Mund und Zunge ist für mich ein One-Way-Ticket zu bebenden Knien und feuchten Höschen. Es ist unmöglich, nicht zu reagieren. Die Schmetterlinge in meinem Bauch spielen verrückt, und ich verfluche mich für meine Unfähigkeit, ihm zu zeigen, dass er mich nicht interessiert.

Als er sich zurückzieht, bin ich außer Atem, habe wackelige Beine und kann ohne seine Hilfe nicht mehr stehen. Er wendet sich an den Standesbeamten. „Danke. Verschwinde jetzt. Wir müssen wieder los."

Ich starre auf Giannis Brust, versuche zu Atem zu kommen und verabscheue mich dafür, dass ich seinen Kuss erwidert habe.

„Ja, Sir", antwortet der Beamte, und ich sehe aus dem Augenwinkel, wie er davoneilt.

Ich umklammere immer noch Giannis Hemd. Er wickelt seine Hand um die Leine, bis er das Halsband erreicht, das noch immer um meinen Hals liegt.

Meine Wangen werden rot. In meiner Eile habe ich vergessen, es abzunehmen.

Giannis großspuriger Blick trifft mich. Er packt mein Haar und zieht daran, bis mein Gesicht direkt vor seinem ist. „Du gehörst jetzt mir, Tesoro. Du musst die Vergangenheit hinter dir lassen. Wir müssen uns auf unsere Zukunft konzentrieren."

Ich lache freudlos. „Glaubst du, mich zu heiraten macht deine Sünden ungeschehen?"

Er schnieft heftig. „Nein. Ich denke, es zeigt dir, wie viel du mir bedeutest."

„Was ich dir bedeute? Du weißt nicht einmal, was das Wort heißt. Aber lass mich dir eines versprechen. Wenn du zu einer anderen Frau rennst, weil du von dieser Scharade gelangweilt bist, schlitze ich dich im Schlaf auf", drohe ich.

Belustigung flackert in seinem Blick auf. „Gut zu wissen. Aber da ich unser Gelübde nicht brechen werde, werde ich wohl keine Angst haben müssen."

„Ja, klar. Ich bin sicher, dass du mich in weniger als einen Monat sitzen lassen wirst."

Er packt mein Haar fester. „Diesmal laufe ich nicht vor dir weg, Cara. Ich habe es ernst gemeint, was ich in meinem Gelübde gesagt habe", sagt er mit Nachdruck.

Ich wünschte, ich könnte ihm glauben.

Aber ich kann es nicht.

Gianni Marino ändert sich nicht. Er ist der Mann, der mir zu oft das Herz gebrochen hat, um darüber hinwegzukommen. Und ich will verdammt sein, bevor ich zulasse, dass unsere Ehe jemals unsere Vergangenheit auslöscht.

Ohne mit der Wimper zu zucken oder seinen dunklen, kalten Augen auszuweichen, sage ich entschlossen, „Zwischen uns hat sich nichts geändert. Jetzt lass mich gehen."

Er ist wie eingefroren, und die Zeit scheint stillzustehen.

„Jetzt", befehle ich.

Schließlich lässt er mich los und tritt zurück.

„Wohin fliegen wir?", frage ich.

„Kelowna."

„Kelowna?", frage ich verwirrt. Ich habe noch nie von dieser Stadt gehört.

Seine Lippen zucken. „Das ist in Kanada, nordöstlich von Vancouver."

„Warum fliegen wir dorthin?"

„Es liegt mitten im Nirgendwo. Keiner wird uns finden, und es gibt dort ein richtig gutes Spa. Du liebst Spas", antwortet er, als ob es völlig normal wäre, dass wir ins Spa gehen.

„Sind wir auf der Flucht?", frage ich.

Er grunzt. „Nein. Ich werde jeden töten, der dir zu nahe kommt."

„Du hast gesagt, niemand wird uns finden", sage ich heiser.

Sein Grinsen wird breiter, und ich möchte ihn am liebsten ohrfeigen, bevor er sagt, „Ich meinte, dass uns niemand in unseren Flitterwochen stören wird."

Mein Bauch kribbelt in einer Mischung aus Furcht und Erregung. Ich verabscheue mich wieder einmal dafür, dass mein Körper nicht mit meinem Verstand übereinstimmt. Ich ziehe meine Schultern zurück. „Ich fahre nicht mit dir in die Flitterwochen."

Er verschränkt die Arme, aber die Stewardess kommt seinen nächsten Worten zuvor. „Mr. und Mrs. Marino, bitte machen Sie sich zum Abflug bereit."

Mir dreht sich der Magen um. *Mrs. Marino.*

„Wir sind bereit", beharrt Gianni und führt mich ins Schlafzimmer, wonach er die Tür mit dem Fuß hinter uns zustößt. Er greift hinter mich und öffnet den Reißverschluss meines Kleides.

„Was machst du da?", fauche ich.

„Beruhige dich, Cara." Er lässt mein Kleid zu Boden gleiten und zieht die Decke zurück. Er zeigt auf mich. „Steig hinein."

„Nein! Ich werde nicht mit dir schlafen!"

Sein Kiefer spannt sich an. „Steig hinein", wiederholt er mit Nachdruck.

Ich bleibe wie angewurzelt stehen und stemme meine Hand in meine Hüfte. „Wenn du glaubst, dass ich alles tue, was du sagst, liegst du verdammt falsch!"

„Gut. Sei ein Sturkopf." Er hebt mich in seine Arme.

„Lass mich runter", fordere ich wütend.

Er legt mich auf das Bett, zieht die Decke über meinen Körper hoch und stemmt dann seine Unterarme zu beiden Seiten meines Kopfes in die Matratze. Mein Herz schlägt schneller, aber er sagt, „Du musst schlafen. Ich bin im Hauptraum, wenn du mich brauchst. Aber sei dir einer Sache sicher, du bist *meine* Frau. Du *wirst* mit mir schlafen. Also schlag dir diesen Gedanken aus dem Kopf."

„Nein. Das werde ich nicht. Ich werde niemals – und ich meine niemals – mit dir schlafen", sage ich entschlossen.

Sein Blick wandert über mein Gesicht, verharrt auf meinen Lippen, dann auf meinen Brüsten. Meine Wangen brennen. Langsam begegnet er wieder meinem Blick. Mit einem Finger streicht er über meine Wange. „Eines scheinst du vergessen zu haben. Ich kenne dich, Cara. Ich weiß, dass sich dein Körper nach mir sehnt, selbst wenn du mich hasst."

Ich sage nichts, atme schwerer und wünschte, ich könnte ihn an mich ziehen und die Vergangenheit vergessen.

Aber ich kann es nicht. „Rede dir das nur ein. Eines Tages wirst du merken, dass du mich nicht mehr kennst. Ich bin nicht mehr das dumme Mädchen, das du ausnutzen und wegwerfen konntest."

Etwas zieht über sein Gesicht. Ich würde es Reue nennen, aber Gianni Marino kennt keine Schuld und kein Bedauern. Ich ermahne mich, nicht darauf hereinzufallen. Er betrachtet mich genauer, dann senkt er seine Stimme. „Ich habe nicht gelogen, Tesoro. Ich werde das Unrecht, das ich dir angetan habe, wiedergutmachen."

Ich wende den Kopf ab und blinzle in die Kissen. „Nein, das wirst du nicht. Das kannst du nicht. Du hast kein Herz. Und jetzt lass mich in Ruhe."

3

Gianni

DIE RECYCELTE LUFT IM JET BRENNT IN MEINER LUNGE. ICH küsse Cara auf die Stirn und verlasse das Schlafzimmer. Ihre Reaktion sollte mich nicht überraschen, aber für einen verrückten Moment dachte ich, dass eine Ehe die Dinge zwischen uns irgendwie ändern würde. Ich dachte, das Kleid würde ihr gefallen, aber ich glaube nicht, dass es das tat. Ich höre immer wieder ihre Worte – ihre Gelübde.

Ich gelobe, dich niemals zu lieben, zu schätzen oder zu ehren.

Ich gelobe, mich immer daran zu erinnern, wer du bist und was du mir angetan hast.

Ich gelobe, deinen Schutz anzunehmen und dafür dankbar zu sein, aber mehr nicht.

Ich gelobe, an deiner Seite zu stehen und immer das Ausmaß deiner Grausamkeit zu kennen, aber mich nie wieder davon täuschen zu lassen.

Ich wische mir mit den Händen übers Gesicht, lasse mich in einen Sitz plumpsen und schaue dann aus dem Fenster in den grauen Himmel. Das war nicht das, was ich mir ausgemalt hatte, als ich darauf wartete, dass Luca alle im Lagerhaus überbietet. Ich nahm an, dass Cara mich zurückweisen würde, aber ich dachte, wenn sie das Kleid sieht und mein Gelübde hört, würde sie erkennen, wie ernst ich es immer mit ihr gemeint habe.

Ich bin ein Idiot.

„Mr. Marino, möchten Sie etwas trinken?", fragt die Stewardess und schaut mich mit ihren ausdrucksvollen Rehaugen an.

Ich stöhne fast laut auf. Frauen sind so berechenbar. Wenn Cara nicht nebenan schlafen würde, wenn ich sie nicht gerade zu meiner Frau gemacht hätte, würde ich diese Frau vorn über beugen und versuchen, das verzweifelte Verlangen, das ich für meinen Tesoro empfinde, aus mir herauszuficken.

Es funktioniert nie, aber ich versuche es immer wieder. Ich weiß nicht einmal, wie viele Jahre vergangen sind, seit ich damit angefangen habe. Ein Dutzend? Zwanzig? Alle Frauen, die ich je gevögelt habe, verblassen in meiner Erinnerung. Ich wüsste nicht mal die Namen der meisten, wenn ich sie zufällig auf der Straße treffen würde.

Sie waren nicht meine Cara, also machte ich mir nicht die Mühe, mir ihre Namen einzuprägen. Was würde das bringen? Sie waren nur eine weitere Möglichkeit für mich, die brennende Besessenheit zu löschen, die ich immer für sie empfand.

Diese Frauen zu ficken war nur ein weiterer Fehler in einer langen Liste. Seit ich erfahren habe, dass mein Tesoro wieder in der Stadt ist und sich mit diesem Abruzzo-Schlägertyp trifft, habe ich meine Hose geschlossen gehalten. Es gibt nur eine Frau, die ich jemals wieder anfassen werde, und das ist niemand anderes als meine *Ehefrau*.

„Sir?", fragt die Stewardess erneut. Ihre Wangen färben sich rosa, und sie legt den Kopf schief. Ein kleines Lächeln umspielt ihre Lippen.

Sie ist so berechenbar. Sie kann nicht einmal die Unnahbare spielen.

Ich kenne diesen Ausdruck nur zu gut. Wenn ich sie wollte, könnte ich sie nehmen, und sie hätte keine Einwände.

Ich frage mich, wie viele reiche Kerle sie schon an sich ran gelassen hat.

Wahrscheinlich zu viele, um sie zu zählen.

Ich will von dieser Frau nichts anderes als einen Drink. Ich runzle die Stirn. „Scotch. Und behalte dein Höschen an, Prinzessin. Ich habe gerade geheiratet, falls du es nicht bemerkt hast."

Sie starrt mich an und schluckt schwer, während ihre Wangen feuerrot aufflammen. „S-Sir. I-Ich …"

Ich zeige entnervt auf den vorderen Teil des Flugzeugs. „Drink. Jetzt."

„J-Ja, Sir." Sie huschte davon.

Ich klopfe mit den Fingern auf die Armlehne, immer noch geschockt von Caras Ehegelübden. Ich wusste, dass ich sie zurückgewinnen musste, aber es erscheint nun schwieriger als je zuvor.

Sie sitzt jetzt mit mir fest. Sie wird keine andere Wahl haben, als ihre Gefühle zu ändern.

Ich schüttle bei dem Gedanken den Kopf. Cara ist genauso stur wie ich. Das ist eines der Dinge, die ich an ihr liebe. Sie gibt nicht so leicht nach. Früher hat sie das getan, aber in der Highschool hat sie schnell gelernt, mich um eine weitere Chance betteln zu lassen. Ein Teil der Anziehungskraft liegt in der Herausforderung, sie zurückzuerobern.

Als sie mich das erste Mal abwies, wurde mein Schwanz so hart, dass es wehtat. Niemand hatte mich je zuvor abgelehnt. Und Cara sah meine Reaktion. Sie realisierte in diesem Moment, welche Macht sie über mich hatte.

Eine Zeit lang trennte ich mich von ihr, nur um das Ganze noch einmal durchzumachen. Jedes Mal ließ sie mich länger zappeln, bis sie meinen Wünschen nachgab. Jedes Mal versprach ich ihr, dass ich es nie wieder tun würde und dass es in Zukunft nur noch uns geben würde.

Dann hatten wir noch besseren Sex als zuvor. Ich war für eine kurze Zeit glücklich, dann bekam ich wieder ein flaues Gefühl im Magen.

Ich erschaudere, wenn ich daran denke, wie ich sie behandelt habe, als wir Teenager waren. Ich habe ihr die Jungfräulichkeit genommen und sie mit Füßen getreten, indem ich danach mehrere Mädchen gevögelt habe. Damals habe ich mir eingeredet, dass das keine Rolle spielt. Sie wusste, bevor sie mir ihre Jungfräulichkeit schenkte, was sie von mir erwarten konnte.

Alles begann mit einem Spiel, das Dante und ich spielten, nachdem seine erste Freundin mit mir zu flirten begonnen hatte. Er sagte mir, ich solle sie vögeln, was ich auch tat. Danach wurde es zu einer Herausforderung, zu sehen, wie viele Mädels an unseren schmutzigen Aktivitäten teilnehmen würden.

Wir haben beide das gleiche Mädel gefickt. Die einzigen, die wir nie gemeinsam genommen haben, waren Bridget und Cara. Wir hatten eine unausgesprochene Regel – sie waren tabu.

Aber wir nahmen jede andere, die wir wollten. Mit uns beiden zu schlafen, war wie ein Ehrenabzeichen. Es schoss das jeweilige Mädel direkt an die Spitze der Beliebtheitsskala. So lief das in unserer Schule. Es hätte genauso gut eine Anzeigetafel geben können, auf der mein Sexleben angeprangert wurde. Cara erfuhr von jeder meiner Eskapaden innerhalb weniger Stunden, nachdem es passiert war.

Die Stewardess reißt mich aus meinen Erinnerungen und räuspert sich. Verärgert schaue ich sie an. Sie hält mir das Glas hin, und ihre Hand zittert leicht. „Ihr Scotch, Sir."

Ich nehme es und trinke einen großen Schluck. Er brennt in meiner Kehle, als er in meinen Magen gleitet. Ich drehe mich zum Fenster und lasse meinen komplizierten Gedanken freien Lauf. Ich überlege, ob ich ins Schlafzimmer gehen und Cara zeigen sollte, wie sehr ich sie vermisst habe.

Noch nicht.

Bilder wirbeln in meinem Kopf herum, und meine Hose wird enger. Ich habe mich nie für Halsbänder interessiert, aber Cara – *meine Frau* – in einem zu sehen, samt einer Leine, die ich um meine Hand wickeln kann, hat etwas in mir ausgelöst.

Das ist falsch.

Sie legten ihr das Halsband um den Hals, damit ein Mann sie besitzen konnte. Aber ich war noch nie jemand, der einem besonderen Moralkodex folgte. Ich dulde zwar keinen Menschenhandel, aber der Gedanke, meinen Tesoro dazu zu bringen, sich mir zu unterwerfen und ein Halsband zu tragen, um der Welt zu zeigen, zu wem sie gehört, erweckt meine unmoralische Seite.

Außerdem würde es ihr eintrichtern, dass sie jetzt mir gehört. Es würde keinen weiteren Versuch geben, mir zu entkommen. Ich gehöre ihr und sie gehört mir – für immer.

Ich genieße unsere neue Realität und nehme einen weiteren großen Schluck Scotch und schlucke ihn hinunter. Meine Gedanken drehen sich um den bevorstehenden Krieg. Es ist keine neue Schlacht. Meine Familie hat diese Abruzzo-Schweine schon immer gehasst, schon bevor eines von ihnen meine Schwester Arianna entführt hat. Jetzt haben sie es sogar noch persönlicher gemacht, indem sie hinter meinem Tesoro her sind.

Wut lodert in mir auf und wird von Minute zu Minute heißer. Ich schnaube hart und knacke mit dem Hals. Das Monster in mir will Uberto jetzt gleich finden, ihn in Stücke reißen und ihn dann an einen Fahnenmast vor Jacopos Anwesen binden. Jacopo ist das Oberhaupt der Familie und steht auf meiner 'Töten durch Folter'-Liste. Jeder Befehl kommt direkt von ihm. Im Laufe der Jahre hat er ihr Menschenhandelsgeschäft um das Zehnfache vergrößert. Und ich bezweifle stark, dass Uberto Cara in Jacopos Auktion gesteckt hätte, ohne vorher die Genehmigung einzuholen.

Nun, jetzt wird er herausfinden, dass Cara mir gehört.

Meine Brust zieht sich bei dem Gedanken zusammen. Kranke Befriedigung mischt sich mit Schuldgefühlen für das, was ich gleich tun werde.

Ich ziehe mein Handy aus meiner Tasche und schalte es ein. Ich verbinde mich mit dem Wi-Fi des Jets und rufe dann mein Bankkonto auf. Sobald alle Details abgeglichen sind, überweise ich zwanzig Millionen Dollar auf Lucas persönliches Konto. Ich rede mir ein, dass ich es tun muss. Wenn ich es nicht tue, wird mein Mann auf jeden Fall auffliegen. In den Augen aller Verbrecherfamilien muss klar sein, wem Cara gehört.

Die Wahrheit ist, dass ich Luca mehr als zwanzig Millionen gezahlt hätte, um meine Tesoro aus dieser Situation zu retten.

Er ist ein Cousin aus Italien. Niemand in den Staaten weiß das, außer Papà, meinen Brüdern und Tully und seinen Söhnen. Er kam als Kind hierher und hat keinen Akzent mehr, außer es kommt ihm zugute.

Im Laufe der Jahre hat er mehr Geheimnisse über die Abruzzos herausgefunden, als ich zählen kann. Als ich erfuhr, was Uberto Cara angetan hatte, war Luca die einzige Person, an die ich mich wenden konnte, die den Job erledigen und gleichzeitig diskret sein würde. Aber ich wusste, dass ich nur wenig Zeit hatte, bevor meine Familie herausfand, was vor sich ging.

Mein Magen kribbelt, als ich an meinen Tesoro denke, nackt und auf einer Bühne, damit all diese Schweine davon träumen können, dass sie ihnen gehört.

Jetzt werden sie wissen, zu wem sie gehört, denke ich mit einer gewissen Genugtuung.

Meine Familie mag sich aus dem Menschenhandel heraushalten, aber egal, worin eine Familie verwickelt ist, es gibt Regeln, an die sich alle kriminellen Familien halten.

Regel Nummer eins: Frauen und Kinder sind tabu.

Ich balle die Faust und öffne sie wieder und wüte innerlich, weil die Abruzzos diese Regel missachtet haben, als sie meine Schwester entführt haben.

Regel Nummer zwei: Wenn ein Mann eine Frau kauft, ist sie sein Eigentum. Niemand darf sie auch nur ansehen, geschweige denn, Hand an sie legen.

Meine Wut lässt nach, als ich daran denke, dass wir den Underground Sexclub in die Luft gejagt haben, um Brenna vor Giulio Abruzzo zu retten. Der einzige Grund, warum niemand hinter meiner Familie her war, ist, dass wir keine Zeugen hinterlassen haben. Außerdem hat sich Declan O'Malley in die Überwachungskameras gehackt und alle Aufnahmen gelöscht. Da Brenna wieder mit Finn O'Malley zusammen ist, gibt es einige Gerüchte, aber bis jetzt hat noch niemand versucht, uns auszuschalten.

Bei dem Gedanken, dass ich Cara jetzt besitze, dreht sich mir der Magen um. Ich kann es nicht gutheißen, wenn ein Mensch einen anderen besitzt. Das hat mich immer angewidert. Dennoch kann ich die Befriedigung nicht leugnen, die meine Seele erfüllt, als ich das Geld für sie überweise.

Ich schließe die Augen und lehne meinen Kopf an die Rückenlehne des Sitzes, umklammere mein Glas fester. Seit ich ein Kind war, fühlte ich mich halb verrückt. Ich wusste, dass ich nicht wie die anderen Kinder in meiner Klasse war. Irgendetwas an Cara ließ die Wut in mir weiter wachsen. Ich habe mich oft gefragt, ob das ein Grund dafür war, wieso ich von ihr besessen bin. Viele Frauen taten so, als würden sie mich verstehen, aber es dauerte nie lange, bis ich die Angst in ihren Gesichtern sah, wenn sie erfuhren, dass der Teufel in mir steckt.

Es ist nicht so, dass meine Handlungen Cara nicht schockiert hätten, aber sie hat mich nicht ein einziges Mal ängstlich angeschaut. Sie wuchs in einer wohlhabenden, nicht kriminellen Familie auf. Sie stammt nicht aus meiner Welt, aber sie ist, ohne zu zögern in diese Welt eingetreten. Meine Frau hat nie Drama wegen dessen verursacht, was ich mache. Und sie ist die Einzige, die wirklich hinter die Fassade blicken kann, die ich dem Großteil der Welt zeige.

Scheiße. Diese Einsicht ist mir nicht neu. In den letzten Jahren überrumpelte sie mich immer wieder, nur um sich in den letzten Monaten zur Orkanstärke zusammenzubrauen. Ich nehme noch einen Schluck von meinem Scotch. Das ist wahrscheinlich der Grund, warum ich so oft vor ihr weggelaufen bin.

Cara hat immer gesagt, „Ich sehe dich, Gianni. Dein wahres *Ich*." Dann kuschelte sie sich an mich und schlief ein, als ob es ihr irgendwie ein Gefühl des Friedens gäbe, dass sie wusste, dass ich ein grausamer Bastard war.

Was mich noch wahnsinniger machte, war, dass es kein leeres Gerede war. Cara verstand die Tiefe meiner Niedertracht fast genauso gut wie ich. Sie akzeptierte alles. Und alles, was sie je tat, war, mir zu zeigen, dass sie zu mir stehen und mich weiter lieben würde, doch ich musste sie wegstoßen.

In den letzten Jahren habe ich für meine Fehler bezahlt. Sie brach jeglichen Kontakt zu mir ab, als sie nach Europa ging. Ich flog hin und flehte sie an, mir noch eine Chance zu geben, doch keine Entschuldigung und kein Versprechen konnte sie umstimmen. Als ich schließlich nach Hause kam, versuchte ich, sie zu vergessen, aber es war unmöglich.

Alle meine Gedanken drehten sich um sie. Jede Frau, die ich traf, verglich ich mit ihr und versuchte dann, so zu tun, als wäre sie meine Cara. Aber niemand konnte stoppen, wie sich das ungute Gefühl in meiner Brust ausbreitete. Je mehr ich versuchte, es auszulöschen, desto schlimmer wurde es.

Ich wusste nicht, dass sie mit Uberto zusammen war, bis sie nach New York zurückkam, wusste nicht einmal, dass sie in der Stadt war. Als ich sie wiedersah, wurde meine endlose Verliebtheit nur noch größer. Und ihre Entschlossenheit, mich nicht in ihr Leben zurückkehren zu lassen, ließ jedes Quäntchen meines Wahnsinns aufleben.

Meine Fähigkeit, mein Temperament zu zügeln und eine Situation zu analysieren, bevor ich handelte, flog aus dem Fenster. Ich habe meinen Papà seit ihrer Rückkehr zu oft verärgert, um es zu zählen. Das hat einen Riss zwischen uns verursacht. Das Vertrauen, das er einst in mich hegte, ist geschwunden.

Auch Dante hat meine Entscheidungen seither oft infrage gestellt. Er ist lediglich ein paar Minuten älter als ich, was aber bedeutet, dass er der nächste in der Hierarchie ist – das zukünftige Oberhaupt der Marino-Familie. Bis jetzt genoss ich immer sein volles Vertrauen. Wir waren immer einer Meinung, aber in letzter Zeit bin ich aus dem Gleichgewicht geraten und kann mich nicht mehr beherrschen. Es ist, als hätte das Interesse der Abruzzos an Cara die Büchse der Pandora geöffnet, in der meine ganze Selbstbeherrschung steckte.

Ich schaue auf mein Handy hinab. Die Flugzeit wird auf weitere viereinhalb Stunden geschätzt. Ich öffne meine Google-App und suche nach *echten Diamantenhalsbänder mit Leinen in der Nähe von Kelowna.*

Es schmerzt mich, für Edelsteine zu bezahlen, da meine Familie ein ganzes Unternehmen um sie herum aufgebaut hat, aber mein Verlangen wird immer größer. Ich scrolle durch die Bilder und halte plötzlich inne. Ein perfektes Platinhalsband mit zwölf Diamanten, jeder von ihnen mehrere Karat schwer, strahlt mich an. Ich klicke auf das Angebot, lese die Beschreibung und blättere dann durch alle Fotos. Es erregt mich nur noch mehr. Die Leine kann abgenommen werden, sodass es wie ein teures Halsband aussieht. Es ist ein Statement-Stück, das Cara gut stehen wird.

Sie gehört mir.

Für immer.

Es ist so perfekt, dass mein Schwanz hart wird und gegen meinen Reißverschluss drückt. Ich kann mir Cara darin nur zu gut vorstellen – wie sie vor mir kniet und mich anbettelt.

Ich klicke auf Kaufen, finde aber keine Versandoptionen, um es noch heute liefern zu lassen. Ich rufe den Juwelier an.

Ein älter klingender Mann antwortet. „Guten Tag. Was kann ich für Sie tun?"

„Hallo. Ich habe auf Ihrer Website ein Zwölf-Diamanten-Halsband gesehen. Haben Sie das noch im Laden?" Ich tippe mit den Fingern auf den Rand meines Glases und unterdrücke das Gefühl, explodieren zu wollen, bei dem Gedanken, dass er es vielleicht bereits verkauft hat.

„Ehm, ja."

„Gut. Ich nehme es, aber Sie müssen es in das Resort bringen, in dem ich heute Nacht übernachte. Dafür zahle ich natürlich extra", antworte ich.

Er räuspert sich. „Sind sie Gast im Spa?"

„Ja."

„Ich fürchte, ich bin der Einzige im Laden. Das Spa ist eine zwanzigminütige Autofahrt entfernt. Ich kann es erst liefern, wenn ich heute Abend schließe."

„Wann machen Sie zu?"

„Acht."

„Können Sie es bis halb neun vorbeibringen?"

Eine kleine Pause entsteht.

Ich atme tief ein und meine Haut kribbelt. „Ich brauche es heute Abend. Für Ihre besondere Aufmerksamkeit in dieser Angelegenheit lege ich 10.000 Dollar extra auf den Gesamtbetrag."

„Oh. Das ist nicht nötig. Ich möchte Sie nicht ausnutzen. Ich kann dafür sorgen, dass es bis halb neun bei Ihnen ist."

Ein weiterer Gedanke kommt mir in den Sinn. „Perfekt. Ich hinterlasse die Anweisungen an der Rezeption. Können Sie mir noch einen letzten Gefallen tun?"

„Welcher wäre das?"

„Bieten Sie Gravuren an?"

„Ja."

„Ich möchte, dass Sie *Tesoro, Für immer heißt für immer. In ewiger Liebe, dein Mann Gianni* in das Halsband eingravieren."

„Können Sie das Fremdwort und den Namen für mich buchstabieren?"

Ich tue, worum er mich bittet, und füge hinzu, „Es muss als Geschenk verpackt sein. Ich möchte weißes Papier, aber es muss von guter Qualität sein, nichts Billiges. Und eine weiße Schleife dazu. Können Sie das machen?"

„Natürlich, aber die Schachtel mit der Halskette ist silberfarben und mit weißem Satin ausgeschlagen. Ist das in Ordnung? Ich glaube nicht, dass ich etwas anderes habe, das dazu passt", sagt er vorsichtig.

„Ja, das ist in Ordnung." Ich gebe ihm meinen Namen, meine Kreditkartendaten und den Namen des Hotels, nur um sicherzugehen, dass er dasselbe Spa-Resort meint.

Befriedigt und angetörnter denn je, trinke ich meinen Scotch aus und kann dann nicht mehr anders. Ich stehe auf, gehe ins Schlafzimmer und schließe die Tür so leise wie möglich hinter mir.

Mein Herz setzt einen Schlag aus, als ich meinen Tesoro schlafen sehe. Sie liegt auf ihrer Seite. Ihr langes, dunkles Haar liegt ausgebreitet auf ihrem Kopfkissen. Ihre makellose Haut sieht unbeschreiblich weich aus, und ich bin mir nur zu bewusst, wie sie sich anfühlt.

Ich stöhne innerlich auf und überlege, was ich jetzt tun soll. Ich habe noch nie so lange ohne Sex ausgeharrt. Es ist ein angeborenes Bedürfnis in mir, aber ich habe der Versuchung nicht nachgegeben, bis ich sie zurück hatte. Jetzt ist sie hier, Mrs. Gianni Marino, und mein Bedürfnis wird nur noch stärker.

Ihre Augen sind geschlossen, aber sie murmelt, „Geh weg. Ich schlafe."

Ich lache und lege mich aufs Bett. Ich ziehe meine Schuhe aus, schlüpfe unter die Decke und ziehe sie an mich.

Ihr Körper versteift sich. „Was tust du da?", fragt sie.

Ich drehe sie so, dass sie mir zugewandt ist und auf meiner Brust liegt. Ich fahre mit dem Finger über ihre Wange. „Wie geht es deinem Kopf?"

Langsam begegnet sie meinem Blick. „Gut. Kannst du jetzt wieder gehen?"

„Nein."

„Heiliger. Verschwinde einfach." Ihre Augen funkeln wie Höllenfeuer, aber sie stößt mich nicht weg.

Ich werte es als Zeichen, dass ich Fortschritte mache. Ich lege meinen anderen Arm um sie und küsse sie auf die Stirn. Sie gähnt, als ich verkünde, „Ich bin müde. Wir haben einen langen Flug vor uns. Schlaf weiter."

Sie starrt mich mehrere Minuten lang an.

„Schlaf weiter, Cara. Die Drogen müssen ihren Weg aus deinem Körper finden. Du kannst mich später hassen."

Sie seufzt. „Wehe, du versuchst was."

So sehr ich es auch möchte, ich weiß, dass sie noch wütender sein wird, wenn ich es tue. „Du stehst noch unter Drogen. Ich bevorzuge es, wenn meine Frauen bei klarem Verstand sind, schon vergessen?"

Sie rollt mit den Augen. „Seit wann hast du denn moralische Werte?"

Ich streiche mit dem Daumen über ihre Hüfte und merke wieder, wie gut sie mich kennt. „Habe ich nicht. Und jetzt schlaf."

Sie rührt sich nicht.

Ich lehne mich näher an sie heran, sodass meine Lippen die ihren streifen. „Willst du, dass ich dich auspowere?"

Sie holt tief Luft und lächelt dann. „Ich dachte, du magst es, wenn deine Frauen bei klarem Verstand sind."

„Ich sagte ich *bevorzuge* es. Und ich erinnere mich an mehrere Gelegenheiten, bei denen wir beide ziemlich besoffen waren, uns aber trotzdem gut amüsiert haben."

Sie leckt sich über die Lippen, und ich verbiete es mir, ihr meine Zunge in den Mund zu schieben. „Es kümmert dich also nicht, wenn ich unter Drogen stehe?"

Ich dränge meinen Ärger über das, was die Abruzzos ihr angetan haben, in den Hintergrund. Ich ziehe an ihrem Haar.

Sie keucht und mein Schwanz zuckt gegen ihren Bauch.

Ich schlinge ihr Haar fest um meine Hand und antworte, „Ich habe dir gesagt, dass ich keinen Moralkodex folge. Nicht, dass du das nicht schon wüsstest, aber willst du mich etwa auf die Probe stellen? Ich kann dir versichern, Tesoro, ich habe mich nicht verändert."

Sie schließt kurz die Augen, dann bohrt sich ihr blauer Blick in mich. Tiefe Abscheu erfüllt ihre Stimme. „Ja. Ich weiß, du hast dich nicht verändert."

Mein Herz sinkt, aber nichts, was sie sagt, ist unwahr. Ich habe ihre Wut und Abscheu verdient. Ich schniefe hart und lasse ihr Haar los. „Dann schlaf jetzt." Ich arrangiere sie so, dass sie sich an mich schmiegt. Das war schon immer ihre Lieblingsschlafposition. Meine auch, aber ich habe es ihr nie gesagt. Alles, was ihr zeigte, wie viel sie mir bedeutete, verbarg ich, weil ich zu feige war, es zu gestehen.

Ich bereue alles. Jeden Moment, in dem ich ihr nicht gesagt habe, wie unglaublich sie ist oder was ich an ihr liebe.

Schließlich gibt sie nach, schließt die Augen und atmet nach wenigen Minuten wieder leiser.

Es ist wie Musik in meinen Ohren. Ich habe vor einer Weile begonnen mich zu fragen, ob ich dieses Geräusch jemals wieder hören oder das Kitzeln ihrer winzigen Atemzüge auf meiner Brust spüren würde.

Es vergeht keine Sekunde, in der ich schlafe. Ich halte sie fest in meinem Armen, fahre mit meiner Hand über ihren Hintern und ignoriere meine überschwängliche Erektion. Den Rest der Reise verbringe ich damit, mich zu fragen, wie ich jemals wieder in ihre Gunst kommen soll. Abgesehen von all meinen bisherigen Methoden, die nicht mehr zu funktionieren scheinen, bin ich nicht näher dran, sie für mich zu gewinnen, als vor dem Einstieg in dieses Flugzeug.

Ich bin aber noch lange nicht bereit, den Versuch aufzugeben.

Ich *werde* sie dazu bringen, mich wieder zu lieben.

Ich bin mir nur nicht sicher, *wie*.

4

Cara

„Tesoro, wach auf." Giannis tiefe Stimme ist sanft, was selten vorkommt. Normalerweise ist sie kraftvoll und befehlerisch, was ich immer an ihm geliebt habe. Aber diese Momente, in denen ich schlafe und er sanft spricht, gefallen mir auch. Ich weiß nicht, ob jemand anderes dies jemals erlebt hat.

Ich schmiege mich an seinen muskulösen Körper und schließe meinen Arm um ihn, während ich die Augen geschlossen halte. „Lass uns den ganzen Tag so verbringen", murmele ich.

Er lacht leise und zieht mich fester in seine Umarmung, dann schiebt er seine warme Hand zwischen meine Schenkel. Sein heißer Atem trifft meinen Nacken. Mein Körper steht unter Strom, meine Spalte summt. Ich bewege meine Hüften, und er verwöhnt meine Pussy, fährt mit seinem Mittelfinger durch meinen Schlitz.

Ich wimmere, aber öffne meine Augen immer noch nicht. Verlangen schießt durch meine Adern. Meine Muskeln umklammern seinen Finger, während sein Daumen meine Perle umkreist.

Er knabbert an meinem Ohrläppchen, lässt seinen Finger in meine feuchte Hitze gleiten und murmelt, „Es ist zu lange her, Tesoro."

Zu lang? Wovon redet er? Wir haben uns doch bestimmt letzte Nacht geliebt, wenn er jetzt neben mir liegt.

Gähnend lächle ich und antworte, „Wie viele Stunden sind es schon?" Ich bin immer noch müde und nicht bereit, ganz aufzuwachen. Ich hebe mein Gesicht, bis meine Lippen seine berühren, und vergrabe meine Finger in seinem dichten Haar.

Bei der Berührung gleitet seine Zunge in meinen Mund, verbindet sich langsam mit der meinen und wird dann immer schneller und eindringlicher. Er neckt mich, bis ich am Rande des Wahnsinns stehe.

„Hör auf mich zu necken", bringe ich gerade noch gegen seine Lippen hervor.

„Ich tue, was ich will. Deine Pussy gehört mir. Das weißt du", sagt er, senkt seinen Kopf in meine Halsbeuge und beißt in meine Schulter.

„Oh verdammt!" schreie ich, halte ihn fester und lasse meine Hüften fester gegen seine Hand kreisen. *Das* ist etwas, das nur er mit mir gemacht hat. Ich weiß nicht, warum es uns so anmacht, aber seine Ungestümtheit bringt mich um den Verstand. Ich öffne meine Augen, aber es ist dunkel.

Seine Hand fährt in meinen Nacken und drückt fest zu, während er mich erneut beißt und dann mit dem Daumen über die Stelle reibt, an der sein Mund gerade noch war.

Ein Stöhnen entweicht meinen Lippen. Er kneift in meine Perle und umkreist sie schneller, und ich flehe, „Bitte."

Er zieht mich an den Haaren, bis seine Augen auf die meinen treffen. Sie sind dunkler als der Raum, und jedes Quäntchen seiner Dominanz schimmert in ihnen. „Sag mir, wem du gehörst."

„Dir. Nur dir", flüstere ich. Adrenalin sammelt sich in meinen Zellen und wartet darauf, freizubrechen. „Bitte, Gianni."

Seine Mundwinkel ziehen sich nach oben, und er zieht eine Augenbraue hoch. Mein Herz rast, und ich grabe meine Nägel in seine Kopfhaut. Ich kenne diesen Blick. Er wird mich noch länger warten lassen.

„Bitte", flehe ich, aber was Gianni will, bekommt er auch. Er neckt mich, bis ich regelrecht nass bin und in Flammen stehe, was uns beide erregt.

Seine Finger fahren fort, mich auf perfekte Weise zu verwöhnen. Der etwas eingebildete, konzentrierte Ausdruck auf seinem Gesicht ist ungebrochen.

Mein Betteln wird lauter, bis mir der Schweiß auf der Haut steht.

„Wem gehörst du?", knurrt er wieder.

„Dir! Bitte!", antworte ich.

Er beißt mir in den Nacken, und ich wölbe mich in ihn hinein. Seine Erektion drängt gegen meinen Oberschenkel. Er umkreist meine Perle schneller, und in meinem Körper ist die Hölle los.

„Heilige Scheiße!", stöhne ich, als weiße Sterne vor meinen Lidern tanzen.

Er beißt mich erneut, während ich zum Orgasmus komme, was das Hochgefühl noch verstärkt. Dann murmelt er, „Mein Mund hat deine Pussy vermisst. Sag mir, dass ich sie haben kann."

Verwirrt darüber, warum er mich das fragt, lasse ich meine Hand über seinen Rücken hinuntergleiten, um die Decke wegzuziehen, aber meine Finger bleiben an seinem Gürtel hängen.

Warum ist er angezogen?

Sein heißer Mund gleitet über meine Brust, und seine Zunge streift meine Brustwarze.

Ich streichle die Seite seines Kopfes und blinzle ein paar Mal. Sein Gesicht wandert zu meinem Oberkörper, und alles kommt mir wieder in den Sinn.

Das Kleid.

Die Hochzeit.

Unsere Gelübde.

Ich versuche, mich aufzusetzen, aber seine Hand hält mich immer noch im Nacken fest. Er fährt mit seiner Zunge meinen Schlitz entlang, und ich erlaube mir fast, mich dieses eine Mal von ihm nehmen zu lassen.

Nein, nein, nein!

„Lass mich los!", sage ich.

Er erstarrt, dann erwidert er meinen Blick.

„Ich habe gesagt, du soll mich loslassen", wiederhole ich, aber meine Stimme bricht.

Er leckt sich über die Lippen, fährt mit seiner Zunge über meinen Kitzler und ich wimmere. „Bist du sicher, dass ich aufhören soll?", fragt er voller Arroganz.

Nein.

Ja.

Verdammt!

Ich finde meine Kraft und drücke ihm mit der Hand gegen die Stirn. „Du hast mich gehört."

Er schnieft heftig, atmet tief ein und nimmt seine Augen nicht von den meinen. „Scheint, als hättest du dich amüsiert."

Röte bricht auf meinen Wangen aus. Das Letzte, was ich wollte, war, dass Gianni weiß, dass er mich immer noch anmacht. „Habe ich nicht", behaupte ich.

Er kniet sich hin und beugt sich über mich. „Hast du mich deshalb angefleht?"

„Halt die Klappe", fauche ich.

„Du weißt, dass du jetzt meine Frau bist. Dieses Spiel, das du spielst, wird nicht lange andauern."

Panik blitzt in mir auf. Ich stoße ihn erneut an der Stirn von mir. „Runter!"

Er stöhnt, rollt sich von mir herunter und schüttelt den Kopf. „Es wird Zeit, dass du die Vergangenheit vergisst und mir vergibst."

Ich lache freudlos. „Ich werde dir nie verzeihen! Und ich werde dir nie wieder zum Opfer fallen!"

Er schrubbt sich mit einer Hand über das Gesicht, dann klettert er auf mich. Er packt meine Handgelenke und drückt über meinen Kopf an das Kopfteil.

Ich keuche und hasse mich selbst, als sich meine Beine automatisch spreizen. Seine Erektion drückt gegen meine feuchte Hitze. Mein erster Gedanke ist: *warum kann er jetzt nicht nackt sein?*, und ich kann mir selbst nicht glauben.

„Du denkst, du bist mein Opfer?", fragt er.

Ich sage nichts und kämpfe gegen das Verlangen meines Körpers an, mich ihm entgegen zu wölben. Mein stockender Atem vermischt sich mit seinem. In seinen dunklen Augen funkelt Macht, Kontrolle und Gewissheit, und alles an dieser starken Mischung lässt mich innerlich erschaudern.

Es ist nicht zu leugnen, dass ich mich zu ihm hingezogen fühle. Ein Blick genügt. Sein Verhalten und seine Identität entzünden meine Seele. Ihn zu bekämpfen, ist in all den Monaten nicht einfacher geworden. Es wurde immer schwieriger, aber ich habe mich behauptet. Aber jetzt weiß ich nicht, wie ich ihn überleben soll – *uns* überleben soll.

Wenn ich bei Gianni bin, fühlt sich alles in meinem Leben richtig an. Wir passen in jeder Hinsicht zusammen. Unsere Beziehung ist nicht nur körperlich. Wir agieren auf einer emotionalen und mentalen Ebene, die ich noch nie mit jemandem außer ihm geteilt habe.

Jedes Mal, wenn er zurückkehrt und seine Versprechungen macht, ist es, als würde er tiefer in meine Seele eintauchen. Dann verschwindet er. Und mit jedem Mal wird es schwieriger, mich wieder zusammenzusetzen – all die Puzzleteile aufzusammeln, die am Boden liegen. Und ich bin nicht so naiv zu glauben, dass dieses Mal eine Ausnahme sein wird.

Er drückt zarte Schmetterlingsküsse auf meine Stirn, Nase und Wangen, dann betrachtet er mich, während ich den Atem anhalte. Schließlich sagt er, "Wenn du erfahren willst, wie es ist, mein Opfer zu sein, dann zeige ich es dir, Tesoro. Aber ich fürchte, du wirst es zu sehr lieben. Was würde das dann aus uns machen? Hm? Ein Ehemann, der seine Frau jagt und dann einsperrt, um das Spiel zu spielen, nach dem sie sich sehnt? Denn du weißt, dass ich dich niemals töten würde, aber ich müsste mir überlegen, wie ich dich zähmen könnte."

Mein Innerstes bebt. Irgendetwas an seiner Aussage erregt und erschreckt mich zugleich. Es ist ein erstes Zeichen dafür, dass ich offiziell genauso abgefuckt bin wie Gianni. Die Vorstellung, wie er mich jagt und in seiner Suite einsperrt, mich zu seiner Gefangenen macht, während ich erregt auf seine Rückkehr warte, verursacht mir eine köstliche Gänsehaut. Ein Tropfen meines Lustsaftes rinnt über meinen Schenkel.

Er streicht mit seinem Finger über meine Wange. Seine Lippen fahren über meine und seine Augen leuchten auf. "Ah. Endlich erkenne ich die Wahrheit. Vielleicht werden wir das tun. Ich werde dich wie mein Eigentum behandeln, denn genau genommen bist du es, und du würdest jeden Moment davon genießen."

"Ich bin *nicht* dein Eigentum", spucke ich förmlich mit zusammengebissenen Zähnen.

Auf seinem Gesicht erscheint ein finsterer Ausdruck, wie ich ihn schon zu oft in meinem Leben gesehen habe. "Du hast keine Ahnung, was ich alles getan habe, um dich hier unter mir zu haben."

"Wovon redest du?"

Er wickelt die Leine des Halsbands um seine Hand und hält sie mir vor das Gesicht. Mein Herz klopft schneller. Ich habe gar nicht gemerkt, dass ich sie noch immer trage. Der Anblick der Leine um Giannis große Faust, der Druck des Halsbands, lässt mein Inneres pulsieren.

Seine Lippen kräuseln sich. „Das geht dich nichts an. Aber hör auf zu träumen, Cara, du bist mein Eigentum. Und ich bin ein Mann mit Bedürfnissen. Ich werde deine Einstellung nur eine bestimmte Zeit lang tolerieren, also wisse dies. Was immer ich bisher getan habe, es ist nur ein Bruchteil dessen, was ich in Zukunft tun werde, um dich in Sicherheit zu bringen und mein Eigentum zu genießen."

Blut rauscht in meinen Ohren. „Ich gehöre dir nicht, Gianni", fauche ich erbittert.

Befriedigung macht sich in seinem Gesichtsausdruck breit, und ich bekomme ein mulmiges Gefühl. Er öffnet seinen Mund und schließt ihn wieder. Mit einer schnellen Bewegung löst er die Leine und das Halsband von meinem Hals. Er rollt sich von mir herunter und springt vom Bett. „Wir sind gelandet. Es ist kalt draußen, also zieh dir was an." Er deutet auf das Ende des Bettes.

Ich setze mich auf und werfe einen Blick auf den Kleiderstapel, bevor ich ihn direkt ansehe. Alles an dem Hochzeitskleid und der Designerkleidung, die am Fußende liegt, kotzt mich an. „Wie lange hast du das geplant? Wusstest du, was Uberto mit mir vorhatte?", werfe ich ihm vor.

Er verschränkt die Arme vor der Brust. „Ich habe dir gesagt, dass er ein Abruzzo ist. Ich habe dich gebeten, mit ihm Schluss zu machen. Wusste ich vorher, dass er dich unter Drogen setzen und versteigern würde? Nein, nichts dergleichen. Aber das ist auch nicht wichtig. Wenn ich dir in Zukunft sage, du sollst dich von jemandem fernhalten, dann hörst du zu. Du gehorchst mir. Haben wir uns verstanden?"

Beißende Wut steigt in mir auf und gräbt sich in meine Knochen. Ich hebe mein Kinn. „Ich bin nicht dein Kind, und werde dir nie gehorchen. Die Zeiten, in denen ich dir vertraute, sind vorbei."

Seine Nasenlöcher blähen sich. „Wünschst du dir also, ich hätte dich nicht gerettet?"

Ich schaue zur Decke und schließe die Augen. Mein Bauch krampft sich zusammen. Wenn Gianni mich nicht gerettet hätte, wo wäre ich dann jetzt?

Ich wäre nicht mit ihm verheiratet.

Es ist besser als die Alternative.

Ist es das wirklich?

Mein Gott, wie kann ich das überhaupt infrage stellen?

Er ist Gianni Marino. Der Mann, der mir zu oft das Herz gebrochen hat, um es zu zählen.

„Das habe ich mir gedacht. Zieh dich an. Du bist jetzt Mrs. Gianni Marino. So sollte es schon immer sein und daran wird sich auch nichts ändern", befiehlt er.

Klar, bis du dich wieder mit mir langweilst, denke ich, aber ich spreche es nicht laut aus.

Als das Geräusch der sich schließenden Tür an meine Ohren dringt, öffne ich die Augen und atme mehrmals tief durch. Ich lasse meine Hand über die Stelle gleiten, in die Gianni gebissen hat, und frage mich, wie er mich immer noch körperlich beeinflussen kann, nachdem er mich so sehr verletzt hat.

Langsam hebe ich alle auf dem Bett gestapelten Kleidungsstücke auf und überlege, ob ich den sexy schwarz-goldenen BH und das Höschen anziehen soll. Normalerweise würde ich das Set lieben, aber es befriedigt zu sehr Giannis Geschmack. Ich bin mir sicher, dass er sich bereits ausmalt, was er mit mir darin anstellen wird.

Ich frage mich wieder, wie lange er von meiner Entführung wusste. War das alles geplant? Hat er zugelassen, dass ich unter Drogen gesetzt und verkauft wurde, damit er seinen Willen durchsetzen konnte?

Ich schlucke schwer, denn ich traue es ihm zu. Er würde ohne zu zögern alles tun, wenn es ein Mittel zum Zweck ist, um zu bekommen, was er will. Ich kann also nichts von dem glauben, was er sagt.

Ich starre die Unterwäsche an und überlege weiter, ob ich sie anziehen soll oder nicht. Schließlich entscheide ich, dass ich es zu meinem Vorteil nutzen werde. Ich werde das Set anziehen und später am Abend um ihn herumtänzeln, nur um ihn zu quälen.

Wenn er will, dass ich Mrs. Gianni Marino bin, werde ich ihm zeigen, was das bedeutet. Nur werde ich nicht die pflichtbewusste Ehefrau spielen, die sich um seine Bedürfnisse kümmert. Er wird schon sehen, was er davon hat, dass er mich dazu gezwungen hat, ihn zu heiraten.

Ich ziehe mich an und gehe ins Bad. Dort angekommen spritze ich mir etwas kaltes Wasser ins Gesicht und betrachte mich dann im Spiegel.

Ich kann das tun.

Wenn es um Gianni Marino geht, muss ich einfach mein Herz hinter einer dicken Mauer verstecken.

Ich sammle all meinen Mut und verlasse das Schlafzimmer. Gianni wartet direkt vor der Tür auf mich. Er wirft mir einen anerkennenden Blick zu und wirft das Halsband und die Leine auf einen Sitz. Sein Arm gleitet um meine Taille. Er beugt sich zu mir hinunter, sodass sein Atem mein Ohr berührt. „Keine Sorge, Tesoro. Ich besorge dir ein neues."

Ich drehe mich zu ihm um, halte den Atem an und hasse mich dafür, dass sich mein Herz beschleunigt. Ich sollte nichts von ihm wollen – schon gar nicht ein Halsband.

Sein überheblicher Gesichtsausdruck wird noch prominenter. Er lässt seine Hand über meinen Hintern gleiten und streichelt meine Pobacke.

Meine Knie werden schwach. Ich lehne mich an seine Brust und verfluche mich erneut.

Er atmet mich tief ein. „Es hat mich auch überrascht. Aber, hey, vielleicht ist es das, was zwischen uns all die Jahre gefehlt hat."

„Wovon redest du?", frage ich, auch wenn ich es nicht sollte.

Seine Lippen kräuseln sich. Er fährt mit dem Finger über die Stelle an meiner Schulter, in die er vorhin gebissen hat, und lässt mich zusammenzucken. „Du in den gewagten Outfits, die ich für dich auswähle, mit einem Halsband, das zeigt, dass du mir gehörst, während du vor mir kniest und auf mein Kommando wartest."

Ich starre ihn an und hasse es, wie sehr diese Vorstellung meine Pussy zum Pulsieren bringt. „Niemals. Ich werde nie vor dir niederknien."

Sein Gesichtsausdruck verrät mir, dass er mir nicht glaubt. Er fährt mit seinem Daumen über meine Lippen. Als ob er keinerlei Zweifel hätte, sagt er, „Du wirst es tun. Tatsächlich sehnst du dich bereits danach. Ich sehe es in deinen Augen, Tesoro. Und egal, wie sauer du auf mich bist, du wirst nie aufhören, das zu wollen oder zu brauchen, was ich dir geben kann."

„Fick dich", flüstere ich.

Sein Grinsen wird breiter. Er sagt nichts weiter und führt mich aus dem Jet und in das Auto, das auf der Landebahn auf uns wartet. Sobald sich die Tür des Wagens hinter uns schließt, klingelt sein Handy.

Während der Fahrt ignoriere ich ihn, starre aus dem Fenster und versuche, seine Stimme zu übertönen. Er knurrt denjenigen, der angerufen hat, auf Italienisch an. Die Ironie der Situation trifft mich. Früher habe ich es geliebt, ihm zuzuhören, wenn er seine Autorität über andere ausübte. Irgendwie habe ich mich dadurch noch mehr in ihn verliebt. Jetzt erinnert es mich daran, wie viel mehr Macht er hat als ich.

Als seine Hand über meinen Oberschenkel gleitet, versuche ich nicht einmal, mich ihm zu entziehen. Tief im Inneren weiß ich, dass alles, was er gesagt hat, wahr ist. Ich habe mich immer nach allem gesehnt, was nur Gianni mir geben kann. Alles, was ich je wollte, war, ihm zu gehören. Ich habe es gebraucht wie eine Drogensüchtige ihren nächsten Hit. Aber jetzt darf ich meinem Verlangen nicht nachgeben. Was immer ich auch tue, ich muss mich daran erinnern, dass Gianni Marino, *mein Mann*, nichts anderes ist als eine Schlange – eine kaltblütige, bitterböse Schlange, die vor nichts zurückschrecken wird, wenn ihm wieder langweilig wird.

.

5

Gianni

„Dein Vater hat eine Familienversammlung einberufen und mich dazu gebeten", sagt Luca, fast etwas gelangweilt.

Ich beobachte Cara. Sie starrt schon die ganze Fahrt über aus dem Fenster. Ich lasse meine Hand auf ihren Oberschenkel gleiten und beobachte, wie ihr die Röte in die Wangen steigt. Zufrieden damit, dass ich mich nicht geirrt habe und sie immer noch auf meine Berührung reagiert, halte ich mich zurück, mein Handy auf den anderen Sitz zu werfen und sie im Auto zu nehmen. Stattdessen ermahne ich mich, dass ich geduldig sein muss. Ich spreche Italienisch und frage, „Was waren seine Anweisungen?"

Luca grunzt. „Er wollte, dass ich ihm sage, wo du bist."

Mein Cousin ist ein paar Jahre älter als ich. Er respektiert meinen Vater, aber er hat keine Angst vor ihm. Das macht meinen Vater wahnsinnig, auch wenn er es nie zugegeben hat.

Aber ich weiß auch, dass er Papà gegenüber loyal ist. Und ich weiß, wie geschickt mein Vater darin ist, von Männern die Informationen zu bekommen, die er will. Deshalb habe ich Luca keine Informationen darüber anvertraut, wohin ich Cara bringen würde. „Gut, dass du es nicht weißt."

Luca geht nicht auf meine Bemerkung ein. „Dante hat sich eine ganze Weile mit deinem Papà gestritten. Er hat eine Jagd auf Uberto angeordnet."

Ich balle meine Hand zur Faust und atme tief ein. Ich habe meinem Bruder gesagt, er soll ihn in Ruhe lassen. Ich will die Genugtuung haben, wenn ich ihn gefangen nehme und er um Gnade bettelt. Aber ich hätte wissen müssen, dass Papà sich einmischen würde. „Wie wütend war Papà?"

Luca gähnt. „Ach, das übliche Maß an überschäumender Wut. Du hast nicht viel verpasst. Ich wurde Tristanos Team zugeteilt."

Ich fahre mir mit der Hand durch die Haare und lasse meine andere Hand auf die Innenseite von Caras Oberschenkel gleiten. Sie atmet tief ein, sieht mich aber immer noch nicht an. Ich sage zu Luca, „Sorge dafür, dass niemand, und ich meine *niemand*, ihn anrührt, bis ich nach Hause komme."

„Betrachte es als erledigt."

Ich lege auf und wähle Dantes Nummer.

Er antwortet nach einem Klingeln. „Wo zum Teufel bist du?"

Ich zähle in meinem Kopf bis fünf. Aus irgendeinem Grund hat mich das stumme Zählen immer beruhigt. Ich spreche so leise, dass ich das Gefühl habe, mich unter Kontrolle zu haben, damit Cara nicht ausflippt. Da sie fließend Italienisch spricht, kann sie alles verstehen, was ich sage, aber ich habe mir nie Sorgen darüber gemacht, dass sie meine geschäftlichen Gespräche mithört. Zwischen uns herrschte immer ein gewisses Vertrauen, auch wenn wir nie über meine Geschäfte gesprochen haben. Ich spreche weiter auf Italienisch und antworte, „Das geht dich nichts an. Und ich habe dir gesagt, du sollst mit der Jagd auf Uberto warten, bis ich wieder zu Hause bin."

„Fick dich, Gianni. Du wusstest, dass Papà entscheiden würde, was zu tun ist. Und er will, dass du ihn anrufst und deinen Arsch nach Hause bewegst."

Ich werde weder das eine noch das andere tun. Papà hat bereits eine Sprachnachricht hinterlassen, die ich nicht abgehört habe, und mehrere wütende SMS geschickt. „Was hast du ihm gesagt?", frage ich.

Spannung liegt in der Luft. Ich zähle bis fünfzehn, bevor Dante antwortet, „Nichts. Er weiß, dass ich lüge, um dich zu decken."

Ich erschaudere innerlich. Ich hasse es, dass Dante sich in letzter Zeit ständig für mich einsetzen muss. Und doch scheine ich immer wieder in diese Schwierigkeiten zu geraten. Aber jetzt, da ich Cara habe, werde ich hoffentlich wieder mit meinem Papà auf eine Wellenlänge kommen.

Dante schnieft heftig. „Hast du sie dazu gezwungen?"

Ich muss wohl nicht fragen, woher er wusste, dass ich sie geheiratet habe. Wir hatten schon immer einen sechsten Sinn, wenn es um den anderen ging. Ich streiche mit meinem Daumen über Caras Oberschenkel, nur wenige Zentimeter von ihrem Schlitz entfernt, und ihre Wangen glühen noch heißer. Ich bin dieses Gespräch leid und antworte, „Warum fragst du mich Dinge, auf die du die Antwort schon kennst?"

„Mein Gott. Das hättest du nicht tun müssen. Du weißt, dass wir sie hätten beschützen können, ohne sie zu zwingen, dich zu heiraten", sagt er.

Ich zähle bis zehn und antworte, „Nichts ist für andere Verbrecherfamilien so aussagekräftig, wie für eine Frau zu bezahlen und sie dann zu heiraten. Das weißt du."

Caras Kopf schnappt herum. Sie starrt mich an, dann verengt sie ihre Augen zu Schlitzen.

„Verdammt noch mal, Gianni! So etwas tun wir in unserer Familie nicht! Was du heute getan hast, ist falsch", schnappt Dante.

„Nachdem sie auf der Bühne stand, gab es keine andere Möglichkeit mehr, und das weißt du auch", knurre ich, ohne meinen Blick von Cara abzuwenden.

Das Geräusch von Dantes tiefen Atemzügen erfüllt die Leitung. Schließlich sagt er, „Was soll ich Bridget sagen?"

Ich schnaube. „Das ist mir scheißegal. Du kümmerst dich um deine Frau und ich kümmere mich um meine."

„Du weißt, dass Cara mit Bridget reden wird, wenn sie zurück ist."

„Und? Seit wann hast du Angst davor, was deine Frau denkt?", frage ich und streiche mit meinem kleinen Finger über Caras Pussy. Wärme strahlt von ihrer schwarzen Leggings aus. Ihre üppigen Schamlippen spreizen sich. Plötzlich kann ich nur noch daran denken, ihr die zarten schwarz-goldenen Spitzendessous vom Leib zu reißen, die ich für sie ausgesucht habe.

„Du meinst meine zukünftige *Ehefrau*. Diejenige, die *zugestimmt hat*, mich zu heiraten und mit mir die Last des Familienoberhaupts schultern wird", sagt Dante, was mich nur noch wütender macht. Er ist das zukünftige Oberhaupt, weil er ein paar mickrige Minuten vor mir geboren wurde.

Normalerweise würde ich mich mit ihm anlegen. Er hält mir seinen Titel nur selten vor – nur wenn er sehr wütend auf mich ist –, aber ich sollte ihn trotzdem in die Schranken weisen. Aber im Moment kann ich meinen Blick nicht von meiner Tesoro abwenden und werde noch härter bei dem Gedanken, dass sie sich unter meiner gierigen Zunge windet. Ich ignoriere Dantes Worte. „Wenn ich zurück bin, werden wir sie allesamt jagen."

Einen Moment lang herrscht Stille am anderen Ende der Leitung, bis auf sein angespanntes Einatmen. Ich lasse meinen kleinen Finger schneller über den Stoff von Caras Leggins hin und her gleiten.

Ihr Blick wird weicher. Blaue Flammen, gefüllt mit einem bedürftigen Verlangen nach mehr, strahlen mich an. Es ist ein Ausdruck, der mich immer in den Wahnsinn getrieben hat. Er verfolgt meine Gedanken, wenn sie nicht bei mir ist. Viele Frauen haben mich über die Jahre nach Sex angeguckt, als wollten sie mehr, aber die Art und Weise, wie meine Tesoro mich immer ansieht, bringt mein Blut in Wallung. In diesem Moment kocht mein Blut nur noch heißer.

„Keiner rührt den Dreckskerl an, bis ich zurück bin. Dann beginnt der Krieg. Jeder Abruzzo, der in diesem Lagerhaus war, muss sterben." Ich lege auf und werfe mein Handy in den Becherhalter. Ich streiche meiner Frau eine Haarsträhne hinters Ohr.

Sie leckt sich langsam über die Lippen, als ob sie tief in Gedanken versunken wäre, was mich noch wahnsinniger macht. Niemand auf der Welt kann mich heißer machen als Cara. Ich schwöre, sie weiß genau, dass sie es tut. Sie tut so, als wüsste sie nichts davon, aber sie weiß es, oder? In Momenten wie diesen bin ich mir nicht sicher, ob sie absichtlich versucht, meine Eier noch blauer zu machen, oder ob sie naiv ist, und nicht versteht, was sie mir antut.

„Was geht nur in deinem Kopf vor?", frage ich ruhig und fahre mit meinen drei Fingern über die winzige Bisswunde, die ich in ihrem Nacken hinterlassen habe.

Sie schluckt, dann überrascht sie mich, indem sie sich rittlings auf meinen Schoß setzt.

Ich bin froh, dass sie wieder zu sich kommt, und erinnere mich daran, dass es viel zu lange her ist, seit sie so auf mir gesessen hat, lege meinen Arm um sie und fahre mit einer Hand in ihr Haar. Ich ziehe sanft daran und führe mein Gesicht ganz nah an ihres. Mein Schwanz pulsiert gegen ihren Unterbauch. Ihre Lippen zucken, und ich unterdrücke ein Grinsen. „Macht es dir Spaß, mich zu quälen?"

Ihre Augen weiten sich und täuschen Unschuld vor. Sie klimpert mit ihren langen Wimpern. „Ist es nicht das, was du wolltest? Eine Frau, die sich dir unterwirft?"

Mein Puls rast schneller. Ich beobachte ihr Gesicht, mein Körper sehnt sich danach, dass sie mir irgendeine Art von Erleichterung verschafft. Es ist mir sogar egal, was für eine. Ein Blowjob. Sex. Irgendetwas. Sie könnte mir jetzt einen Handjob geben wie in der Highschool, und ich wäre so glücklich wie seit Jahren nicht mehr. Denn so lange ist es her, seit sie mich berührt hat.

Seit sie aus meinem Leben verschwunden ist, ist nichts mehr wie es war. Aber ich werde nicht nachgeben, ohne ihr klarzumachen, was die Zukunft bringt. Dieses Mal geht es nicht darum, dass wir zu unseren alten Gewohnheiten zurückkehren. Es geht um etwas Neues in unserer Beziehung, einen neuen Kink. Unser Beisammensein wird ihr klarmachen, zu wem sie gehört, und sie daran erinnern, was nur ich ihr geben kann. Und sie wird ihrem Glücksstern danken, dass sie endlich Mrs. Gianni Marino ist. Also ignoriere ich meinen willigen Ständer und antworte, „Das ist schon besser, aber es ist noch keine vollständige Unterwerfung, nicht wahr?"

In ihren Augen flackert ein Gemisch von Gefühlen. Sie ist verwirrt, weil sie es auch will. Ich kenne sie zu gut – es gibt nichts, was sie vor mir verbergen könnte. Sie hat es immer genossen, wenn ich sie dominiert habe, aber als ich meine Faust um die Leine schlang, leuchteten ihre Augen auf. Ich hätte es nicht ignorieren können, selbst wenn ich es versucht hätte. Es wird also meine besitzergreifenden Tendenzen auf ein völlig neues Niveau heben. Und weil ich sie so gut kenne, kann ich sehen, dass sie versucht zu verstehen, warum diese neue Vorstellung, sich mir zu unterwerfen, sie anmacht, während sie mich weiterhin hassen will.

Ich ziehe ihr Haar etwas weiter zurück und lege meine andere Hand um ihren Hals. „Es wird viel einfacher sein und mehr Spaß machen, wenn du daran denkst, wie ich dich gerettet habe, anstatt an all den dummen Scheiß, den ich dir in der Vergangenheit angetan habe."

Ihre Hände greifen nach meinem Gürtel. Wie immer nimmt sie sich kaum Zeit, um meine Erektion zu befreien und ihre Hand um sie zu schlingen. Sie streicht mit dem Daumen über die Eichel und fragt, „Wenn ich mich unterwerfe, kann ich das nicht tun."

„Natürlich kannst du das. Ich erlaube es dir", füge ich arrogant hinzu und küsse sie kurz. Ihre Hand um meinen Schwanz ist wie die angenehmste Folter. Ich löse meinen Griff in ihrem Haar, sodass sie aufrechter sitzen kann, dann schiebe ich meine Hand in ihre Hose und streichle ihre Arschbacken. „So ist es besser, findest du nicht? So wie es schon immer hätte sein sollen."

Sie drängt ihre Knie, bis sie die Rückenlehne des Sitzes berühren und es keinen Platz mehr zwischen uns gibt. Ich schließe sie fester in meine Arme und sie fährt mit einer Hand durch mein Haar. Ihre Lippen halten einen Zentimeter vor meinen inne. „Wie hätte es denn sein sollen?", fragt sie.

Ich zögere nicht. „Du. Ich. Niemand sonst."

Ein kleines Lachen umspielt ihre Lippen. Sie streichelt meinen Schwanz und sagt, „Gianni Marino und sonst niemand. Das ist eine unrealistische Vorstellung. Was würden alle deine Huren ohne dich tun?"

Ich erschaudere innerlich. Ich habe mir mein eigenes Bett gemacht und muss jetzt darin liegen, aber es nervt langsam, dass sie dauernd von der Vergangenheit spricht. Ich weiß, dass ich sie verletzt habe. Ich habe es immer damit gerechtfertigt, dass ich sie wenigstens nie betrogen habe, aber in gewisser Weise wäre es vielleicht einfacher für sie gewesen, wenn ich es getan hätte. Jedes Mal, wenn ich mit jemandem geschlafen habe, habe ich klargestellt, dass es mit Cara und mir vorbei ist, bevor ich sie berührt habe.

Na ja, zumindest nach der Highschool. Das war einfach ein krankes Spiel, und alle Kids in unserer Schule haben es verstanden, auch Cara. Aber als wir aus der Highschool kamen und ich mit dem Scheiß aufhörte, wurde es ernst zwischen Cara und mir. Ich versprach ihr die Welt – immer und immer wieder. Dann wurde alles zwischen uns immer intensiver.

Die Tatsache, dass sie meine Gedanken lesen konnte und mich liebte, obwohl ich Fehler mache und geradezu verrückt bin, hat mich zu Tode erschreckt. Wenn ich sie betrogen hätte, hätte sie vielleicht über mich hinwegkommen können. Man kann es nicht mit Sicherheit sagen, aber egal wie oft sie mich in den letzten Jahren zurückweisen wollte, ich spürte *es* immer noch zwischen uns.

Wenn ich nur nicht wie ein Feigling weggelaufen wäre.

Ich übe mehr Druck auf ihren Hintern aus und streichle ihr Steißbein. Sie erschaudert, was meine Erektion zum Zucken bringt. „Es wird keine weiteren Trennungen oder irgendjemand anderen mehr zwischen uns geben. Das verspreche ich dir."

Sie neigt den Kopf und streicht mir durch das Haar. „Nein. Das wird es nicht. Wenn ich von einer anderen Frau erfahre, schneide ich dir die Eier ab, während du schläfst. Hast du das verstanden?"

„Ist dir klar, dass du mir innerhalb weniger Stunden zweimal mit Kastration gedroht hast?", necke ich sie und versuche, die Stimmung aufzulockern.

„Habe ich das?", fragt sie unschuldig.

„Ich habe bessere Ideen, was du mit meinen Eiern anstellen kannst, Tesoro."

Ihre Lippen streifen meine, dann flüstert sie mir ins Ohr, „Weißt du, woran ich mich erinnere?"

„Was?"

Sie schnippt mit ihrer Zunge gegen mein Ohrläppchen, und ich verliere fast die Kontrolle. Ich bin bereit, sie auf den Rücken zu werfen und ihr zu zeigen, was ihr Mann für sie tun kann, aber ich kämpfe den Drang nieder. „Ich weiß noch, wie sehr meine Zunge deinen Schwanz geliebt hat. Erinnerst du dich?"

Ich grinse. „Warum bist du nicht ein braves Mädchen und hilfst mir, mich zu erinnern."

Sie lacht wieder und küsst meinen Hals. „Willst du, dass ich *das* mit meiner Hand mache, wenn ich dich ganz in den Mund nehme?"

Ich stöhne. Blut rauscht durch meine Adern und wandert direkt zu meinem Schwanz. Ich ziehe sie an den Haaren, sodass ihr Gesicht direkt vor meinem ist. „Mir wäre es lieber, du würdest es tun, während ich deine Pussy lecke."

Ihre Mundwinkel wölben sich nach oben. Sie lässt ihre Hand über meine Wange gleiten. Ihre andere Hand bearbeitet meinen Schwanz schneller. „Oder ich könnte mir von dir die Leggins abstreifen lassen und mich auf dich setzen. Weißt du noch, wie du das mal gemacht hast?"

Vorsperma tropft aus meinem Schwanz. Sie wirbelt mit ihrem Daumen um meine Eichel und verschmiert es. Ich stöhne erneut und murmele dann, „Ich kann mein Messer aus meiner Hosentasche holen."

„Tss, tss", sagt sie in einem neckischen Ton. „Dann habe ich keine Leggins mehr, die ich dort anziehen kann, wo wir hingehen."

„Du kannst meinen Mantel tragen."

„Ja?"

Ich verstehe ihre Frage als Zustimmung und nehme mein Taschenmesser zur Hand. In wenigen Sekunden schlitze ich die Seiten ihrer Leggins auf und ziehe sie ihr aus. Dann schlitze ich die Vorderseite ihres Oberteils auf.

Ihre Brust hebt und senkt sich schneller. Der schwarz-goldene BH schmiegt sich perfekt an ihre Brüste und lässt mich einen Blick auf ihre Brustwarzen erhaschen. Der passende String ist nicht mehr als ein kleines Dreieck, das ihre Pussy bedeckt.

„Du siehst heißer darin aus, als ich es mir vorgestellt habe", sage ich, nehme sie wieder in den Arm, um dann ihr Haar fest zu packen und sie zu küssen.

Sie schiebt ihr Höschen zur Seite, gleitet über mich und umhüllt mich mit ihrer feuchten Hitze.

„Verdaaaammt", knurre ich. Es ist schon zu lange her, dass ich sie hatte. Die Erinnerungen daran, wie es sich anfühlte, in ihr zu sein, während ich sie in meinen Armen hielt, waren nichts im Vergleich zur Realität.

Sie gräbt ihre Nägel in meine Kopfhaut, lässt ihre Hüften auf meinem Schwanz kreisen und küsst mich zurück.

Endlich ist alles so, wie es sein sollte.

Meine Frau.

Ich.

Gemeinsam.

Verbunden bis ans Ende unseres Lebens.

Ich lasse meine Hand in ihren Nacken gleiten, senke meinen Kopf und beiße in ihre Schulter, während ich sie vorsichtig massiere.

Sie gibt sich mir völlig hin. Ihre Wände spannen sich um meinem Schaft, und ihr Wimmern erfüllt den Wagen.

„Braves Mädchen", lobe ich und beiße erneut in die gleiche Stelle, diesmal etwas fester.

„Oh Gott!", schreit sie und reitet mich schneller.

„Heiliger, du fühlst dich gut an", murmele ich gegen ihre Lippen und dränge meine Zunge in ihren Mund. Adrenalin füllt meine Zellen und pumpt mit jeder Sekunde schneller durch meinen

Körper. Ich widerstehe dem Drang, in ihr zu kommen. Ich werde auf keinen Fall etwas tun, bei dem es nur um mich geht. Ich werde sie mehrmals zum Orgasmus bringen, bevor das passiert.

Ihr Körper beginnt zu zittern. Schweiß tritt auf ihrer Haut aus, und ich bin im siebten Himmel. Das ist etwas, das ich gut kenne und vermisst habe.

Ich packe ihre Hüfte und bremse sie aus. „Sag bitte und ich lasse dich kommen", befehle ich, damit sie sich daran erinnert, wer hier das Sagen hat und was ich ihr geben kann. Es ist nicht das erste Mal, dass ich ihr den Orgasmus vorenthalte. Früher habe ich Stunden damit verbracht, sie betteln zu lassen, sie zum Orgasmus zu bringen und es dann immer wieder zu tun, bis sie nur noch ein Häufchen Elend war und ich es nicht mehr aushalten konnte, in ihr zu kommen.

Im Moment möchte ich nur hören, wie sie mich um ihre Erlösung bittet und mich an die guten Zeiten erinnern, die wir hatten.

„Bitte", flüstert sie.

„Lauter", verlange ich, denn ich bin ein Arschloch, dem es Spaß macht, sie betteln zu hören.

„Bitte", sagt sie lauter, aber ihre Stimme bricht und macht mich noch härter.

„Du liebst es, mich in dir zu spüren, oder?", necke ich sie und erlaube ihr, ihre Hüften etwas schneller zu bewegen, aber nicht so kräftig, wie sie es will.

Sie schließt die Augen. „Bitte."

„Öffne deine Augen und antworte mir. Liebst du es, mich in dir zu spüren?", wiederhole ich.

Sie gehorcht und bohrt ihre berauschenden blauen Augen in meine. „Ja."

„Braves Mädchen." Ich küsse sie, lasse sie meinen Schwanz reiten, wie sie will, und tue alles, was in meiner Macht steht, um nicht in ihr zu kommen, bevor sie ihren Höhepunkt erreicht hat.

Innerhalb von Sekunden verkrampft sich ihr Körper auf meinem. Die Laute, die aus ihrem Mund kommen, sind eine weitere Sache, nach der ich mich sehnte, seit unserer letzten Trennung. Ich beobachte ihr Gesicht und genieße jede Veränderung ihres Ausdrucks und die Art, wie ihre Augen funkeln.

Sie kommt hart, reitet weiter meinen Schwanz und quält ihn mit ihren intensiven Spasmen. Als sie wieder zu Atem kommt und sich entspannt, packe ich ihre Hüfte und führe ihre Bewegungen. Ich streiche mit den Lippen über ihr Ohr. „Gott, ich habe dich vermisst. So sehr." Ich knabbere an ihrem Ohrläppchen und ziehe dann ihr Gesicht vor meins. „Bereit für die zweite Runde, Tesoro?"

Ihre Augen werden zu Stein. „Nein."

Grinsend ziehe ich eine Augenbraue hoch. „Nein?"

„Stopp."

„Stopp?"

Sie drückt ihre Hände gegen meine Brust. Ihre Stimme wird kalt. „Ich sagte Stopp!", faucht sich.

Ich erstarre. „Was ist los?"

Sie drückt wieder gegen meine Brust. „Stopp! Ich weiß, dass du weißt, was das bedeutet."

Ich reiße meine Hände in die Luft. „Was ist los?"

Sie rollt von mir herunter und setzt sich auf. Ohne mich anzusehen, hält sie mir ihre Hand hin. „Gib mir deinen Mantel."

„Cara, was zum Teufel ist hier los?", knurre ich.

„Ich sagte, du sollst mir deinen Mantel geben", wiederholt sie.

Da ich nicht verstehe, was los ist, nehme ich den Mantel vom Sitz gegenüber und reiche ihn ihr.

Sie zieht ihn an und dreht sich zu mir um.

„Willst du mir verraten, was gerade passiert ist?", frage ich.

Ihre Augen huschen über mein Gesicht, meinen Körper hinunter und bleiben dann an meinem Schwanz hängen. „Mach deine Hose zu."

„Ich soll meine Hose schließen?"

„Du klingst schon wie eine kaputte Schallplatte", kommentiert sie kalt.

Ich neige ihr Kinn zurück und zwinge sie, mich anzuschauen. „Cara, was in Gottes Namen ist hier gerade los?"

Sie fixiert mich mit ihrem Blick, und ich möchte mich am liebsten in ein Loch verkriechen. Er ist voller Hass und Wut – ich habe sie noch nie so gesehen. Sie braucht ein paar Augenblicke, um sich zu sammeln, und sagt dann wütend, „Ich hoffe, du hast unsere Reise in die Vergangenheit genossen. Das ist alles, was du für den Rest deines Lebens von mir bekommen wirst."

„Soll das ein Scherz sein?", platze ich heraus.

Sie schüttelt den Kopf. „Nein. Jetzt weißt du, wie ich mich dank dir oft gefühlt habe. Und ich habe dich vielleicht geheiratet, aber wisse eins, Gianni Marino. Du hattest deine Chancen. Du hast sie weggeworfen. Wenn du glaubst, dass eine Blitzhochzeit in einem Flugzeug mich dazu bringt, dir jemals wieder zu vertrauen oder dich zu wollen, irrst du dich gewaltig."

Mein Herz kommt zum Stillstand. Ich wusste, dass sie mir nicht vertraut, aber sie hat mich immer gewollt. „Vor ein paar Minuten hattest du noch keine Probleme damit, mich zu wollen", schieße ich zurück.

Ein verqueres Lächeln zeichnet sich auf ihrem Gesicht ab. Ich habe es noch nie gesehen. Ich bin derjenige, der verrückt ist, nicht sie. Doch alles an ihrem Gesichtsausdruck sagt mir, dass ich sie in vielerlei Hinsicht unterschätzt habe. „Es ist einfach, jemanden davon zu überzeugen, dass man ihn will, nicht wahr?"

Ich öffne meinen Mund und schließe ihn wortlos wieder. Ist es das, was sie denkt, dass ich getan habe?

Sie lacht kalt. „Ja. Das habe ich mir auch gedacht. Ich hoffe, du hast es genossen, denn das ist alles, was du bekommst. Und meine Drohung gilt immer noch. Wenn du eine andere Frau anfasst, *werde* ich dir die Eier abschneiden. Das Letzte, was ich sein werde, ist eine Ehefrau, die ein Auge zudrückt, wenn ihr Mann fremdgeht."

6

Cara

GIANNIS MANTEL IST RIESIG UND HÄNGT WIE EIN SACK AN MIR. Ich ziehe ihn fester um mich und setze mich auf die Chaiselongue in der Lobby mit Blick auf den See. Wir scheinen in der Mitte von Nirgendwo zu sein. Schneebedeckte Berge, oder vielleicht sind es auch nur richtig große Hügel, umgeben das Resort. Der Check-in-Bereich strahlt eine friedliche Zen-Atmosphäre aus, mit einem frischen und belebenden Eukalyptusduft, aber er trägt nicht dazu bei, meine Nerven zu beruhigen.

Mein Kopf tut nicht mehr weh, was mich zu der Annahme führt, dass die Drogen endlich aus meinem System verschwunden sind. Der Page reicht mir eine Flasche Wasser, als wir eintreten, und ich trinke einen Schluck. Meine Abneigung gegen Gianni wird immer größer, je öfter er im Auto seine Hand auf meinen Oberschenkel legt. Er dachte, er könnte mich heiraten und jedes Problem, das wir haben, würde verschwinden, als ob es seine Sünden nicht mehr gäbe.

Nun, dieses Mal falle ich nicht auf seine Lügen herein. Das sich immer wiederholende Szenario, dass er mich dazu bringt, mich wieder in ihn zu verlieben, mich benutzt und dann weiterzieht, endet hier und jetzt. Ich will verdammt sein, wenn ich wieder sein Fußabtreter werde.

Als ich im Auto saß, konnte ich nur daran denken, dass Gianni zu oft mit seinem Schwanz Entscheidungen trifft. Nun, hoffentlich wird ihm langsam klar, was er mir all die Jahre angetan hat.

Die schöne, friedliche Landschaft steht im extremen Kontrast zu unserer toxischen Beziehung und unserer derzeitigen Situation. Immer wieder muss ich an das Eheversprechen denken, das er mir gegeben hat und wie er mich damit verhöhnt.

Was zum Teufel habe ich getan?

Er hat das alles geplant.

Was Gianni will, bekommt Gianni auch.

Er wird mir nie wieder wehtun können. Ich lasse es nicht zu.

Er stellt sich hinter mich. Ich kann ihn nicht sehen, aber ich kann seinen luxuriösen Duft riechen. Ich schließe die Augen und wünschte, meine Pussy würde nicht immer pulsieren, wenn ich seinen holzigen Duft einatme. Seine Stimme ist tief und gedämpft, was mir verrät, dass er über die kleine Lektion, die ich ihm im Auto erteilt habe, verärgert ist. Das befriedigt mich ein wenig. „Cara, das Zimmer ist bereit."

Ich stehe auf und ignoriere ihn. Er legt mir nicht die Hand auf den unteren Rücken oder berührt mich in irgendeiner Weise, was ich seltsam finde. So sehr ich mich auch von allem Körperlichen mit ihm fernhalten muss, wir haben immer gut zusammengepasst. Wo immer wir hingingen, fühlte ich mich beschützt und gestärkt. Gianni stellte sicher, dass ich wusste, dass ich ihm gehöre, wenn er mich durch ein Meer von

Menschen oder einfach durch eine Tür auf die Straße führte. Diese neue Realität von uns, in der ich neben ihm laufe, aber er mich nicht berührt, fühlt sich falsch an.

Es ist besser so, versuche ich mir einzureden. Ich betrete den Aufzug und konzentriere mich weiterhin auf alles außer ihm. Ich bete, dass es in der Suite zwei Betten gibt, damit ich nicht die ganze Nacht neben ihm liegen muss.

Er drückt den Knopf für das oberste Stockwerk. Die Türen schließen sich, und sein charakteristischer Duft steigt mir in die Nase. Die angespannte Stille ist so erdrückend, dass ich Angst davor habe, daran zu ersticken. Der Aufzug hält auf unserer Etage, aber Gianni drückt den Knopf, um die Türen zu schließen, sobald sie sich zu öffnen beginnen.

Ich drehe meinen Kopf zu ihm. „Was machst du da?"

Seine Augen verengen sich zu dunklen Schlitzen. „Das war nicht cool, was du im Auto gemacht hast, Cara."

Ich stemme meine Hand in die Hüfte und schnaufe. „Belehre mich nicht, nach allem, was du getan hast."

„Ich habe mich dutzende Male entschuldigt. Oder hast du kein Wort von dem gehört, was ich zu dir gesagt habe, seit du wieder in New York bist? Verdammt, noch *bevor* du nach New York zurückgekehrt bist!", brüllt er.

„Es waren nicht Dutzende Male. Es waren Hunderte. Hast du die letzten zwanzig Jahre vergessen?", feuere ich zurück.

Er wischt sich mit der Hand über das Gesicht und schüttelt den Kopf. „Was muss ich tun, damit du darüber hinwegkommst?"

„Nichts. Es gibt nichts, was du tun kannst."

„Das glaube ich nicht."

Blut brennt heiß durch meine Adern. Ich stoße ihn in die Brust. „Ja, du denkst, du kannst in mein Leben zurückkehren, und ich wäre dumm genug, die Vergangenheit zu vergessen. Nun, weißt du was, Gianni? Ich bin nicht mehr dasselbe dumme Mädchen, das ich all die Jahre war."

Er ergreift meine Hand und schließt seine Finger um sie. Er senkt seine Stimme. „Ich weiß, dass du nicht dumm bist. Du bist nie dumm gewesen. Ich war ein Idiot, und ich verspreche dir, ich werde es nie wieder sein."

Die Tränen kommen schnell. Ich blinzle angestrengt, weil ich ihm keine Schwäche zeigen will, aber sie laufen mir über die Wangen. „Wie oft hast du das schon zu mir gesagt? Dein Wort bedeutet mir nichts. *Nichts!*"

Schmerz erfüllt seine Miene. Dann verhärtet sich sein Gesicht. Er packt meine Hand fester und hält mein Kinn mit der anderen Hand. „Ich werde dir das Gegenteil beweisen, Tesoro."

Ich lache freudlos, während meine Tränen über seine Finger laufen. „Das habe ich auch schon mal gehört. Und ich bin nicht deine Tesoro!"

In seinen dunklen Augen flackert noch mehr Schmerz auf. Er tritt näher, und ich mache einen Schritt zurück, bis ich an der Wand stehe. Sein Körper drückt sich gegen meinen. „Hör mir zu. Das hier ist nicht wie früher. Ich habe dich geheiratet, um Himmels willen. Du weißt, dass das in meiner Familie niemand aus einer Laune heraus tut."

Mein Herz flattert und stürzt in die Tiefe, als wäre ich auf einer Achterbahnfahrt. „Du hast mich dazu gezwungen, dich zu heiraten, als ich noch unter Drogen stand. Du hattest das alles geplant, nicht wahr?"

Er hält inne und zählt sehr wahrscheinlich von einhundert in seinem Kopf runter. Er hat mir gegenüber einmal zugegeben, dass er das tut, um sich zu beruhigen. Nach diesem Eingeständnis konnte ich immer erkennen, wann er es tat. Es vergehen etwa zehn Sekunden, bevor er antwortet, „Du verstehst nicht, wozu die Abruzzos fähig sind, selbst nachdem du zum Verkauf gestanden hast, oder?"

Unergründliche Angst überkommt mich. Erinnerungen an die letzten Tage überrollen mich – in einem kalten Raum aufzuwachen, kaltes Wasser, das meinen Körper umspült, Männer, die mich lüstern begutachten. Ich bin nicht dumm. Jeder, der Frauen entführt und versteigert, würde Dinge tun, die ich mir nicht einmal vorstellen kann. Ich war kurz davor, eine Sexsklavin zu werden, und hatte noch nicht einmal Zeit, das alles zu verarbeiten. Meine Lippen beben, aber ich schaffe es, zuzugeben, „Nein. Und ich glaube nicht, dass ich das wissen will."

Gianni atmet tief ein und lässt seine Hand über meine Wange gleiten. „Ich werde dich nicht anlügen. Der kranke Teil von mir liebt die Tatsache, dass du mir ausgeliefert bist. Niemand auf der Welt wird dich so beschützen wie ich, und tief im Inneren weißt du, dass das wahr ist."

Seine Worte bestätigen alles, was ich bereits über ihn wusste, bringt aber auch einen verqueren Teil von mir zum Vorschein. Ich sollte ihn mehr dafür hassen, aber ich kann nicht leugnen, dass die Vorstellung, dass er über mich wacht, mir ein Gefühl der Sicherheit gibt, noch kann ich das Flattern in meinem Bauch ignorieren, als er sagte, ich sei ihm ausgeliefert.

Und nun frage ich mich, ob ich genauso krank bin wie Gianni.

„Gib es zu, Tesoro. Meine Frau zu sein, ist in deinem besten Interesse", beharrt er und blickt eindringlich in meine Augen.

Ich beiße mir auf die Lippe und kämpfe gegen den Drang an, ihn zu hassen und gleichzeitig zu lieben. Schließlich gestehe ich mir die Wahrheit ein. „Ja. Ich weiß, dass du mich besser beschützen wirst als jeder andere."

Seine Augen verdunkeln sich. „Das ist richtig. Und was werde ich mit jedem machen, der versucht, dir etwas anzutun?"

Eine Gänsehaut breitet sich auf meiner Haut aus. Ich zögere nicht. „Du wirst sie töten."

Er schüttelt langsam den Kopf. „Das stimmt nicht ganz, Tesoro. Ich werde sie nicht einfach nur töten. Ich werde sie foltern und sie um ihr Leben betteln lassen, solange ich kann. Ihr Leben wird erst enden, wenn sie meinem Zorn nicht mehr standhalten können."

Mein Mund wird trocken. Ich habe immer gewusst, wozu Gianni fähig ist, und nicht ein einziges Mal bin ich vor ihm weggelaufen. Dennoch ist es etwas anderes, ihn diese Worte laut aussprechen zu hören.

Die Fahrstuhltüren öffnen sich wieder. Er küsst mich auf die Lippen und tritt dann zurück. Ich will gerade nach ihm greifen, da fällt mir ein, dass das nichts an unserer gemeinsamen Vergangenheit ändert. Ich reiße meinen Arm zurück und warte darauf, dass er mich aus dem Aufzug führt. Diesmal legt er seine Hand auf meinem Rücken. Ich lehne mich an ihn, denn ich kann mich nicht davon abhalten.

Als wir unsere Zimmertür erreichen, fährt er mit der Schlüsselkarte über das Schloss, öffnet die Tür und bittet mich, hineinzugehen.

Ich betrete die Suite und bemerke das einzelne Kingsize-Bett im Raum. Vor ein paar Minuten wollte ich noch in getrennten Betten schlafen. Und jetzt kämpft meine Dankbarkeit dafür, dass er mich beschützt, gegen mein Bedürfnis, mein Herz zu schützen. Sein Wille, bis zum Äußersten zu gehen, um mich zu beschützen, ringt mit meiner Vernunft, die mich all die Jahre des Schmerzes, den er mir zugefügt hat, nicht vergessen lassen will.

Sein Handy klingelt und reißt mich aus meiner Trance. Ich schaue ihn an. Er hält seinen Finger hoch und antwortet auf Italienisch.

Ich wende mich ab, gehe zum Fenster und betrachte noch einmal die schneebedeckten Berge und den zugefrorenen See. Das Tageslicht schwindet und geht in nächtliche Dämmerung über. Wären wir nicht in der Situation, in der wir uns befinden, würde ich alles an diesem Ort lieben.

Die Suite ist modern, mit hellen Holzschränken, eingerichtet. Die gesamte Wand besteht aus einem Fenster mit Blick auf die atemberaubende Landschaft. Vor dem Fenster steht eine weiße Jacuzzi-Badewanne für zwei Personen. Über die Surround-Sound-Anlage spielt leise Indie-Musik, und die Decke ist mit sanften Lichtern akzentuiert. Alles an diesem Raum schreit nach romantischem Urlaub, was mich tieftraurig macht.

Gianni spricht weiter auf Italienisch. Ich öffne seinen Mantel, denn im Zimmer ist es warm. Ich wende meinen Blick nicht von der Aussicht vor mir ab, bis ich ein *Poppen* höre.

Ich drehe mich und sehe, wie er ein Glas Champagner einschenkt. Er füllt zwei Flöten und reicht mir eine. Ich nehme sie. Er stößt mit mir an, zwinkert mir zu und spricht dann weiter auf Italienisch, während er seinen Blick über meinen Körper schweifen lässt.

Alles an seinem Blick verleitet mich dazu, mich winden zu wollen. Es ist sein typischer Blick, sein Kopf zweifellos voller unanständiger Gedanken. Röte steigt in meine Wangen, als er seinen Blick über meinen Unterkörper schweigen lässt.

In dem Moment, in dem sein intensiver Blick erneut meinen trifft, wird mir klar, dass ich halb nackt bin. Ich erstarre, bis er zu meinem Champagnerglas nickt.

Ich bin froh, etwas zu tun zu haben, und nehme einen Schluck, wohl wissend, dass er mich immer noch beobachtet. Dann setze ich mich in den Sessel am Fenster, schlage die Beine übereinander und versuche, mein rasendes Herz zu beruhigen.

Einige Augenblicke vergehen. Giannis Ton wird rauer, aber daran bin ich gewöhnt. Bei Gesprächen über die Arbeit spricht er nie Englisch. Ich habe mich nie in seine Angelegenheiten eingemischt. In gewisser Hinsicht bin ich froh, dass ich so tun kann, als wüsste ich nichts, aber die Bruchstücke seiner Gespräche geben mir normalerweise eine gute Vorstellung davon, was vor sich geht.

Ich nehme noch einen Schluck Champagner. Er reicht mir einen luxuriösen weißen Morgenmantel und knurrt etwas ins Handy, das einem Befehl gleichkommt.

Ich stelle meine Champagnerflöte auf den Tisch, stehe auf und ziehe mir seinen Mantel aus. Ich stehe mit dem Rücken zu ihm, doch ich spüre seinen Blick auf mir. Schnell ziehe ich den Morgenmantel an. Er nimmt seinen Mantel und hängt ihn auf. Ich setze mich wieder hin und bemerke, wie schnell die Nacht über dem Resort hereinbricht.

Es vergehen noch einige Augenblicke, bevor er sich mir wieder widmet. Ich habe meinen Champagner zur Hälfte ausgetrunken, als er einen Teller mit schokoladenüberzogenen Erdbeeren auf den Tisch stellt und mein Glas erneut auffüllt.

Mein Herz setzt einen Schlag aus. Er benimmt sich wie der Gianni, den ich früher kannte und liebte. Derjenige, der sich um mich kümmert, egal, was gerade vor sich geht. Er war ein Meister im Multitasking. Nicht ein einziges Mal hatte ich das Gefühl, dass seine Aufmerksamkeit geteilt war oder er mich vernachlässigt.

Als ich nicht sofort nach einer Erdbeere greife, tut er es. Er hält sie mir an die Lippen, sagt noch etwas und nimmt dann das Handy vom Ohr. „Iss, Tesoro."

Ich widerspreche nicht, habe plötzlich Hunger und frage mich, wie lange es her ist, seit ich das letzte Mal etwas gegessen habe. Ich beiße in die harte Schokoladenschale, und der Saft der Erdbeere läuft über meine Lippe und mein Kinn. Bevor ich ihn abwischen kann, klemmt Gianni sein Handy zwischen Schulter und Wange. Er wischt den Saft von meinem Kinn. Dann schiebt er sich den Finger in den Mund, lutscht daran und starrt mich an, während er sein Hemd aufknöpft.

Die Schmetterlinge in meinem Bauch spreizen ihre Flügel. Das ist ein weiteres Problem, das ich nicht überwinden kann. Alles an Gianni Marino schreit nach purem Sex. Seine durch jahrelanges Boxtraining gestählten Brustmuskeln sind unter seinem blauen Hemd zu sehen. Ich hebe den Blick und merke, dass er mich beim Starren erwischt hat.

Seine Lippen zucken, bevor er weiter ins Handy knurrt. Er nimmt meine Hand und zieht mich aus dem Sessel. Er führt mich zu einem Kleiderschrank und öffnet die Tür. Dann zieht er das Handy wieder vom Ohr weg und sagt, „Zieh dich zum Abendessen um."

Ich schaue in den Kleiderschrank und staune über die schönen Designerkleider, Schuhe, Hemden und Hosen, die bereits darin hängen.

„Cara", flüstert er.

Ich drehe mich, und er klopft auf die Kommode, dann öffnet er die Schublade. Das Innere ist voller zarter Spitzen-BHs und Höschen. Ich schaue zu Gianni auf. Er steht mit dem Rücken zu mir und fährt mit einer Hand durch sein Haar. Ich frage mich wieder, wie lange er von Ubertos Plänen wusste. Es ist schwer, es mit Sicherheit zu bestimmen. Gianni weiß, wie man Dinge in die Tat umsetzt, also ist ein Schrank und eine Kommode voller Klamotten nicht außerhalb seiner Möglichkeiten, es schnell einzurichten.

Trotzdem ...

Er dreht sich um, zieht die Augenbrauen hoch und hält die Hand vors Handy. „Fehlt etwas?"

Ich schüttle langsam den Kopf. „Nein."

Er zeigt auf die Kleider. „Dann zieh dich an. Du musst etwas essen." Er kehrt zu seinem Gespräch zurück und gibt weitere Befehle.

Ich werfe einen Blick in die Schublade. Zarte Spitze und verschlungene Muster dominieren jedes Stück. Die meisten von ihnen sind einfarbig, schwarz. Einige sind in anderen Farben gehalten, wie das schwarz-goldene Set, das ich gerade trage.

Ich entscheide mich für ein komplett schwarzes Set und schaue mir dann die Kleider im Schrank an. Ich wähle ein weiteres schwarzes Teil. Es ist ein schulterfreies, langärmeliges Minikleid. Ich nehme alles mit ins Bad und erstarre.

Meine Haarpflegeprodukte stehen in der Dusche. Mein Marken-Make-up ist auf dem Waschtisch verteilt. Ein Teil von mir findet es gut, dass Gianni über die Jahre hinweg so gut aufgepasst hat, dass er weiß, was ich benutze, aber die Frage bleibt bestehen. *Wusste er länger von meiner Entführung und der Auktion, als er zugibt?*

Ich habe keine eindeutige Antwort. Vor Jahren hätte ich Giannis Rolle in dieser Situation nie infrage gestellt. Aber in den letzten Monaten war er völlig von der Rolle. Er ließ mich beschatten. Ich glaube, er hatte sich sogar in mein Handy gehackt. Ich habe ihn mehrmals damit konfrontiert. Er hat es nie zugegeben oder geleugnet, aber das ist die Sache mit Gianni – er zeigt selten seine Karten. Er hat ein Pokerface, gegen das der beste Spieler in Vegas keine Chance hätte.

Gianni tauchte immer wieder dort auf, wo Uberto und ich uns aufhielten. Er drohte Uberto mehrmals, er solle sich von mir fernhalten. Das brachte Uberto zum Ausrasten – das bedeutet nicht, dass ich ihm einen Freibrief dafür gebe, mich zu entführen und auf einer Auktion zu versteigern.

Ich schaudere und versuche erneut zu begreifen, was passiert ist.

Zum Glück hat Gianni mich gerettet.

Aber wusste er schon länger von Ubertos Plänen? War das nur ein Trick von ihm, um mich dazu zu bringen, ihn zu heiraten?

Ich ziehe den Kosmetikstuhl hervor und setze mich. Könnten wir die Uhr doch einfach ein paar Jahre zurückdrehen, und er hätte mich in Italien nicht verlassen! Dann würde ich das alles nicht infrage stellen.

Ich seufze und nehme die Haarbürste in die Hand. Ich drehe mein Haar zu einem unordentlichen Dutt und befestige ihn mit der Haarnadel, die für mich hinterlassen wurde. Normalerweise trage ich nicht viel Make-up, also dauert es nicht lange, bis ich fertig bin. Ich schlüpfe aus meiner jetzigen Unterwäsche und ziehe dann die neue und das Kleid an.

Als ich das Bad verlasse, gehe ich zurück zum Kleiderschrank und suche mir ein Paar rote High Heels aus. Sie haben Riemchen, sowie hinten einen Reißverschluss, sodass ich sie leicht anziehen kann. Ich drehe mich zu Gianni um.

Sein Duft umhüllt mich und lässt mich wieder einmal alles vergessen, außer meiner Begierde. Er schlingt seine starken Arme um mich, fährt mit einer Hand über meinen Hintern und legt die andere auf meinen Rücken. Mit einer schnellen Bewegung zieht er mich noch näher an sich heran. „Du siehst toll aus, Tesoro."

Mein Herz klopft schneller. Ich neige meinen Kopf zurück und nehme alles in mich auf, was ich schon immer an ihm geliebt habe. Seinen harten Körper. Die Art und Weise, wie sich seine Lippen wölben, wenn er so zufrieden mit sich ist. Die grauen Strähnen in seinem Haar und die winzigen Fältchen um seine Augen. Sie sind erst vor Kurzem aufgetreten, aber das macht ihn noch sexyer.

Seine dunklen Augen funkeln. Sein verschmitzter Gesichtsausdruck lässt meinen Bauch vor Aufregung flattern. „Bist du bereit?"

Ich schaffe es, ein „Ja" zu murmeln.

Wie immer übernimmt er das Kommando und zieht mich durch den Raum, in den Flur und durch das Gebäude.

„Wohin gehen wir?", frage ich, als wir in der Lobby ankommen.

„Ins Restaurant."

„Oh."

„Hier gibt es sonst nicht viel", fügt er hinzu.

„Nein?"

Er sieht mich an und seine Lippen zucken. „Nein. Die Leute sollen sich im Spa entspannen und in ihren Zimmern ficken."

Ich lache. Ich kann nicht anders. Alles, woran Gianni denkt, ist Sex. Ich habe mich in der Vergangenheit nie beschwert. Er ist wie ein wildes Tier, das nie gesättigt ist. Und ich war nicht unglücklich darüber, seine Beute zu spielen.

Vielleicht hat er sich deshalb immer mit mir gelangweilt. Ich war ihm nie genug. Er wird immer mehrere Frauen brauchen, um sein Verlangen zu stillen.

Bei dem Gedanken schwindet mein Lachen, als wir das Restaurant betreten. Die Hostess sieht mich an, dann Gianni. Ihr Lächeln wird breiter, und sie klimpert mit den Wimpern. „Sie müssen Mr. Marino sein?"

Er nickt. „Das ist richtig."

Sie wirft ihr Haar über ihre Schulter. „Sind Sie weit gereist?"

Jetzt gehts los, denke ich und verlagere mein Gewicht auf meinen Füßen. Es ist nichts Neues für mich, dass Frauen mit Gianni flirten, auch wenn ich direkt neben ihm stehe.

„Weit genug. Ist unser Tisch vorbereitet?", fragt Gianni genervt. Die meisten Menschen würden das als unhöflich empfinden, aber mich hat es nie gestört.

Die Hostess scheint davon nichts mitzubekommen. Sie lehnt sich über den Stand und senkt ihre Stimme. „Höre ich da einen Ostküsten-Akzent?"

Gianni zieht mich dicht an seine Seite. „Ja. Also, wie sieht's mit unserem Tisch aus? Ist er frei?"

Sie tritt an den Rand ihres Standes und legt ihre Hand auf seinen Arm. „Von welchem Teil der Ostküste stammen Sie?"

Jedes Quäntchen Eifersucht in meinem Körper flammt auf. Gianni mag sie nicht ermutigen, aber ihr penetrantes Verhalten ist eine weitere Erinnerung an unsere Probleme. „Ist der Manager hier?"

Sie runzelt die Stirn und schaut mich an, als würde sie gerade erst bemerken, dass ich hier stehe. „Ja, natürlich. Warum wünschen Sie den Manager zu sprechen?"

„Um ihm zu sagen, dass seine Angestellte weder ihre Augen noch ihre Hände von meinem Mann lassen kann", fauche ich.

7

Gianni

Es wird immer schwieriger, mein Grinsen zu unterdrücken. Seit fünf Minuten hält Cara dem Manager eine Standpauke. Die Hostess versucht, ihre Unschuld zu beteuern, aber meine Tesoro lässt sie nicht vom Haken.

Ich bin es gewohnt, dass Frauen mit mir flirten. Aber das Letzte, was ich brauchte, war, dass diese Frau Cara noch einmal vor Augen führte, warum sie mir nicht vertraut. Zuerst war ich genervt von ihrer ungewollten Aufmerksamkeit, aber jetzt bin ich irgendwie dankbar dafür. Jemand sollte Popcorn bereitstellen. Jedes Mal, wenn ich höre, wie Cara *mein Mann* sagt und die Hostess mit ihren Blicken tötet, durchströmt mich mehr Stolz. Außerdem ist mein Schwanz gerade so hart, dass ich es nicht einmal mit ihr zurück ins Zimmer schaffen würde, wenn ich nicht wüsste, dass sie schon seit Tagen nichts mehr gegessen hat. Ich würde mir eine dunkle Ecke suchen, um sie an die Vorzüge *ihres Mannes zu erinner*n.

„Ma'am, ich kann Ihnen versichern, dass dies ein Fehler war, der nicht wieder vorkommen wird", versucht der Manager zum zehnten Mal meiner Frau zu versichern.

Meine Frau.

Hochgefühle durchströmen mich. Ich habe endlich bekommen, was ich wollte. Das Ironische daran ist, dass die Abruzzos mir die Gelegenheit dazu gegeben haben.

Ich werde sie trotzdem alle töten.

Mein Tesoro starrt die Hostess wieder an und faucht, „Denken Sie nicht einmal daran, meinen Mann noch einmal anzufassen. Haben wir uns verstanden?"

Der Manager tritt zwischen die beiden Frauen und hält seine Hände beschwichtigend in die Luft. „Ich verspreche Ihnen, dass ich mich darum kümmern werde. Darf ich Sie nun zu Ihrem Tisch führen?"

Cara bewegt sich nicht. Ich lege meine Hand auf ihren unteren Rücken und beschließe, dass die Show jetzt lange genug angehalten hat. „Das wäre großartig." Ich kippe ihr Kinn zurück und lasse meine Zunge so schnell in ihren Mund gleiten, dass sie nach Luft schnappt. Ich küsse sie, bis ihre Knie nachgeben, und mache damit für jeden, auch für sie, laut und deutlich klar, dass sie mir gehört.

Nur langsam ziehe ich mich von ihren Lippen zurück. Die blauen Flammen in ihren Augen lodern heißer und treffen auf meine, und der Gedanke, nicht zum Essen zu bleiben, kommt mir wieder in den Sinn. Ich verdränge ihn und lasse meinen Daumen über ihre Wange gleiten. Ich sage, was mir schon eine Weile durch den Kopf geht, aber in Wirklichkeit geht es mir nicht ums Abendessen, und Cara weiß das. „Ich bin hungrig. Hast du auch Hunger?"

Ihre Lippen zucken, und die Versuchung, eine dunkle Ecke zu finden, überwältigt mich. Dann knurrt ihr Magen. Ich lache. „Zeit zum Essen." Ich ziehe sie an mich und wende mich dann an den Manager, wobei ich die Hostess tunlichst ignoriere. „Können Sie uns zu unserem Tisch führen?"

Erleichterung macht sich in seinem Gesicht breit. Er nickt. „Hier entlang."

Ich führe Cara durch das Restaurant, ziehe meine Schultern zurück und stehe etwas aufrechter, stolz darauf, dass sie meine Frau ist, und denke unanständige Gedanken.

Scheiße, ich will ihre Pussy lecken.

Wie lange ist es her?

Zu verdammt lange.

Ich hoffe, sie platzieren uns in einer Nische. In einer Sitznische kann ich wenigstens meine Hände unter ihr Kleid schieben und sie so lange streicheln, bis sie mich anfleht und kaum noch stillhalten kann.

Mein Gott, ich habe alles vermisst, was wir zusammen hatten.

Ich könnte mich erneut dafür in den Hintern treten, dass ich vor Jahren ein so dummer Idiot war. In der Nacht, bevor ich sie in Italien verließ, haben wir bis zum frühen Morgen gefickt. Nachdem sie eingeschlafen war, schlief auch ich ein –, aber nur für kurze Zeit. Ich träumte, wir würden heiraten. Sie trug dasselbe Kleid, das sie heute im Flugzeug anhatte.

Es hat mich erschreckt. Das Ironische daran ist, dass ich in meinem Traum so glücklich war wie nie zuvor. Ein ähnliches Hochgefühl verspürte ich an jenem Tag auf der Straße, als wir das Kleid im Schaufenster sahen. Ich wusste, dass es perfekt für sie war. Seitdem verfolgte mich dieses Brautkleid. Träume, in denen sie es trug, quälten mich all die Jahre. Darin war ich überglücklich, dann wachte ich in der Realität auf. Jedes Mal erlebte ich beim Aufwachen eine Art harten Realitätscheck. Ich fühlte mich noch nie so allein, und nichts, was ich tat, um sie zurückzugewinnen, funktionierte.

Wir kommen an den Tisch und ich stöhne innerlich auf. Es ist ein kleiner Zweiertisch, mit gegenüberliegenden Sitzen. Ich schaue mich im Raum um, bis ich eine leere Nische entdecke. Sie ist für mindestens sechs Personen gedacht. Ein goldenes Metallschild mit der Aufschrift „Reserviert" ist darauf angebracht. Ich zeige darauf. „Ich möchte diesen Tisch, bitte."

Der Manager wirft einen Blick darauf und begegnet meinem Blick. „Der ist für eine Gruppe von sechs Personen reserviert."

Ich knete Caras Hüfte und zähle bis zehn, während ich finster dreinschaue. Ich bin es gewohnt, meinen Willen durchzusetzen. Und wenn ich etwas will, mache ich keinen Rückzieher. Mit ruhiger, aber einschüchternder Stimme sage ich, „Ihre Hostess hat meine Frau verärgert. Es sind unsere Flitterwochen. Ich will diesen Tisch."

Er spannt seinen Kiefer an und wird rot im Gesicht.

Ich ziehe die Augenbrauen hoch und mache ihm klar, dass er einen weiteren Kampf vor sich hat, wenn er nicht nachgibt.

Er erzwingt ein Lächeln. „Hier entlang, bitte." Er dreht sich um und führt uns zu der Nische.

Befriedigung durchströmt mich. Das passiert immer, wenn ich bekomme, was ich will. „Danke", sage ich, als wir am Tisch ankommen. Ich gebe Cara ein Zeichen, sich zu setzen, und setze mich neben sie.

„Carl wird gleich bei Ihnen sein", sagt der Manager und ruft einen Kellner, der ein leeres Tablett trägt, zu uns herüber. Als er an den Tisch tritt, stapelt er das zusätzliche Wasser, die Weingläser und das Silberbesteck auf sein Tablett.

„Bringen Sie bitte sofort etwas Brot. Meine Frau hat schon lange nichts mehr gegessen", sage ich.

Der Manager nickt.

Sie gehen, und ich lege meinen Arm um Cara. Ich lehne mich an ihr Ohr. „Ich mag diese neue, besitzergreifende Seite an dir."

Sie dreht sich zu mir um. „Ich habe nicht einfach nur so dahergeredet, Gianni. Wenn ich deine Frau sein soll, werde ich bei deinen Huren kein Auge zudrücken."

Mein Magen dreht sich um. „Ich habe keine Huren und werde auch in Zukunft keine haben."

Ihre Miene verdunkelt sich, als ob sie mir nicht glauben würde.

„Ich betrüge dich nicht, Cara."

Sie schließt die Augen, neigt den Kopf und atmet tief durch.

Ich packe ihr Kinn und zwinge sie, mich anzusehen. „Nicht ein einziges Mal habe ich dich betrogen."

Wut flammt in ihren Wangen auf. „Du hast unsere Highschool-Zeit damit verbracht, jede, die auf dich stand, zu ficken."

Ich zähle bis fünfundzwanzig und mache mir wieder Vorwürfe wegen all der Dummheiten, die ich in meinem Leben gemacht habe. Dann versuche ich mich Cara gegenüber zu erklären. „Wir waren in der Highschool. Nicht ein einziges Mal haben wir über Exklusivität gesprochen. Und du weißt, dass ich mit diesem Scheiß aufgehört habe, als ich meinen Abschluss gemacht habe."

Sie zieht die Augenbrauen zusammen. „Hast du das?"

Ich öffne den Mund, um ihr zu versichern, dass ich es getan habe, aber ein Kellner stellt in diesem Moment einen Brotkorb vor uns ab. „Guten Abend. Ich bin Carl, und ich werde heute Abend Ihr Kellner sein. Hatten Sie schon die Gelegenheit, einen Blick auf die Weinkarte zu werfen?"

Ich löse meinen Blick von Cara. Er hat langes blondes Haar, das zu einem glatten Pferdeschwanz gebunden ist. Seine Zähne sind leicht schief, Pickel zieren sein junges Gesicht, und er ist bleistiftdünn. Er erscheint mir kaum sechzehn Jahre alt zu sein. „Nein. Warte einen Moment." Ich werfe einen Blick in die Weinkarte vor mir und treffe meine Wahl. „Eine Flasche Giacomo Conterno Monfortino, bitte."

Seine Augen leuchten auf, was mich nicht überrascht. Es ist eine 1200-Dollar-Flasche, die heute Abend noch mehr kosten wird, weil das Restaurant einen saftigen Aufschlag darauf macht. „Das ist unser bester Barolo."

Ich verkneife mir eine abfällige Bemerkung darüber, dass er wahrscheinlich nicht die geringste Ahnung von Wein hat. Ich bezweifle, dass er jemals auch nur ein billiges Glas Wein getrunken hat, geschweige denn eines, das in der Minute, in der es auf die Zunge trifft, seine Aromen entfaltet.

In meiner Familie trinken wir jeden Abend zum Essen Barolo. Wenn ich mit einer Frau ausgegangen bin, die das nicht zu schätzen wusste, bin ich sie schnell wieder losgeworden. Mit Cara hatte ich dieses Problem nie. Sie hat eine gute Flasche immer genauso geliebt wie ich.

„Sind Sie bereit für die Spezialitäten des Abends?", fragt Carl.

„Nein, erst der Wein, bitte", sage ich trocken.

Erstaunen macht sich in seinem Gesicht breit. „O-okay. Ich bringe ihn gleich zu Ihnen." Er eilt davon.

Ich nehme ein Stück Brot in die Hand. Es ist fluffig und warm. Der Duft von Kräutern steigt mir in die Nase. Mir wird klar, dass ich nichts mehr gegessen habe, seit ich erfahren habe, dass Uberto Cara entführt hat. Ich steche mit dem Messer in die Butter, schnuppere daran und schüttle dann den Kopf. Ich wende mich an meine Tesoro. „Ich bin gleich wieder da."

„Wohin gehst du?"

„Da ist Honig drin. Ich komme gleich wieder."

„Ich kann warten."

Ich küsse sie zärtlich auf die Lippen. „Nein." Ich schnappe mir die Butter, stehe auf und schreite durch das Zimmer.

Der Manager sieht mich auf sich zukommen. Seine Augen weiten sich, und er eilt auf mich zu. „Mr. Marino. Brauchen Sie etwas?"

Ich halte ihm die Butter hin. „Da ist Honig drin."

„Ja. Die Leute kommen von überall her, um diese Butter zu probieren. Sie ist sehr beliebt", sagt er, als ob es kein Problem gäbe.

Das macht mich wütend. Ich zähle bis fünf und knurre dann, „Meine Frau ist allergisch gegen Honig. Wenn sie sich den in den Mund steckt, könnte sie sterben. Fragen Sie die Gäste nicht, ob sie Allergien haben?"

Sein Gesicht wird knallrot. „Umm …" Er schluckt schwer. „Es tut mir leid. Ich bringe Ihnen normale Butter."

„Ist in dem Brot Honig drin?"

Sein Blick ist unsicher.

„Finden Sie es heraus", knurre ich.

„Ja, Sir."

Ich zähle bis drei. „Danke." Ich kehre an unseren Tisch zurück und nehme einen Schluck von meinem Wasser, um mich abzukühlen.

„Du hättest ihm nicht den Kopf abbeißen müssen", erklärt Cara.

Ich schnaube hart und drehe mich zu ihr um. „Du hättest sterben können."

„Sie wussten nichts davon."

„Sie haben nicht danach gefragt."

Sie zuckt mit den Schultern. „Du hakst sowieso immer nach, bevor ich etwas esse."

Ich rücke näher an sie heran. „Das stimmt. Und was wäre gewesen, wenn ich das in den Mund genommen hätte, bevor ich es herausgefunden habe?"

Auf ihrer Stirn bildet sich eine kleine Falte. „Hast du plötzlich eine Allergie entwickelt, von der ich nichts weiß?"

„Nein. Aber wenn ich das in den Mund genommen hätte, könnte ich nicht mehr all die Dinge tun, die ich heute Abend für dich geplant habe."

„Keine Chance." Sie nimmt ihr Wasserglas in die Hand und nimmt einen großen Schluck.

Da ich mich nicht geschlagen gebe, schiebe ich meine Hand zwischen ihre nackten Schenkel und flüstere ihr ins Ohr, „Lass uns eine Wette abschließen."

Sie sieht mich langsam an. „Hast du nicht genug Geld?"

„Welches jetzt dir gehört", füge ich hinzu.

Sie rollt mit den Augen. „Ich will dein Geld nicht. Das habe ich nie."

Ich schlinge meinen Arm um sie. Das ist ein weiterer Grund, warum ich sie liebe. Viele Frauen wollten mich wegen meines Reichtums. Cara hat das nie interessiert. Und sie hat ihren eigenen Weg im Leben gemacht, obwohl ihre Eltern wohlhabend sind. „Ja. Ich weiß. Bei dieser Wette geht es nicht um Geld."

Sie legt den Kopf schief. „Worum dann?"

Ein unkontrollierbares Grinsen bildet sich auf meinen Lippen. Allein der Gedanke daran lässt meinen Schwanz hinter meinem Reißverschluss zucken. Ich wähle meine Worte mit Bedacht, denn ich weiß, dass ich nur eine Chance habe, sie dazu zu bringen, dem zuzustimmen, was ich will. Ich lasse meinen Blick über ihr Gesicht, an ihrem Körper hinunter und dann wieder nach oben wandern. Da ich weiß, dass sie nicht vor einer Herausforderung zurückschreckt, spiele ich meine Karten aus. „Vergiss es. Du schaffst das eh nicht."

Sie lacht sarkastisch. „Das bezweifle ich."

„Oh, ich weiß, dass du das nicht kannst", sage ich, als Carl mit der normalen Butter, einem weiteren Brotkorb und dem Barolo zurückkehrt.

Er öffnet die Flasche, gießt eine kleine Menge in ein Glas und reicht es mir dann.

Ich schiebe es Cara zu und vertraue darauf, dass sie mehr als fähig ist, es zu akzeptieren oder zu verweigern.

Sie lässt das Glas auf dem Tisch kreisen und schwenkt den Wein. Dann nimmt sie es in die Hand und hält es an ihre Nase. Sie atmet tief ein, wartet einen Moment und nimmt dann einen Schluck. Ich beobachte sie mit Stolz, als sie dem Kellner zunickt.

„Hervorragend. Sind Sie bereit für die Spezialitäten des Abends?", fragt er erneut, während er unsere Gläser füllt.

„Nein", antworte ich wieder.

Überrascht blickt er auf.

„Ich werde zuerst ein Glas Wein mit meiner Frau genießen", informiere ich ihn.

„Nun gut. In dem Brot ist kein Honig, aber ich dachte, Sie möchten vielleicht einen neuen Korb. Das Brot ist gerade frisch aus dem Ofen gekommen", sagt er.

Erfreut, dass er die Initiative ergriffen hat, lächle ich. „Guter Mann. Danke."

Er hebt sein Kinn. „Gern geschehen. Ich komme später wieder, um nach Ihnen zu sehen."

Ich nicke, und er geht. Ich hebe mein Glas und wende mich meiner Tesoro zu. „Auf dich, *meine* Frau. Mögest du bald erkennen, dass ich nicht mehr der Dummkopf bin, der ich in meinen jungen Jahren war."

Sie rollt mit den Augen, aber ein Lächeln umspielt ihre Lippen. „Das sind große Worte, Mr. Marino."

„Worte, die ich wahr machen werde, indem ich dir ihre Aufrichtigkeit beweise."

„Wie? Du kannst die Vergangenheit nicht auslöschen", sagt sie.

Ich stelle mein Glas ab und seufze, und senke meine Stimme. „Nein. Wir können nur nach vorn schauen. Möchtest du das auch?" Kaum ist die Frage meinem Mund entkommen, dreht sich mein Magen um.

Sie beißt sich auf die Lippe und richtet ihren blauen Blick auf ihr Glas. Sie lässt es wieder auf dem Tisch kreisen.

„Tesoro …"

„Natürlich wünsche ich mir, dass wir vorankommen", erklärt sie und verzieht das Gesicht. „Aber so einfach ist das nicht, Gianni."

Ihr Eingeständnis lässt mich einen Funken Hoffnung schöpfen. „Ich verstehe", gebe ich zu.

Wut überflutet ihre Miene. „Weißt du das? Ich glaube, du hast keine Ahnung, wie es für mich war."

Die Grube in meinem Magen wächst. „Ich weiß, ich habe dich verletzt. Was ich getan habe, war dumm. Ich verspreche dir, dass ich so etwas nie wieder tun werde."

Ihre Augen füllen sich mit Tränen. Sie blinzelt heftig, lacht sarkastisch auf und nimmt dann einen Schluck Wein, während sie meinem Blick ausweicht.

Ich rücke näher an sie heran. „Ich mache mir jeden Tag Vorwürfe, weil ich dir diese Notiz hinterlassen habe."

„Warum hast du mir dann diese erbärmliche, feige Nachricht hinterlassen?", faucht sie.

Mein Puls hämmert so heftig in meinem Hals, dass ich sicher bin, sie kann es sehen. Sie hat recht. Ich war ein Feigling. „Es gibt nicht viele Dinge in meinem Leben, für die ich mich schäme. Wie ich dich behandelt habe, ist eines davon", gestehe ich.

„Warum? Sag mir, warum du mich verlassen hast."

Ich zähle bis dreißig und versuche, aus meinen Gedanken zusammenhängende Sätze zu formen, die nicht wie eine Lüge klingen. Nichts scheint gut genug. Schließlich gebe ich zu, „Ich hatte einen Traum, bevor ich ging. Du hattest das Brautkleid an, und es war unser Hochzeitstag. Ich habe mich noch nie so glücklich gefühlt."

Weitere Tränen fallen und ihre Lippen beben. „Du hast mich verlassen, weil du glücklich warst?", fragt sie verwirrt.

Ich lege meine Hand auf ihre Wange. „Ich weiß, es ergibt keinen Sinn. Und du hast recht. Ich war ein Feigling. Es hat mich erschreckt, und ich habe eine schreckliche Entscheidung getroffen."

Sie starrt mich so intensiv an, dass es sich anfühlt, als würde ich in Flammen stehen. „Es hat dich erschreckt? Du hast mir das Herz gebrochen, weil dich deine Glücksgefühle erschreckt haben?"

Eine Faust schließt sich um mein Herz und zerquetscht es. Ich hasse es, dass ich sie verletzt habe. „Wenn ich alles zurücknehmen könnte, würde ich es tun. Du weißt nicht, wie oft ich mir gewünscht habe, diesen Morgen wiederholen zu können."

Sie schüttelt den Kopf in winzigen Bewegungen, was meine Brust nur noch mehr zusammenzieht.

Ich wische ihr die Tränen von den heißen Wangen. „Ich war schon immer ein bisschen verkorkst. Vieles von dem, was ich getan habe, ergibt keinen Sinn. Du bist der einzige Mensch, der mich kennt – der mich wirklich versteht."

„Genau deshalb werde ich dir nie wieder vertrauen können. Ich habe dir zu oft einen Vertrauensbonus gegeben. Und doch rennst du bei der ersten Gelegenheit weg, nicht wahr?"

Ich zähle bis fünfzehn. Ich bin nicht wütend auf sie. Ich bin wütend auf mich selbst. Wenn ich sie wäre, würde ich mir auch nicht trauen. Ich lasse meine Hand in ihr Haar gleiten. Mein Herz pocht in meiner Brust. „Ich schwöre dir, ich werde dich nie wieder gehen lassen."

„Das glaube ich dir nicht", murmelt sie und entzieht sich meinem Griff. Sie konzentriert sich wieder auf ihren Wein und nimmt einen weiteren Schluck.

Ich überlege, ob ich das Gespräch fortsetzen soll oder nicht. Ihr Magen knurrt, und ich halte mich zurück. Ich nehme ein Stück Brot aus dem Korb, bestreiche es mit Butter und halte es ihr dann an den Mund. „Iss, Tesoro."

„Ich bin nicht hungrig." Sie nimmt noch einen Schluck von ihrem Wein.

Ich bleibe ruhig, warne aber, „Du hast seit Tagen nichts mehr gegessen. Wehre dich nicht gegen mich."

Sie schaut finster drein. „Oder was, Gianni? Was wirst du tun, wenn ich nicht esse?"

Ich zähle bis dreiundzwanzig und spüre das Brennen ihres Laserblicks, bevor ich streng befehle, „Iss, damit ich keine Szene machen muss."

Sie gibt nach, atmet tief durch die Nase ein und nimmt mir das Brot aus der Hand. Sie beißt ab und kaut.

Zufrieden damit, dass sie isst, buttere ich ein weiteres Stück und lege es auf ihren Brotteller.

Sie wirft einen Blick darauf, schluckt, dann schiebt sie mir den Teller zu. „Zwing mich nicht, allein zu essen."

Mein Hungergefühl wird stärker. Ich nehme das Brot in die Hand und nehme einen großen Bissen und stöhne. „Das ist so gut!" Ich schiebe mir noch mehr in den Mund.

Ihre Lippen zucken. Sie nimmt noch einen Bissen, und wir essen schweigend, bis das Brot weg ist. Sie legt den Kopf schief. „Also, was ist der Wetteinsatz?"

Mein Ego ist ungebrochen. Ich zucke lässig mit den Schultern. „Mach dir nichts draus. Es ist dir gegenüber nicht wirklich fair."

Sie verengt ihre Augen zu Schlitzen. „Ach? Warum denn das?"

Ich lege meinen Arm um ihre Schultern und lehne mich näher an sie heran. „Du wirst verlieren."

Sie lacht. „Du bist immer so selbstsicher."

Ich tue so, als sei ich das reinste Unschuldslamm und wüsste nicht, wovon sie spricht. „Hey, ich will nur nicht, dass meine Frau sauer auf mich ist oder denkt, ich hätte sie ausgetrickst."

Sie grinst. „Aber du legst jeden rein. Warum sollte ich eine Ausnahme sein?"

Ich kann es nicht abstreiten. Und ich versuche gerade, sie auszutricksen, also werde ich nicht lügen und das Gegenteil behaupten. Ich lehne mich vor und streife ihre Lippen mit meinen. „Du scheinst dir sicher zu sein, dass du nicht verlieren wirst."

Sie blickt auf meine Lippen, dann fixiert sie mich mit ihrem stählernen Blick. „Ich kenne dich schon eine ganze Weile, Gianni Marino. Was immer du vorhast, ich kann dich überlisten."

Ich lache. „Ist das so?"

„Ja."

„Ich habe also auf dich abgefärbt?"

Sie zuckt mit den Schultern. „Vielleicht."

Ich schiebe meine Hand zwischen ihre Schenkel. Sie rutscht hin und her und kneift ihre Oberschenkel fester zusammen. „Bist du sicher, dass du diese Wette eingehen willst?"

„Um was wetten wir?"

„Wenn ich gewinne, nehme ich dich die ganze Nacht. *Wie auch immer* ich dich will." Mein Puls rast bei dem Gedanken.

Ihre Wangen färben sich rosa. „Und wenn du verlierst?", fragt sie.

Ich schniefe heftig, starre auf ihr Dekolleté hinunter und dann auf ihre Lippen. Schließlich begegne ich ihrem blauen Blick. „Was willst du, Tesoro?"

„I-Ich ..." Sie hält inne und zieht die Augenbrauen zusammen.

„Was willst du?"

Sie holt tief Luft und hebt ihr Kinn. „Ich will einen Freifahrtschein dafür, dass ich mitspiele. Wenn ich gewinne, bekomme ich zwei."

„Einen Freifahrtschein?"

Sie nickt. „Ja. Einen Freifahrtschein. Ich kann dir befehlen, was ich will, wann immer ich es will. Und du musst damit einverstanden sein, egal was passiert."

Ich habe ein ungutes Gefühl. Ich mag es nicht, ein Risiko einzugehen, ohne zu wissen, was die Zukunft bringt. Aber ich möchte, dass es zwischen uns wieder so wird, wie früher. Und dazu gehört, dass meine Frau sich an jede lustvolle Eskapade erinnert, die ich mit ihr machen kann.

Sie klimpert mit den Wimpern. „Was ist los? Hast du Angst, dass ich gewinne und du mir dann zwei Gefallen schuldest?"

Ich lehne mich zurück, nehme einen großen Schluck Wein, dann schlucke ich. „Okay, Tesoro. Du bekommst einen Freifahrtschein, nur weil du mitspielst." Ich lege eine Hand in ihren Nacken, ziehe sie näher an mich heran und schaue ihr tief in die

Augen. „Aber ich darf alle Regeln aufstellen. Und du darfst den Freifahrtschein heute Abend nicht benutzen."

Sie öffnet ihren Mund, aber schließt ihn wortlos wieder.

„Bist du dabei oder nicht?" Ich betrachte wieder ihre Lippen.

Ihre Stimme bricht. „Ich bin dabei."

Mit einem Finger der anderen Hand berühre ich ihr Höschen und streiche über ihren Schlitz. Sie atmet erschrocken ein und ich murmle in ihr Ohr. „Hier ist die einzige Regel. Komm nicht am Esstisch."

8

Cara

Jede Zelle meines Körpers brennt vor Verlangen. Giannis Arm liegt um meine Taille und er spielt mit einer Hand diskret mit meiner Pussy. Sein geschickter Mittelfinger steckt tief in mir und sein Daumen hat nicht aufgehört, meine Perle zu umkreisen, seit das Abendessen an den Tisch gebracht wurde.

Er benutzt nicht einmal seine vorherrschende Hand.

Ich habe so gut wie verloren.

Ich tue alles, was ich kann, um dem Verlangen meines Körpers Einhalt zu gebieten. Doch ich weiß, dass ich dieses Spiel wahrscheinlich nicht gewinnen werde.

Was Gianni will, bekommt Gianni auch.

Warum habe ich dieser Wette zugestimmt?

Es sind nicht die sexuellen Spielchen im Restaurant, die mich aufwühlen. Verdammt, Gianni hat schon immer alle möglichen unanständigen Dinge mit mir in der Öffentlichkeit gemacht. Es ist ein Teil des Nervenkitzels, den ich in dieser Beziehung verspüre. Aber diese Wette ...

Seine Worte hallen in meinen Gedanken nach. *Wenn ich gewinne, nehme ich dich die ganze Nacht. Wie auch immer ich dich will.*

Seit ich in die USA zurückgekehrt bin, hat er mir unerbittlich nachgestellt. Ich habe monatelang versucht, mich von ihm fernzuhalten. Der Gedanke an Sex mit ihm hat mich nie abgeschreckt, wie man es manchmal bei einem Ex empfindet. Es war immer das Gegenteil der Fall. Die Versuchung, ihm nachzugeben, war immer da – und groß. Ich habe die Intimität des Sex mit Gianni nie vergessen oder aufgehört, mich danach zu sehnen. Es ist, als ob man ein Feuerwerk anzündet und wegsieht, um es nicht explodieren zu sehen. *Unmöglich.*

Das Problem ist Giannis Wunsch nach Dominanz. Sie ist Teil seines Alltags, aber es ist eine ganz andere Erfahrung, wenn er im Schlafzimmer Macht über mich ausübt. Er verlangt völlige Unterwerfung. Bis heute im Flugzeug hat er das nie laut ausgesprochen, aber es war immer offensichtlich. Und jetzt ... wer weiß, was er noch alles verlangt?

Wenn ich ihm erlaube, mich zu nehmen, wie er will, kann ich nicht auf gleicher Augenhöhe mit ihm stehen, was die einzige Möglichkeit ist, diese Ehe zu überleben. Doch ich weiß nicht, wie ich aus dieser Wette herauskommen soll – nicht, dass ich klar denken könnte.

Mit seiner freien Hand füttert er mich mit einem Stück Schokoladenkuchen, genauso wie er mich den ganzen Abend über verköstigt hat. Die anderen um uns herum denken wahrscheinlich, wir verbringen ein typisches romantisches Abendessen. Während jedes Bissens Hummer Thermidor, oder was auch immer der Kartoffelauflauf daneben war, flüsterte er mir schmutzige Dinge ins Ohr und spielte mit meiner Pussy wie ein professioneller Geiger.

Mehrere Male betrachtete er mich eingehend. Ich schaute ihm direkt in die Augen und das Wort „bitte" drang tatsächlich einmal aus meinem Mund. Es war kaum hörbar, aber er hörte es. Ich hörte es. Das war alles, was sein Ego hören musste.

Er ließ mich nicht kommen. Stattdessen neckte er mich während des ganzen Abendessens und hielt mich am Rande der Explosion.

Es ist noch kein Schweiß auf meiner Haut ausgebrochen, aber meine Haut ist feucht vor aufgestauter Lust.

Der zartbittere Geschmack des Schokoladenkuchens entfaltet sich auf meiner Zunge, und er erhöht seinen Druck auf meine Perle. Ich wimmere. Es ist mein Lieblingsdessert, deshalb hat Gianni es auch bestellt. Ich kaue und schlucke, und er knabbert an meiner Unterlippe. „Du hast da Schokolade an der Lippe."

Er leckt mir über die Lippen, lässt seine Zunge gegen meine gleiten und küsst mich, als wolle er mir die ganze restliche Schokolade aus dem Mund stehlen.

Sein Daumen kreist schneller, und ich kann mich plötzlich nicht mehr zurückhalten. Gianni schmeckt noch köstlicher als sonst, und das ist keine einfache Leistung.

Ich schlinge meine Arme um seine Schultern und kralle meine Finger in seinen Haaransatz im Nacken. Leise Geräusche dringen aus meiner Kehle.

Diesmal hört er nicht auf. Das Adrenalin pumpt so hart durch mich hindurch, dass der Raum um mich herum verschwindet. Nur Giannis köstliche Zunge in meinem Mund ist in diesem Moment von Relevanz, sein heißer Atem vermischt sich mit meinem, und seine Küsse dämpfen mein Wimmern.

Es fühlt sich an, als würde mein Orgasmus ewig andauern. Gianni küsst mich währenddessen, bearbeitet meinen Körper, wie er es immer tut, und macht seine Präsenz und Macht über mich deutlich.

Es ist einer der Gründe, warum ich nie über ihn hinwegkam. Sex mit anderen war immer zweitklassig. Er ist der wilde Hengst auf der Koppel. Wenn man ihn einmal hatte, gibt es kein Zurück mehr, und kein Quarter Horse wird mich je wieder sättigen.

Als das Beben meines Körpers abklingt, murmelt er zwischen zwei Küssen, „Ich nehme dich die ganze Nacht. *Wie auch immer ich dich will.*"

„Ich habe noch meinen Freifahrtschein", keuche ich.

Seine Lippen kräuseln sich. „Ja, das hast du. Du kannst ihn nach heute Abend jederzeit benutzen." Dann nimmt er meinen Mund wieder in Besitz.

Die Schmetterlinge in meinem Bauch spreizen aufgeregt ihre Flügel. Das Tauziehen zwischen dem Wunsch nach dem, was nur Gianni mir geben kann, und dem Wunsch, ihn nicht wieder in mein Herz zu lassen, entfacht erneut. Ich ziehe mich zurück und schaffe es, ihn zu warnen, „Glaube nicht, dass das hier über den heutigen Abend hinausgeht."

Schmerz blitzt in seinen Augen auf. Schuldgefühle schießen durch mich hindurch, aber ich erinnere mich daran, dass ich nicht zulassen darf, dass er mich wieder verletzt. Und das wird er. Ich kenne seine Vorgehensweise zu gut.

Er erholt sich schnell. „Schreib mich nicht so schnell ab."

Ich lache freudlos. „Schnell? Es hat über zwanzig Jahre gedauert, bis ich zu diesem Punkt gekommen bin."

Er zieht sich zurück, schnieft und greift dann in seine Tasche. Er wirft etwas Geld auf den Tisch, erhebt sich und streckt die Hand nach mir aus. Der Blick aus seinen dunklen Augen – der sich anfühlt, als würde er mich ausziehen – wird noch intensiver. „Lass uns gehen."

Ich weiß, dass es keinen Ausweg gibt, und versuche mir einzureden, dass es nur Sex ist und nichts bedeutet, und nehme seine Hand. Die Schmetterlinge flattern schneller.

Er führt mich schnell durch die Hotellobby und ignoriert den Kellner, als Carl uns hinterherruft, „Einen schönen Abend, Mr. und Mrs. Marino."

Ich blinzle einige Male. Es ist das zweite Mal, dass mich außer Gianni jemand Mrs. Marino nennt.

Das hat nichts zu bedeuten.

Ich gehöre endlich ihm.

Nein, das tue ich nicht.

Dies ist nicht der richtige Zeitpunkt, um alles zu vergessen, was du in den letzten Jahren gelernt hast.

Er tätschelt meinen Hintern, und ich sinke in ihn hinein, unfähig, es nicht zu tun. Natürlich merke ich, dass ich mich ihm bereits unterwerfe. Ein Teil von mir liebt es, wie richtig es sich anfühlt. Der andere Teil möchte mich erwürgen und ohrfeigen, bis ich ihn wieder hasse.

Kurze Zeit später erreichen wir unser Zimmer. Er schließt die Tür auf und führt mich durch die Suite. Auf dem Schreibtisch steht eine weiße Schachtel mit einer passenden Schleife. Er nimmt sie in die Hände und dreht sich zu mir um. In seinen Augen flackern dunkle Flammen, die heißer brennen als je zuvor. So sieht er aus, wenn er durchdreht und den Verstand verliert. Ich habe ihn nur ein paar Mal so gesehen, wenn er ein Problem auf der Arbeit hatte. Irgendetwas an diesem Ausdruck und die Tatsache, dass es mit mir zu tun hat, macht mich noch nervöser.

Er hält mir die Schachtel vor die Nase. „Mach sie auf, Tesoro."

Ich zögere und frage dann, „Was ist das?"

Er schüttelt die Schachtel. „Öffne sie."

Ich atme tief ein, ziehe an der Schleife und öffne den Deckel. Mein Herz klopft heftiger, und die Schmetterlinge spielen wieder verrückt.

Darin befindet sich ein Halsband aus Diamanten und Platin mit einer passenden Leine. Ich starre es an und sehe dann langsam zu Gianni auf, der noch verrückter drein sieht als zuvor.

Warum erregt mich das?

Das ist falsch. Er kann nicht so viel Macht über mich ausüben.

Oh Gott! Wie würde es sich anfühlen, sich ihm mit einem Halsband festgekettet zu unterwerfen?

Gianni greift um mich herum und öffnet den Reißverschluss meines Kleides. Es fällt auf den Boden. Mein Puls rast und mein Brustkorb hebt und senkt sich schneller. Er nimmt das Halsband aus der Schachtel, löst die Leine und tritt dann hinter mich.

Ich schaue ihm im Spiegel gegenüber in die Augen.

Seine Hand gleitet um meine Kehle und drückt sanft zu. Meine Lippen beben, und ich greife hinter mich, um seine Schenkel zu ergreifen.

Sein heißer Atem trifft auf mein Ohr. „Die Leine ist nur für mich. Aber du wirst dieses Halsband tragen, damit die ganze Welt weiß, wem du gehörst."

Ich sage nichts, weil ich nicht weiß, was ich antworten soll oder was ich in dieser Sache wirklich empfinde.

Er öffnet den Verschluss des Halsbandes und hält es mir vor die Augen. „Lies."

Ich löse meinen Blick von ihm und lese die Gravur. Mein Inneres bebt, und ich grabe meine Nägel tiefer in seine Oberschenkel. Tränen bilden sich in meinen Augenwinkeln, aber ich blinzle heftig, weil ich nicht verstehe, warum mich das so berührt. Ich werde Gianni keine Schwäche zeigen.

„Lies", befiehlt er erneut.

Meine Stimme zittert. Ich öffne meinen Mund, aber es kommt nichts heraus. Er drückt sich näher an mich heran, und seine Erektion drängt sich gegen meinen Hintern. Ich räuspere mich und flüstere, *„Tesoro, für immer heißt für immer. In ewiger Liebe, dein Mann Gianni."* Ich schlucke schwer und begegne seinem Blick.

Er nickt. „Du, Tesoro, bist mein Herz. Es gibt kein Entrinnen mehr. Ich bin nicht perfekt, aber ich werde nicht länger an der Seitenlinie deines Lebens stehen. Du gehörst mir. Für immer. Je schneller du es begreifst und mir vergibst, desto schneller können wir nach vorn schauen und wieder glücklich sein."

Wieder glücklich sein. Wie oft war ich schon „wieder" glücklich mit Gianni?

Aber es fühlt sich immer so gut an, wenn wir glücklich sind. Als könnten wir gemeinsam die Welt erobern.

Alles, was ich je wollte, war, mit Gianni eine Zukunft aufzubauen. Und so platze ich fast heraus, dass ich ihm verzeihe, aber ich tue es nicht. Ich kann es nicht. Ich habe es schon zu oft getan, und jedes Mal hatte es schlimmere Folgen als das letzte Mal. Und das wird der grausamste Witz von allen sein, wenn ich wieder auf seine Versprechen hereinfalle.

Es vergehen einige Augenblicke, bis er mir das Halsband umlegt und schließt. Sein Blick weicht nie von meinem. Das Platinhalsband sitzt perfekt, weder zu eng noch zu locker. Es ist das schönste Schmuckstück, das ich je getragen habe. Überraschenderweise fühle ich mich durch das Gewicht wie in eine Schmusedecke gehüllt.

Er fährt mit dem Zeigefinger über den Rand des Metalls, und ich erschaudere. Seine Lippen zucken, und er greift nach dem kleinen Ring an der Vorderseite. Er beugt sich vor und dreht mein Kinn so, dass ich ihm zugewandt bin. „Du wirst dich mir unterwerfen. Nicht nur heute Nacht, sondern für immer. Ich bin dein Ehemann. Es gibt keinen anderen Menschen auf der Welt, der besser weiß, was du brauchst als ich. Und ich werde es dir geben. Ich werde dir jeden Wunsch erfüllen. Im Gegenzug *wirst* du mir geben, was *ich* brauche." Er befestigt die Leine am Halsband.

Ich platze mit einem Geständnis heraus, das mich zurückschrecken lässt, sobald es über meine Lippen dringt. „Ich vergebe dir nicht. Ich … ich möchte es. Gott, ich möchte es so sehr. Aber ich weiß nicht, wie." Meine Wangen brennen heiß. Ich versuche, mich von ihm abzuwenden, aber er hält mich fest.

Sein Blick schwankt zwischen eisern und verständnisvoll, als wüsste er nicht, was er antworten soll. Er atmet langsam ein und sagt dann, „Du wirst einen Weg finden. Deine Unterwerfung wird dir helfen."

„Ich werde nur heute Nacht devot sein. Ich weiß, wie ich meinen Freifahrtschein einsetzen werde", sage ich entschlossen, bevor ich den Gedanken, der mir gerade in den Sinn gekommen ist, überhaupt analysieren kann.

Er erstarrt. „Heute Abend kannst du deinen Freifahrtschein nicht einsetzten, Cara. Das haben wir klargestellt."

„Dann eben morgen. Ich werde ihn morgen benutzen. Es wird keine Unterwerfung in Zukunft mehr geben", warne ich, zu sehr in die Sache verstrickt, um nicht damit herauszuplatzen, aber mein Bauchgefühl sackt ab, als ich es sage.

In seinen Augen tobt ein Wirbelsturm der Emotionen, darunter auch Schmerz. Für einen kurzen Moment wünschte ich, ich könnte es zurücknehmen, aber ich kann nicht zulassen, dass Gianni die Oberhand über diese Beziehung gewinnt. Er wird alles zerstören, was von mir übrig ist.

Er zieht die Schultern zurück und dreht mich zu sich um. „Nein, Tesoro. Nach heute Abend wirst du nicht mehr in der Lage sein, dir all das zu verwehren, was ich dir bieten kann. Du sehnst dich bereits nach mir ... du hast dich immer nach mir gesehnt. Aber jetzt sehe ich es in deinem Blick."

„Was siehst du?"

Seine Lippen kräuseln sich, und all das Böse, zu dem er fähig ist, drückt sich in seinem Gesichtsausdruck aus. Er starrt mich einige Augenblicke lang an, dann dreht er mich wieder um, sodass ich dem Spiegel zugewandt bin. Er zieht meinen Kopf ein paar Zentimeter zurück und packt mein Kinn. „Schau dir deine Augen an. Siehst du, wie hell sie strahlen?"

Er hat recht. Meine blauen Augen scheinen einen brillanten, funkelnden Schein angenommen zu haben. Dennoch antworte ich nicht, aus Angst davor, was meine Zustimmung bedeuten würde.

Er fährt mit seiner Zunge hinter mein Ohr und murmelt dann, „Sie fingen an zu funkeln, als du das Halsband gesehen hast. Es strahlte heller, als ich es dir um den Hals legte. Du gehörst mir, Tesoro. Dein Körper. Dein Verstand. Dein Herz. Es wird keinen Freifahrtschein geben, der deine Unterwerfung aufhebt. Du wirst dich mir nicht mehr widersetzen."

Ich löse meinen Blick von meinem Spiegelbild und richte ihn auf Gianni. Ich versuche, überzeugt zu klingen, aber mein Widerspruch kommt schwach rüber, und wir beide wissen es. „Ich werde dir das Gegenteil beweisen."

Er lacht spöttisch. „Nein, das wirst du nicht. Tief in dir weißt du, dass ich recht habe. Ich mag ein Arschloch sein, aber ich kenne dich besser als du dich selbst. Und jetzt wasch dir die Schminke aus dem Gesicht. Du bist zu schön, um deine makellose Haut damit zu beflecken." Er lässt seine Hand über meinen Bauch gleiten, fährt dann tiefer und umfasst meine Pussy. „Und wenn ich in dir komme, Tesoro, wirst du gleichzeitig darauf brennen, dass ich es wieder tue." Er tritt zurück und lässt mich los.

Ich drehe mich um und verschränke die Arme vor der Brust.

Er geht zur Bar und schenkt sich einen Scotch ein. Dann tritt er zum Fenster und trinkt ihn zur Hälfte aus. Ohne mich anzuschauen, fragt er, „Willst du von unserer Vereinbarung zurücktreten? Ich habe noch nie erlebt, dass du dein Wort brichst."

Ich ziehe meine Schultern zurück und hebe mein Kinn an. Eine Sache, die ich nie tue, ist, eine Abmachung zu brechen. „Nein. Natürlich nicht."

„Dann wirst du dich mir völlig unterwerfen. Wasche dein Gesicht. Wenn du fertig bist, ziehst du dich aus und kniest dich vor das Fenster, mit Blick zum Glas."

Die Schmetterlinge in meinem Bauch machen sich auf und davon, und ich hasse mich wieder einmal selbst. Ohne ein Wort zu sagen, gehe ich ins Bad, wasche mir das Gesicht und entferne dann die Haarnadeln aus meinem unordentlich hochgesteckten Haar. Meine dunklen Locken fallen in langen, gleichmäßigen Wellen über meine Schultern. Ich klammere mich an den Waschbeckenrand, schließe die Augen und atme tief durch.

Ich muss nur diese eine Nacht überstehen.

Morgen werde ich den Freifahrtschein einsetzen. Ich werde klarstellen, dass Gianni mir nie wieder befehlen darf, mich zu unterwerfen.

Meine Brust zieht sich bei dem Gedanken zusammen. Im Stillen mache ich mir Vorwürfe, weil ich es in Wahrheit eigentlich will. Ich spreche mir ein paar letzte aufmunternde Worte zu und ziehe mich dann aus.

Als ich nackt bin und nur noch das Halsband trage, wickle ich die Leine um meine Faust und starre mich im Spiegel an.

Ich fahre den Umriss des großen Diamanten nach und verliebe mich mit jeder Sekunde, die ich es trage, mehr in das Schmuckstück. Wer auch immer es entworfen hat, hat dafür gesorgt, dass es überall getragen werden kann und wie ein hochwertiges Collier aussieht. Der Ring, an dem die Leine befestigt ist, ist klein und in das Design eingearbeitet. Wenn man nicht weiß, dass man eine Leine daran befestigen kann, würde man ihn gar nicht bemerken. Ich schelte mich wieder selbst, weil ich nicht nur den Glanz dieses Schmuckstücks liebe, sondern auch, wie es an meinem Hals aussieht und sich anfühlt.

Es vergehen noch einige Minuten, bis ich endlich den Mut aufbringe, aus dem Bad zu treten. Kerzenlicht flackert im Raum. Leise Musik spielt. Gianni sitzt in dem Sessel mit Blick zum Fenster. Vor ihm liegt eine Decke auf dem Boden. Er würdigt mich keines Blickes, zeigt nur mit dem Finger auf die Decke.

Mein Nervenflimmern wird stärker. Ich atme tief durch und gehe zum Fenster. Ich schaue ihn an, und er braucht nichts zu sagen. Ich weiß, dass er mich herausfordert, mein Wort zu brechen.

Nach kurzem Zögern trete ich vor ihn und lasse mich dann mit dem Gesicht zum Fenster auf den Boden sinken. Ich neige den Kopf und versuche, meinen Herzschlag zu regulieren.

Eine Zeit lang tut er nichts. Jede Minute, die vergeht, ist die reinste Tortur. Ich tue alles, was ich kann, um mich nicht zu bewegen und konzentriere meinen Blick auf die braune Decke.

Vorfreude erfüllt mich und steigert sich, bis sich mein Brustkorb schneller hebt und senkt und ein Tropfen meiner Erregung an meinem Oberschenkel heruntertropft.

Endlich regt er sich. Ich höre ihn, bleibe aber wie erstarrt, wage nicht, mich zu bewegen. Er fährt mit seinem Finger über die Ritze zwischen meinen Pobacken und dann mein Rückgrat hinauf.

Meine Pussy pulsiert, und ich erschaudere. Ein Wimmern entweicht aus meinem Mund.

Er fährt am Halsband entlang. Meine Haut kribbelt. Er holt tief Luft, lehnt sich im Stuhl zurück und befiehlt dann, „Dreh dich um und sieh mich an."

Ich bleibe auf den Knien und sehe ihn an.

Er macht die Beine breit und krümmt den Finger.

Ich krieche näher, bis ich zwischen seinen Beinen sitze. Er schnappt sich die Leine, wickelt sie um seine Faust, bis sie straff gespannt ist, und zieht mich dann so weit daran nach vorn, dass mein Gesicht über seinem Schwanz schwebt, der seine Hose ausbeult. „Wie sehr hast du meinen Körper vermisst, Cara? Und keine Lügen mehr. Ich will die Wahrheit hören. Wie sehr?", verlangt er zu wissen.

Solange ich unter seiner Kontrolle stehe, kann ich die Mauern, die ich um mein Herz erbaut habe, nicht aufrechterhalten. „Sehr. Ich kann es kaum in Worte fassen."

Er kippt meinen Kopf am Kinn nach hinten. In seinen dunklen Augen wirbelt ein Tornado, ein außer Kontrolle geratener Sturm. Ich schnappe nach Luft, weil ich weiß, dass er an einem Punkt angekommen ist, den wir noch nie zusammen erreicht haben, und weil unsere Situation ihn so weit getrieben hat.

„Und ich? Du hast mich vermisst, gib es zu."

„Du weißt, dass ich das getan habe", sage ich, ohne mich zurückzuhalten.

Er leckt sich über die Lippen und befiehlt, „Steh auf."

Meine Knie beben, aber ich gehorche. Er rutscht nach vorne, zieht mich an sich, bis mein Unterkörper auf Augenhöhe ist, und atmet ein Dutzend Mal tief durch.

Irgendetwas daran bringt mich dazu, meine Hände in seinem Haar vergraben zu wollen. Mein ganzer Körper bebt und pulsiert. Er atmet meinen Duft weiter ein, und ich flüstere, „Oh Gott."

Er legt den Kopf schief. Ein freches Lächeln umspielt seine Lippen. Während er mich anschaut, fährt er mit seiner Zunge durch meinen Schlitz.

„Gianni!", schreie ich, meine Knie geben nach.

Er packt meine Arschbacken, bevor ich falle und zieht mich dichter an sein Gesicht. Seine Zunge ist wie die einer Schlange, die durch meine Falten hindurchschnellt. Schnell, dann langsam, dann wieder schneller.

Ein Zittern überkommt meinen Körper. Er lehnt sich zurück und positioniert mich so, dass ich rittlings über ihm knie.

„Pack die Rückenlehne, reite mein Gesicht und zeige mir, wie sehr du mich vermisst hast", sagt er, seine Stimme rau.

Die Macht, die er schon immer über mich hatte, ist unverkennbar. Ich gehe förmlich in Flammen auf. Ich falle nach vorne, gehorche seinen Befehlen, unterwerfe mich, und tue alles, was Gianni will.

Innerhalb eines Wimpernschlags werden all die Jahre des Schmerzes beiseitegeschoben und aus meinen Gedanken verdrängt. Wir leben einfach nur die Sehnsüchte aus, die wir beide schon zu lange mit uns herumtragen. Ich reite sein Gesicht, während sein Knurren die Luft erfüllt. Er schlägt mir auf den Hintern, und ich komme so heftig, dass ich meinen Rücken wölbe.

Er fährt fort, mich zu verschlingen, und es ist genauso wie früher und doch ist es neu. Er ist unerbittlich, zeigt keine Gnade und lässt mich so oft kommen, dass mir der Kopf schwirrt. Schweiß perlt von meiner Haut ab, und ich grabe meine Nägel tief in die Rückenlehne.

Im Gegensatz zum Abendessen versuche ich nicht, meine Laute zu dämpfen. Ich flehe ihn ständig an, mich kommen zu lassen oder sich zurückzuhalten. Nach einiger Zeit klingen meine Schreie nur noch heiser. Meine Pussy ist so empfindlich, dass jede seiner Liebkosungen pures Vergnügen in mir auslöst. Ich fliege so hoch, dass mir schwindelig wird.

Als er endlich auftaucht, um nach Luft zu schnappen, wickelt er die Leine wieder um seine Faust, vergräbt diese Hand in meinem Haar und zieht meinen Kopf zurück. Er atmet schwer, wischt sich das Gesicht an seinem Bizeps ab, beugt sich dann vor und beißt mir in die Schulter.

„Oh Gott! Ja!", schreie ich und realisiere, wie sehr ich es vermisst habe, dass er meinen Körper beherrscht.

Er beugt mich zurück und starrt mich mit seinem kalten Blick an. „Willst du deinen Freifahrtschein immer noch benutzen?"

Ich öffne den Mund, um zu verneinen, aber schließe ich ihn wieder ohne ein Wort. Ich schlucke schwer, weil ich nicht weiß, wie ich antworten soll.

Aber anstatt sich aufzuplustern, lächelt Gianni nur. Je länger ich nicht antworte, desto breiter wird sein Grinsen. Schließlich sagt er, „Schön, dass du spielen willst, Tesoro." Er gibt mir einen keuschen Kuss auf die Lippen und löst dann seine Faust in meinem Haar. Er streift mit seinen Lippen mein Ohr und murmelt, „Lass die Spiele beginnen, meine Schöne. Ich werde dich ficken, bis du nicht mehr laufen kannst, wenn du es auf die harte Tour haben willst. Aber irgendwann wirst du mir die richtige Antwort geben. Jetzt gönn deiner Pussy eine Pause, mach's dir im Sessel bequem und lutsch meinen Schwanz, wie nur du es kannst, Ehefrau."

9

Gianni

Sanftes Licht erhellt den Raum. Wenn die Kerzen flackern, funkeln die Diamanten in Caras Halsband auf unbeschreibliche Weise. Mein Tesoro kniet auf dem Sessel, nackt, abgesehen von den Juwelen, die sie als mein Eigentum kennzeichnen. Ihr üppiger Mund bearbeitet meinen Schwanz besser, als ich es mir in all den Jahren je erträumt habe.

Meine Brust hebt und senkt sich stockend. Ich packe ihr Haar fester und kontrolliere das Tempo. Sie nimmt meinen Schaft tief in sich auf, als ob ihre Kehle nur für mich bestimmt wäre. Das ist gar nicht so einfach. Die meisten Frauen schaffen es nicht, mehr als die Hälfte von mir in den Mund zu nehmen. Aber meine Tesoro hat in der Highschool gelernt, wie sie den hinteren Teil ihrer Kehle öffnen kann.

Stolz mischt sich mit Erregung. Sie ist schöner als je zuvor, und die Zeit hat unsere Verbindung nicht ruiniert. Wir passen immer noch so gut zusammen. So etwas findet man nicht ständig. Die letzten Jahre ohne sie haben mir gezeigt, wie sehr ich es vermasselt habe.

Sie lässt ihre Hand über meinen Schaft gleiten, während ihr Mund an meinem Ständer hinaufgleitet. Ich beiße die Zähne zusammen und brülle, „Verdaaaammt."

Sie blickt auf und ihre blauen Augen bleiben an den meinen hängen. Sie lässt nichts anbrennen und bearbeitet meinen Schwanz weiter.

Dank der Empfindungen, die sie mir bereitet, und dem frechen Blick in ihren Augen bin ich kurz davor, wie ein Vulkan auszubrechen. Aber das kann ich nicht zulassen, also ziehe ich sie an den Haaren zurück, bis ich aus ihrem Mund rutsche.

Sie grinst, und das lässt mein Herz höher schlagen. Ich liebe alles an ihr, aber diesen frechen Ausdruck habe ich besonders vermisst. Es ist eine Herausforderung und mit schmutzigem Verlangen verbunden. Es lässt mich glauben, dass wir unsere Probleme überwinden und das Leben führen können, das wir all die Jahre hätten haben sollen.

Schwer atmend fahre ich mit dem Daumen über ihre Lippen, wische den Speichel weg und schiebe ihn in ihren Mund. Sie saugt daran und fährt gleichzeitig mit der Zunge darüber.

Gott, ich liebe diese Frau.

Ich lasse sie einen Moment lang ihren Spaß haben, bevor ich meinen Daumen zurückziehe. Ich stehe auf und ziehe an der Leine, sodass sie ihren Kopf zur Decke neigen muss. Irgendetwas daran, über ihr zu stehen, während sie kniet, nackt bis auf das Halsband, macht mich noch geiler. Ihr seidiges, dunkles Haar fällt ihr bis zur Mitte des Rückens. Ihre blauen Augen weiten sich, und ihre harten Nippel ragen zur Decke. Sie ist mir auf eine ganz neue Art und Weise ausgeliefert. Und der Teufel in mir jubelt. Was auch immer ich von ihr verlange, ich weiß, dass sie es tun wird. Egal wie ich sie nehmen will, ich weiß, dass ich es zulassen wird. Alles daran weckt meine dominante Seite und lässt mein Verlangen noch heißer züngeln.

Und jetzt besitze ich sie. Niemand sonst wird sie je wieder anfassen.

Ein Leben lang.

Ich zähle bis fünfzig, während ich sie betrachte. Ein Teil von mir fragt sich, ob dies ein Traum ist. Werde ich aufwachen und sie wird weg sein? Der andere tobt wie ein Wirbelsturm in mir und dreht sich um all die Gedanken, wie ich sie nehmen möchte.

Ihre Wangen werden rosa. Je länger ihr Blick auf mir ruht, desto flacher werden ihre Atemzüge. Sie ist der Inbegriff von Perfektion, etwas, was ich nie vergessen möchte, also greife ich nach meinem Handy auf dem Tisch und mache schnell ein Foto von ihr.

Sie zieht die Augenbrauen zusammen. „Was …?"

„Ssch", befehle ich und unterbreche sie, bevor sie aufbegehren kann. Es ist nicht das erste Mal, dass ich sie nackt oder in kompromittierenden Positionen fotografiere. Ich mache noch ein paar Fotos und werfe dann mein Handy zur Seite. Ich schiebe meine Hände unter ihre Achseln und ziehe sie vom Sessel in eine stehende Position. Als sie selbstständig steht, lege ich meine Hand auf ihre Wange. „Ich will diese Bilder immer wieder ansehen, wenn ich den Drang verspüre. Und ich bin dein Mann. Du weißt, dass ich sie nie jemandem zeigen würde, auch nicht, bevor ich diese Position in deinem Leben hatte. Ich würde jeden Mann umbringen, der versucht, sie anzuschauen. Das weißt du bereits. Oder hast du das vergessen?"

Ihre angespannte Miene wird weich, dann schüttelt sie den Kopf. „Nein. Ich habe es nicht vergessen."

Meine Lippen kräuseln sich voller Zufriedenheit. Ich beuge mich herunter und küsse sie. Als ihre Zunge meine trifft, weiche ich zurück und befehle, „Leg dich aufs Bett. Gesicht zur Decke."

Sie beißt sich auf die Lippe und macht einen Schritt in die besagte Richtung.

Ich packe sie am Arm. Sie dreht sich um, die Augenbrauen weit hochgezogen.

„Krieche auf allen vieren, deinen Arsch in der Luft."

Ihre bereits rosa Wangen leuchten plötzlich tiefrot. Ihre Augen sind von einem strahlenden, inneren Licht erfüllt. Ich habe ihr noch nie befohlen, dass sie kriechen soll, und ich hatte auch nie den Wunsch, es zu sehen. Jetzt bin ich besessen davon, sie dazu zu bringen.

„Streiche dein Haar über eine Schulter, damit ich dein Halsband sehen kann. Dann zeig deinem Mann, wie sexy du kriechen kannst", wiederhole ich meinen Befehl und löse meinen Griff um ihren Arm.

Sie atmet tief ein und senkt sich auf den Boden. Wie befohlen, wirft sie ihre Lockenmähne über eine Schulter. Die Diamanten scheinen noch heller zu funkeln, als sie ihren knackigen Hintern hoch in die Luft hebt. Ich umschlinge meinen Schwanz und verreibe mein Sperma auf der Eichel.

Sie kriecht langsam zum Bett hinüber und reckt ihren Hintern in Richtung Decke, als hätte sie das schon tausendmal gemacht.

Es ist wie ein Studium der schönen Künste. „Absolute Perfektion, Mrs. Marino", lobe ich sie.

Sie hält in der Nähe des Bettes inne, dreht den Kopf und leckt sich langsam über die Lippen.

„Freches Luder", lobe ich und bearbeite mich langsamer, um den Rest unserer Nacht nicht zu ruinieren. „Und jetzt rauf aufs Bett."

Ihre Lippen zucken. Sie steigt hinauf, wackelt mit ihrem Hintern, dann dreht sie sich zu mir um. Sie spreizt die Knie und gleitet mit den Händen auf ihren Schenkeln auf und ab. Dann klimpert sie unschuldig mit den Wimpern und sieht mich erwartungsvoll an. „Was haben Sie mit mir vor, Mr. Marino?"

Adrenalin schießt durch mich hindurch. Ich lasse meinen Schwanz los und zähle bis dreißig. Dann trete ich zum Schrank, finde eine schwarze Krawatte und mache mich auf den Weg zum Bett.

Es wird Zeit, dass sie sich wirklich unterwirft.

Ich habe Cara schon einmal zuvor die Augen verbunden. Das mache ich nicht oft, weil ich ihre Augen sehen will, wenn sie mich anfleht und kommt. Aber es gibt keinen besseren Weg, um ihr volles Vertrauen in mich zu gewinnen.

In ihren blauen Augen blitzt das Wissen um diese Tatsache auf. Eine Mischung aus Verlangen und Nervosität erfüllt sie. Ich muss ihr nicht sagen, was ich denke. Sie kennt mich nur allzu gut.

„Genau, Tesoro. Ich habe die volle Kontrolle. Nicht du. Und ich werde mit dir machen, was ich will", prahle ich. Ich lege ihr die Krawatte um den Kopf und knote sie fest. Ich beuge mich zu ihr hinunter und schnippe mit meiner Zunge gegen ihr Ohrläppchen, atme den Duft ihrer Haut ein.

Sie zittert und keucht leise.

Ich fahre mit dem Finger an ihrem Halsband entlang und hebe ihre Hände über ihren Kopf, positioniere sie am Kopfteil. „Es gibt so viele Möglichkeiten, dich zu dominieren. Halte dich an den Streben fest."

Sie umklammert die Metallstangen. Ihr Unterkörper windet sich, was mich zum Grinsen bringt.

Ich fädle die Leine durch die Streben des Kopfteils und fessle ihre Handgelenke – ihr Kopf ist leicht nach hinten geneigt, da die Leine relativ straff gespannt ist. Ich tauche ab und fahre mit meiner Zunge durch ihre feuchte Hitze.

„Oh Gott!", schreit sie.

Ich küsse ihren Kitzler und schiebe dann ihre Schenkel bis zu ihrer Brust hoch. Sie schluckt schwer und ihr Atem stockt. Das war schon immer eine unserer Lieblingsstellungen. Auf diese Weise habe ich die totale Kontrolle über sie, und sie liebt es.

Ich nehme sie mit meinem Körper gefangen, lasse meine Arme unter ihre Schultern gleiten, stütze mit einer Hand ihren Kopf und gleite mit meinem Schwanz über ihre Perle.

„Oh Gott."

„Du hast es vermisst, Tesoro, nicht wahr?", murmle ich und streichle besitzergreifend mit der anderen Hand über ihr Haar.

„Ja", haucht sie zittrig.

Ich lasse meinen Schaft weiter über sie gleiten, sauge und beiße dann abwechselnd an ihrem Hals.

Ihre Beine beben, ihr Rücken wölbt sich und sie presst ihre Brüste gegen meine Brust. „Oh Gott ... bitte!"

Ich bewege mich schneller, beiße fester zu, reibe mit dem Daumen über die Bissstelle, bis sie sich völlig löst und meinen Namen schreit.

Als ihr Orgasmus abebbt, sinke ich in sie hinein und presse meine Lippen auf die ihren. Wir stöhnen beide in den Mund des anderen. Ihre Wände umklammern meinen Schaft, der so stark zuckt, dass ich anfange, bis hundert zu zählen, damit ich mich nicht sofort in ihr entlade.

Es ist eine zuckersüße Erleichterung. Es ist schon zu lange her, seit ich Sex hatte, aber schon vor meiner Auszeit war es langweilig geworden. Keine andere Frau erregte mich mehr wirklich. Keine fühlte sich richtig an. Ich dachte nur an sie und wollte meine Frau. Und doch konnte ich sie nicht haben.

Jetzt kann ich sie nehmen, wann immer ich will.

Nach heute Abend wird sie mir regelmäßig zeigen, wie sehr sie mich will, so wie früher.

Langsam gleite ich in sie hinein, will jeden Moment auskosten und ihren Mund verschlingen, als hätte ich sie noch nie zuvor geküsst.

„Gianni, warte!", murmelt sie.

Mein Magen dreht sich. Ich halte inne und frage, „Was ist los?"

„Wie lange ist es her, seit Uberto mich entführt hat?"

Mein Bauchgefühl sackt. Die Wut über das, was dieser Bastard ihr angetan hat, erfüllt jede Zelle meines Wesens. Ich hasse es, sie seinen Namen aussprechen zu hören, während ich in ihr bin, und meine Eifersucht geht mit mir durch. „Drei Tage. Warum?", fauche ich.

Sie runzelt die Stirn. „Ich habe seither keine Pille mehr genommen. Sie sind bei mir zu Hause."

„Na und? Worauf willst du hinaus?", frage ich und fange wieder an, meine Zunge tief in ihrem Mund zu schieben und lasse meine Hüften kreisen.

Zwischen zwei Küssen, sagt sie, „Ich bin nicht geschützt. Ich könnte schwanger werden."

Ich fahre mit meinen Lippen entlang ihres Kinns, dann an ihrem Hals hinunter und sauge an dem Abdruck, den ich heute Abend dort bereits hinterlassen habe.

Sie bebt noch stärker und atmet scharf aus.

„Ja. Wir werden auch nicht jünger, Tesoro. Ich bin bereit, dich zu schwängern", antworte ich und beiße sie erneut.

„Scheiße! Gianni!", ruft sie.

Ich lasse meine Hüften kreisen, ziehe mich zurück, um ihren Kitzler noch etwas zu bearbeiten, und gleite dann wieder in sie hinein.

Sie wimmert die ganze Zeit über, aber ich stoße mit erhöhter Geschwindigkeit in ihre feuchte Hitze.

„Wir können das nicht tun", flüstert sie.

„Was können wir nicht tun?", frage ich und fahre mit der Zunge unter ihrem Halsband entlang. Ich gleite mit einer Hand ihren Arm hinauf und streiche über ihre gefesselten Handgelenke.

„Ein Baby machen."

Ich grunze. „Warum nicht? Du wolltest doch immer Kinder. Ich bin bereit, dir so viele zu schenken, wie du willst." Ich stoße mit voller Kraft in sie hinein und bearbeite sie wie ein Presslufthammer.

„Wir sind ... oh ... oh Gott!", schreit sie, und Krämpfe durchzucken ihren Körper.

Ich lasse nicht locker, küsse sie, beiße sie, sauge an ihrer Haut, bis ich weiß, dass sie einen Knutschfleck am Hals zurückbehalten wird.

Sie hört nicht auf zu beben und zu stöhnen.

„Du bist *meine* Frau. Ich *werde* dir alles geben. Und du *wirst* meine Kinder bekommen", flüstere ich ihr ins Ohr.

Ich nehme ihr die Augenbinde ab und lege eine Hand um ihren Hals. Dann drücke ich zu, bis ich einen Punkt erreiche, über den ich nicht hinausgehen sollte. Ich schneide ihr etwas die Luft ab.

Ihre blauen Augen weiten sich. Ihre Brust hebt sich noch schneller.

„Sag mir, dass du mich verstehst, Tesoro", befehle ich, übe etwas mehr Druck aus und vergrabe meinen Schwanz tiefer als je zuvor in meiner Frau.

Ihr Körper windet sich unter meinem. Ihre Lider flattern und ihre Wände schließen sich noch fester um meinen Schaft.

„Verdaaaammt!", knurre ich und komme wie ein Güterzug in ihr, der gerade entgleist. Adrenalin lässt meine Sicht verschwimmen. Ich küsse sie, halte mich an ihrem Hals fest und schiebe meine Zunge so weit wie möglich in ihren Mund.

Ihr Rücken wölbt sich durch, und unzusammenhängende Laute erfüllen unser Hotelzimmer. Ich reite meinen Rausch so lange ich kann und zucke zusammen, wenn sich ihre Wände um mich zusammenziehen.

Als es vorbei ist, vermischen sich unser Schweiß und unsere Atemzüge weiter. Ich streichle ihr über das Haar und küsse sie erneut, reibe mit dem Daumen über die Bisswunde an ihrem Hals und übe leichten Druck aus.

Sie wimmert in meinen Mund. Es ist eine *angenehme* Qual. Ich weiß alles über Blutergüsse, dank meiner Jahre als Boxer. Und es ist nicht das erste Mal, dass ich sie markiere. Sie hat einmal zugegeben, dass sie es nicht nur genießt.

Sie *sehnt* sich danach.

Die emotionale, mentale und physische Reizüberflutung der letzten Tage bringt mich um den Verstand. Normalerweise brauche ich länger, um wieder hart zu werden, aber innerhalb weniger Minuten bin ich wieder steinhart.

„Gianni, wir sollten keine Kinder haben", murmelt sie gegen meine Lippen.

Ich erstarre und schaue ihr in die Augen. „Warum sollten wir keine Kinder haben?"

Ihre Lippen zittern. Sie zögert. „Kannst du mich losbinden?"

„Nein. Beantworte meine Frage", befehle ich. Mein Herz klopft so heftig, dass es sich anfühlt, als würde es mir die Brust zerreißen.

Sie schluckt schwer. „Es wäre unseren Kindern gegenüber nicht fair, wenn du sie vernachlässigst, weil du dich wieder mit mir langweilst."

Scharfe Schmerzen durchzucken meine Brust. „Du hast mir nicht richtig zugehört, oder?"

Sie schließt die Augen und atmet tief durch.

„Was muss ich tun, damit wir das hinter uns lassen können?", frage ich zum gefühlt milliardsten Mal.

Sie öffnet ihre blauen Augen. „Lass mich gehen."

Mein sadistisches, kontrollsüchtiges *Ich*, das sich beweisen muss, übernimmt die Oberhand. „Nein. Wir haben einen Deal.

Du wirst dich mir die ganze Nacht unterwerfen. Ich nehme dich *so, wie* ich dich haben will. Oder hast du das vergessen?"

Ihr Blick verhärtet sich.

Ich fordere sie heraus, weil ich weiß, dass sie ihr Wort nicht brechen wird. „Willst du dich nicht unterwerfen?"

Sie sagt nichts.

„Lass die Stangen los", fordere ich.

Sie gehorcht. Ich nehme ihre Hände vom Kopfteil und drehe sie um, sodass sie auf die Knie gehen muss. „Hände zurück ans Kopfteil."

Sie schlingt ihre schlanken Finger um die Streben. Ich beuge mich über sie, umschlinge sie mit meinem Körper, fahre mit der Hand durch ihr Haar und packe ihre Lockenpracht. Dann übe ich wieder Druck auf ihre Bisswunde aus und genieße ihr leises Stöhnen. Langsam lasse ich meinen Ständer zwischen ihre Schenkel gleiten und stelle sicher, dass ich ihre empfindliche Perle treffe. Sie wölbt sich mit dem Rücken in mich hinein und erbebt. „Wie kommst du darauf, dass ich mich je mit dir langweilen könnte, wenn ich doch jahrelang nur darüber nachgedacht habe, wie ich dich zurückgewinnen kann?"

Sie antwortet nicht, sondern wölbt ihre Hüften, um schneller auf meinem Schwanz reiten zu können.

„Antworte mir", knurre ich.

Ihre Stimme bricht. „Das tust du immer."

Ich wende ihren Kopf zur Seite, damit sie meinem Blick nicht ausweichen kann. „Die Vergangenheit ist nicht Teil unserer Zukunft. Verstehst du das?"

Ihre Augen funkeln. Sie schließt ihre Lider.

„Sieh mich an!"

Sie öffnet die Augen, und Tränen fallen.

Ich frage noch einmal, „Sag mir, was ich tun muss!"

Ein Strom von Tränen tropft auf das Kissen. Pure Qual ziert ihr Gesicht. „Es gibt nichts, was du tun kannst. Es wird immer so sein."

Sie hätte mir genauso gut einfach ein Messer in die Brust rammen können. „Das kann nicht wahr sein."

„Das ist es", sagt sie ernst.

„Nein, das ist es nicht", antworte ich resolut. Aber zum allerersten Mal habe ich wirklich Angst, dass sie recht haben könnte. Habe ich sie so sehr verletzt, dass es unmöglich ist, ihr Vertrauen zurückzugewinnen?

Sie kneift ihre Augen zu. „Bitte. Hör auf, heute Abend darüber zu reden. Fick mich einfach."

Es gibt selten Momente, in denen ich nicht weiß, was ich tun soll. Dieser ist einer dieser besonderen Fälle. Ich beginne in meinem Kopf zu zählen. Als ich bei zwanzig angelangt bin, tut mein Herz noch mehr weh, denn nur sie weiß, was in meinem Kopf vor sich geht.

„Einundzwanzig. Zweiundzwanzig", flüstert sie.

Ich erstarre.

„Bitte. Hör auf zu zählen und fick mich. Ich will nicht mehr denken", fleht sie, ihre Stimme rau und tief.

„Lass das Kopfteil los", fordere ich.

Sie tut es, und ich drehe mich auf den Rücken und ziehe sie mit mir. Ich löse ihre Leine und befreie ihre Handgelenke. Dann ziehe ich die Decke über ihren Rücken hoch und schlinge meine Arme um sie.

Mit den Fingern fährt sie durch mein Haar. Unsere Münder treffen sich in einem Inferno aus überquellenden Emotionen – ihr Schmerz, meine neu entdeckte Angst, das brennende Verlangen, das wir beide in uns tragen, dieses Problem zwischen uns zu lösen, doch wir scheinen es nicht zu können.

Ich streichle ihr übers Haar. „Ich liebe dich. Das habe ich immer getan. Nicht ein einziges Mal habe ich daran gedacht, jemand anderem meine Liebe zu schenken."

Sie schnieft und antwortet nicht. Ihre warme Zunge gleitet gegen meine und sie senkt sich auf meinen Schwanz.

Ich ziehe ihren Kopf zurück und lasse meinen Blick auf ihr ruhen. Verzweifelt befehle ich, „Sag mir, dass du mir glaubst."

Sie antwortet nicht, aber die Wahrheit steht ihr ins Gesicht geschrieben.

Und ich begreife endlich, wie viel Schaden ich wirklich angerichtet habe. Sie vertraut nicht nur mir nicht mehr, sie vertraut nicht einmal der Liebe, die ich immer für sie empfunden habe.

Die Flut des Bedauerns, die ich die letzten Jahre über empfunden habe, war so schon kaum aufzuhalten, aber jetzt ist es, als würde ein Damm brechen. Meine Brust krampft sich zusammen, bis ich das Gefühl habe, einen heftigen Hieb versetzt bekommen zu haben und nicht mehr atmen zu können.

„Hör auf, über die Vergangenheit zu reden. Gib dich einfach wie immer. Bitte", flüstert sie.

Also tue ich das Einzige, was ich kann. Ich respektiere ihren Wunsch und sage kein weiteres Wort über unsere Liebe. Der Morgen bricht allzu schnell an, als wir endlich aufhören zu ficken. Sie schläft in meinen Armen ein, und alles, was ich in den letzten Stunden versucht habe, aus meinem Kopf zu verdrängen, bricht über mich herein.

Die Erschöpfung setzt ein, doch ich schlafe nicht. Ich kann es nicht. Ich habe immer geglaubt, dass ich ihr Vertrauen zurückgewinnen kann. Jetzt weiß ich nicht mehr, wie ich das schaffen soll. Die Zuversicht, die ich in mir trug, dass wir es schaffen würden, ist längst verschwunden. Alles, was bleibt, ist Asche, und wenn etwas erst einmal so weit niedergebrannt ist, gibt es keine Chance mehr, es wiederaufzubauen.

Ich schließe meine Arme um sie und gebe ihr einen Kuss aufs Haar. Dann schwöre ich mir, dass egal was passiert, ich werde ihr beweisen, dass wir eine Chance auf die Zukunft haben, die sie sich immer gewünscht hat.

Dann versuche ich, die Stimme in meinem Kopf zum Schweigen zu bringen, aber es ist unmöglich. *Will sie diese Zukunft überhaupt noch mit mir?*

10

Cara

MEIN KÖSTLICH SCHMERZENDER KÖRPER ERINNERT MICH AN ALL die Stunden, in denen wir Sex hatten. Giannis verblassender Tom-Ford-Duft verweilt in meiner Nase. Seine starken Arme umschließen meinen Oberkörper, er hat eines seiner Beine über meinen Oberschenkel geworfen, und meine Wange liegt auf seiner Brust. Mein Herz rast schneller. Ich schließe meine Augen und widerstehe dem Drang, sie zu öffnen, um jeden Moment der letzten Nacht noch einmal zu durchleben.

Was habe ich getan?

Ich habe eine Wette verloren.

Ich hätte einen Rückzieher machen sollen.

Ich hätte wissen müssen, dass ich mich von Gianni nicht zu einem Deal verleiten lassen darf.

Jetzt bekomme ich weitere Flashbacks und ich kneife meine Augen fester zusammen.

Ich wünschte, ich könnte sagen, dass es schrecklich war oder wir keine Chemie mehr hatten. Es würde mir helfen, wenn er irgendwie ein lausiger Liebhaber geworden wäre oder es auch nur nicht mehr ganz so gut gewesen wäre wie früher. Stattdessen muss ich zugeben, dass es der beste Sex war, den wir je hatten.

Zumindest für mich.

Wer weiß, wie Gianni die letzte Nacht bewertet. Soweit ich weiß, könnte er mich gedanklich mit all den anderen Frauen vergleichen, mit denen er in seinem Leben geschlafen hat.

Er fährt mit seinen Fingern meine Wirbelsäule hinauf, sodass ich erschaudere und mich enger an ihn schmiege. Sie nähern sich meinem Hals, und ich halte den Atem an, als er sanft das Halsband nachzeichnet.

Es ist, als ob er ein Streichholz anzündet und meine Lust in Brand setzt. Meine Lust brennt lichterloh. Schweiß bedeckt meine Haut und ich erschauere. Mein Inneres pulsiert, und meine Atemzüge werden stockender.

Seine Lippen berühren meine Stirn, direkt an meinem Haaransatz. „Ich werde einen Weg finden, dass du wieder an uns glaubst, Tesoro. Ich verspreche es", murmelt er so leise, dass ich befürchte, es mir nur eingebildet zu haben.

Ich kämpfe mit den Tränen, die so schnell fließen, dass ich sie nicht kontrollieren kann. Trotz meiner geschlossenen Lider rinnen sie mir über die Wangen.

Er schiebt seine Finger unter das Halsband, sodass er es mit der Faust umschließt und es nicht mehr locker sitzt. Dann nimmt er seinen Daumen und gleitet damit über die Stelle, an der er mich gestern Abend gebissen hat – hin und zurück.

Köstliche Qual geht von der Stelle aus. Die Mischung aus Vergnügen und grenzwertigem Schmerz macht süchtig. Alles, was ich will, ist *mehr, mehr, mehr*. Meine hochkochenden Gefühle stauen sich in meiner Kehle auf. Ich wimmere, dann tadle ich mich selbst, als ich die Augen öffne und den Kopf zurückneige.

Mit der anderen Hand packt er mein Haar und hält mich fest. Seine Lippen und seine Zunge verschlingen meinen Mund und entfachen auch noch das letzte Quäntchen Verlangen, das ich für ihn empfinde, bis es mir unmöglich ist, seine Zuneigung nicht zu erwidern.

In seinen Augen züngeln dunkle Flammen, die mich verschlingen. Als er meinen Hintern packt und mich auf sich zieht, wehre ich mich nicht. Meine Knie sinken zu beiden Seiten seiner Hüften in die Matratze. Er lässt seine Hände über meine Oberschenkel gleiten und drückt mich an seine Hüften.

Ich verdränge die Stimme in meinem Kopf, die mir sagt, dass der Deal vollzogen ist und ich aufhören soll, bevor ich zu weit gehe. Mein unstillbares Verlangen nach Gianni siegt, und mein Körper unterwirft sich ihm wieder. Ich stemme meine Hände zu beiden Seiten seines Kopfs in die Matratze und sinke auf ihn, keuche, als sein Schwanz durch meinen bereits überstimulierten Kanal gleitet.

Er belässt eine Hand auf meinen Hintern und vergräbt die andere wieder in meinem Haar. Sein Mund wandert über mein Kinn, über mein Ohrläppchen, dann zu der Stelle an meinem Hals, an der er mich immer wieder als seine markiert. In dem Moment, in dem sich seine Zähne in mein geschwollenes Fleisch graben, überwältigt mich meine Lust.

„Oh Gott", flüstere ich und wölbe mich gegen ihn.

Er fährt mit der Zunge über die Stelle, saugt daran und beißt dann fester zu.

„Gianni", schreie ich mit brüchiger Stimme, doch sein Handeln lässt mich in einen tieferen Sog des Vergessens eintauchen.

Mit einer ruckartigen Bewegung wirft er mich auf den Rücken und drückt meine Oberschenkel an meine Brust. Dann liegen seine Hände auf meinen Wangen, seine Daumen streichen über mein Kinn, und sein dominanter Blick setzt mich in Flammen. Sein Schwanz gleitet über meine Lustperle und versetzt mich in einen Rausch, bis ein Erdbeben durch mich hindurchfährt und meine Fähigkeit, alles in meinem Körper zu kontrollieren, zunichtemacht.

Wie immer, erkennt Gianni, was ich brauche, neckt mich, verlängert meinen Höhepunkt, bis ich mich unter ihm winde.

Dann dringt er wieder in mich ein. Seine Stöße sind zunächst langsam, dringen tiefer und tiefer, bis ich so voll von ihm bin, dass ich nicht mehr sagen kann, wo ich beginne und er aufhört.

Alles im Raum schwindet. Ich kann nicht mehr klar sehen, klar denken. Er setzt seinen Körper ein, kontrolliert mich mit Perfektion, als wüsste er, wie jede Bewegung, jede Berührung, jeder Stoß in meinen Körper mich beeinflusst.

Ich höre nicht auf zu beben, manchmal zittere ich so stark, dass ich kaum atmen kann. Als er in mir explodiert, knurrt er mir ins Ohr, „Meine Frau."

Seine Worte lösen Panik und Glücksgefühle in mir aus. Es ist ein Teufelskreis. Ich lasse ihn nicht los, schlinge meine Arme fest um seine Schultern und versuche, tiefer durchzuatmen, aber es gelingt mir nicht.

Ich weiß nicht, wie viel Zeit vergeht, bis er versucht, seinen Kopf von meinem Hals wegzuziehen, aber ich drücke ihn nur noch fester an mich. Die Wände scheinen näher zu rücken. Egal wie sehr ich mich anstrenge, ich kann nicht mehr atmen.

Er löst sich aus meinem Griff, setzt sich auf und zieht mich mit sich. Mit den Händen umschließt er meine Wangen. Seine Stimme ist voller Sorge, aber mir ist schwindlig, also kann ich ihm nicht antworten. „Tesoro, was ist los?"

Ich weiß es nicht. So etwas habe ich noch nie erlebt. Quälender Schmerz schießt durch mein Herz.

Warum kann ich nicht atmen?

Ich bin Mrs. Gianni Marino.

Was habe ich nur getan?

„Atme, Cara", ruft er entsetzt.

Sein barscher Ton holt mich in die Realität zurück. Seine dunklen Augen rücken wieder in mein Blickfeld. Er macht vor, in welchen Rhythmus ich ein- und ausatmen soll, und ich beginne, seinem Beispiel zu folgen.

Es dauert lange, bis der Schmerz aus meiner Brust verschwindet und ich wieder richtig zu Atem komme. Als alles wieder normal ist, fährt Gianni mit einer Hand durch sein Haar und fragt, „Ist das schon mal passiert?"

„Nein."

Etwas geht in seinem Blick vor. Ich bin mir nicht sicher, was es ist, aber der Drang, wegzurennen, überwältigt mich. Ich entziehe mich seinem Griff und springe vom Bett. „Ich gehe jetzt duschen."

Sein Blick schärft sich. „Cara-"

„Ich will nicht darüber reden", platze ich heraus und flüchte ins Bad. Ich schließe die Tür fest hinter mir, aber vertraue keinen Moment darauf, dass er nicht hereinplatzt und mit mir unter die Dusche springt.

Ich drehe das Wasser auf, stemme meine Hände gegen den Waschbeckenrand und betrachte mein Spiegelbild. *Was ist da drin gerade passiert?* Als der Dampf das Glas der Duschwand zu beschlagen beginnt, trete ich unter den warmen Wasserstrahl.

Alle Duschprodukte, die ich gerne benutze, stehen mir zur Auswahl. Wieder einmal frage ich mich, wie viel von meiner jetzigen Lage Gianni zu verschulden hat.

Was Gianni will, bekommt Gianni auch.

Aber jetzt gehört er mir, also ist es vielleicht egal, wie es passiert ist?

Er gehört mir nur, bis er sich langweilt. Und was passiert dann?

Diese Visionen meiner Zukunft machen mir keine Sorgen. Gianni glaubt nicht an Scheidung. Er würde mich bekämpfen und alles tun, um mich davon abzuhalten, ihn zu verlassen. Ich würde zu der Frau werden, die ich nie sein möchte, jene, die verheiratet bleibt, obwohl sie weiß, dass ihr Mann sie betrügt, aber nicht gehen kann – vor allem, wenn wir ein Baby hätten.

Oh Gott! Was habe ich nur getan?

Ich kann nicht sein Baby bekommen.

Aber ich bin schon einundvierzig, also heißt es jetzt oder nie.

Nicht mit ihm. Er würde mich wahrscheinlich betrügen, während ich schwanger bin.

Er hat mich genau genommen nie betrogen.

Sagt er. Aber ist das die Wahrheit?

Er lügt nicht.

Er hat die ganze Zeit gelogen, als ich ihn immer wieder zurücknahm und sagte, er wolle für immer mit mir zusammen sein.

Er wäre ein toller Vater.

Das ist nicht von Belang! Wir sollten kein Baby in unser Chaos bringen.

Ich presse meine Hand gegen die Fliesen, um mich etwas abzukühlen. Tränen vermischen sich mit dem Wasser, und Schluchzer erschüttern meinen Körper, bis meine Knie nachgeben. Ich kauere auf dem Boden, ziehe meine Oberschenkel an die Brust und wünschte, ich stünde meinem Schicksal ahnungslos gegenüber.

Wie oft kann ein Mann deine Seele zerstören? Nachdem er mich das letzte Mal verlassen hatte, konnte ich die tausend Puzzleteile meines Herzens kaum wieder zusammenfügen. Dieses neue *Wir* nährt all die Fantasien, die ich immer von unserem gemeinsamen Leben hatte – Ehemann, Ehefrau, Babys.

Seine Versprechen, mich nie wieder zu verletzen, sind zuckersüß. Ich möchte sie glauben, aber das macht es noch viel gefährlicher. Ich werde es nicht noch einmal überleben, wenn er mich wieder bricht. Wenigstens musste ich ihn beim letzten Mal nicht mit anderen Frauen sehen. Aber wenn er mich jetzt betrügt, werde ich zusehen müssen.

Nun, ich habe es nie mit angesehen, außer in der ersten Nacht, in der ich in den Sexclub in New York ging.

Als ich daran denke, muss ich noch mehr weinen. Uberto schrieb mir eine Nachricht und sagte, ich solle ihn im Sexclub treffen. Ich war schon einmal mit Gianni dort gewesen. Das war vor Jahren, bevor ich nach Italien zog.

An diesem ersten Abend im Club überredete ich Bridget, mit mir zu gehen. Sie holte mich ab, und als ihr Fahrer vor dem Gebäude anhielt, blieb mir fast das Herz stehen.

Irgendwie schaffte ich es, so zu tun, als ob ich voller Vorfreude wäre, und mir wieder einzureden, dass ich über Gianni hinweg war. Es war Jahre her, seit ich ihn gesehen hatte. Bis zu diesem Zeitpunkt hatte ich es vermieden, irgendwohin zu gehen, wo ich ihm hätte über den Weg laufen können. Drinnen angekommen, führte ich Bridget zu der Suite, in der Uberto feierte, und ermahnte mich, ihm meine volle Aufmerksamkeit zu schenken.

Einige Stunden später musste ich auf die Toilette gehen. Bridget war nirgends zu sehen und Uberto sagte mir, sie und sein Freund Michelotto seien gegangen.

Und siehe da, ich sah Gianni und seine Brüder in einer Suite sitzen. Ich erstarrte vor der Tür und sah, wie eine Frau, die viel jünger war als ich, sich auf Giannis Schoß räkelte und sein Hemd aufknöpfte. All der Schmerz, den ich in den letzten Jahren überwunden zu haben glaubte, überkam mich wieder, als ob ich im Ring wäre und geschlagen würde, während ich bereits am Boden lag. Ich blieb nicht, um den Rest zu sehen. Ich rannte praktisch auf die Toilette und verbrachte eine gute Viertelstunde damit, mich zusammenzureißen.

Später in der Nacht erfuhr ich, dass Michelotto versucht hatte, Bridget zu vergewaltigen. Dante und Gianni schritten ein. Ich war nicht im Raum, erfuhr aber danach davon, als Gianni in den Club zurückkehrte, um Michelotto zu finden. Uberto hatte kurz zuvor von der Auseinandersetzung erfahren. Er war in ein Gespräch mit einigen anderen Männern vertieft, also verließ ich die Suite und versteckte mich in einer dunklen Ecke. Ich rief Bridget an, aber sie antwortete nicht. Bevor ich mich von der Wand abstoßen konnte, bildete sich eine Gänsehaut in meinem

Nacken. Ich konnte Gianni riechen und seine Nähe fühlen, ohne ihn zu sehen.

Seitdem hat er alles getan, um mir ein Dorn im Auge zu sein. Und jetzt gibt es keinen Weg mehr, mein Herz zu schützen. Er wird mich wieder zerstören, nur dieses Mal werde ich ihm nicht entkommen können.

Heißes Wasser regnet weiter auf mich nieder. Ich finde die Kraft, aufzustehen, dann wasche ich mein Haar und nutze den Conditioner. Ich wasche mein Gesicht, rasiere mich, dann nehme ich den Luffa und gieße mein Duschgel darauf. Als ich aus der Dusche steige, habe ich meine Gefühle besser im Griff.

Ich trockne mich ab, aber ich werde stutzig, als ich dem Blick aus roten, müden Augen im Spiegel begegne. Ich werfe einen Blick auf den Waschtisch und schüttle den Kopf. Gianni hat sich sogar die Marke meiner Augentropfen gemerkt.

Ich verbringe eine weitere Stunde mit meinem Haar, trage eine dünne Schicht Make-up auf und fühle mich endlich wieder wie ein Mensch.

Ich schaffe das schon, denke ich und nicke mir aufmunternd zu.

Ein weißer Bademantel hängt an dem Haken hinter der Tür. Ich ziehe ihn an und schließe den Gürtel um meine Taille, als ob er mich vor Giannis suchenden Händen schützen würde.

Als ich aus dem Bad trete, ist er am Handy und in ein Gespräch vertieft. Er starrt aus dem Fenster, spricht auf Italienisch, aber ist vollkommen nackt.

Ich sollte wegsehen, aber es ist unmöglich. Er ist der Inbegriff des Adonis. Olivfarbene Haut spannt sich über wohlgeformte Muskeln. Jeder Zentimeter seines Körpers, ob es seine Schultern sind, seine Taille, das makellose V, das zu seinem Schwanz führt, oder sein knackiger Hintern und seine Oberschenkel, lässt mir das Wasser im Mund zusammenlaufen.

Als ob er mich spüren könnte, dreht er sich um.

Meine Wangen röten sich. „Das Bad ist frei", dann öffne ich die Schublade der Kommode.

Er blafft weitere Befehle auf Italienisch und sagt dann, „Ciao."

Ich überlege, welche Unterwäsche ich heute anziehen soll, und wünschte, ich hätte einen Oma-Schlüpfer und einen Sport-BH, um mich darin zu verstecken, aber ich habe kein Glück. Gianni hat dafür gesorgt, dass alle Modelle sexy und gewagt sind, in denen er sich mich garantiert den ganzen Tag vorstellen wird.

Er ist so vorhersehbar.

Ich habe es früher geliebt, wenn er mir Dessous gekauft hat.

Und was habe ich jetzt davon?

Plötzlich tritt er hinter mich und legt seinen Arm um meine Taille, um mich an seinen harten Körper zu ziehen. Der köstliche Duft seiner Haut steigt mir in die Nase und erhitzt mein Blut. Sein Mund streift mein Ohr, und ich versteife mich. „Ich habe uns einen Tisch zum Frühstück reserviert und einen ganzen Nachmittag im Spa gebucht. Nur das Beste für meine Frau."

Mein Herz hämmert in meiner Brust. Ich hebe den Kopf und frage, „Du kommst mit?" In der Vergangenheit hat Gianni nicht viel Zeit im Spa verbracht, wenn ich Behandlungen bekam, weil er sagte, dass alles, was über eine Massage hinausgeht, zu viel von seiner Zeit in Anspruch nimmt. Er hatte ein Geschäft zu führen und behauptete, es sei unmöglich, einen ganzen Nachmittag lang unerreichbar zu sein.

„Natürlich."

Ich drehe mich zu ihm um. „Was ist mit dem Geschäft?"

Er zieht mich näher an sich und lächelt. „Mach dir keine Sorgen. Es ist alles geklärt."

„In der Vergangenheit sagtest du immer..."

„Ich weiß, was ich gesagt habe. Von jetzt an treffe ich bessere Entscheidungen."

Mein Puls rast. „Was zum Beispiel?"

Er steckt mir eine Haarsträhne hinters Ohr und streicht mir dann über die Wange. „Ich werde das Leben mit meiner Frau in vollen Zügen genießen."

Angespannte Stille erfüllt die Suite. Ich schlucke schwer und kämpfe gegen den Drang an, Giannis Worten Glauben zu schenken und ihm gleichzeitig zu befehlen, keine Versprechungen zu machen, von denen ich weiß, dass er sie nicht halten wird. Es ist nicht so, dass mich seine geschäftlichen Unternehmungen jemals gestört hätten. Wenn überhaupt, dann respektiere ich ihn wegen seiner Hingabe, mit der er die Dinge vorantreibt. Früher hätte ich es geliebt, mehr Zeit mit ihm zu verbringen und hätte mir so eine Chance nie entgehen lassen. Ich weiß, ich sollte es nicht wollen, weil es die Situation zwischen uns nur noch mehr durcheinander bringt, aber...

„Ich meine es ernst, Tesoro", sagt er mit Nachdruck.

Ich antworte nicht. Mehr als alles andere möchte ich ihm glauben, dass dies für immer unsere neue Realität sein kann.

Wenn ich doch nur unsere Vergangenheit vergessen könnte.

Er atmet langsam ein. „Ich werde es dir beweisen. Ich muss mich fertig machen, damit wir nicht zu spät zum Frühstück kommen. Dein Badeanzug ist in deiner neuen Tasche."

„Ein Badeanzug?"

„Für die Pools."

„Oh", antworte ich, da ich nicht genau weiß, was dieses Resort alles zu bieten hat.

Er gibt mich frei und drückt mir einen keuschen Kuss auf die Stirn.

Ich sehe ihm nach, als er ins Bad geht, und schaue mich dann im Zimmer um. In einer Ecke steht eine roségoldene, übergroße Gucci-Tasche. Ich öffne sie und ziehe einen sehr knappen Bikini heraus.

„Das muss man ihm lassen. Er hat einen ausgezeichneten Geschmack", murmle ich. Ich werfe ihn wieder hinein und suche mir ein passendes Slip und BH-Set aus. Das Material ist schwarz und mit einem roten Streifen durchzogen. Ich ziehe alles an, dann gehe ich zum Schrank und begutachte die zur Auswahl stehenden Outfits.

Alles sieht viel zu schick aus für einen Tag im Spa. Ich öffne die Badezimmertür und rufe, „Hast du mir zufällig etwas Legeres besorgt?"

Er streckt seinen Kopf aus der Dusche und grinst. „Na klar. Yogahosen und Tops sind in der zweiten Schublade."

Ich kann mir ein Lächeln nicht verkneifen. „Danke."

Er zwinkert mir zu und kehrt dann unter die Dusche zurück.

Wenn er nur nicht so charmant und sexy wäre.

Ich löse meinen Blick von dem Mann in der Dusche, suche die Klamotten und ziehe mich an. Nach ein paar Minuten kommt Gianni mit einem Handtuch um die Hüfte aus dem Bad.

Ich verschränke meine Arme und lehne mich gegen die Lehne des Sessels, den wir letzte Nacht zur Genüge ausgetestet haben. „Was ziehst du an?"

„Eine Jogginghose."

„Natürlich tust du das! Lass mich raten. Ist sie grau?", necke ich ihn, aber ich habe es immer geliebt, wenn er sie trägt, und er weiß das. Als dieser Trend begann, kaufte ich ihm mehrere Paare.

Er gluckst. „Hast du deine Liebe zu mir jemals anders als in Grau zur Schau gestellt?"

„Grau war ein Modestatement, das ist alles."

„Klar doch." Er öffnet eine weitere Schublade und holt die Jogginghose und ein eng anliegendes weißes T-Shirt heraus. Er zieht alles an, zieht ein Paar Turnschuhe an und fragt, „Hast du Hunger? Ich bin am Verhungern."

Der Hunger nagt an meinen Eingeweiden. „Ja."

Er legt seinen Arm um meine Taille und führt mich zur Tür hinaus und den Flur entlang. Sein Handy klingelt, und er zieht es aus der Tasche. „Ich muss da kurz rangehen, Tesoro."

„Okay."

Er antwortet auf Italienisch und beginnt schnell zu sprechen. Wir warten gerade auf den Aufzug, als er etwas blafft, das ich nicht verstehe. Die Türen öffnen sich und wir steigen in den Lift ein. Sein Ton wird immer aggressiver. Er knurrt weitere Befehle und legt dann auf. Sein Gesicht ist rot vor Wut. Er drückt auf den Knopf zur Lobby, aber konzentriert seinen Blick an die Decke.

Ich zähle in meinem Kopf mit und warte darauf, dass er etwas sagt. Der Aufzug hält an, und die Türen öffnen sich.

Er führt mich hinaus und zum Restaurant.

„Alles in Ordnung?", frage ich mit Bedacht.

Er schnieft heftig und weicht meinem Blick aus. „Das wird es sein", sagt er, sein Ton eiskalt, sodass mir ein Schauer über den Rücken läuft.

Ich bleibe abrupt stehen und zwinge ihn, mich anzuschauen.

Er begegnet meinem Blick und fragt, „Was ist los?"

„Geht es um Uberto?"

Sein Blick verhärtet sich. Zwanzig Sekunden vergehen, bevor er befiehlt, „Erwähne ihn nie wieder."

Ich neige meinen Kopf zur Seite. „Wie soll ich ihn nennen?"

Ein Feuer lodert in Giannis Augen. „Überhaupt nicht. Denk nicht einmal mehr an ihn."

Meine Brust zieht sich zusammen. „Nach dem, was er mir angetan hat, soll ich also nicht erfahren, was du mit ihm vorhast?"

Gianni schüttelt den Kopf. „Nein. Sein Schicksal liegt in meinen Händen, und das ist alles, was du wissen musst."

Alles daran macht mich wütend. Dieser Entschluss scheint wie ein Vorbote unseres zukünftigen Lebens und dessen, was, wie ich weiß, irgendwann passieren wird. „Ich soll also unwissend bleiben und im Dunkeln tappen?"

„Du tappst nicht im Dunkeln."

„Wie würdest du es dann nennen?", schleudere ich ihm entgegen.

„Du vertraust darauf, dass dein Mann nicht zulassen wird, dass jemand dir wehtut. Nein, streich das. Ich werde nicht zulassen, dass jemand, der auch nur daran denkt, dir zu schaden, weiter auf dieser Erde verweilt", antwortet er voller Überzeugung.

Ich sollte die Sache auf sich beruhen lassen, aber es geht nicht darum, dass Gianni sich um Uberto kümmert. Selbstverständlich vertraue ich darauf, dass er sich um ihn kümmern wird. Ich kämpfe gegen ihn, weil ich keine naive Ehefrau bin, die ihren Mann mit Untreue davonkommen lässt, und sich versteckt. Und ich hasse es, wie sehr er mein Selbstvertrauen erschüttert hat, obwohl ich sonst kein Problem habe. „Ich soll dir also blindlings vertrauen?"

Gianni verengt seine Augen zu Schlitzen. „Wage es nicht, unsere sonstigen Probleme damit zu vergleichen, dass ich mich um jemanden kümmere, der dir geschadet hat."

Schamesröte steigt in meine Wangen, weil er weiß, worum es geht. Ich lache beißend.

„Was ist so lustig, Cara?"

„Wie praktisch für dich. Was kommt als Nächstes?"

Er verlagert sein Gewicht und schrubbt sich mit einer Hand über das Gesicht. „Hör auf, daraus etwas zu machen, was es nicht ist."

Ich grinse gehässig, ohne mich von seinem finsteren Blick zu lösen. „Schön, dass sich nichts geändert hat", sage ich, drehe mich um und gehe zum Stand der Hostess.

Als sich die Hostess umdreht, erschaudere ich. Es ist dieselbe Frau wie am gestrigen Abend.

Ihre Augen weiten sich. Sie räuspert sich. „Mrs. …"

„Mach mit ihm, was du willst. Das ist mir egal. Kann ich den Tisch da haben?" Ich zeige auf einen in einer Ecke.

Sie öffnet den Mund, schließt ihn aber wortlos wieder und schaut dann in die Richtung, in die ich zeige. „Klar."

„Großartig. Danke." Ich stapfe an ihr vorbei und lasse mich auf den Stuhl plumpsen, wobei ich mich zwinge, nicht zurückzuschauen. Ich habe ihr zwar gesagt, sie soll mit ihm machen, was sie will, aber das Letzte, was ich will, ist, dass sie miteinander flirten.

Und ich wünschte, ich könnte mir sicher sein, dass nur sie ihm schöne Augen macht.

11

Gianni

„Mr. Marino! Es ist so schön, Sie heute Morgen zu sehen", zwitschert die Hostess von gestern Abend.

Ich stöhne innerlich auf und werfe ihr einen finsteren Blick zu, um deutlich zu machen, dass ich nicht interessiert bin. Ich nehme ihr die Speisekarten aus der Hand, dränge mich an ihr vorbei und gehe zu dem Tisch, den Cara ausgesucht hat. Dort angekommen, lege ich eine Speisekarte vor sie und beuge mich hinunter, bis meine Lippen ihr Ohr berühren. „Wenn du das nächste Mal in der Öffentlichkeit einen Wutausbruch bekommst, mache ich dir eine so große Szene, dass du es nie wieder vergessen wirst."

Sie legt den Kopf schief und starrt mich an. „Droh mir nicht."

„Hör auf, mir zu unterstellen, dass ich etwas mit dieser Frau anfangen will", schimpfe ich.

„Warum? Langweilst du dich noch nicht mit mir?"

Ich lasse meine Hand um ihren Hals gleiten und streiche mit dem Daumen über den kleinen blauen Fleck, den ich dort hinterlassen habe. Sie atmet scharf ein, was meinen Schwanz zucken lässt, aber ich bin es bereits leid, immer wieder zu betonen, dass ich mich geändert habe. Ich weiß, dass ich mir ihr Vertrauen noch nicht verdient habe, aber ich bin kein geduldiger Mann. Die letzten paar Jahre habe ich gelitten, weil sie nicht bei mir war. Seit sie zurück in New York ist, habe ich alles getan, um sie zurückzugewinnen. Unsere Abläufe passen vielleicht nicht zusammen, und ich verstehe, warum sie mir nicht trauen kann, aber ich bin langsam am Ende meines Geduldsfadens. Ich ziehe mich wenige Zentimeter zurück und sage, „Das haben wir doch schon besprochen. Ich werde mich nicht den Rest meines Lebens damit herumschlagen. Entscheide dich, ob du in der Vergangenheit oder in der Zukunft leben willst. Ich kann dir versichern, dass die Zukunft besser werden wird."

Sie wirft mir einen weiteren trotzigen Blick zu.

Ich schürze nur meine Lippen. Ich lasse sie gehen und setze mich auf den Stuhl neben sie, statt auf die andere Seite des Tisches. Dann nehme ich ihre Speisekarte in die Hand und reiche sie ihr. „Sie bieten auch gebratene Sachen zum Frühstück an." Ich lächle arrogant. Das isst sie am liebsten zum Frühstück. Ich habe mir die Speisekarte im Internet bereits angesehen, bevor ich alles gebucht habe.

Sie nimmt die Speisekarte, und ich ziehe meine Hand zurück. Ich weiß schon, was ich will, aber ich zähle im Kopf bis hundert und tue so, als würde ich sie lesen, um mich zu entspannen.

Mein Telefonat half dabei nicht. Massimo informierte mich, dass Uberto vermisst wird. Alle unsere Leute sind auf der Jagd nach ihm, aber er scheint untergetaucht zu sein. Das macht mich fuchsteufelswild. Er ist nicht schlau genug, um sich einfach so in Luft aufzulösen. Jacopo Abruzzo muss irgendwie darin verwickelt sein, was meinen Hass auf ihn und meinen Wunsch, seine Familie zu zerstören, nur noch steigert.

„Guten Morgen, Mr. und Mrs. Marino! Ich bin Kelsey und werde Sie heute Morgen bedienen. Darf ich Ihnen Kaffee anbieten?", zwitschert eine ältere Dame mit vielen Falten im Gesicht und grauen Haaren, und hält eine Kaffeekanne hoch.

Erleichtert, dass sie Cara nicht den Eindruck verleihen wird, ich wolle sie knallen, lächle ich und drehe unsere beiden Tassen um. „Ja, bitte."

Cara schaut auf und nickt.

Kelseys Miene erhellt sich. „Oh, Sie sind wunderschön!"

„Ja, das ist sie", stimme ich voller Stolz zu.

Caras Wangen erröten sich. „Danke."

Kelsey füllt unsere Tassen und sagt, „Der Chefkoch empfiehlt die Eggs Benedict mit Lachs, das verdammt gut ist! Gibt es noch Fragen zur Speisekarte?"

Ich wölbe meine Augenbrauen und sehe meinen Tesoro an.

Sie schüttelt den Kopf und sagt, „Nein. Ich nehme die mediterran zubereiteten Spiegeleier, bitte."

„Gute Wahl. Dazu servieren wir ein paar Scheiben Toast. Das Brot kommt frisch aus dem Ofen und enthält keinen Honig. Ich habe gehört, dass Sie eine Allergie dagegen haben, Liebes?"

„Ja. Ich schwelle an wie ein Kugelfisch, wenn ich Honig esse", informiert Cara sie.

„Nun, das wollen wir nicht. Ich sorge dafür, dass der Chefkoch Bescheid weiß. Und was nehmen Sie, Sir?", fragt Kelsey und konzentriert sich wieder auf mich.

„Das Denver Omelett mit Speck, bitte."

„Eine ausgezeichnete Wahl. Darf ich Ihnen Orangensaft anbieten?"

Cara und ich lehnen beide ab, und Kelsey geht.

Ich nehme einen Schluck von meinem Kaffee, zähle weiter, während die heiße Flüssigkeit in meinen Magen wandert, und konzentriere mich auf die Art und Weise, wie meine Tesoro ihren Kaffee trinkt. Ich habe es schon öfter getan, aber irgendetwas daran fasziniert mich. Vielleicht ist es der Abdruck meines Mundes an ihrem Hals, der meinen Blick auf sich zieht. Wenn sie schluckt und sich der blaue Fleck wölbt, schickt das eine Welle der Lust direkt zu meinem Schwanz.

„Warum starrst du mich an?", fragt sie und zieht die Augenbrauen hoch.

Ich ignoriere ihre Frage. „Erzähl mir, wie es auf der Arbeit läuft, okay?"

Sie grinst. „Ich dachte, da du mich beschatten lassen hast, wüsstest du alles."

Meine Lippen kräuseln sich. „Tu mir den Gefallen. Außerdem kenne ich nur die wichtigsten Details."

Sie hatte schon immer eine erfolgreiche Karriere. In ihren Zwanzigern lernte sie alles über das Modelbusiness und gründete eine Agentur. Der Umzug nach Europa erwies sich als ein guter Schachzug für sie. Sie ist jetzt weltweit bekannt. Soweit ich weiß, stehen die wichtigsten Models in New York, L.A., Mailand und Paris bei ihr unter Vertrag. Während sie spricht, leuchten ihre Augen auf, aber sie bleibt bescheiden, was nichts Neues ist. „Letzte Woche habe ich erfahren, dass sie meine Agentur für die Fashion Week ausgewählt haben", gibt sie zu.

Adrenalin rauscht durch meine Adern. Ich lege meine Hand auf ihre und drücke sie kurz. Die Fashion Week steht auf ihrer Wunschliste, seit sie ihre Agentur gegründet hat. Es ist eine große Sache. „Tesoro! Das ist der Wahnsinn! Herzlichen Glückwunsch!"

„Danke. Ich habe sogar deine Schwester einbezogen."

„Arianna? Warum?"

„Viele Models aus ganz Europa werden dafür einfliegen. Ich möchte sicherstellen, dass sie gut versorgt sind und New York nicht erschöpft verlassen. Meine Assistentin sagte mir, dass Arianna eine Eventfirma in Chicago gegründet hat, aber immer noch Kontakte in New York hat. Ich dachte, sie könnte mir helfen, eine Art Ruhe- und Entspannungsprogramm für meine Models zu entwickeln."

Noch mehr Stolz macht sich in mir breit. Das wird sie eine Menge Geld kosten, aber es war schon immer Caras oberste Priorität, dafür zu sorgen, dass ihre Models gut versorgt sind. Trotzdem pfeife ich anerkennend. „Wie viel wird dich das kosten?"

Sie zuckt mit den Schultern. „Das ist egal. Sie erbringen bessere Leistungen, wenn sie ausgeruht und nicht gestresst sind. Allein die Fotos und das Videomaterial verschaffen ihnen mehr Buchungen. Und einige von ihnen schießen schnell an die Spitze, obwohl sie Neulinge sind. Keines meiner Models lief je auf der New York Fashion Week. Das wird ihnen helfen, ihre aufgewühlten Nerven zu managen. Außerdem können sie sich so hoffentlich anfreunden und so den Wettbewerbsgeist in den Hintergrund stellen."

Ich nicke zustimmend. Meine Erfahrung mit Models lässt mich glauben, dass das ein schwer zu erreichendes Ziel ist. Ich bin noch keinem begegnet, das nicht ehrgeizig war. Ihr Wettbewerbssinn ist Teil des Geschäfts. Es ist ihre übliche Reaktion, auf jedem herumzutrampeln, von dem sie glauben, dass er ihnen in die Quere kommen könnte.

Das ist der Grund, warum ich ihnen immer den Laufpass gegeben habe. Ihr mangelndes Vertrauen in ihre Fähigkeiten hat mich immer verrückt gemacht. Jedes Mal, wenn ich eine von ihnen abschüttelte, versprach ich mir, dass ich kein weiteres Model daten würde. Dann war ich es leid, an Cara zu denken und suchte jemanden, der mich meine Frau vergessen ließ. Allzu bald fiel mir eine andere Frau ins Auge und der Prozess begann von neuem. „Viel Glück damit."

Cara strahlt Zuversicht aus. Sie strafft die Schultern, nimmt noch einen Schluck von ihrem Kaffee und lächelt dann. „Das kommt vor, weißt du. Nicht jedes Model ist unfähig, Freundschaften mit anderen Models zu schließen."

„Aber sind das echte Beziehungen oder nur oberflächliche Connections, bis sie sich bedroht fühlen?", frage ich.

Sie zuckt mit den Schultern. „Kommt auf das Modell an. Jedenfalls hat Arianna gesagt, dass sie gerne mit mir an diesem Vorhaben arbeiten würde."

Mehr Stolz erfüllt mich. Meine Schwester hat Mode schon immer geliebt. Ich wette, sie hat einen Freudensprung gemacht, als Cara sie anrief. „Ich bin sicher, sie zählt bereits die Tage."

Cara nickt und ihre Augen leuchten auf. „Sie hat fast gekreischt vor Aufregung."

„Du weißt, wie sehr sie deine Welt liebt."

„Ich war immer überrascht, dass sie nicht modelt, besonders mit den Genen deiner Mutter."

Meine Mutter hatte eine blühende Karriere, bevor sie Papà kennenlernte. Nachdem sie sich verlobt hatten, zog sie sich aus der Modelbranche zurück. Ich rutsche hin und her, schniefe heftig und nicke. „Meine Eltern wollten sie diesem Leben nicht aussetzen. Wer weiß, worauf sie sich dann eingelassen hätte?"

Cara legt den Kopf schief und grinst. „Als ob du und deine Brüder zulassen würdet, dass ihr etwas zustößt."

Ich ergreife Caras Hand und küsse sie. „Gutes Argument. Ich will trotzdem nicht, dass sie andauernd mit Männern konfrontiert wird, die sie anschmachten. Ihre Social-Media-Accounts sind schon schlimm genug."

Cara kichert. „Sie managt sie wie ein Profi. Ich wette, das bringt ihr viele Vorteile für ihr Geschäft."

„Hast du jemals die Kommentare von all den Verlierern gelesen, die unter ihren Bildern posten?"

„Woher weißt du, dass sie Verlierer sind?"

„Lies die Kommentare. Ich bin überrascht, dass Killian das nicht unterbindet", antworte ich und tippe mit den Fingern auf den Rand meiner Tasse.

Cara wölbt ihre Augenbrauen.

„Was?", frage ich.

Ihre Stimme wird scharf. „Sein Instagram-Profil wird genauso überrannt. Und soll ich darauf hinweisen, dass er kein Recht dazu hätte?"

„Natürlich tut er das. Er ist ihr Ehemann."

Ihre Augen verengen sich zu Schlitzen. „Ich kann sehen, dass du in einer alternativen Realität lebst."

Meine Brust spannt sich. Ich lehne mich näher an Cara heran und bereite mich auf einen Kampf vor. Ich habe immer gewusst, dass Cara unabhängig ist, aber jetzt, da sie mir gehört, wird es Zeit, dass sie begreift, dass ich ein Mitspracherecht in ihrem Leben und bei ihren Entscheidungen habe. „Wie meinst du das?", frage ich unschuldig.

„Stell dich nicht dumm, Gianni."

Ich schaue ihr in die Augen und fahre mit meinen Fingern ihren Arm hinauf, bis ich zu dem blauen Fleck an ihrem Hals komme. Ich drücke leicht dagegen.

Cara hält den Atem an, aber der kämpferische Blick in ihren blauen Augen ist ungebrochen.

„Vielleicht sollten wir unsere Rollen klären."

Sie verschränkt die Arme und sieht mich wütend an. „Was für Rollen, Gianni?"

„Mmhmm", murmle ich leise, während ich mit meinen Fingern mit verstärktem Druck über ihren Hals fahre.

Sie überschlägt unruhig ihre Beine und öffnet sie wieder, und ich nutze den Moment, um meine Hand unter den Tisch zwischen ihre Schenkel zu schieben. Sie atmet erschrocken ein und starrt mich mit einem Todesblick an.

„Ich bin dein Mann. Du bist meine Frau. Wenn etwas gefährlich oder anmaßend ist, wird es aufhören."

Sie schnaubt verärgert. „Wenn du glaubst, dass du mir vorschreiben kannst, was ich zu tun habe ..."

„Wenn etwas Gefährliches oder Anmaßendes passiert, werde ich es unterbinden, was auch immer es ist, Cara. Es wird keine Warnung geben, und du kannst dir deine Emanzipations-

Kommentare verkneifen. Meine Frau wird sich nie in kompromittierenden Positionen befinden."

Ihr Zorn zeigt sich in ihren geröteten Wangen. Sie neigt ihren Kopf zur Seite, sodass meine Finger ihren Hals nicht mehr berühren. „Ich bin nicht deine kleine Stepford-Frau. Ich werde meine eigenen Entscheidungen treffen. Du hast bei keiner davon ein Mitspracherecht. Und ich will verdammt sein, wenn ich zulasse, dass du meine Karriere zerstörst, für deren Aufbau ich mein Leben lang geschuftet habe."

Ich greife nach ihrem Kinn, halte es fest und rücke näher an sie heran. „Ich habe nicht den Wunsch, dein Geschäft oder deine Karriere zu ruinieren. Ich habe nie versucht, dich aufzuhalten, und du weißt, wie stolz ich auf dich bin. Aber wenn ich sage, dass etwas nicht sicher ist oder du etwas nicht tun sollst, dann wirst du auf mich hören."

„Mein Gott, Gianni. Du solltest dir mal selbst zuhören. Du klingst, als lebten wir in den 1950ern", faucht sie.

Ich zähle bis zehn und versuche, meinen Zorn zu zügeln, damit wir uns nicht den ganzen Tag streiten. „Ich musste dich schon einmal retten, weil du nicht auf mich hören wolltest. Das wird sich *nicht* wiederholen."

Sie schließt für einen Moment die Augen. „Das ist etwas anderes, und das weißt du auch."

„Was ist der Unterschied?"

„Ich werde nie wieder in eine solche Situation kommen."

Ich nicke. „Das ist richtig. Nur über meine Leiche passiert dir sowas jemals wieder. Diese Regel steht weder zur Debatte, noch wirst du sie brechen. Ich hoffe, ich habe mich klar und deutlich ausgedrückt."

„Diese Regel?", faucht sie, und die Flammen in ihren Augen brennen lichterloh.

Befriedigung und Erregung kämpfen in meiner Brust um Dominanz. Ein bisschen Kontrolle über Cara zu haben, was sie stinksauer macht, stimmt das Biest in meiner Brust wohlgesonnen.

Ich stelle mir vor, sie auf diesem Tisch zu nehmen, mitten im Restaurant, während sie mich so lange wütend anstarrt, bis sie sich schließlich unterwirft. Meine Hose wird zu eng, und meine Antwort fällt mehr als arrogant aus. „Ja, eine Regel. Es ist meine erste. Ich sage dir Bescheid, wenn du für die zweite bereit bist."

„Du hast Wahnvorstellungen. Wenn du denkst, dass …"

„Die mediterran zubereiteten Spiegeleier und ein Denver Omelett. Kann ich sonst noch etwas für Sie tun, außer Kaffee nachzufüllen?", sagt Kelsey und stellt die Teller mit dem Essen vor uns ab.

Mein Tesoro erzwingt ein Lächeln. „Nein, danke."

„Das wäre alles", sage ich.

„Sehr gut. Genießen Sie Ihr Frühstück", sagt Kelsey und winkt einen Kellner mit einer Kaffeekanne heran, der unsere Tassen auffüllt.

Wir warten, bis der Mann fertig ist, und danken ihm dann. Sobald alle außer Hörweite sind, zeige ich auf Caras Teller. „Iss, bevor es kalt wird."

„Ich habe plötzlich keinen Hunger mehr", behauptet sie und schiebt ihren Teller von sich weg.

Ich ziehe ihn wieder vor sie. „Du musst essen. Lass uns nicht darüber streiten."

„Ach, ist das schon Regel Nummer Zwei?" Sie starrt mich entrüstet an.

Ich streiche ihr eine Haarsträhne hinters Ohr. „Nein, Liebling. Aber ich kann es zur Regel Nummer Elf machen, wenn du willst."

Sie öffnet den Mund, um zu antworten, aber ich halte sie auf.

Ich lege meine Finger auf ihre Lippen. „Ich scherze nur. Beruhig dich. Ich würde nie etwas tun, was deinem Geschäft schadet. Ich werde nur versuchen, dir zu helfen. Aber du hast mich geheiratet, damit ich dich beschütze, und das werde ich auch."

Sie atmet tief durch.

Ich küsse sie auf die Lippen, dann senke ich meine Stimme und befehle, „Iss."

Sie zögert.

Ich drücke ihren Oberschenkel und frage, „Möchtest du, dass ich hier unanständige Dinge mit dir mache?"

Ihre Lippen zucken, und sie stößt meine Hand weg. „Nein."

Ich lehne mich zurück, zufrieden damit, dass wir unseren kleinen Zwischenfall hinter uns haben. Ich reiche ihr eine Gabel und sage erneut, „Iss, sonst wird es kalt."

Sie nimmt das Besteck und dann einen Bissen. Ich tue dasselbe, und wir essen einige Augenblicke schweigend.

„Oh nein", murmelt sie erschrocken.

Ich sehe sie an, kaue zu Ende, schlucke und frage, „Was ist los?"

Ihre Augen weiten sich. „Ich habe Bridgets Verlobungsfeier verpasst, nicht wahr?"

Schuldgefühle überfluten mich. „Ja. Das haben wir beide."

Ihre Schultern sacken. „Es tut mir leid. Wie verärgert sind Dante und sie?"

Ich grunze und versuche, so zu tun, als sei es keine große Sache. „Sie werden darüber hinwegkommen. Dante ist wütender, weil ich ihm nicht gesagt habe, wo wir sind."

„Warum verheimlichst du es ihm?"

„Was glaubst du wohl, warum?" Ich nehme einen weiteren Bissen von meinem Omelett und warte darauf, dass sie meine Frage beantwortet.

Verwirrung zeigt sich auf ihrem Gesicht. „Seit wann verheimlichst du etwas vor Dante? Und kann er nicht einfach deine Gedanken lesen?"

Ich lache und gebe zu, „Manchmal kann er das. Aber nicht im Moment."

„Okay. Warum sagst du es ihm dann nicht?"

Ich lege meinen Arm um ihre Schulter, lehne mich an ihr Ohr und streiche mit meiner Zunge über ihr Ohrläppchen. „Es sind unsere Flitterwochen. Keiner weiß, wo wir sind, und so soll es auch bleiben. Weißt du, warum?"

Sie dreht ihr Gesicht zu mir und beißt sich auf die Unterlippe.

Ich weigere mich, das Restaurant vorzeitig zu verlassen, sie vom Stuhl hochzureißen und sie zurück ins Zimmer zu schleppen. „Ich glaube, du vergisst öfters, dass es unsere Flitterwochen sind. Das Letzte, was ich will, ist, dass jemand unsere gemeinsame Zeit unterbricht."

Sie schweigt, und ich kann sehen, wie sich die Räder in ihrem Kopf drehen und sie darum kämpft, sich unserer neuen Realität hinzugeben oder weiterhin zu behaupten, unsere Beziehung sei nicht von Dauer.

Ich gebe ihr einen keuschen Kuss und konzentriere mich dann wieder auf mein Frühstück, denn ich will nicht hören, wie sie unsere Ehe niedermacht. Ich zeige auf ihren Teller, und sie nimmt einen weiteren Bissen von dem mediterranen Gemüse mit Spiegelei.

Wir sprechen den Rest der Zeit nicht mehr miteinander. Als wir fertig sind, unterschreibe ich die Rechnung und führe sie aus dem Restaurant. Als wir an der Hostess vorbeikommen, versteift Cara sich. Ich merke mir, dass ich mit dem Manager sprechen und darauf bestehen muss, dass diese Frau für den Rest unseres Aufenthalts nicht mehr in Sichtweite ist. Es ist mir egal, was ich dafür bezahlen muss. Es hindert meine Beziehung zu meiner Frau.

Ich ziehe Cara fester an meine Seite. „Du wirst die Annehmlichkeiten hier lieben."

Sie legt den Kopf schief. „Willst du wirklich den ganzen Tag mit mir im Spa verbringen?"

Ich grinse. „Ja."

„Wirst du während deiner Behandlungen Anrufe entgegennehmen?"

„Nein."

„Und im Ruheraum?"

„Nein", zwitschere ich und bemerke ihre Ungläubigkeit. Ich arbeitete immer, wenn sie im Spa war. Sie hat mir oft gesagt, ich solle mir einen Tag freinehmen, aber das habe ich nie getan. Das bedaure ich jetzt sehr. Im Nachhinein betrachtet gab es nichts, was nicht hätte warten können. Und meine Brüder sind immer in der Lage, einzuspringen, wenn ich etwas nicht erledigen kann. Ich hätte jeden Moment, den ich mit ihr hatte, auskosten sollen. Nichts wird mich jetzt davon abhalten, mich während dieser Reise nur auf sie zu konzentrieren.

Ein Ausdruck, den ich nicht deuten kann, zeichnet ihr Gesicht. Ich möchte glauben, dass sie sich über meine Entschlossenheit freut, unsere Flitterwochen zu genießen, aber sie scheint sich nicht sicher. Vor Jahren hätte sie sich darüber gefreut. Jetzt ist sie so hin- und hergerissen. Sie weiß nicht, ob sie die Vergangenheit vergessen soll oder nicht. Ihr Blick könnte Enttäuschung bedeuten, oder etwas anderes.

Ich schüttle den Gedanken ab und drücke den Aufzugsknopf. Ich küsse sie aufs Haar und bin entschlossener denn je, Kanada erst zu verlassen, wenn Cara mich wieder liebt.

12

Cara

IN DIESEM SPA GIBT ES JEDE ART VON SAUNA, DIE MAN SICH vorstellen kann. Ich schaue mich staunend um und bin etwas schockiert, dank all der Möglichkeiten, die mir zur Auswahl stehen. Eine junge blonde Frau namens Mindy führt Gianni und mich herum. Dampfender Rosenduft erfüllt einen Raum. Ein anderer ist einer reinen Salzgrotte nachempfunden. Minze steigt mir in die Nase, als ich das Kristalldampfbad betrete, das mit Swarovski-Elementen bestückt ist. Das Knistern von Eis, der Duft von Pfefferminze und die kalte Luft umgeben mich, und ich fühle mich wie in einem Iglu. Handgemalte Kunstwerke, inspiriert von Michelangelo, zieren die Decke in der finnischen Sauna. Eine weitere bietet uns einen atemberaubenden Panoramablick auf grüne, bewaldete Hügel, die in den Okanagan Lake abfallen.

„Und das ist der Raum, in dem Sie beginnen oder enden sollten", sagt Mindy und öffnet die Tür zum Aqua-Meditation-Dampfbad. An beiden Wänden befinden sich überdimensional große, gepolsterte Sitzgelegenheiten, die sich über die gesamte Länge des Raumes erstrecken. Belebende Orangendüfte erfüllen die Luft. Wasser tropft in Swarovski-Kristallkaraffen und erzeugt ein beruhigendes, rhythmisches Geräusch.

Gianni drückt seine Hand an meiner Taille. Er küsst mich auf den Scheitel, was er bisher in jedem Raum getan hat. „Wir haben noch eine Stunde bis zu unserer ersten Behandlung. Willst du hier anfangen?", fragt er.

„Gerne", antworte ich.

Gianni öffnet den Gürtel meines Bademantels und hilft mir, ihn auszuziehen. Dann folgt sein eigener.

Mindy hält ihre Hand auf. „Ich hänge die draußen für Sie auf."

Er gibt ihr die Bademäntel, und wir setzen uns auf die gepolsterten Liegemöglichkeiten. Das einzige andere Paar im Raum steht auf und geht. Gianni zieht mich auf seinen Schoß und spielt mit dem Bikini-String um meinen Hals. „Ich wusste, dass du darin umwerfend aussehen würdest."

„Wie bist du an all die Kleider in unserer Suite gekommen? Wenn du wirklich nicht wusstest, dass Uberto vorhatte, mich zu entführen, wie hast du das dann alles so schnell organisiert?", platze ich heraus.

Giannis Blick verdunkelt sich. Schmerz füllt seinen Ausdruck. „Glaubst du wirklich, ich hätte zugelassen, dass dieses Monster dich unter Drogen setzt und gefangen hält, damit du nackt auf der Bühne vor all diesen widerlichen Abruzzos herumtanzen kannst?"

Mein Mund wird trocken. Jetzt, da er es laut ausspricht, kommt es mir plötzlich unmöglich vor. Dennoch vertraue ich meinem

Bauchgefühl. „Wie hast du so schnell all das Zeug für mich besorgt?"

„Ich bin ein Mann, der Dinge geschehen lässt. Das weißt du, Tesoro."

„Wie lange wusstest du davon, dass die Abruzzos mich haben?"

Er schnieft heftig, und Wut steigt in seinen Augen auf. Abscheu füllt seine Stimme. „Zu lange. Jeder Augenblick, der verging, war eine Prüfung meiner Geduld. Du weißt nicht, was mir durch den Kopf ging und wie ich mich zurückhalten musste, meinen Gedanken in die Tat umzusetzen."

Ich habe immer gewusst, dass Gianni kein geduldiger Mann ist. Er ist jähzornig und neigt dazu, Dinge so zu regeln, wie er es für richtig hält. Wenn ihm jemand in die Quere kommt, entfernt er ihn aus der Situation.

„Was wolltest du tun?"

Er holt tief Luft, und einige Augenblicke vergehen, während er im Kopf zählt. Ich weiß nicht, woher ich immer weiß, wann er es tut, aber ich bin bei zwanzig angelangt, bevor er sagt, „Ich wollte das Lagerhaus stürmen und den Laden in die Luft jagen. Aber du hättest getötet werden können, wenn ich das getan hätte, also habe ich mich gezwungen, geduldig zu sein."

„Wer war der Mann, der mich gekauft hat?"

Er lehnt sich zurück, betrachtet mich berechnend und sagt dann, „Wenn ich dir sage, wer er ist, darfst du seinen Namen nie wiederholen."

Die Neugierde packt mich. Ich bin überrascht, dass Gianni es mir erzählen will, denn es geht ums Geschäft. Solche Details hält er immer von mir fern. „Wer war er?"

„Versprich mir, dass du niemanden verrätst, was ich dir gleich sagen werde, Cara."

„Werde ich nicht. Ich verspreche es."

Wir sind weiterhin die einzigen Menschen im Raum, aber Gianni wirft einen Blick zur Tür. Er dreht sich wieder zu mir um. „Sein Name ist Luca. Er ist mein Cousin, aber niemand außer meinen Brüdern und Papà weiß, dass er mit uns verwandt ist."

„Warum weiß niemand davon?"

Gianni starrt mich einige Augenblicke lang an.

Ich rutsche auf seinem Schoß hin und her. „Was? Habe ich die falsche Frage gestellt?"

Er wölbt die Augenbrauen. „Du weißt, wer ich bin, Tesoro. Du stammst zwar nicht aus einer Familie wie der meinen, aber du bist schon lange in meiner Welt unterwegs. Es hat seine Vorteile, wenn man Männer in der Tasche hat, die in bestimmte Situationen eingreifen und die Arbeit erledigen können."

Ich denke über seine Enthüllung nach. „So hat er es also geschafft, ins Lagerhaus zu kommen?"

Gianni nickt. „Ich wäre da nie reingekommen. Und wenn die Abruzzos herausgefunden hätten, wer Luca ist, hätten weder er noch ich es vom Parkplatz geschafft."

Meine Brust zieht sich schmerzhaft zusammen. Ich lege meine Hand auf seine Wange. Egal wie sehr ich Gianni in bestimmten Bereichen unserer Beziehung nicht traue, ich weiß, dass er viel riskiert hat, um mich zu retten. Aber ich muss mir auch sicher sein, dass er nicht im Voraus wusste, was Uberto plante. Ich möchte glauben, dass dies alles kein kalkulierter Schachzug war, um mich zu zwingen, ihn zu heiraten. „Ich muss wissen, dass das nicht Teil deines Plans war", gebe ich schließlich zu.

Seine Augen verengen sich zu Schlitzen. „Teil meines Plans?"

Ich neige den Kopf und spreche leiser. „Können wir nicht so tun, als würde ich dich nicht kennen? Ich habe jahrzehntelang zugesehen, wie du bekommen hast, was du wolltest, selbst wenn du dafür Grenzen überschreiten mussten. Ich will die Wahrheit wissen. Ich muss wissen, wie lange du von Ubertos Plan wusstest und wie es dir möglich war, unsere Hotelsuite mit Designerkleidung und Toilettenartikeln zu füllen."

Giannis Miene verhärtet sich. Seine Nasenlöcher blähen sich auf, und seine Brust hebt sich schneller. Ich zähle bis fünfzig, bevor er antwortet, „Ich habe dir die Wahrheit gesagt. Ich würde niemals zulassen, dass dieser Typ tut, was er dir angetan hat. Und Geld kann alles möglich machen. Du bist eine kluge Frau, Cara. Es ist nicht das erste Mal, dass materielle Besitztümer aus dem Nichts erscheinen."

Erinnerungen an vergangene Male blitzen in meinen Gedanken auf. Gianni überraschte mich oft mit Last-Minute-Reisen und Hotelschränken voller Designerkleidung, ähnlich wie bei dieser Reise – in Wahrheit zu oft, um diese Instanzen zu zählen. Doch anstatt mich zu trösten, schmerzt es mich, an diese Zeiten erinnert zu werden. Ich war immer so naiv und glücklich. Ich vertraute auf seine Versprechen. In all diesen Momenten habe ich geglaubt, dass wir von nun an für immer zusammen sein würden.

Er seufzt und murmelt, „Mein Gott, Tesoro. Wirst du mir jemals wieder vertrauen?"

Ich öffne den Mund, um etwas zu sagen, aber die sich öffnende Tür hält mich auf. Zwei dunkelhaarige Männer, die Italienisch sprechen, treten ein. Sie tragen beide Bademäntel. Einer hat abstrakte Tätowierungen an Händen und Schienbeinen, das Tattoo des anderen ähnelt einer Klaue, die um seinen Hals geschlungen ist. Sie taxieren mich mit ihren Blicken, und mir läuft ein Schauer über den Rücken.

Gianni versteift sich. Er hebt mich von seinem Schoß und starrt sie an. „Ich würde euch raten, die Blicke von meiner Frau abzuwenden!"

Der Mann mit den abstrakten Tätowierungen mustert mich weiter. Der andere erwidert unverwandt Giannis Blick. „Sie hat einen tollen Körper", sagt er in einem starken italienischen Akzent.

„Was hast du gesagt?" Gianni schäumt förmlich vor Wut.

Ein finsteres Lächeln umspielt die Lippen des Mannes. „Ich glaube, du hast mich schon verstanden."

„Pass lieber auf, was du sagst, und schau woanders hin", warnt Gianni und zieht mich näher an sich heran.

„Als ich das letzte Mal nachgesehen habe, war Kanada noch ein freies Land", sagt der Mann, der mich immer noch anstarrt, und leckt sich über die Lippen.

Gianni springt auf, zieht mich mit sich, und ehe ich mich versehe, stehe ich vorm Ruheraum.

„Gianni! Was …?"

Er legt seine Hand auf meinen Mund, schaut sich im Flur um und greift dann nach meinem Bademantel. Er wirft ihn mir über die Schultern, bevor er antwortet. „Wir gehen jetzt."

„Was?"

Er hält sich nicht mit seinem Bademantel auf, sondern führt mich schnell durch den Wellnessbereich. Als wir den Aufzug betreten, schließen sich die Türen gerade, als die beiden Männer um die Ecke biegen und sich auf Italienisch etwas zurufen.

Panik überkommt mich. „Verfolgen sie uns?"

Gianni schließt kurz die Augen, bevor er mir den Hass in ihnen zeigt. „Es tut mir leid, Cara. Wir fliegen jetzt nach Hause."

Unruhe breitet sich in meinem Bauch aus. „Kennst du sie?"

Er spannt seinen Kiefer an. „Ich habe sie noch nie gesehen."

„Aber du kennst sie irgendwie?", frage ich erneut.

Er starrt auf die Metalltür des Lifts, während Wut seine Wangen rötet.

„Gianni!", fauche ich.

Er erwidert meinen Blick. „Sie sprachen in einem venezianischen Dialekt."

Ich werfe meine Hände in die Luft. „Herrgott, was soll das bedeuten?"

Sein Kiefer zuckt. „Die Abruzzos sprechen venezianisches Italienisch. Das solltest du von deiner Zeit bei diesem Schwein wissen."

Als sich die Fahrstuhltüren öffnen, ist mir ganz mulmig zumute. Mir geht der Gedanke durch den Kopf, dass Gianni mir vielleicht nie verzeihen wird, dass ich Uberto ihm vorgezogen habe. Aufgrund unserer Vergangenheit sollte mich das nicht beunruhigen, aber mein Herz schmerzt bei dem Gedanken.

Er blickt in beide Richtungen und führt mich dann den Flur entlang zu unserer Suite. Als wir eintreten, schiebt er mich hinter sich her und schaut sich kurz im Zimmer um. „Zieh dich an", befiehlt er, geht zurück zur Tür und schiebt den Riegel vor.

Ich bleibe stehen und beobachte ihn.

Er holt eine Yogahose und ein Sweatshirt aus der Kommode und wirft sie mir zu. „Du musst tun, was ich sage, und zwar sofort."

„W-warum sind die Abruzzos hier?", frage ich, aber ich kenne die Antwort schon.

Gianni streichelt mir sanft die Wangen. „Ich hätte es besser wissen müssen, als ohne Sicherheitspersonal irgendwohin zu gehen. Es tut mir leid, Tesoro. Ich verspreche dir, ich werde das wiedergutmachen. Aber wir müssen sofort von hier verschwinden."

Mein Mund wird trocken. Ich öffne ihn, aber es kommt nichts heraus.

„Cara, es ist Zeit, sich anzuziehen", befiehlt Gianni streng. Dann nimmt er sein Handy in die Hand, wischt über den Bildschirm und beginnt aggressiv auf Italienisch zu sprechen.

Ich reiße meinen Blick von ihm los und ziehe mich an. Gianni zieht sich ein Paar Jogginghosen und ein T-Shirt an. Er schnappt sich seine Glock und überprüft die Kammer. Dann schraubt er den Schalldämpfer an das vordere Ende des Laufs.

Ich habe ihn schon tausendmal mit seiner Waffe in der Hand gesehen, aber ich hatte noch nie Angst. Nicht ein einziges Mal habe ich mich in seiner Nähe alles andere als sicher gefühlt. Irgendetwas an Gianni gab mir immer das Gefühl, unantastbar zu sein. Und doch habe ich plötzlich Angst vor dem, was passieren könnte. „Woher wussten sie, dass wir hier sind?"

Er schnieft heftig. „Ich weiß es nicht."

Plötzlich dringt ein Geräusch an meine Ohren. Jemand dreht den Türknauf, aber der Riegel verhindert, dass die Tür sich öffnet.

Gianni schiebt mich ins Bad und befiehlt leise: „Komm nicht raus."

„Was wirst du tun?", flüstere ich erschrocken.

Er legt seine Finger auf meine Lippen. „Das ist nicht der richtige Zeitpunkt für Fragen. Bleib hier drin, während ich mich um diese Sache kümmere."

Ein lauter Knall ertönt hinter ihm. Wer auch immer auf der anderen Seite der Tür steht, will wirklich hinein. Sie versuchen weiter, sie zu öffnen, aber der Riegel hält sie weiterhin auf. Mein Herz klopft so heftig, dass ich sicher bin, Gianni kann es hören.

„Schließ die Tür ab und tritt in die Dusche", weist er an und schließt die Tür.

Meine Hände zittern, aber ich gehorche. Ich gehe in den hinteren Teil des Raumes und versuche, meine Nerven zu beruhigen.

Fast augenblicklich ertönen dumpfe Geräusche, dann zwei scharfe, peitschenknallende Laute. Ich zittere noch mehr, halte mir die Hand über den Mund und bete, dass Gianni derjenige ist, der abgedrückt hat.

Es vergeht kaum Zeit, bis er an die Tür klopft. „Cara! Komm raus! Wir müssen verschwinden!"

Ich renne hinüber, entriegle das Schloss und reiße die Tür auf. Ich werfe meine Arme um Gianni und rufe, „Geht es dir gut?"

Er hält mich für einen kurzen Moment fest. „Es ist alles in Ordnung. Wir müssen gehen." Er zieht sich aus unserer Umarmung zurück. Eisernes Kalkül erfüllt seine Augen. Er hält mir ein Paar Turnschuhe hin. „Zieh die an."

Ich schaue hinter ihn. Die beiden Männer aus dem Spa liegen auf dem Boden. Eine Blutlache umgibt ihre Köpfe und breitet sich auf dem Holzfußboden aus. Ich habe noch nie einen toten Menschen gesehen, geschweige denn zwei. Ich lege meine Hand auf meinen Magen, und versuche, die Galle hinunterzuschlucken, die nach oben drängen will, und wende den Blick ab.

Gianni tritt hinter mich, seine harte Brust drückt gegen meinen Rücken. Er lässt seine Hand über meine Taille gleiten und senkt seine Stimme. Seine Lippen berühren mein Ohr, als er sagt, „Du musst dich jetzt zusammenreißen. Wir verschwinden, und wir haben keine Zeit zu verlieren. Kannst du die Schuhe für mich anziehen?"

Ich neige meinen Kopf und schaue ihm in die Augen.

Er küsst mich auf die Lippen und seine Stimme wird noch ruhiger. „Alles ist in Ordnung. Ich möchte, dass du dich zusammenreißt, Tesoro."

Nimm dich zusammen, ermahne ich mich selbst. Ich nicke und atme tief durch.

„Gutes Mädchen." Er küsst mich erneut und lässt mich dann los.

Ich ziehe die Schuhe an, und wir treten aus dem Bad. Gianni greift in den Schrank und holt einen Mantel heraus. Er hält ihn offen, und ich schiebe meine Arme in die Ärmel.

Er hebt mich in seine Arme und tritt vorsichtig über die beiden Abruzzos, ohne in das Blut zu treten. Auf der anderen Seite der Suite setzt er mich ab und führt mich durch das Hotel hinaus in die Kälte Kanadas.

Der gleiche Fahrer, der uns zum Resort gebracht hat, wartet bereits auf uns. Er öffnet die Tür und wir gleiten auf den Rücksitz. Gianni tätigt sofort einen weiteren Anruf.

Er gibt Anweisungen auf Italienisch, und das Auto setzt sich in Bewegung. Er legt seinen Arm um mich und küsst mich auf den Kopf, während er spricht. Das Gespräch scheint eine Ewigkeit zu dauern, bis er schließlich auflegt. Dann zieht er mich auf seinen Schoß. Besorgnis steht in seinem Gesicht geschrieben. „Tesoro, geht es dir gut?"

Ich nicke. „Ja. Und dir?"

Er streicht mir über die Wange und lächelt sanft. „Ich bin in einem Stück. Es tut mir leid, dass du das sehen musstest. Bist du sicher, dass es dir gut geht?"

„Ja."

Er holt tief Luft, und ich zähle bis zehn, bevor er fragt, „Du hast noch nie einen Toten gesehen, oder?"

Mein Magen überschlägt sich bei der Erinnerung an die blutige Szene. Ich schiebe sie in den hintersten Teil meines Gedächtnisses und gebe zu, „Nein."

Er schließt kurz die Augen. Seine Miene wird noch wütender. „Es tut mir leid."

„Es ist alles in Ordnung. Mir geht es gut", versichere ich ihm.

Stille hängt schwer zwischen uns in der Luft. Keiner von uns unterbricht den Blickkontakt. Giannis Gesicht verfinstert sich weiter. Einige Augenblicke vergehen, und er knirscht mit den Backenzähnen. „Das ist meine Schuld", sagt er, seine Stimme kalt.

„Nein. Ist es nicht. Du …"

„Ich hätte nicht so anmaßend sein sollen zu glauben, dass wir ohne jegliche Sicherheitskräfte auskommen können. Du hättest getötet werden können. Und die Abruzzos haben gerade gezeigt, dass es keine Grenze gibt, die sie nicht überschreiten würden. Ob du nun in eine Verbrecherfamilie eingeheiratet hast oder nicht."

Mein Herz klopft schneller. Eine neue Angst wächst und breitet sich schnell in meiner Brust aus.

Gianni fährt mit einer Hand durch mein Haar und streichelt mich im Nacken. Ein Blick, den ich noch nie gesehen habe, erscheint auf seinem Gesicht. Ich kann ihn nur als puren Wahnsinn beschreiben.

Ich habe im Laufe der Jahre viele Seiten von Gianni gesehen, aber dieser Blick jagt mir einen Schauer über den Rücken. Ich bin mir nicht sicher, warum. Ich wusste schon immer, dass Gianni töten würde, um mich zu beschützen, selbst vor dem heutigen Tag. Sein kalter Blick ist nicht auf mich gerichtet. Dennoch kann ich das ungute Gefühl nicht zügeln, das meine Nerven durchströmt.

Er streicht mit dem Finger über meine Wangen und dann über mein Kinn. „Ich verspreche dir, Tesoro. Ich werde diesen Fehler nie wieder begehen."

„Es ist okay", versuche ich ihn zu beruhigen.

Seine Nasenlöcher blähen sich. Als er wieder spricht, gerinnt mir das Blut. Seine Stimme ist kontrolliert und emotionslos. Er spricht mit einer solchen Selbstsicherheit, dass niemand jemals daran zweifeln würde, dass das, was er sagt, der Tatsache entspricht. Noch nie schwang so viel Hass in seinem Ton mit.

„Tesoro, ich werde dich nicht anlügen. Es gibt einen Krieg und er hat jetzt offiziell begonnen. Und ich verspreche dir bei meinem Leben, wenn er vorbei ist, wird es keine Abruzzos mehr geben."

13

Gianni

„FÜHL DICH WIE ZU HAUSE, TESORO. DU KENNST DEN WEG ZU unserem Flügel. Ich komme gleich nach", weise ich sie an, gebe ihr einen keuschen Kuss und nicke dann in Richtung der Treppe.

Sie zögert, blickt nervös zu Papà und meinen Brüdern und schenkt mir dann ein kleines Lächeln. „Okay."

Ich verfolge, wie sie die Treppe hinaufsteigt und im Flur verschwindet. Sobald sie außer Sichtweite ist, knurrt Papà auf Italienisch, „Mein Büro. Sofort."

In den letzten Monaten stand ich nicht gerade in der Gunst meines Vaters. Ich knirsche mit den Backenzähnen und mache mich auf die Belehrung gefasst, die ich gleich erhalten werde. Dante schüttelt enttäuscht den Kopf. Ich brauche ihn nicht zu fragen, warum er sauer ist. Er ist immer noch unglücklich darüber, dass ich ihm nicht meinen Aufenthaltsort anvertraut habe. Das war das einzige Mal in meinem Leben, dass mein Bruder nicht wusste, wo ich mich befand. Im Nachhinein betrachtet, hätte ich es ihm sagen sollen, aber jetzt kann ich nichts mehr ändern. „Finde dich damit ab", murmele ich also und folge meiner Familie ins Büro.

Papà fordert Massimo auf, die Tür zu schließen. Die dunklen Flammen in seinen Augen fallen augenblicklich auf mich. Ich sollte mich inzwischen daran gewöhnt haben, aber der Blick beunruhigt mich weiterhin. Ich will ihn nicht verärgern, aber nichts hätte mich davon abgehalten, Cara die Flitterwochen zu ermöglichen, die sie verdient.

Gott, das habe ich echt versaut.

Ich verfluche mich wieder dafür, dass ich keine bessere Wahl getroffen habe. Ich weiß nicht, wie die Abruzzos herausgefunden haben, wo wir waren, aber es war dumm von mir, nicht davon auszugehen, dass wir Männer zum Schutz brauchen.

Ich werde jeden einzelnen von ihnen töten oder bei dem Versuch sterben, schwöre ich im Stillen.

„Wann wirst du endlich lernen?" Papà schäumt förmlich vor Wut.

Ich schniefe heftig, verschränke die Arme, aber reagiere sonst nicht.

Papà tritt näher und schüttelt den Kopf. „Wage es nicht, mich mit Schweigen zu strafen."

Die ganze Wut, die ich in den letzten Monaten und vor allem in der letzten Woche empfunden habe, überkommt mich. „Warum nicht? Interessiert es dich überhaupt, dass meine Frau auf der Auktionsbühne der Abruzzos stand? Interessiert es dich, dass man sie unter Drogen gesetzt, sie entkleidet und ihr die übelsten Dinge angetan hat?"

Mein Vater atmet tief durch. Seine Nasenlöcher sind so weit gebläht, dass ich erwarte, Rauch aus ihnen kommen zu sehen. Er senkt seine Stimme, Abscheu ziert sein Gesicht. „Wie ist sie zu deiner Frau geworden?"

Schuldgefühle mischen sich mit meiner Wut. Ich weiß, dass die Art und Weise, wie ich Cara dazu gebracht habe, mich zu heiraten, nicht in Ordnung ist, aber das werde ich niemandem gegenüber zugeben. „Meine Frau und mein Geschäft sind meine Sache."

„Wenn du Luca ohne meine Erlaubnis benutzt, dich aus dem Staub machst und deiner Verantwortung nicht mehr nachgehst, und dann deine Brüder und mich im Stich lässt, dann bin ich anderer Meinung", schimpft Papà.

Ich wende mich an Dante, in der Annahme, dass er für mich einspringt. „Hattest du dich nicht bereit erklärt, alle anfallenden Arbeitsaufgaben zu übernehmen?"

Ohne mit der Wimper zu zucken, tut er, was er immer getan hat. Ich weiß, dass ich ihm etwas schulde und später davon hören werde, aber er sagt, „Ja."

„Gab es irgendetwas, womit du nicht zurechtkamst?"

Er verengt seine Augen. „Natürlich nicht."

Ich drehe mich wieder zu Papà. „Du machst dir Sorgen über Dinge, die keine Probleme sind. Und wie habe ich dich bitte im Stich gelassen? Ist etwas passiert, von dem ich nichts weiß?"

„Du lässt alle Abruzzos sehen, wie Luca Cara kauft. Und dann heiratest du sie. Wir haben keine Chance mehr, ihn effektiv einzusetzen!", knurrt er.

„Stimmt nicht. Ich habe sie ihm abgekauft", gebe ich zu und versuche, das Lächeln zu unterdrücken, das sich auf meinen Lippen bildet. Ich bin ein größerer Mistkerl, als ich dachte. Ich empfinde eine Mischung aus Genugtuung darüber, dass ich meinem Vater einen Schritt voraus bin, und Zufriedenheit, dass ich für meinen Tesoro bezahlt habe. Nichts hat sich geändert, seit ich das Geld an Luca überwiesen habe. Irgendwie macht es mir große Freude, dass sie mir genau genommen gehört, nachdem sie mich in den letzten Jahren so oft ignoriert hat, einschließlich der Tatsache, dass sie dieses Schwein gedatet hat. Und das, obwohl ich ihr befohlen habe, dass sie ihn in den Wind schießen soll. Es ist Karma – nur ein bisschen. Sie war immer für mich bestimmt, und jetzt gibt es kein Zurück mehr.

Sie wird ausrasten, wenn sie davon erfährt.

Deshalb sollte ich es ihr nie sagen.

Natürlich werde ich es ihr sagen.

Wenn die Zeit reif ist.

Ich gehe davon aus, dass die Realität uns bald wieder einholen wird. Sie wird etwas tun, um mich wegzustoßen. Und da ich ein totaler Mistkerl bin, werde ich das, was ich getan habe, nutzen, um zu bekräftigen, dass sie mir gehört.

„Verdammt, Bro. Ich dachte, du wüsstest, in welchem Jahrhundert wir leben", spottet Massimo.

„Frauen zu kaufen, gehört nicht zu unserem Geschäftsmodell", fügt Tristano hinzu.

„Haltet die Klappe, ihr Dummköpfe", befehle ich.

„Wie viel hast du bezahlt?", fragt Massimo.

„Das geht dich einen Scheißdreck an", fauche ich.

Papà knurrt, „Seit wann sind alle meine Söhne Idioten?"

„Beruhige dich, Papà", sagt Dante.

Papà zeigt auf ihn. „Wenn du glaubst, dass dein Bruder gute Entscheidungen für unsere Familie getroffen hat, dann bist du nicht bereit, die Führung zu übernehmen."

„Einmal mehr nennst du Dante unfähig", murmele ich, da mein Vater diese Meinung immer dann äußert, wenn etwas schiefläuft. Dante ist mehr als bereit und fähig, die Führung zu übernehmen. Ich glaube an ihn, und Papà sollte das auch. Ich werde dieser ständigen Behauptung, er sei es nicht, langsam überdrüssig.

Papà reißt die Hände in die Luft und seine Wangen werden noch röter. „Du hast kein Recht, dich zu beschweren. Du hast Luca in Gefahr gebracht!"

„Ich habe nichts dergleichen getan. Luca hat schon immer getan, was nötig ist, um schnelles Geld zu verdienen. Das hier ist nichts anderes", beharre ich.

„Dummer Narr. Du hast ihn in eine kompromittierende Lage gebracht", sagt Papà.

Je mehr Papà spricht, desto mehr wächst mein Zorn. Ich schnaube abschätzend und blicke ihn düster an. „Ich glaube nichts dergleichen. Es gab keinen anderen Weg."

„Keinen anderen Weg?", knurrt Papà.

„Um sicherzustellen, dass Cara nicht an einen Abruzzos verkauft wird? Ja! Und ich will verdammt sein, wenn ich mich dafür entschuldige, dass ich getan habe, was ich tun musste, um sie zu retten."

„Aber was denkt sie darüber?", wirft Massimo ein.

„Halt die Klappe", befiehlt Dante und gibt ihm einen Klaps auf den Hinterkopf.

Papà deutet auf meine jüngsten Brüder. „Ihr zwei. Raus! Sofort!"

„Schon wieder? Es fing gerade an, interessant zu werden", jammert Tristano.

Papàs Wangen färben sich lila. Wenn Blicke töten könnten …

„Raus", bekräftigt Dante den Befehl unseres Vaters.

„Wie auch immer. Dieses Gespräch wird sowieso langsam langweilig", behauptet Tristano.

„Stimmt. Ich habe wichtigere Dinge mit meiner Zeit zu tun", fügt Massimo hinzu.

„Ich hoffe, ihr bezieht euch beide auf eure Geschäfte", warnt Papà.

Massimos Miene zeigt seine Arroganz. „Mein Geschäft ist immer in bester Ordnung."

„Na klar. Von wegen", murmle ich.

„Was zum Teufel soll das bitte heißen?", fragt Massimo, bereit zum Angriff.

Fast sage ich ihm, er soll aufhören, die Bibliothekarin zu vögeln und die Augen aufmachen. Sie hat Donato geholfen, in den Keller der Bibliothek zu gelangen, in der er unsere Schwester als Geisel gehalten hat. Massimo kann behaupten, sie sei eine unschuldige Schachfigur, aber ich glaube ihr kein Wort. Sie führt nichts Gutes im Schilde und er muss aufhören, mit seinem Schwanz zu denken.

Anstatt ihn vor meinem Vater zu outen, schaue ich ihm tief in die Augen. „Du weißt, was es bedeutet."

Er verengt seine Augen zu Schlitzen. „Kümmere dich um deine eigenen Probleme. Ich kümmere mich um meine."

„Sollte ich wissen, was hier vor sich geht?", fragt Papà.

Ich konzentriere mich wieder auf ihn. „Nein. Wir sollten uns auf Luca konzentrieren. Ich sage, seine Position ist nicht kompromittiert. Es gibt eine Papierspur, die meinen Kauf beweist. Die Abruzzos haben keine Ahnung, für wen er arbeitet."

„Herrgott. Hörst du dich eigentlich selber reden? 'Mein Kauf'", sagt Tristano.

„Raus!", brüllt Papà.

Massimo lacht herablassend. Meine jüngeren Brüder verlassen den Raum und Tristano knallt die Tür hinter sich zu.

Papà geht zur Bar hinüber. Er schenkt sich zwei Finger breit Sambuca ein und trinkt ihn aus, dann dreht er sich zu Dante und mir um. „Wir haben bereits zu wenig Männer. Luca war in den letzten Jahren von unschätzbarem Wert. Wenn er nicht mehr in der Lage ist, die Abruzzos zu infiltrieren, haben wir große Probleme", sagt er ruhig.

„Aber sie werden alle bald tot sein", schwöre ich.

Dante scharrt neben mir mit den Füßen. Ich brauche ihn nicht anzuschauen, um zu wissen, dass er meine Aussage missbilligt. Nicht wegen dem, was ich gesagt habe, sondern wegen der Konsequenzen, es unserem Vater gegenüber zu erwähnen.

Wut steigt in Papàs Gesicht auf. Er deutet mit dem Zeigefinger der Hand auf mich, in der er sein Glas hält. „Du machst keinen Schritt ohne meine Zustimmung. Hast du mich verstanden?"

„Das tut er. Er wollte nur …", wirft Dante dazwischen, aber bricht ab.

„Der Krieg hat begonnen. Es steht nicht zur Debatte, was geschehen muss. Entweder wir gewinnen, oder sie tun es", betone ich.

Papà knallt sein Glas auf die Schreibtischplatte. „Es waren immer wir gegen sie. Ihr werdet nicht …"

„Zwei Schlägertypen kamen in unser Hotel und wollten meine Frau und mich töten. *Meine Frau.* Ich habe deutlich gemacht, dass sie mir gehört. Sie haben trotzdem versucht, sie auszuschalten. Die Regeln gelten nicht mehr. Entweder schlagen wir zuerst zu, oder es wird keine Marinos mehr geben", erkläre ich.

Papà tritt näher. „Und wessen Schuld wäre das?"

Da ich nicht bereit bin, klein beizugeben, hebe ich mein Kinn höher. „Nicht meine, Vater. Wir stehen schon seit langem am Rande eines Krieges. Als sie Arianna entführt haben, hätten wir angreifen müssen. Und das ist deine Schuld."

Das Gemisch von Gefühlen, das Papà immer überkommt, wenn von Ariannas Entführung die Rede ist, zeichnet sich auf seinem Gesicht ab. Er atmet mehrmals tief durch, und ich zähle bis zwölf. Schließlich sagt er, „Ich bin es leid, ständig zu erklären, warum wir warten mussten. Und ich bin dir keine Rechenschaft schuldig. Es ist mir klar, dass du nicht die Absicht hast, zu lernen, wie man diese Familie führt, egal wie sehr ich mich bemühe, dir ein Beispiel zu sein."

„Das ist nicht wahr. Ich habe alles, was ich weiß, von dir gelernt. Aber ich werde nicht tatenlos zusehen, wie diese Schläger meine Frau oder irgendjemand anderen in dieser Familie wehtun. Genug ist genug", sage ich.

Papà atmet laut aus. „Und jetzt haben wir wegen deiner Taten keine andere Wahl, als uns in einen Krieg zu stürzen."

„Es ist längst überfällig, und das weißt du."

Papà schüttelt den Kopf. „Giuseppe bildet immer noch Männer aus, die er hierherschicken will. Wir haben nicht die Unterstützung, die wir brauchen."

Giuseppe Berlusconi ist der Don der italienischen Mafia. Er lebt in Italien. Im Laufe der Jahre war er immer weniger von Nutzen für uns. Die Abgaben, die mein Vater ihm zahlt, sind wahnsinnig hoch für die Gegenleistungen, die wir erhalten. Und das sehe nicht nur ich so. Keiner meiner Brüder ist der Meinung, dass er in den letzten Jahren irgendeinen Mehrwert für unsere Situation geschaffen hat. „Er verspricht uns seit Monaten, Verstärkung zu schicken. Sie kommt nie. Giuseppe hält dich hin. Wir sollten uns auch von ihm trennen."

Papà schlägt mit den Händen auf die Tischplatte seines Schreibtisches. „Du irrst dich. Und hört auf, so über Giuseppe zu sprechen." Papà zeigt mir ins Gesicht. „Deine Dummheit und dein mangelnder Respekt werden dich eines Tages noch ins Grab bringen."

Dieses Gespräch ist sinnlos, so wie immer in letzter Zeit, da mein Vater andauernd wütend auf mich ist. „Ist noch etwas anderes passiert, außer der Tatsache, dass die Abruzzos versucht haben, meine Frau zu töten?"

Papà wirft mir einen weiteren Todesblick zu, schweigt aber.

Ich nicke. „Wenn es etwas zu besprechen gibt, lass es mich wissen. Meine Frau ist oben. Stör uns nicht, es sei denn, es ist dringend." Ich drehe mich um und sehe Dantes neutrale Miene. Es besteht kein Zweifel, dass er wütend auf mich ist, aber er tut gut daran, dies vor Papà zu verbergen.

Ich gehe direkt in meinen Flügel des Hauses und in meine persönliche Suite. Ich schließe die Tür hinter mir ab und laufe durch das Wohnzimmer, ins Schlafzimmer und dann in das Badezimmer.

Dampf füllt den Raum und umhüllt die schöne Silhouette meiner Tesoro hinter der Glaswand. Leise Musik spielt im Hintergrund. Sie ist die reine Perfektion, als sie sich das Shampoo aus dem Haar spült.

Zufriedenheit macht sich in meinem Bauch breit. Endlich ist sie hier, in meinem Haus, als meine Frau. Ohne zu zögern, ziehe ich mich aus, steige hinter ihr in die Dusche und schlinge meine Arme um ihre Taille.

Sie zuckt zusammen, lehnt den Kopf an meine Brust und sagt, „Was-"

Ich bedecke ihre Lippen mit meinen und lasse meine Zunge tief in ihren Mund gleiten.

Sie dreht sich zu mir um, fährt mit ihren Händen über meine Brust und verschränkt sie hinter meinem Kopf. Ihre Zunge streicht mit genau der richtigen Intensität über meine, was mein Blut in Wallung bringt.

Ich mache zwei Schritte nach vorne, dränge sie gegen die gefliese Wand, greife nach ihrem Arsch, hebe sie hoch und versenke meinen Schwanz in ihr.

Ihr Stöhnen hallt im Bad wider. Sie schlingt ihre Beine um meine Taille und lässt ihre Hüften kreisen. Es ist die pure Perfektion, genau wie ich es mag, und ein weiteres Zeichen dafür, dass wir füreinander bestimmt sind.

Ich fahre mit meinen Zähnen über ihren Kiefer und flüstere ihr ins Ohr, „Niemand wird dir je wieder zu nahe kommen, Tesoro. Du gehörst mir. Für immer. Von jetzt an gibt es nur noch dich und mich." Ich beiße in ihren Hals und sauge an der beeinträchtigten Stelle.

„Gianni", schreit sie und zieht mich fester an sich. Sie wiegt ihre Hüften schnell, während sich ihre Wände um meinen Schaft zusammenziehen

„So ist es gut, meine Hübsche. Gib deiner Pussy, wonach sie sich sehnt", befehle ich, packe ihr Haar und drücke meine Stirn gegen ihre.

Sie öffnet und schließt die Augen, atmet schwerer, und ihre Wangen färben sich rosa.

Ich drücke sie fester gegen die Wand, bis ich jegliche Distanz zwischen uns ausgemerzt habe. Ich packe ihre Hüfte fest, verlangsame ihre Bewegungen und dränge meinen Schwanz langsamer in sie hinein. „Sag deinem Mann, wie sehr du ihn vermisst hast."

Auf ihrem Gesicht erscheint ein Ausdruck, den ich früher immer gesehen habe. Er ist offen und liebevoll, aber sie spricht nicht. Es ist derselbe Blick, den sie mir immer zuwarf, wenn sie mir ihre Liebe gestand. Es ist das erste Mal seit Jahren, dass ich ihn sehe. Tränen bilden sich in ihren Augen, und ich schlucke die Emotionen hinunter, die sich in meiner Brust anstauen.

Es trifft mich, wie sehr ich mir wünsche, dass sie mich wieder liebt. Ich würde alles tun, damit sie mir gesteht, dass sie mich noch immer liebt. Ich trete mich wieder dafür, dass ich ihre Zuneigung all die Jahre als selbstverständlich angesehen habe. Langsam lasse ich meine Hand über ihre Wange gleiten. „Ich habe dich vermisst. Ich liebe dich, nur dich, Tesoro. Ich werde es dir beweisen."

Sie blinzelt heftig. Ihre Stimme bricht. „Hör auf zu reden." Sie versucht, zu dem Tempo zurückzukehren, mit dem sie mich eben noch geritten hat, aber ich habe die Kontrolle.

Ich zähle bis fünfzehn, beschließe, dass ich sie nicht noch einmal zum Weinen bringen will, und konzentriere mich auf unsere aktuellen Aktivitäten. „Ich glaube, deine Pussy muss bestraft werden."

Sie atmet scharf ein und schluckt hart. Ihre Augen leuchten auf, was meinen Schwanz noch härter macht. „Ja. Das ist es, was du brauchst, Tesoro. Stundenlange Bestrafung."

Ihr Brustkorb hebt und senkt sich schneller. Sie öffnet ihren Mund, aber es kommt nichts heraus.

Ich verlangsame meine Stöße weiter, lehne mich an ihr Ohr und brumme leise, „Wie lange ist es her, seit ich dich an einer Wand genommen habe, Tesoro? Wie oft hast du im Laufe der Jahre daran gedacht? Hm? Hast du dir gewünscht, all diese anderen Männer wären wie ich, als sie dir nicht das geben konnten, was du brauchst?" Ich lasse meine Hand über ihre Brust gleiten und spiele mit ihren Nippeln.

Sie wimmert und vergräbt ihr Gesicht in meinem Nacken. Ihre Nägel graben sich in meine Schultern, und ihre Pussy umklammert meinen Schwanz mit aller Macht.

„Scheiße", murmle ich und versuche nicht sofort das zu beenden, was wir angefangen haben. An dem Tag, als ich erfuhr, dass sie wieder in der Stadt ist, habe ich neue Fesseln in meinem Zimmer anbringen lassen. Keiner hat sie benutzt. Ich habe sie für sie und nur für sie reserviert. Und alles, was ich schon immer mit ihr machen wollte, läuft wie eine Kinofilmrolle in meinem Kopf ab.

„Bitte", flüstert sie und lässt ihre Hüften schneller kreisen.

Ich trete zurück und lasse ihre Beine zu Boden sinken.

„Gianni?", fragt sie.

Ich drücke sie mit dem Rücken gegen die Fliesen, hebe sie aber nicht wieder in meine Arme. Schnell zähle ich bis fünfundzwanzig, während ich ihr in die Augen schaue und ihr Kinn halte. Schließlich sage ich, „Zeit sich abzutrocknen, Tesoro. Föhne dein Haar und lege dein Halsband an. Ich lasse dir etwas zu essen bringen. Du wirst die Energie brauchen."

14

Cara

„Das Abendessen wird im Wohnzimmer serviert. Zieh das an, Tesoro", befiehlt Gianni und hält mir einen goldenen Seidenmorgenmantel hin.

„Woher hast du den?", frage ich und lege den hochmodernen Föhn zur Seite, der wie von Zauberhand auftauchte, als wir aus der Dusche kamen.

Seine Miene verhärtet sich. „Ich habe die Sachen liefern lassen, während wir weg waren. Gefällt er dir nicht?"

„Er ist wunderschön. Du weißt, dass ich Seide liebe."

Er schüttelt den Morgenmantel. „Dann zieh ihn an."

Ich lasse meine Arme in die luxuriösen Seidenärmel gleiten. Die Seide ist kühl auf meiner überhitzten Haut, was perfekt ist.

Gianni küsst mich auf den Hals und schlingt seinen Arm um meine Taille. Er hat nur seine Boxershorts an. Seine warme, nackte Haut zu spüren ist wie nach Hause kommen. Ich habe das Gefühl, ihn so zu spüren, lange Zeit vermisst. Egal, mit wem ich ausgegangen bin, niemand hat mir jemals das Gefühl gegeben, perfekt zu ihm zu passen. Es war wie ein Fluch, mit dem ich in der Highschool belegt worden war.

Er bindet den Gürtel zu, hält mir dann das Halsband vor die Nase und murmelt, „Du hast keine Ahnung, wie sehr ich es liebe, dich darin zu sehen."

Die Schmetterlinge in meinem Bauch breiten ihre Flügel aus. Es fällt mir immer noch schwer zu verstehen, wieso ich mit dem Halsband einverstanden bin. Doch sobald er befiehlt, dass ich es tragen soll, steht mein Körper vor Erregung in Flammen. Schlimmer noch, die Entschlossenheit, die ich gestern Abend noch verspürte, mich ihm nie wieder zu unterwerfen, scheint verschwunden zu sein. Es ist, als hätte er die Büchse der Pandora geöffnet und mir gezeigt, wie viel besser wir jetzt zusammen passen als in der Vergangenheit, und das Bedürfnis, seine Aufmerksamkeit allein auf mich gerichtet zu spüren, ist so stark, dass ich das Verlangen kaum zügeln kann.

Er legt mir das Halsband um den Hals. Ich greife nach oben und fahre entlang des Colliers, doch Gianni packt meine Hand und schiebt seine Finger unter das Schmuckstück, um sicherzustellen, dass es straff sitzt.

Der Druck um meinen Hals bringt mich an meine Grenze und mir wird etwas schwindelig. Meine Pussy pulsiert. Ich lehne mich an Gianni, entspanne mich in seinen Armen und schließe die Augen.

Seine Lippen berühren mein Ohr. „Zeit zu essen, Tesoro. Es wird eine lange Nacht für dich werden. Vergiss alles, woran du dich aus der Vergangenheit erinnerst, wenn du mich besuchen kamst."

Ich öffne meine Augen und neige fragend den Kopf.

Ein selbstgefälliges Lächeln umspielt seine Lippen, während er meinen Ausdruck in sich aufnimmt. Ich nehme an, dass er wieder in Gedanken zählt, und nach einer Weile sagt er, „Alles, was ich jemals mit dir gemacht habe, wird wie eine Spielerei wirken im Vergleich zu dem, was heute Nacht passieren wird."

Ich schlucke hart und atme flach ein, weil sich das Halsband eng spannt. Gianni und ich haben alles miteinander getan. Er hat mich stundenlang gefesselt, ich habe gebettelt und er hat meine Orgasmen kontrolliert. Ich kann mir nicht vorstellen, wie er unser Liebesspiel noch intensiver gestalten will.

Letzte Nacht war unglaublich, erinnere ich mich. Ich erschaudere bei dem Gedanken und frage mich, wie ich wieder an diesem Punkt gelandet bin. Ein Teil von mir hasst ihn immer noch. Ich weiß nicht, wie ich die Vergangenheit loslassen und ihm wieder vertrauen soll. Aber ich kann nicht leugnen, dass ein kleiner Teil von mir ihn immer noch liebt, auch wenn ich mir eingeredet habe, dass ich über ihn hinweg bin.

Der Gedanke, Gianni so bedingungslos zu lieben, wie ich es früher tat, macht mir Angst. Ich habe mir geschworen, ihm gegenüber nie wieder verletzlich zu sein. Und doch stehe ich hier und sehne mich nach seiner Berührung.

Oder ist es keine Liebe? Vielleicht verwechsle ich unsere lodernde Anziehungskraft mit Gefühlen, denen ich längst abgeschworen habe.

Ja, das muss es sein. Das hier ist nur körperlich, und ich muss lediglich daran denken, dass Gianni Marino nicht fähig ist, meine Liebe zu erwidern. Also werde ich sie ihm nie wieder schenken.

Sein selbstzufriedener Gesichtsausdruck intensiviert sich weiter. Ich mache mir Vorwürfe, weil ich seine Arroganz genieße. Sie hat mich über die Jahre zu oft in Schwierigkeiten gebracht. Dieser Blick sagt, dass er weiß, was ich brauche, und dass er der Einzige ist, der es mir geben kann.

Ich wünschte, ich könnte seine Einstellung leugnen und ihm das Gegenteil beweisen, aber kein anderer Mann hat jemals den Durst gestillt, den ich immer verspürte, wenn der Sex vorbei war. Egal, wie viel Aufmerksamkeit sie mir schenkten oder wie gut sie im Bett waren, es fehlte immer etwas. Jetzt, da Gianni wieder in mein Leben getreten ist, kann ich nicht mehr so tun, als hätte das Verlangen, das ich verspüre, nicht alles mit ihm zu tun – mit uns. Gemeinsam.

Er packt das Halsband und küsst mich, lässt seine Zunge langsam in meinen Mund gleiten, ohne den Kuss zu vertiefen, sodass ich immer mehr davon will. Seine Gesichtszüge sagen mir, dass er mit sich zufrieden ist. „Lass uns essen."

Ich begehre nicht auf. Ich weiß es besser, als das Abendessen zu verweigern. Wenn Gianni sagt, dass ich meine Energie brauche, dann gibt es keinen Zweifel daran. Ich wäre eine Närrin, wenn ich ihm nicht gehorchen würde.

Er führt mich in das Wohnzimmer seiner Suite. Auf dem Tisch stehen mehrere silberne Platten, in Folie eingewickelte Teller mit Salat und ein mit Stoff bezogener Brotkorb. Gianni zieht meinen Stuhl für mich zurück und ich setze mich. Er nimmt den Platz neben mir ein und nimmt die Abdeckungen ab.

In der Mitte stehen Calamari, eine kleine Olivenschale, verschiedene Käsesorten und italienische Wurstwaren. Auf unseren Tellern sind hausgemachte Ravioli drapiert, sowie etwas Lachs mit Kapernrahmsauce und Artischocken.

Ich starre das Essen an und lache.

Gianni zieht die Augenbrauen hoch. „Was ist so lustig?"

Ich deute auf das Essen. „Ich habe vergessen, dass man bei dir zu Hause den gleichen Standard genießt wie in einem Fünf-Sterne-Restaurant."

Er zuckt mit den Schultern. „Wir haben einen Michelin-Koch. Und das bedeutet, dass du jetzt auch einen hast, Mrs. Marino."

Mir dreht sich der Magen um. Es ist seltsam, sich vorzustellen, als Mrs. Gianni Marino auf dem Anwesen der Familie zu leben. Ich habe so lange davon geträumt und bin dann zu dem Schluss gekommen, dass es nie passieren würde.

Er beugt sich herüber und streicht mit seinen Fingerknöcheln über meinen Oberschenkel. Eine Gänsehaut bildet sich auf meiner Haut und alle Härchen stellen sich auf. Ich versuche mich nicht zu winden, aber es fällt mir schwer. Giannis Augen funkeln im Kerzenlicht, als er sagt, „Alles was mein ist, gehört jetzt auch dir. Was immer du willst, ich werde es dir geben."

Meine Brust zieht sich zusammen, aber die Schmetterlinge in meinem Bauch breiten geschmeidig ihre Flügel aus. „Ich brauche nichts. Ich habe mein eigenes Zeug."

Belustigung ziert seine Züge. Er streicht mir eine Haarsträhne hinters Ohr. „Ja. Das weiß ich. Die Umzugsleute werden morgen deine Sachen auspacken."

Ein weiteres kleines Lachen entweicht mir. „Natürlich werden sie das."

Sein verdammtes Ego, für das ich etwas übrig hatte, schwillt weiter an. „Ja. Natürlich", bestätigt er zutiefst zufrieden mit sich.

Ich stoße ihn mit dem Ellbogen in die Rippen.

„Hey! Wofür war das denn?"

„Dafür, dass du so überheblich bist."

„Du liebst meine Überheblichkeit", behauptet er.

Meine Wangen werden warm. Natürlich weiß er genau, wie sehr ich es liebe. Trotzdem streite ich es ab. „Nein, das tue ich nicht."

Er lacht, lehnt sich zurück, schneidet ein Stück Brie zurecht und hält es mir an die Lippen. „Klar. Was immer du sagst, Tesoro."

Es hat keinen Sinn, sich zu streiten. Brie ist mein Lieblingskäse, und ich bin hungrig. Also lasse ich mich von ihm füttern und nehme einen Bissen von dem cremigen Käse. Er zergeht auf der Zunge, und ich stöhne auf. „So gut."

Zufrieden nickt er und schiebt sich den Rest in den Mund. Nachdem er fertig gekaut hat, schluckt er, nimmt einen Schluck Barolo und sagt dann, „Wenn du mit dem Chefkoch über zukünftige Mahlzeiten sprechen möchtest, kannst du das gerne tun."

Panik ergreift mich. Ich trinke einen Schluck Wein und schüttle dann den Kopf. „Ich werde nicht deine kleine Hausfrau sein, Gianni."

„Was soll das bitte heißen?"

„Ich kümmere mich nicht um deinen Haushalt. Ist das außerdem nicht Bridgets Aufgabe, jetzt wo sie Dante heiratet?" Ich weiß vielleicht nicht alles über die Welt der Verbrecherfamilien, aber es ist kein Geheimnis, dass Dante der erste in der Thronfolge ist. Das heißt, Bridget ist seine Königin. Und damit habe ich kein Problem.

Er hält mir eine Olive an die Lippen und ich erlaube ihm, sie in meinen Mund zu stecken. Er zuckt mit den Schultern. „Du bekommst trotzdem alles, was du willst. Wir leben alle hier."

Ich drehe mich weiter zu ihm herum. „Ich werde meine Karriere nicht aufgeben."

„Ich habe nie gesagt, dass ich das will. Ich dachte, ich hätte heute Morgen, als wir über die Fashion Week sprachen, deutlich gemacht, wie stolz ich auf dich bin. Habe ich das nicht?"

Ja, das stimmte. Er schien sich für mich zu freuen. Aber ich weiß auch, wie die Marino-Männer sind. Arianna musste betteln, um arbeiten zu dürfen. Nur aufgrund von Killians Ermutigung und Beharrlichkeit durfte sie ihr Geschäft eröffnen. Giannis Mutter war ein erfolgreiches Model, zog sich aber zurück, als sie sich mit Angelo verlobte. Bridget füllt ihre Zeit mit den Schulaktivitäten ihrer Kinder. Ich bin mir sicher, dass sie sich leicht in die Rolle der Hausherrin in der Marino-Villa einfinden wird. „Ich meine es ernst, Gianni. Ich werde mich nie von meinem Geschäft trennen."

Sein Blick verfinstert sich und er verengt die Augen zu Schlitzen. „Hast du mich nicht gehört?"

„Die Marino-Männer befehlen allen ihre Frauen zu Hause zu bleiben."

Er schließt seine Faust um mein Halsband und zieht mich sanft näher zu sich. Mein Herz rast schneller. Seine Augen schweifen über mein Gesicht, dann sagt er, „Ich bin nicht wie die anderen Marino-Männer."

„Nicht?", frage ich fordernd.

Er schnieft heftig, aber sein Ton ist gleichmäßig. „Nein. Nicht in diesem Punkt. Solange du in Sicherheit bist, wirst du arbeiten … bis du stirbst, wenn du willst."

In meinem Kopf schellen weitere Alarmglocken. „Versuch nicht, unsere momentane Lage zu benutzen, um mich zum Aufhören zu zwingen!"

Angespannte Stille hängt zwischen uns. Ich zähle bis dreißig und beobachte, wie sich sein Brustkorb in berechnenden Atemzügen hebt und senkt, bevor er spricht. „Deine Sicherheit wird nie gefährdet sein. Ich werde mich um unser Problem kümmern. Und du wirst daran arbeiten, mir zu glauben, wenn ich dir etwas sage. Meine Frau kann nicht jedes meiner Worte infrage stellen."

„Ich stelle nicht-"

„Nicht?", unterbricht er mich.

Ich seufze und wünsche mir, ich könnte einen Zauberstab schwingen und meine Vertrauensprobleme aus dieser Welt schaffen. Stattdessen beschließe ich, dass es das Beste ist, ihm nicht zu antworten und nicht weiter zu streiten. Ich wende mich meinem Teller zu und konzentriere mich auf meine Ravioli. Wir essen schweigend, und eine Million verschiedener Gedanken gehen mir durch den Kopf. Als ich fast satt bin, lege ich die Gabel zur Seite. Ich sehe ihm in die Augen und gebe zu, „Ich wünschte, ich könnte unsere Vergangenheit vergessen."

Sein Blick verhärtet sich. „Dann tu es."

„Es ist nicht so einfach, und das weißt du. Aber ich wünschte, es wäre zwischen uns wieder wie früher."

Er wischt sich mit der Serviette den Mund ab, legt sie auf seinen Teller und sagt, „Dann machen wir wohl Fortschritte."

Mir dreht sich der Magen um. Ist das ein Fortschritt? Gerate ich wieder in seinen Bann?

Er erhebt sich, bevor meine Angst die Chance hat, mich zu überwältigen. „Komm", sagt er, und hält mir die Hand hin.

Ich stelle keine Fragen und wehre mich nicht. Ich lasse zu, dass er mir aufhilft, und mich zur Couch hinüberführt. Gianni setzt sich und zieht mich auf seinen Schoß, sodass ich rittlings auf ihm sitze. Eine Handfläche bedeckt meinen Hintern, und seine andere umschließt meine Wange. „Wir können nicht zurück in die Vergangenheit reisen, Tesoro."

„Nein, das können wir nicht", stimme ich zu.

„Wie kann ich dir helfen, das zu überwinden?"

Mein Puls rast. „Diese Frage kann ich nicht beantworten."

Giannis langsame, kalkulierte Atemzüge lassen mich glauben, er zähle wieder in Gedanken. Sein Daumen streicht über meinen Kiefer, und ein Ausdruck, den ich noch nie zuvor gesehen habe, überkommt seine Züge. Es dauert einen Moment, bis ich seine Verletzlichkeit erkenne. Und verletzlich ist etwas, das Gianni sich nie erlaubt zu sein. „Weißt du, wie es für mich war, dich mit ihm zu sehen?"

Mein Magen dreht sich um. Ich rutsche auf seinem Schoß hin und her, aber sage nichts.

„Du wolltest mir wehtun, nicht wahr, Tesoro?"

Mein Mund wird trocken. Mein Inneres bebt. Als ich wieder nach New York kam und Gianni erfuhr, dass ich mit Uberto zusammen war, warnte er mich vor ihm. Als ich nicht Schluss machen wollte, beschuldigte er mich, nur aus Rache bei Uberto zu bleiben. So sehr ich es auch leugnete und versuchte, mir einzureden, dass das nicht der Fall war, ein kleiner Teil von mir genoss die Tatsache, dass Gianni Uberto hasste. Es war, als ob das Karma ihn endlich für all das Elend, das er mir angetan hatte, bestrafen würde.

Gianni holt ein paar Mal tief Luft, ohne den Blick von mir abzuwenden. Schmerz erfüllt seine Augen, den ich noch nie gesehen habe. „Es ist also wahr."

Diese Worte sollten mir eine gewisse Genugtuung verschaffen. Manchmal dachte ich, dass er kein Herz hat und auf einer emotionalen Ebene unantastbar ist. Überraschenderweise macht mich seine Aussage nicht so glücklich, wie ich dachte. „Es tut mir leid", platze ich heraus.

Er streicht mit dem Zeigefinger von meiner Stirn über meine Wange. Seine nächsten Worte werfen mich erneut aus der Bahn. Es ist nicht Giannis Art, jemals Fehler zuzugeben. „Es ist schon okay. Ich habe es verdient."

Sprachlos starre ich ihn an. Mein Herz rast. Er bewegt sich nicht, und sein verletzlicher Gesichtsausdruck lässt mich nicht los. Ich dachte, ihn zu verletzen, würde mir eine gewisse Befriedigung verschaffen, aber das genaue Gegenteil ist der Fall. Eine Mauer bricht in mir zusammen. Ich lasse meine Hände über seine Wangen gleiten und wiederhole, „Es tut mir leid", dann küsse ich ihn und lasse meine Zunge in seinen Mund gleiten, sobald sich seine Lippen öffnen.

Alles um uns herum verschwindet. Es ist, als würde man ein Streichholz anzünden und alles um uns herum in Brand setzten. Seine Hand gleitet in mein Haar an meinem Hinterkopf. Mit der anderen zieht er mich näher an sich, dann knetet er meine Arschbacke. Meine Knie stoßen an die Rückenlehne der Couch und ich tue alles, um ihm näherzukommen.

Er bekommt eine Erektion, befreit seinen Schwanz aus seinen Boxershorts, und ich sinke darauf, umklammere ihn fester. Gianni lässt zu, dass ich ihn reite, lässt seine Hand zwischen uns gleiten und umkreist dann meine Perle mit dem Daumen.

Lustvolle Flammen durchströmen meinen Körper, sodass mir der Schweiß auf der Haut steht. „Oh Gott", flüstere ich und reibe mich härter an ihm.

Er verlangsamt die Bewegungen seines Daumens und fordert, „Sag mir, dass du mich noch liebst."

Ich ringe mit meinem Herzen, das nachgeben will, und meinem Verstand, der mir sagt, dass ich nicht klein beigeben darf. „Gianni, ich ..." Meine Gefühle überwältigen mich. Ich kann nicht weitersprechen, zu groß ist die Angst davor, ehrlich zu sein und wieder von Gianni verletzt zu werden, auch wenn er es nicht will.

Er beugt sich vor und knabbert an meinem Ohrläppchen. Sein Atem gleitet seidenweich über meine Haut, und schickt einen Schauer über meinen Rücken. „Ich weiß, dass du mich noch liebst. Gib mir nur diese eine Sache, Cara. Sag mir, dass auch nur ein winziger Teil deines Herzens mich noch liebt."

Ich schließe meine Arme so fest wie möglich um ihn und vergrabe mein Gesicht an seinem Hals, um ihn nicht ansehen zu müssen. Ich lasse meine Hüften schneller kreisen, hoffe, uns beide zum Orgasmus zu bringen, damit ich ihm nicht wieder zum Opfer falle.

Aber wie immer habe ich keine Kontrolle darüber, was zwischen uns passiert.

Gianni hat das Sagen.

„Gib es zu, selbst wenn du es kaum verspürst. Es existiert, Tesoro, deine Liebe. Gib es zu und ich erlaube deiner Pussy meinen Schwanz so hart zu umklammern, dass du das Gefühl hast, mich auszusaugen."

Die Schmetterlinge in meinem Bauch flattern schneller. Mehr Schweiß bricht auf meiner Haut aus. Ein Schleier erfüllt meine Sicht. Mein Körper will nicht nur, was er anbietet, er sehnt sich danach. Er hat sich schon immer danach gesehnt.

Ich kann nicht vernünftig denken, wenn Gianni mich dominiert. Es bedarf nur noch einer weiteren Aufforderung.

Er stößt in mich, trifft meinen G-Punkt und knurrt, „Ich liebe dich. Sag mir, dass du genauso fühlst."

„Ich liebe dich immer noch", rufe ich.

Alles in meinem Körper verwandelt sich in das reinste Chaos. Adrenalin schießt wie auf einem Minenfeld von Zelle zu Zelle, und detoniert. Unsere Liebe, ist wie eine Droge, die man nicht reproduzieren kann. Der Rausch ist zu stark und ich verliere mich in seinen Armen, seinem Duft, seiner Liebe.

Er ist der perfekte Dealer, der mir einen Hit nach dem anderen verpasst, aber selbst keinen nimmt und mich so weit treibt, dass ich zum Junkie werde, der von seiner Berührung besessen ist. Ich kann seine Worte kaum noch verstehen. „Scheiße, Tesoro. So hätte es immer sein sollen. Nur du und ich."

Ich wimmere und sacke auf seinem Schoß zusammen. Die Endorphine rauschen weiter durch mich hindurch, bis er meine Hüfte packt und von sich hebt.

Ich vergrabe mein Gesicht in seinem Nacken, versuche zu Atem zu kommen und kann die Worte, die er mir ins Ohr flüstert, nicht einmal verarbeiten.

Die Zeit holt mich langsam in die Realität zurück. Ich bleibe in dem wundervollen Kokon seiner Wärme und versuche zu vergessen, dass ich zugegeben habe, dass ich ihn immer noch liebe.

Eines weiß ich über Gianni Marino: Wenn er einmal hat, was er will, lässt er es einen nie vergessen. Jetzt, da ich ihm einen Vorgeschmack auf das gegeben habe, was er wollte, wird er es zu seinem Vorteil nutzen. Und zwar in einem Moment, in dem ich es am wenigsten erwarte, machtlos und unfähig, es zu verhindern.

Und dann wird er mich zur Seite werfen, als hätte ich keinen Wert mehr für ihn.

Als ich meinen Kopf von seiner Brust hebe, erkenne ich den intensiven Blick, den ich schon viel zu oft gesehen habe. Er zeugt von Zufriedenheit und bestätigt jeden kritischen Gedanken, der mir durch den Kopf geht.

Die Frage ist nicht, *ob* er mich wieder zerstören wird. Es ist nur eine Frage der Zeit. Und ich habe keine Chance, es aufzuhalten.

Ich frage mich nur, wie viel schlimmer es dieses Mal sein wird. Wie soll ich das überleben? Als sich meine Augen mit Tränen füllen, kann ich sie nicht mehr aufhalten.

Plötzlich scheint er alarmiert, aber ich kann ihm nicht antworten, als er versucht, mich dazu zu bringen, ihm zu sagen, was los ist. Ich beschließe, dass es besser wäre, meine Gedanken mit etwas anderem zu beschäftigen und meine neue Realität zu vergessen, auch wenn es nur für eine Nacht ist.

Ich schließe die Augen und versuche mit aller Kraft, den Fluss der Tränen zu stoppen. Als ich es endlich schaffe, bitte ich um das Einzige, was mir einen Moment der Stabilität bieten kann. „Bringst du mich zur Wand?"

Gianni hält meine Wangen in seinen Händen und wischt mit seinen Daumen meine Tränen weg. „Nein. Dir geht es nicht gut."

Ein gebrochenes Lachen entweicht mir. „Aber das wird es nie, oder? Jetzt, da ich deine Frau bin …"

Sein Atem stockt und die dunklen Tiefen seiner Augen weiten sich. „Cara-"

„Bring mich zu deiner Folterwand, Gianni", wiederhole ich entschlossen.

Er zögert.

Ich schließe meine Augen und flüstere, „Bitte. Die Wand. Ich brauche es."

„Brauchst du es?", fragt er, als ob er mir nicht glauben würde.

Langsam zähle ich bis dreißig, atme tief durch, dann schlucke ich hart. Ich ziehe meine Schultern zurück und blicke ihm direkt in die Augen, um ihn zu überzeugen. Es kostet mich jedes Quäntchen meines Selbstvertrauens, aber ich befehle, „Bring mich zur Wand."

15

Gianni

NICHT EIN EINZIGES MAL IN MEINEM LEBEN HABE ICH ETWAS *wirklich* bereut. Aber die Reue verzehrt mich jetzt, und ich weiß nicht, wie ich das Unrecht wiedergutmachen kann, das ich begangen habe.

Die Augen meiner Frau sind voller unverhohlenem, tiefem Schmerz. Und obwohl ich nicht ignoriere, dass mein Herz größtenteils pechschwarz und emotionslos ist, blutet der kleinste Teil, der fähig ist, zu lieben.

Sie schließt die Augen und flüstert wieder, „Die Wand. Bitte."

Ich habe noch nie eine Frau an diese Wand gefesselt, wenn sie in emotionalem Aufruhr war. Die letzte Person, mit der ich etwas falsch machen möchte, ist Cara, besonders während unseres Liebesspiels. Beinahe schlage ich ihren Wunsch aus, aber sie greift nach meinen Wangen und durchbohrt mich mit einem verzweifeltem Blick, während sie bettelt. „Bitte. Ich brauche es. Gib mir, was ich brauche."

Das überzeugt mich davon, ihr alles zu geben, was sie sich je wünschen könnte. Ich streiche ihr über das Haar und küsse sie auf die Stirn, dann führe ich sie zu der neuen Wand aus Gold und Platin. Für einen Außenstehenden würde sie wie ein kunstvolles Metallkunstwerk aussehen. Jedes Teil hat einen bestimmten Zweck und ist für alle Arten von verrückten sexuellen Eskapaden gedacht. Die Fesseln sind in der Decke über uns versteckt, bis es Zeit für mich ist, den Knopf zu drücken und sie herunterzulassen, was ich heute Abend bereits getan habe.

Der Aufbau war früher etwas anders, die Wand war schwarz, aber ich habe alles verändert, als ich die neuen Ketten kaufte. Ich dachte mir, wenn ich mein Tesoro schon daran festmache, dann sollte es auch aus edlem Metall sein und nicht aus schwarzem Stahl. Und jetzt, da ich sie davor stehen sehe, weiß ich, dass ich die richtige Entscheidung getroffen habe. Sie war schon immer schön, aber in diesem Moment strahlt sie ein atemberaubendes, inneres Licht aus, ein Engel, umgeben von Dunkelheit.

Ich schiebe den Seidenmantel von ihren Schultern, sodass sie nur noch ihr Halsband trägt. Dann fahre ich mit einem Finger über das mit Diamanten besetzte Stück. Je länger ich sie betrachte, desto schneller hebt und senkt sich ihre Brust. In ihren Augen tanzen von Vorfreude erfüllte Flammen, die mit jeder Sekunde heißer züngeln. Sie schluckt schwer. Ihre Stimme bricht, aber ihr Blick ist herausfordernd. „Bring mich dazu, mich dir zu unterwerfen."

Etwas in mir verändert sich. Es ist, als ob sie den Teufel geweckt hätte. Ich habe ihr in der Vergangenheit schon alles Mögliche befohlen. Doch nicht ein einziges Mal hat sie das zu mir gesagt. Ohne zu zögern, befehle ich, „Knie dich hin."

Ihre Miene ist überrascht, aber sie sinkt auf die Knie und sieht zu mir auf.

Ich zähle bis fünfzig, ohne den Blick abzuwenden, und überlege, was ich zuerst mit ihr machen werde. Dann hocke ich mich hin und packe ihr Kinn. Ihr heißer Atem vermischt sich mit meinem. Ihre Wangen erröten, ihre Unterlippe bebt, und ich streiche mit dem Daumen darüber. Dann fahre ich mit einer Hand über ihre Brust und rolle ihren Nippel zwischen meinen Fingern, bis er hart wird.

Sie atmet scharf ein und wimmert so leise, sodass ich nicht sicher bin, ob ich es wirklich gehört habe.

Mein Schwanz zuckt und testosterongeschwängerte Lust fließt durch meine Adern. Ich ermahne mich zur Zurückhaltung, denn ich möchte nicht, dass es so früh zu Ende geht. Wenn mein Tesoro an der Wand angekettet werden will, darf ich mich nicht zu früh gehenlassen.

Ich schniefe heftig, zähle bis zwölf und fange dann von vorne an. Ich bin mir nicht sicher, wie oft ich es wiederhole. Nur so kann ich die Kontrolle über meinen Körper behalten. Schließlich trete ich zurück und befehle, „Beine gespreizt, Hände hinter den Rücken auf die Knöchel, Blick zur Decke."

Caras Augen weiten sich. Ich erwarte fast, dass sie sich mir widersetzt, aber sie schiebt ihre Knie langsam weiter auseinander. „Stopp", befehle ich, als ich zufrieden bin.

Sie erstarrt, beißt sich auf die Lippe und lässt dann langsam ihre Hände über ihre Oberschenkel und Waden gleiten, bis sie ihre Knöchel ergreifen kann. Sie wölbt ihren Rücken und reckt ihre Brust in die Luft. Ihr langes Haar fällt in Wellen über ihre

Schultern und trifft auf den Boden, und sie schüttelt den Kopf, während sie zur Decke blickt.

„Du verdammt freches Mädchen", murmle ich. Heißes Blut schießt durch meine Adern. Sie war schon immer flexibel, konnte Positionen lange halten und wir probierten alles, was ich wollte. Ich lecke mir über die Lippen und studiere jeden Zentimeter ihres köstlichen Körpers, als wäre es das erste Mal.

Verdammt, vielleicht ist es das. Vielleicht bedeutet die Tatsache, dass sie hier ist, vor der neuen Wand, die ich nur für sie einbauen ließ, und ein diamantenes Halsband trägt, dass sie endlich mir gehört, dass wir uns beide verändert haben.

Die Befriedigung trifft mich wie ein Blitz. Meine kleine Folterwand ist unser Neuanfang. Heute Abend werde ich ihr beweisen, dass ich mich geändert habe. Und wir können all die Dämonen der Vergangenheit hinter uns lassen, die wir beide in uns tragen, und nach vorn schauen. *Gemeinsam.*

Ich erhebe mich und nicke zufrieden. „Du dachtest, du könntest unsere Probleme hier an der Wand ausblenden, aber wenn überhaupt, dann lässt sie unsere Probleme nur noch größer erscheinen."

Ein verwirrter Ausdruck erscheint auf ihrem schönen Gesicht. „Wovon redest du?"

Mit einer schnellen Bewegung greife ich nach den Fesseln und ziehe sie heraus. Die Ketten gleiten über das Metall, und Cara gerät für einen Moment in Panik. Zu den Upgrades gehören auch andere Annehmlichkeiten. Anstatt die Fesseln nur an der Wand zu befestigen, kann ich jetzt auch die Spannung einstellen. Sowohl von der Decke als auch an der Wand.

Ich lege sie um ihr Handgelenk und ihren Knöchel und achte darauf, dass die Position perfekt ist und sie nicht in ihre Haut schneiden, obwohl die Schellen gepolstert sind. Die einzigen Abdrücke auf ihrem Körper, die ich jemals zulassen würde, sind die meines Munds oder meiner Hand auf ihrem Hintern.

„Gianni?", fragt sie etwas nervös.

Zufrieden schließe ich die andere Fessel. Die Zweifel von vorhin verblassen. Ich küsse meine Frau auf die Lippen, dann nicke ich. „Du brauchst die Wand, die Fesseln und Ketten, richtig?"

Sie runzelt die Stirn, aber nickt zustimmend. „Ja."

„Nun, nur wer mir vollkommen vertraut, würde sich das wünschen."

Sie starrt mich an.

„Habe ich unrecht? Vertraust du mir nicht? Würdest du dich von jedem fesseln lassen?", fordere ich zu wissen, und ein kurzer Moment der Panik überkommt mich, weil ich Angst habe, dass sie vielleicht zulassen könnte, dass ein anderer Mann das mit ihr macht.

Und wenn es längst schonmal passiert ist?

Sie blinzelt, dann beseitigt sie meine Bedenken. „Natürlich würde ich nicht zulassen, dass jemand anderes das mit mir macht."

Meine Mundwinkel heben sich. Ich nicke. „Also vertraust du mir."

„Ja", gibt sie zu.

Ich wickle ihr Haar um meine Faust, damit es nicht auf dem Boden schleift. Sie keucht, und ich bedecke ihre Pussy mit der Hand und streichle ihren Schlitz mit meinem Zeigefinger. „Du bist nicht mehr dieselbe wie damals, als wir noch Kinder waren oder du in Italien gelebt hast, Tesoro."

Sie verzieht das Gesicht. „Natürlich bin ich das nicht. Ich bin älter geworden."

Ich grinse. Ihre Antwort könnte nicht perfekter sein. „Du bist schöner geworden. Und auch ich bin älter geworden. Und mit dem Alter kommt Weisheit."

Sie sagt kein Wort.

Ich schiebe meinen Finger in sie hinein und genieße es, wie sie die kleinste Bewegung mit der Hüfte macht und dann aufhört, als ich ihr Einhalt gebiete. „Ich habe dir nicht erlaubt, dich zu bewegen."

Es ist mucksmäuschenstill im Raum – bis auf mein hämmerndes Herz und ihren stockenden Atem ist nichts zu hören. Ich stehe wieder auf, schnappe mir eine weitere Fessel und befestige sie an ihrem Halsband, sodass ihr Kopf kaum noch an der Wand angelehnt ist. Dann knie ich mich wieder vor sie, schiebe zwei Finger in sie und pumpe mit unterschiedlichen Geschwindigkeiten in sie hinein, während ich mit meinem Daumen über ihre Lustperle fahre. Sie wirft den Kopf zurück und tiefe Freude erfüllt mich, weil ich weiß, wie sehr sie ihre Hüften kreisen lassen und auf meiner Hand reiten will.

Aber sie wird es nicht tun. Sie kennt die eine Regel der Wand. Trotzdem zwinge ich sie, sie zu nennen. „Was ist die eine Sache, an die du dich die ganze Nacht erinnern musst, Tesoro?"

„Du hast das Sagen."

„Ja. Also lass mich dich an meine Regeln erinnern. Darfst du etwas ohne meine Erlaubnis tun?"

IMMORAL

Sie schließt die Augen und atmet tief ein, öffnet sie dann und antwortet, „Nein."

Ich stehe auf, ziehe meine Boxershorts aus, beuge mich über sie und küsse sie auf die Lippen. Sie stöhnt, als ich meine Zunge in ihren Mund schiebe, die Intensität erhöhe und ihr und mir den tiefen Kuss ermögliche, nach dem wir uns beide sehnen.

Ich knie mich wieder hin, stütze mich an der Wand ab, lasse meinen Schwanz über ihren Kitzler gleiten und beobachte jede Veränderung in ihrem Ausdruck.

Ein winziges Wimmern erklingt. Es ist wie ein Lied, das man schon tausend Mal gehört hat. Eines, das, egal wie oft man es abspielt, mit der Zeit immer besser wird. Ihre Lider flattern, und ich lehne mich an ihr Ohr, um sie daran zu erinnern, dass sie betteln muss. „Ich habe dir nicht erlaubt, zu kommen."

„Gianni", fleht sie. Ihre heiße Haut glänzt und schimmert im gedämpften Licht.

Es wäre so einfach, ihr zu geben, was sie will, aber ich bin kein gewöhnlicher Mann. Und ich sehne mich nicht nach Macht.

Ich nehme sie mir einfach.

Also warte ich und warte und warte noch eine Weile länger und spiele weiter mit ihr, wie ich will, bis ihre Beine beben und sie mich mit heiserer Stimme anfleht. Ich lasse noch einige Minuten verstreichen, knabbere ein paar Mal an ihren Nippel und höre ihr Stöhnen. Es ist wie Engelsgesang für meine Ohren.

Die Luft wird stickig, geprägt vom Geruch ihrer Erregung. Ihre Säfte bedecken meine Hand und tropfen an ihren Schenkeln herunter. Das Zittern ihres Körpers wird intensiver, und sie bewegt ihre Hüften.

Sie ist genau da, wo ich sie haben will. Ich versohle ihr leicht den Hintern, und ihre Perle gleitet an meinem Schaft entlang. „Oh Gott! Nochmal!"

„Beweg dich nicht. Ich habe es dir nicht erlaubt!", knurre ich.

Ihre Augen leuchten. „Baby ... bitte."

„Weißt du, wann ich die Wand ausgetauscht habe?"

„Ich kann nicht mehr!", schreit sie und reibt sich schneller an meinem Ständer.

Ich versohle sie erneut. Dieses Mal gehe ich außer Reichweite, damit sie sich nicht mehr an meinem Schwanz erfreuen kann. „Hör auf, dich zu winden, Tesoro. Antworte mir! Weißt du, wann?", verlange ich nach einer Antwort.

Sie schluckt schwer, schließt die Augen und haucht dann, „Nein."

Ich lehne mich näher zu ihr, reibe meinen Schwanz wieder an ihr und gebe dann zu, „Am Tag, nachdem ich dich im Club gesehen habe. Sobald ich wusste, dass du wieder in New York bist."

Überraschung macht sich in ihrem Gesicht breit und mischt sich mit ihrer lustvollen Verzweiflung.

Ich verlangsame meine Bewegungen und sie stöhnt. „Oh Gott! Gianni! Bitte nicht ... nicht ..."

„Niemand, Cara! Es gab keine andere Frau, die ich jemals an diese Wand gekettet habe, und es wird auch nie eine geben. Seit ich dich in jener Nacht gesehen habe, habe ich niemanden mehr angefasst", knurre ich.

„W-was?", fragt sie und blinzelt heftig.

„Niemanden", wiederhole ich.

Sie schweigt, gibt keinen Mucks von sich, bis auf ihre schwerfälligen Atemzüge.

Es trifft mich, dass sie meinem Wort möglicherweise nicht mehr vertraut. „Sag mir, dass du mir glaubst, Cara."

Sie beißt sich auf die Lippe.

Ich beschleunige meine Stöße gegen ihren Lustknopf. „Wage es nicht zu kommen! Nicht, bevor du mir sagst, dass du mir glaubst!"

„Gianni, bitte!"

„Sag es!"

„Ich glaube dir", schreit sie.

Die Worte sind nicht genug. Ich bin ein richtiger Bastard und brauche mehr. Anstatt sie zu erlösen, verlangsame ich das Kreisen meiner Hüften wieder.

„Gianni!"

Ich lasse meinen Blick auf ihrem schönen Gesicht ruhen, fahre mit der Hand durch ihr Haar und senke meine Stimme. Meine Lippen streifen ihre, als ich befehle, „Sag es mir noch einmal. Ich will wissen, dass du mir wirklich glaubst."

Cara zögert nur eine Sekunde, aber sie hat vertrauensvolle Augen. Sie ist ehrlich, keine Lügnerin, ist nicht wie ich. Eine Träne läuft ihr über die Wange, und ihre Stimme bricht. „Ich glaube dir. Ich schwöre es."

Erleichterung durchströmt mich. Ich küsse sie mit allem, was ich habe, lasse meine Erektion schneller gegen sie gleiten und halte sie fest an mich gedrückt, als sie die Kontrolle verliert. Unsere Küsse dämpfen ihr Stöhnen, bis ich meine Lippen zu ihrem Ohr bewege und sage, „So ist es gut, Tesoro."

Ich tue alles, was in meiner Macht steht, um ihren Rausch voranzutreiben, aber als sie wieder von ihrem Hoch herunterkommt, tue ich, was ich sonst nie tue. Anstatt sie weiter zu necken, nehme ich ihr die Fesseln ab und stehe mit ihr in meinen Armen auf.

Sie sieht mich fragend an, als ich sie auf das Bett lege.

Ich lasse mich neben ihr auf die Matratze fallen und ziehe sie in meine Arme.

„Gianni? Warum…"

„Ssch." Ich streichle ihr Haar und küsse sie auf die Stirn. „Verschnaufpause."

„Aber-"

„Wir werden für den Rest unseres Lebens Zeit dafür haben. Heute Nacht möchte ich dich in unserem Bett lieben."

Sie versteift sich.

Mein Herz schlägt schneller, und ich merke, dass ich zum ersten Mal von *Liebe machen* statt *ficken* gesprochen habe. Ich rutsche tiefer und wende mich ihr zu. Dann streiche ich ihr eine Haarsträhne hinters Ohr und gestehe, „Mein Bett ist auch neu. Keine andere Frau hat je darin geschlafen. Und keine andere Frau wird es je tun."

Schock steht ihr wie ins Gesicht geschrieben.

Ich streichle ihre Wangen. „Ich war furchtbar zu dir, Tesoro. Wenn ich die Vergangenheit verändern könnte, würde ich es tun. Wir hätten bereits ein Dutzend Kinder, die diesen Ort auf den Kopf stellen, und ich würde dich immer wieder schwängern. Aber ich kann nicht durch die Zeit reisen. Wir sind verheiratet. Ich habe dir ein Versprechen gegeben, und nichts, aber auch *gar nichts*, wird mich dazu bringen, es zu brechen."

Frische Tränen bilden sich in ihren Augen. Sie versucht zu verhindern, dass sie überlaufen, aber es ist sinnlos.

Ich wische sie sanft mit dem Daumen weg und sage mit Nachdruck, „Wir müssen nach vorne schauen. Nur du und ich. Das hier ist unser Neuanfang. Und ich muss wissen, dass du mir vergibst. *Wirklich* verzeihst."

Ihr Blick schweift zur Seite ab und kehrt dann zu mir zurück. „Du machst immer Versprechungen, Gianni."

Mein Magen dreht sich so schnell, dass ich die Galle herunterschlucken muss, die in meiner Kehle aufsteigt. „Ja, ich weiß. Dieses Mal, und auch in Zukunft, werde ich sie halten. Ich möchte, dass du mir eine letzte Chance gibst."

Ihre Lippen beben. Sie blinzelt schnell, und es fallen so viele Tränen, dass es sich anfühlt, als würde ein Messer mein Herz zerfleischen. Nicht den schwarzen Teil, sondern den Teil, der mich menschlich macht.

„Tesoro. Ich bitte dich. Verzeih mir. Vertraue mir wieder. Lass mich der Ehemann sein, der ich immer hätte sein sollen", flehe ich.

Ich zähle bis hundertzehn und bringe dafür jedes Quäntchen Geduld auf, das mir zur Verfügung steht, und das war noch nie sehr viel. Schließlich kann ich nicht mehr. Die Erkenntnis, dass sie mir vielleicht nie wieder eine Chance geben wird, trifft mich hart. Meine Kehle schnürt sich zu. Ich schniefe heftig und flehe, „Bitte."

Sie schüttelt ihren Kopf in kleinen, ruckartigen Bewegungen und meine Seele fühlt sich an, als würde sie sterben. Ihre Tränen laufen schneller, und sie sagt, „Ich sollte es nicht tun. Du hast es nicht verdient."

„Ich weiß. Ich-"

„Das wars, Gianni. Wenn du mich noch einmal zum Narren hältst, werde ich dich verlassen. Ich werde einen Weg finden, mich von dir scheiden zu lassen und irgendwohin zu verschwinden, wo du mich nicht findest. Hast du das verstanden?"

Erleichterung macht sich in mir breit, sodass ich kaum noch atmen kann. Ich zähle bis zehn und nicke. „Ja."

Plötzlich klingt sie stärker, überzeugter. Sie wischt sich mit einer Hand übers Gesicht. „Sag es mir noch einmal, Gianni. Ich will hören, wie du es sagst."

Ich küsse sie auf die Lippen und fahre mit meinen Daumen über ihre Kieferpartie. „Nur du und ich, Tesoro. Für immer. Ich werde nie etwas tun, was dich entehrt. Ich werde nie etwas tun, was dich dazu veranlassen könnte, dich von mir scheiden zu lassen. Ich werde den Rest unseres Lebens damit verbringen, zwei Dinge zu tun – dich zu lieben und die verlorene Zeit wieder aufzuholen", schwöre ich feierlich.

Sie atmet tief durch und noch mehr Zeit vergeht, während sie mich durchdringend anstarrt. Ich befürchte, dass sie mir nicht geben kann, was ich will, aber schließlich nickt sie. „Gib mir etwas Zeit, Gianni. Aber ich werde daran arbeiten, dir zu verzeihen und dir wieder zu vertrauen."

Es ist nicht das sofortige Ergebnis, das ich mir gewünscht habe, aber es ist besser als das Schweigen.

Als ich nichts erwidere, lässt sie ihre Hand in mein Haar gleiten und fügt hinzu, „Ich schaffe das schon, okay?"

Ich lächle und ziehe sie näher zu mir. „Na gut, Tesoro. Und jetzt ruh dich aus. Ich habe vor, dich noch ein bisschen betteln zu lassen."

Sie lacht, und alles in mir leuchtet auf. Cara ist fast wieder mein, und zum ersten Mal, seit sie nach New York zurückgekehrt ist, kann ich Fortschritte erkennen.

Unsere Beziehung ist noch nicht wieder perfekt, aber das ist okay. Wir haben Zeit.

16

Cara

Gianni streckt seine Arme aus und gähnt, dann öffnet er die Augen. Ein breites Grinsen umschmeichelt seine Lippen, während er näher zu mir rutscht.

„Ich muss heute wieder zur Arbeit", platze ich ohne Vorwarnung heraus.

Seine Lippen zucken und er streicht mit dem Finger über meine Wange. In einem neckischen Ton antwortet er, „Dir auch einen guten Morgen, Tesoro."

Ich setze mich auf und schlage meine Beine an den Knien übereinander. Ich bin schon seit Stunden wach und denke über mein Versprechen an Gianni nach – darüber, dass ich mehr daran arbeiten werde, über unsere gemeinsame Vergangenheit hinwegzukommen, und dass ich die Erwartung bekämpfen werde, dass er mich wieder verletzt. Eine Sache, die mir wichtig ist, ist mein Wort zu halten. Außerdem möchte ich ihm gegenüber keine negativen Gefühle hegen. Die Realität ist, dass wir jetzt verheiratet sind, also ist es das Beste, zu versuchen, nach vorn zu schauen.

Das ist nicht leicht.

Aber ich würde alles dafür geben, dass Gianni wieder mein Ein und Alles wird und dass er sein Wort hält, versucht, mich nicht mehr zu verletzen. Ich werde also alles tun, was nötig ist, um meinen Teil der Abmachung einzuhalten.

Hoffentlich lässt er mich das nicht bereuen, denke ich und schiebe den Gedanken schnell wieder zur Seite. Diese Gedanken werden uns nicht dabei helfen, dahin zu kommen, wo wir sein müssen, damit diese Ehe funktioniert.

„Morgen. Aber ich meine es ernst. Ich bin schon zu lange weg. Die Fashion Week steht vor der Tür und ich kann es mir nicht leisten, noch mehr Zeit mit Däumchen drehen zu vergeuden."

Gianni lehnt sich gegen das Kopfteil und fährt sich mit der Hand durchs Haar. „Kannst du heute von zu Hause arbeiten?"

Mein Magen verkrampft sich. „Warum? Was ist mit meinem Büro?"

Er hält die Hände beschwichtigend in die Luft. „Es ist alles in Ordnung, aber ich muss mich erst um die nötigen Sicherheitsvorkehrungen kümmern."

Eine Klaue schlägt sich in meine Eingeweide. Eine Gänsehaut breitet sich auf meinen Armen aus, und das kalte, modrige Gefühl, das ich verspürte, als ich nackt im Kerker der Abruzzos aufwachte, überkommt meine Sinne. Nur für einen kurzen Moment hatte ich den Krieg mit den Abruzzos vergessen. Aber jetzt prasseln die Erinnerungen so schnell auf mich ein, dass mir schwindelig wird. Ich presse meine Hand gegen meinen Bauch und atme die Übelkeit weg.

„Was ist los, Tesoro?", fragt er besorgt.

Ich hatte noch nie Bodyguards. Ich bin mir nicht sicher, was ich davon halten soll, aber ich weiß auch, dass es notwendig ist. Schnell überlege ich, welche Aufgaben ich noch erledigen muss. Ich kämpfe mich durch die Übelkeit, schüttle den Kopf und zwinge mich dann zu einem Lächeln. „Kann ich ins Büro gehen und meinen Laptop und ein paar andere Dinge holen?"

Seine Miene entspannt sich. „Klar. Ich fahre nach dem Frühstück mit dir hin." Er springt auf und streckt mir die Hand entgegen. „Komm schon, Tesoro. Wir sollten uns den Fragen stellen."

„Wieso das denn?"

Er nickt. „Ja. Wir müssen all die Fragen beantworten, die meiner Familie auf der Zunge brennt."

Ich rümpfe die Nase. „Können wir den Teil nicht überspringen?"

Er grunzt. „Leider nicht. Lass es uns hinter uns bringen und mit unserem Leben weitermachen." Er greift nach mir, verschränkt seine Finger mit meinen und zieht mich aus dem Bett.

Wir gehen ins Bad, putzen uns die Zähne, und ich stecke mein Haar mit einer Spange unordentlich hoch. Dann steigen wir in die Dusche, und Gianni presst seine Lippen auf meine. Innerhalb von Sekunden bin ich zwischen seinem warmen Körper und den kalten Fliesen eingeklemmt, als hätten wir letzte Nacht nicht Stunden damit verbracht, einander zu lieben, bevor wir vor ein paar Stunden eingeschlafen sind.

Nachdem wir einander gründlich erforscht haben, trocknen wir uns ab, ziehen uns an und ich trage eine dünne Schicht Makeup auf. Dann führt mich Gianni durch die Villa der Marinos, während die Schmetterlinge in meinem Bauch zum Leben erwachen.

Seit wir uns in der Highschool kennenlernten, bin ich schon unzählige Male hier gewesen. Gianni und ich haben in fast jedem Zimmer gefickt. Als ich jetzt die polierte Holztäfelung, die hellen Farbtöne und die kunstvolle Einrichtung im Morgenlicht in mich aufnehme, durchfährt mich das Gefühl eines Déjà-vus.

„Hast du Hunger?", fragt er, als wir uns dem Esszimmer nähern.

Ich nicke. „Ja. Und du?"

Er tätschelt meinen Hintern und lehnt sich zu mir runter, um mir ins Ohr zu flüstern „Ich habe Hunger, aber es wäre mir lieber, wenn du auf dem Tisch sitzen würdest und ich-"

„Cara!", ruft Bridget aufgeregt.

Mein Bauchgefühl sackt. Ich fühle mich schrecklich, weil ich ihre und Dantes Verlobungsfeier verpasst habe. Etwas Verlegenheit durchzieht diese Gefühle. Sie hat versucht, mich vor Uberto zu warnen, genauso wie Dante. Aber ich war so wütend auf Gianni, dass ich niemandem glauben wollte. Ich atme tief durch, lächle und drehe mich. „Hey, Bridget."

Sie umarmt mich ganz fest. „Gott sei Dank geht es dir gut! Ich kann nicht glauben, was dieses Monster dir angetan hat!"

Noch mehr Scham erfüllt mich. Natürlich weiß die gesamte Familie, was Uberto mir angetan hat. Jetzt, da Bridget Dante heiratet und ihre Rolle als Familienoberhaupt an seiner Seite einnehmen wird, ist es nur logisch, dass sie in alles eingeweiht ist.

Dass alle wissen, dass ich entführt und versteigert wurde, lässt meine Wangen heiß aufflammen. Ich räuspere mich. „Mir geht es gut."

Sie zieht sich aus der Umarmung zurück und mustert mich eindringlich. Ich tue mein Bestes, um nicht unter ihrem Blick wie eine zarte Blume einzugehen. Bridget und ich sind zusammen aufgewachsen und eng miteinander befreundet. Dann zog sie nach Chicago, ich ging nach Europa, und das Leben trennte uns. Vor Kurzem haben wir uns wiedergefunden, aber mein Leben ist so anders als ihres. Sie ist eine engagierte Mutter und leitet den Elternbeirat an der Schule ihrer Kinder. Ich weiß nichts über diese Art von Leben. Mein Geschäft war schon immer mein Baby.

Besorgnis erfüllt ihren Blick. „Ich habe mir solche Sorgen um dich gemacht."

„Mir geht es gut", wiederhole ich. Einst wäre Bridget meine einzige Vertrauensperson gewesen. Die Tatsache, dass sie sowohl meine Schwägerin als auch das Oberhaupt der Familie Marino sein wird, macht mich jetzt in ihrer Gegenwart ein wenig nervös, aber ich bin mir nicht sicher, warum.

„Bridget", sagt Gianni, beugt sich hinunter und küsst sie auf die Wange. „Tut mir leid, dass wir die Party verpasst haben."

Sie wendet sich ihm zu. „Ja, irgendjemand musste es ja interessant gestalten, oder?", sagt sie kühl.

„Warum klingst du dann so gereizt?", fragt er.

„Tue ich nicht." Ein schmallippiges Lächeln erfüllt ihre Züge.

Gianni zieht die Augenbrauen hoch. „Bist du dir da sicher?"

„Warum steht ihr alle im Flur rum?", brummt Dante hinter uns.

Ich drehe mich, und Gianni legt einen Arm um mich. Er drückt mich an seine Brust, als wolle er mich vor seinem Bruder schützen. „Wir wollten gerade reingehen." Er schiebt mich an Dante vorbei und zieht einen Stuhl für mich heraus.

Erleichtert darüber, keine Fragen von Bridget oder Dante beantworten zu müssen, schenke ich Gianni ein dankbares Lächeln.

Er gibt mir einen keuschen Kuss auf die Lippen und zwinkert mir zu. „Lass uns essen."

Ich nehme meinen Platz ein. Massimos und Tristanos Stimmen dringen kurze Zeit später vom Flur herein. Ich drehe mich nach rechts, als Angelo hereinkommt. Sein stechender Blick bleibt an mir hängen. Er geht direkt auf mich zu und mein Magen dreht sich.

Ich erhebe mich. „Angelo. Es ist schön, dich zu sehen."

Er umarmt mich, und ein Teil meiner Anspannung fällt von mir ab. Meine Nervosität ist völlig unbegründet, erkenne ich. Angelo hat mich immer freundlich behandelt, genau wie die anderen Marinos. Aber jetzt ist er mein Schwiegervater, und die ganze Situation, die mich hierher gebracht hat, macht mir zu schaffen.

Angelo zieht sich zurück und legt seine Hände auf meine Wangen. „Gianni hat mir versichert, dass du nicht verletzt wurdest, stimmt das?", fragt er in einem väterlichen Ton.

Verlegenheit lässt meine Wangen rot aufflammen. „Nein, das wurde ich nicht", versichere ich ihm eilig.

Seine dunklen Augen mustern mich weiterhin eindringlich.

Ich widerstehe dem Drang, den Kopf zu neigen und auf meine Füße hinabzustarren. Ich hebe mein Kinn entschlossen an und sehe ihm direkt in die Augen. „Wirklich, Angelo. Mir gehts gut."

„Papà, lass meine Frau essen", fordert Gianni.

Angelos Blick schießt zu Gianni, dann küsst er mich auf die Stirn. „Willkommen in der Familie. Wenn du etwas brauchst, kommst du zu mir."

„Sie kann zu mir kommen. Sie ist meine Frau", murmelt Gianni.

Angelo ignoriert ihn und wiederholt, „Egal wieso. Okay, Cara?"

Ich lächle. „Ja. Danke."

Er lässt mich los und setzt sich an das Kopfende des Tisches.

Der Tisch ist bereits gedeckt und das Personal erscheint plötzlich, hebt die silbernen Speiseglocken an, um ein Frühstücksbuffet zu präsentieren, für das man in einem guten Restaurant viel Geld ausgeben würde. Rühreier und pochierte Eier, Speck, Würstchen, Lachs, Pancakes, Waffeln und ausgefallene Brote verströmen einen köstlichen Duft, der meinen Magen knurren lässt. Innerhalb weniger Minuten nippe ich an meinem Kaffee und fülle mir den Bauch mit ein wenig von allem.

„Cara, die Schneiderin wird heute Nachmittag vorbeikommen. Da du die Anprobe verpasst hast, wollte ich wissen, ob du heute hier sein kannst, damit sie die Änderungen an deinem Kleid vornehmen kann?", fragt Bridget.

Schuldgefühle nagen an mir. „Tut mir leid, dass ich sie verpasst habe."

„Ist schon gut. Es war nicht deine Schuld", sagt sie.

Ihre Worte sollten mir eigentlich Erleichterung verschaffen, aber ich empfinde nur noch mehr Reue. Bridget hat eine Menge durchgemacht. Ich freue mich für sie und Dante. Ich fühle mich wie die schlechteste Trauzeugin der Welt, weil ich ihre Verlobungsfeier und die Anprobe verpasst habe.

„Ja, du hast nicht darum gebeten, versteigert zu werden", sagt Massimo.

Mein Magen dreht sich wieder um. Ich lege meine Gabel neben meinen Teller und atme tief durch.

Gianni muss mein Unbehagen spüren, denn er legt seinen Arm um meine Schultern und zieht mich an sich. „Sprecht an diesem Tisch nicht mehr über Caras Entführung, verstanden?"

Ich schenke ihm ein schwaches Lächeln.

„Warum? Es ist kein Geheimnis", sagt Tristano so taktlos wie immer.

Giannis Kopf schnappt herum. „Weil ich es gesagt habe. Und jetzt wechselt das Thema."

Spannung liegt in der Luft, aber ich konzentriere mich wieder auf Bridget. „Wann wird die Schneiderin eintreffen? Gianni und ich wollen nach dem Frühstück in mein Büro fahren, um meinen Laptop und einige andere Dinge zu holen, damit ich von zu Hause aus arbeiten kann. Ich habe keine anderen Pläne."

„Sie kommt am frühen Nachmittag. Kannst du bis dahin zurück sein?", fragt sie.

„Ja. Das schaffe ich."

Ihr Lächeln wird breiter. „Großartig."

„Mom, sag Sean, er soll mir mein Handy zurückgeben!", fordert Fiona aufgebracht und betritt mit ihrem Bruder im Schlepptau den Raum.

„Mein Gott. Wann kämpfst du endlich mal deine eigenen Kämpfe?", fragt er genervt.

„Sean, gib deiner Schwester ihr Handy zurück", befiehlt Bridget.

Er hält ihr Handy über seinen Kopf. „Dieses hier?"

Sie springt hoch und versucht, es ihm zu entreißen. „Sean! Hör auf, dich wie ein Idiot aufzuführen! Gib mir mein Handy!"

„Es ist genau hier. Du musst es dir nur schnappen", hänselt er.

„Sean!", warnt Bridget energisch.

Er sieht seine Mutter an. „Warum fragst du mich nicht, warum ich es habe?"

„Halt die Klappe!", ruft Fiona plötzlich und springt wieder hoch, kann ihr Handy aber nicht erreichen.

„Was soll das bitte bedeuten?", fragt Bridget.

„Sean!", schreit Fiona nun fast und starrt ihn eindringlich an.

Bridget schiebt ihren Stuhl zurück, um aufzustehen, aber Dante kommt ihr zuvor. „Sean, gib Fiona ihr Handy zurück."

Sean schüttelt den Kopf. „Mit dir macht es keinen Spaß mehr."

„Gib ihr das Handy", wiederholt Dante ruhig.

Sean gibt einen verächtlichen Ton von sich und reicht Fiona das Handy. „Gut. Wie ihr wollt. Aber kommt nicht zu mir, wenn sie Mist baut."

„Mist baut?", erkundigt sich Bridget mit erhobener Braue.

„Ach nichts! Sean liebt einfach nur das Drama", wirft Fiona ein und zieht sich einen Stuhl heran. „Ich bin am Verhungern. Mom, ist die Kleiderprobe noch nach der Schule?"

Bridget zögert und blickt zwischen ihren beiden Kindern hin und her. Fiona weicht ihrem Blick aus und schiebt sich ein Stück Toast in den Mund. Bridget konzentriert sich auf Sean. „Ich will wissen, was hier los ist."

Er verschränkt die Arme, lehnt sich zurück und wirft Fiona einen selbstgefälligen Blick zu. „Ich möchte keine Gerüchte in die Welt setzen."

Fiona verengt ihre Augen zu Schlitzen und knirscht mit den Zähnen. „Halt die Klappe!"

„Was für Gerüchte?", fragt Bridget besorgt und zieht die Augenbrauen zusammen. Falten zeichnen sich auf ihrer Stirn ab. Sie blickt zwischen den beiden hin und her, und ihre Wangen werden immer röter, vor Wut oder Sorge, ich weiß es nicht.

Dante ergreift ihre Hand, um sie zu beruhigen. „Sean, spucks aus oder sag deiner Mutter, dass du dich deiner Schwester gegenüber einfach wie ein Arsch benimmst."

Sean und Fiona starren sich noch einen Moment lang an, bevor er heftig schnieft, sein Orangensaftglas anhebt und einen Schluck nimmt.

„Und?", fragt Dante.

Er schluckt und schaufelt zwei Pancakes auf seinen Teller. „Ich bin einfach nur ein Arsch."

Erleichterung macht sich auf Fionas Gesicht breit.

„Das kaufe ich dir nicht ab", sagt Bridget.

„Alles gut", sagt Sean und gießt Sirup über sein Frühstück. „Habe ich heute auch eine Anprobe für meinen Smoking?"

Bridget mustert ihn weiter, dann Fiona. „Vier Uhr. Danach machen wir das dritte Training", wirft Dante ein.

„Ein drittes?", fragt Sean überrascht.

Massimo schnaubt, schiebt sich ein Stück Waffel in den Mund und sagt dann, „Was glaubst du, was Julio macht? Er nimmt das Training nicht auf die leichte Schulter", während er kaut.

Sean schnaubt. „Mir doch egal. Er kann zehnmal am Tag trainieren und ich werde ihm trotzdem in den Arsch treten."

„Wortwahl!", tadelt Bridget aufgebracht und rollt mit den Augen.

„Tut mir leid, Mom." Sean dreht sich zu Gianni und mir um. „Ihr beide habt also wirklich geheiratet?"

„Ja, das haben wir", antwortet Gianni und küsst meinen Handrücken. Stolz erfüllt seinen Blick, und die Schmetterlinge in meinem Bauch breiten ihre Flügel aus. Es ist ein gutes Gefühl, wieder der Mittelpunkt seines Universums zu sein. Dies ist seine Familie, gegenüber der er seine Zuneigung zu mir zeigt, aber das ist alles, was ich jemals wollte – sein zu sein und zu wissen, dass alle um uns herum es wissen.

Mach es dir nicht zu bequem. Du kennst ihn viel zu gut, schießt es mir durch den Kopf.

„Du wirst also bald unsere Tante sein?", fragt Fiona.

Ein Lächeln umspielt meine Lippen. Ich nicke. „Ich denke schon."

„Cool. Tante Cara, meinst du, du kannst uns Tickets für die Fashion Week besorgen?", fragt Sean.

„Du willst Tickets für die Fashion Week?", fragt Gianni ungläubig.

Sean nimmt sich eine Waffel aus der Mitte des Tischs und hält sie in die Luft. „Die Fashion Week ist mir völlig egal. Aber Carly steht total drauf. Und Cara ist die einzige Person, die ich kenne, von der ich annehme, dass sie mir zwei Tickets besorgen kann."

„Wer ist Carly?", frage ich überrascht.

Fiona rollt mit den Augen. „Seine nervige neue Freundin. Sie ist auch eine totale Ausnutzerin."

„Halt die Klappe. Ist sie nicht", behauptet Sean.

„Warum glaubst du, dass sie ihn ausnutzt?", fragt Bridget.

„Tut sie nicht", bekräftigt Sean.

Fiona lehnt sich zurück und legt den Kopf schief. Sie grinst Sean an. „Müssen wir das noch einmal durchgehen?"

„Halt die Klappe!"

„Nein, du hältst die Klappe!"

„Na gut. Genug des Gezänks. Ihr gehört der gleichen Familie an", schimpft Angelo und zeigt auf jeden von ihnen. „Ihr habt nur einander, wenn wir eines Tages alle tot sind."

„Mein Gott. Nicht schon wieder das Gerede vom Tod", murmelt Massimo.

„Holt den Sarg aus dem Keller", fügt Tristano hinzu, und rollt mit den Augen.

Dante gibt ihm einen Klaps auf den Hinterkopf.

„Au! Wofür war das denn?"

„Zeige Papà etwas Respekt."

„Bitte." Massimo steht auf, wirft seine Serviette auf seinen Teller und wendet sich an Sean. „Bist du bereit, zu trainieren?"

Sean wendet sich wieder mir zu. „Also, kannst du mir helfen, Tickets zu bekommen?"

Ich nicke. „Klar."

Er grinst. „Großartig. Danke."

„Du solltest sie fragen, warum sie diese Karten so einfach besorgen kann", sagt Gianni.

Erneut steigt mir verlegene Röte in meinen Wangen auf.

„Sie dominiert die Modeindustrie. Ist doch klar", antwortet Sean, und verdreht die Augen.

Gianni lacht und zieht mich näher zu sich heran. „Ja, das tut sie. Aber sie haben ihre Agentur für die Fashion Week ausgewählt."

Bridget springt auf. „Cara! Das ist unglaublich! Herzlichen Glückwunsch!"

Tiefe Freude erfüllt mich. „Danke."

„Kannst du mir auch Karten besorgen?", fragt Fiona.

„Klar."

„Weit abseits von Seans nerviger Freundin?"

„Du übertreibst es jetzt", warnt Sean.

Fiona rollt mit den Augen. „Mir doch egal."

„Und schon wieder zanken sie", murmelt Angelo.

Bridget kommt um den Tisch herum und umarmt mich. „Ich freue mich so für dich. Du hast es verdient!"

„Es war längst überfällig", fügt Gianni hinzu.

„Hört! Hört! Wenn du bei irgendetwas Hilfe brauchst, lass es mich wissen", sagt Bridget.

„Danke. Ich weiß das Angebot zu schätzen."

Gianni erhebt sich. „Wir sollten jetzt aufbrechen. Ich habe später am Tag ein Meeting, an dem ich teilnehmen muss."

„Mit Rubio?", fragt Dante interessiert.

Die Zwillinge schauen sich tief in die Augen und Gianni nickt. „Ja."

„Ist alles gestern Abend angekommen?"

„Fünf Uhr, heute Morgen."

„Um fünf? Das ist viel später als geplant", sagt Massimo.

Alle im Raum verstummen. Dante und Gianni starren beide Massimo an. Ich zähle bis zehn, bevor Gianni vorsichtig fragt, „Woher weißt du, dass es zu spät ankam? Ich kann mich nicht erinnern, dich über die Lieferzeit informiert zu haben."

Man könnte die Spannung im Raum fast mit einem Messer schneiden. Die Haare in meinem Nacken stellen sich auf, aber ich weiß nicht, warum.

„Dein Terminkalender lag auf deinem Schreibtisch", behauptet Massimo.

„Du warst in meinem Büro?"

Massimo strafft die Schultern. „Ist das ein Problem?"

„Was hast du dort gesucht?"

„Ernsthaft?"

„Ja. Warum warst du in meinem Büro?", fragt Gianni ruhig. Zu ruhig.

In Massimos Blick flammt Wut auf. „Warum ist das wichtig? Ich bin dein Bruder. Denkst du, ich will dich in die Pfanne hauen?"

„Das habe ich nicht gesagt, oder?", antwortet Gianni.

Massimo schüttelt missmutig den Kopf. „Du verschwindest plötzlich wie vom Erdboden und willst mich verhören?"

Gianni knackt mit dem Genick. Seine Lippen zucken. „Bro, du hättest nur sagen müssen, dass du mich vermisst."

„Verpiss dich", schleudert Massimo zurück und stürmt aus dem Esszimmer.

„Was ist ihm in den Hintern gekrochen?", fragt Gianni.

Dante zuckt mit den Schultern und gießt noch etwas Kaffee in seine Tasse. „Keine Ahnung. Er benimmt sich in letzter Zeit ziemlich miesepetrig. Er wird sich beim Training wieder unter Kontrolle bekommen. Los gehts." Er gibt Sean ein Zeichen, dass er vorausgehen soll.

„Toll. Ich Glückspilz", sagt er, steht auf und folgt Massimo ins Fitnessstudio.

Gianni dreht sich zu mir um. „Bereit?"

„Ja." Ich wende mich an Bridget. „Wir sehen uns später bei der Anprobe, okay?"

„Klar. Nochmals Glückwunsch. Ich bin wirklich stolz auf dich."

„Danke."

Dante steht auf und umarmt mich. „Ja, ich auch. Eine große Leistung."

Fiona, Tristano und Angelo gratulieren mir ebenfalls.

Dann zieht Gianni mich aus dem Esszimmer und durch die Villa. Massimo telefoniert gerade, als wir um eine Ecke in unseren Flügel biegen. Er spricht auf Italienisch, aber hält inne, als er uns sieht.

„Wir fahren in Caras Büro, um ein paar Dinge zu erledigen. Wenn ich zurück bin, kommst du mit mir zu Rubio", sagt Gianni.

Massimo schüttelt den Kopf. „Ich habe bereits Pläne."

„Na und? Sag sie ab", befiehlt Gianni und führt mich an Massimo vorbei. Er hilft mir in meinen Mantel, dann führt er mich die Treppe hinunter. Draußen angekommen, wartet ein schwarzer Geländewagen. Ein Mann steigt vom Beifahrersitz auf und öffnet die Hintertür für uns. Ich steige ein, und Gianni folgt mir.

„Es könnte ein paar Tage dauern, bis ich dir grünes Licht geben kann, in dein Büro zurückzukehren", gibt er zu.

Ubertos wutverzerrtes Gesicht schießt mir durch den Kopf und mir wird mulmig zumute. Ich atme tief durch, als sich das Auto vorwärts bewegt, und bringe ein „Okay" heraus.

Gianni lässt seine Hand über meine Wange gleiten. Ein mitfühlendes Licht flackert in seinen Augen. „Ich bin wirklich stolz auf dich."

Mir geht das Herz auf bei seinen Worten und wie aufrichtig er wirkt. Ich lehne mich an seine Brust, und wir genießen eine Weile das Schweigen. Wir sind fast auf der Schnellstraße, als der Fahrer das Trennfenster herunterlässt.

„Boss, ich glaube, jemand folgt uns."

Meine Brust spannt sich an. „Was?"

Gianni wirft einen Blick aus dem Heckfenster und ich tue es ihm gleich. Ein anderer schwarzer Geländewagen, der unserem sehr ähnlich sieht, fährt näher, als er es tun sollte.

„Runter, Cara", befiehlt Gianni schlagartig und drückt meinen Kopf sanft auf meine Knie.

„Wer ist es?", frage ich. Das Loch in meinem Magen wird größer. Ich nehme an, die einzigen, die uns folgen würden, sind die Abruzzos.

Gianni zieht eine Pistole unter seinem Mantelschlag hervor und entsichert sie. „Unten bleiben", sagt er zu mir, dann befiehlt er dem Fahrer, „Versuch, ihn abzuhängen."

Der Geländewagen beschleunigt und weicht dem aufkommenden Verkehr aus. Es vergehen einige Minuten, aber dann schreit der Fahrer, „Verdammter Mistkerl!" Der Geländewagen schnellt hart nach rechts. Reifen quietschen und Schüsse ertönen.

„Scheißkerle!", knurrt Gianni. Er lässt das Fenster herunter, und kalte Luft dringt in das Innere des Wagens.

Mein Herz rast schneller. Ich drehe meinen Kopf zur Seite, halte ihn aber immer noch gesenkt. Er lehnt sich aus dem Fenster und zielt mit der Waffe.

Weitere Schüsse ertönen und ich schreie auf, als Gianni sich zurück ins Auto duckt. Er lässt das Magazin fallen, greift unter seinen Sitz und holt ein neues heraus. Das Geräusch von gleitendem Metall dringt an meine Ohren.

Der Bodyguard auf dem Beifahrersitz klettert über die Mittelkonsole und lässt das andere Fenster herunter. „Auf drei machen wir sie nieder."

„Bleib unten, Tesoro, und halt dir die Ohren zu", fordert Gianni.

„Eins. Zwei. Drei!"

Ich halte mir die Hände über die Ohren, um den Lärm des nicht enden wollenden Schussabtauschs zu dämpfen. Der Geländewagen bewegt sich nach links und rechts und scheint schneller zu werden. Es kommt mir vor, als würde es ewig dauern, und ich habe zu viel Angst, den Kopf zu heben.

Die Reifen quietschen. Ein lautes Krachen ersetzt das Geräusch der abgefeuerten Kugeln.

„Toller Schuss", höre ich den Bodyguard rufen.

Gianni legt seinen Arm um meine Schultern und küsst mich hinterm Ohr. „Tesoro, geht es dir gut?"

Ich schlucke schwer und schaue ihn langsam an. Mein ganzer Körper zittert. Das Klopfen meines Herzens scheint sich nicht zu verlangsamen.

Er legt seine Hand auf meine Wangen. „Es ist alles in Ordnung. Wir sind jetzt in Sicherheit."

„Es ... es tut mir leid. Ich ... das ist meine Schuld!"

„Ssch." Er zieht meinen Kopf an seine Brust. „Das ist nicht deine Schuld."

„Waren das nicht die Abruzzos?", rufe ich entsetzt, immer noch am ganzen Körper zitternd.

Er hält mich fester. „Atme tief durch."

„Es tut mir leid", wiederhole ich, plötzlich am Rande der Hysterie.

„Das ist nicht deine Schuld", sagt Gianni streng.

„War ... war das Uberto? Hast du ihn umgebracht?", frage ich und schlucke den trockenen Kloß in meinem Hals hinunter.

Giannis Blick verfinstert sich. „Ich weiß nicht, wer in ihrem Fahrzeug saß. Aber wenn Uberto es nicht war, sollte er besser anfangen zu rennen. Denn ich werde ihn finden, und nicht aufhören, bis er tot ist."

17

Gianni

„Wo ist er?", frage ich aufgebracht auf Italienisch. Dass die Abruzzos uns am helllichten Tag überfallen, ist ein klares Zeichen dafür, dass sie den Wink mit dem Zaunpfahl verstanden haben.

Der Krieg hat begonnen.

Regeln, an die wir uns normalerweise halten, sind außer Kraft gesetzt.

Keiner ist mehr sicher.

„Wir haben ihn immer noch nicht gefunden. Ich vermute, dass er aus New York geflohen ist. Er wäre ein größerer Idiot als wir dachten, wenn er noch in der Stadt ist", sagt Luca.

Mein Puls klopft höher. Ich schnappe scharf nach Luft und beobachte Cara, wie sie die Dinge einpackt, die sie aus ihrem Büro mitnehmen will. „Ich will, dass er sofort zu mir gebracht wird, wenn du ihn findest. Du hörst nicht auf zu suchen, bis er in meinem Gewahrsam ist, verstanden?"

„Bin schon dabei", versichert Luca mir.

Ich lege auf und trete in Caras Büro. „Wir sollten uns hier nicht zu lange aufhalten. Was brauchst du noch?"

Sie schüttelt den Kopf. „Das ist alles."

Ich küsse sie auf den Kopf und versuche, ruhig zu wirken. Das Letzte, was ich will, ist, dass sie Angst hat. Sie hat schon genug durchgemacht. Und obwohl sie schon immer eine starke Frau war, mache ich mir Sorgen, dass die Ereignisse der letzten Woche psychische Folgen haben könnten.

Sie schenkt mir ein tapferes Lächeln. „Bereit?"

Nun küsse ich sie auf die Stirn und nehme dann die Laptoptasche von ihrem Schreibtisch. „Ja. Los gehts. Es gelten dieselben Regeln wie bei unserem Eintreffen. Du verlässt das Gebäude nicht, bis ich dir grünes Licht gegeben habe."

Sorge leuchtet in ihren blauen Augen auf, aber ich bleibe nicht stehen. Nachdem, was vorhin passiert ist, hilft es mir nicht, länger auf offenen Gelände zu sein als nötig.

Ich führe sie durch das Gebäude und warte dann auf das Entwarnungssignal meines Fahrers Manny. Sobald er es gibt, trete ich vor Cara. Mein Bodyguard Sandro geht hinter ihr in Stellung, und wir steigen schnell in den Geländewagen ein. Als ich einen Blick auf das Einschussloch im Kotflügel erhasche, steigt meine Wut.

Die Heimfahrt verläuft ruhig. Keiner spricht. Ich halte meinen Arm fest um meinen Tesoro geschlungen und zähle so oft bis hundert, dass ich den Überblick verliere.

Sie haben versucht, meinen Tesoro zu töten.

Schon wieder.

Manny fährt vor dem Haus vor. Ich führe Cara hinein und erkenne sofort, dass Papà im Foyer auf uns wartet. Wir sehen uns kurz in die Augen, bevor er seinen Blick auf meinen Tesoro richtet. Er legt seine Hände auf ihre Schultern. „Cara, brauchst du etwas?"

Sie zwingt sich zu einem Lächeln und schüttelt den Kopf. „Nein, Angelo. Mir geht es gut." Sie blickt mich nervös an. „Ich gehe in dein Büro, um zu arbeiten, wenn das in Ordnung ist?"

„Ja, natürlich. Ich werde nach dir sehen, wenn ich zurückkomme."

Sie wölbt die Augenbrauen. „Wenn du zurückkommst?"

„Ich muss mich mit Rubio an den Docks treffen."

„Oh. Ähm … ist das im Moment sicher?"

Die Wahrheit ist, dass ich nicht weiß, was sicher ist und was nicht. Wir befinden uns im Krieg. Nichts wird mich dazu bringen, unachtsam zu werden, bis alle Abruzzos tot sind. Trotzdem will ich nicht, dass Cara sich darüber Sorgen macht. Und unser Haus ist der sicherste Ort, an dem sie im Moment sein kann. Ich küsse sie auf die Lippen und sage dann, „Alles ist in Ordnung. Du brauchst dir keine Sorgen um mich zu machen. Geh an deine Arbeit, und ich komme zu dir, wenn ich zurück bin."

Sie zögert einen Moment, dann legt sie ihre Hand auf meine Wange. „Sei vorsichtig."

„Das werde ich. Geh", befehle ich und gebe ihr ein Zeichen, dass sie sich in unseren Flügel des Hauses zurückziehen soll.

Sie gehorcht. Papà und ich sehen ihr nach, bis sie oben auf der Treppe ist und im Flur verschwindet. Er dreht sich um, und wir gehen in sein Büro.

Meine Brüder warten bereits alle. Massimo verschränkt die Arme, schnieft und knurrt, „Es wird Zeit, dass wir zu Jacopo gehen und die Sache ein für alle Mal beenden."

„Ich bin bereit", stimmt Tristano zu.

Papà fliegt förmlich quer durch den Raum und stößt meinem jüngsten Bruder den Zeigefinger in die Brust. „Habe ich euch denn nichts beigebracht?"

„Du hast uns nicht beigebracht, ein Haufen Weicheier zu sein", sagt Massimo.

„Halt die Klappe und setz dich", befiehlt Dante.

Massimos Miene ist von Erstaunen geprägt. „Du willst dich also zurücklehnen und ihnen erlauben, am helllichten Tag auf uns zu schießen? Was wäre, wenn Bridget oder die Kinder im Auto gewesen wären?"

Dante presst seine Zähne zusammen.

„Natürlich tut er das nicht. Aber wir können Jacopo nicht angreifen. Wir haben im Moment zu wenig Männer. Er hat genau so viele Wachen wie wir, vielleicht sogar mehr."

„Ich habe dir gesagt, du sollst die letzten Rekruten einstellen, die ich hergebracht habe", sagt Massimo.

„Herrgott. Ist es schon wieder so weit? Die vier hätten es keine zehn Minuten in einer Schlacht überlebt", behauptet Dante.

„Blödsinn", erwidert Massimo.

„Genug! Ich will nichts mehr von diesen vier hören. Die sind nicht von unserem Kaliber. Und niemand geht zu Jacopo, es sei denn, ich gebe den Befehl dazu. Verstanden?", fragt Papà.

Spannung liegt in der Luft.

„Ich habe eine Frage gestellt!", schreit Papà.

„Wir haben es verstanden. Nicht wahr?" Dante schäumt förmlich vor Wut und richtet seinen kalten Blick auf Massimo.

Er scharrt mit den Füßen und knirscht mit den Backenzähnen.

„Verstanden", sagt Tristano und lässt sich in einen Sessel plumpsen.

Ich trete vor und klopfe Massimo auf die Schulter. „Alles ist in Ordnung. Setz dich, Bro."

Er starrt Dante noch ein paar Sekunden lang an, dann setzt er sich neben mich auf die Couch. Als alle Platz genommen haben, sage ich, „Was ich wissen möchte, ist, woher sie wussten, wo wir sein würden."

„Wann hat Manny sie zum ersten Mal bemerkt?", fragt Papà.

„Ungefähr fünfzehn Minuten nachdem wir losgefahren sind", antworte ich.

„Wer außer der Familie wusste noch, dass du zu Caras Büro fährst?", fragt er.

Ich schüttle den Kopf. „Niemand. Es gab keinen Grund, es jemandem zu sagen."

„Niemand? Nicht einmal Rubio oder sonst jemand, mit dem du heute zu tun haben wirst?"

„Rubio? Worauf willst du hinaus, Papà? Rubio würde niemals zu den Abruzzos wechseln", behauptet Dante.

„Ich habe nicht gesagt, dass er es war, aber wenn du es ihm gesagt hast, wer weiß, ob er es nicht jemandem erzählt hat."

„Habe ich nicht. Ich habe mit niemandem gesprochen. Außer Manny und Sandro waren die einzigen Leute, die davon wussten, in diesem Haus", sage ich.

„Vielleicht haben die Kinder etwas zu jemandem gesagt?", schlägt Tristano vor.

„Auf keinen Fall! Sie wissen, dass sie niemandem etwas von unserem Geschäft verraten dürfen. Ich glaube nicht einmal, dass sie im Raum waren, als wir davon sprachen", sagt Dante abwehrend.

Tristano lässt sich nicht abschütteln. „Es könnte ein Versehen gewesen sein. Sean könnte mit seiner Freundin gesprochen haben oder ..."

„Auf keinen Fall haben Sean oder Fiona irgendetwas zu irgendjemandem gesagt. Du solltest besser aufpassen, was du ihnen unterstellst", warnt Dante.

„Okay. Wenn sie es nicht waren, wer hätte dann jemandem einen Tipp geben können? Wenn niemand in diesem Raum es jemandem gesagt hat, woher wussten dann die Abruzzos, wo Gianni und Cara zu finden sein würden?"

Massimo steht auf und geht durch den Raum. „Was ist mit Manny und Sandro?"

„Verpiss dich! Mach meine Jungs nicht schlecht. Außerdem wären sie nicht im Auto gewesen, wenn sie sie gewarnt hätten. Keiner will freiwillig abgeschossen werden", sage ich.

„Jemand hat den Abruzzos einen Tipp gegeben. Sean und Fiona waren nicht einmal im Raum, als Cara es Bridget gegenüber erwähnte. Bleiben noch wir fünf, Bridget und Cara. Wenn wir sieben es niemanden verraten haben, wohin Gianni gehen würde, dann-"

„Massimo! Mit wem hast du vorhin am Handy gesprochen?", frage ich aufgebracht.

Er runzelt die Stirn. „Denkst du, ich habe die Abruzzos angerufen?"

Ich erhebe mich. „Mit wem hast du gesprochen, als Cara und ich an dir im Flur vorbeigelaufen sind. Du hast dich auf Italienisch unterhalten."

„Und? Jeder in diesem Haus spricht Italienisch."

Mein Herz klopft schneller. „Ich habe erwähnt, dass wir zu Caras Büro gehen würden. Vielleicht hat die Person am anderen Ende der Leitung mich gehört. Mit wem hast du gesprochen?"

Massimo spannt den Kiefer an. Er verschränkt die Arme, geht zum Fenster und starrt hinaus.

Je mehr Zeit ohne eine Antwort vergeht, desto mehr wächst meine Wut. Ich werfe einen Blick in Dantes Richtung, und unser Zwillingssinn setzt ein. Seine Augen weiten sich, als wir beide erkennen, mit wem Massimo wahrscheinlich gesprochen hat. Ich zähle bis zehn, bevor ich ihn am Kragen seines Hemdes packe, ihn herumwirble und förmlich explodiere. „Wer zum Teufel war am anderen Ende? Meine Frau hätte sterben können!"

Massimo schnieft heftig und starrt an die Decke.

„Mein Gott", murmelt Dante.

„Sie war es, nicht wahr?", knurre ich.

Sein Schweigen ist alles, was ich wissen muss, um zu kapieren, dass ich recht habe. Er hat mit der Bibliothekarin geredet, die er gevögelt hat und die Donato geholfen hat, unsere Schwester zu entführen.

Als er immer noch nicht antwortet, jagt mir Papàs Ton einen Schauer über den Rücken. „Du hast fünf Sekunden Zeit, mir zu sagen, wen deine Brüder meinen."

Massimos Augen verengen sich zu Schlitzen. „Sie reden über Katiya."

„Wer ist Ka-", Papà wird blass. „Sag mir, dass es nicht diese Bibliothekarin ist."

Massimo tritt auf ihn zu. „Sie ist ein guter Mensch. Es ist nicht ihre Schuld, dass Donato sie gezwungen hat, ihm Zugang zum Keller zu gewähren. Sie wusste nicht, was er vorhatte, und sie war nicht dabei, als er Arianna entführte."

Die Luft im Raum ist zum Zerreißen gespannt. Mein Vater, meine Brüder und ich mustern Massimo. Er weicht unseren Blicken nicht aus, sondern schaut Papà direkt in die Augen.

„Ist dein Schwanz wichtiger als deine Schwester?", fragt Papà ganz offensichtlich enttäuscht.

„Fragst du mich das jetzt ernsthaft?", sagt Massimo herablassend.

„Verdammt ja, das tue ich! Wie konntest du nur denken, dass es eine gute Idee wäre, dich mit ihr einzulassen?"

„Sie hat nichts mit den Abruzzos zu tun", schreit Massimo.

„Blödsinn! Dieser Angriff war kein Zufall. Die einzige Person außerhalb unseres vertrauten Kreises, die wusste, dass wir dorthin fahren würden, war sie", werfe ich ein.

„Du weißt nicht, dass niemand sonst etwas wusste. Und Katiya arbeitet nicht für die Abruzzos. Sie hasst sie genauso sehr wie wir."

Papà zieht die Augenbrauen zusammen. „Warum tut sie das? Hmm?"

Massimo verlagert sein Gewicht von einem Bein aufs andere und knirscht mit den Backenzähnen, antwortet aber nicht.

„Ich habe dir eine Frage gestellt", knurrt unser Vater.

„Katiyas Angelegenheiten sind genau das – ihre Angelegenheiten. Aber ich kann für sie bürgen. Sie ist …"

„Verdammt noch mal", schreit Papà und schlägt mit der Hand auf den Tisch. „Mach die Augen auf. Ich habe dich nicht dazu erzogen, wie ein Schaf zum Schlachter geleitet zu werden."

„Ich habe die Schnauze voll", erklärt Massimo und wendet unserem Vater den Rücken zu.

Ich packe ihn erneut am Kragen seines Hemdes. Diesmal dreht er sich um und stößt mich zurück. „Lass mich los!"

„Meine Frau hätte sterben können! Du bringst Katiya hierher. Heute Nacht!"

Er sieht mich entsetzt an. „Auf keinen Fall."

„Diese Abruzzos-Hure ist verantwortlich dafür, dass …"

„Nenne sie nicht Abruzzo-Hure. Sie arbeitet nicht für sie", knurrt Massimo.

„Beruhigt euch beide. Das hilft uns nicht, herauszufinden, wer den Abruzzos den Tipp gegeben hat", sagt Tristano.

„Sag mir, dass du nicht so dumm bist wie dein Bruder", faucht Papà.

Tristano hält seine Hände hoch. „Hör mich an."

Abscheu überkommt mich. „Es ist vollkommen klar, wer ihnen den Tipp gegeben hat."

„Das weißt du nicht. Es könnte jemand aus unserem Kreis gewesen sein", schlägt er vor.

Ich schrubbe mir mit der Hand über das Gesicht und fahre dann aufgewühlt durch mein Haar. Ich schaue Dante in die Augen.

„Sind sie wirklich so leichtgläubig?"

„Sieht ganz so aus", sagt er enttäuscht.

„Pass auf, was du da sagst", droht Massimo.

„Oder was? Wirst du deiner kleinen Freundin sagen, wo wir alle unsere Sicherheitsleute stationieren?", spotte ich.

Massimo ballt seine Hand zur Faust und reißt seinen Arm zurück. „Du verdammter …"

Tristano packt seinen Bizeps. „Beruhigt euch, Leute."

„Ich soll mich beruhigen? Sie beschuldigen deine Frau nicht, eine Abruzzo zu sein."

„Wenn der Schuh passt", schleudere ich zurück.

„Was denkst du, was Arianna sagen wird, wenn sie davon erfährt?", fragt Dante.

„Sie wird sich nicht so enttäuschend verhalten, wie ihr, da bin ich mir verdammt sicher", behauptet Massimo.

Ich schnaube. „Wollen wir wetten?"

„Während ihr Bastarde euch streitet, werde ich versuchen, herauszufinden, wer ein Verräter in unserem inneren Kreis sein könnte", erklärt Tristano.

„Seid alle still", befiehlt Papà.

Wir gehorchen. Meine Brüder und ich starren uns alle vorwurfsvoll an. Papà mustert uns alle. „Massimo, du bringst Katiya zu mir. Heute Abend", sagt er schließlich.

„Was? Nein."

Schwarze Flammen züngeln in Papàs dunklen Augen. „Du wagst es, mir zu widersprechen?"

Massimo schüttelt energisch den Kopf. „Sie ist keine Abruzzo", sagt er mit Nachdruck.

Papà tritt vor und legt seine Hände auf Massimos Wangen. „Wenn sie es nicht ist, brauchst du dir keine Sorgen zu machen."

Fünf Sekunden vergehen, bevor Massimo antwortet. „Die Abruzzos haben ihr genug zugemutet. Ich werde sie nicht deiner Kontrolle aussetzen."

„Dann sag mir, was sie mit ihr gemacht haben."

Massimo schnieft heftig. „Nein. Das geht niemanden etwas an außer sie."

„Alle raus. Massimo, du bleibst", befiehlt Papà.

„Meine Frau ist fast gestorben. Ich habe ein Recht darauf zu bleiben und zu hören, was auch immer er vor uns verbirgt", erkläre ich.

„Ich verheimliche nichts. Hörst du dich außerdem manchmal selbst reden?", schimpft Massimo.

„Wie bitte?"

„Du hast mich schon gehört."

„Was zum Teufel soll das bedeuten?", brülle ich.

Massimo lacht sarkastisch. „Gott, du bist so ein Heuchler."

„Ich bin ein Heuchler?", frage ich schockiert.

„Ja. Du gehst los und kaufst Cara auf einer Auktion. Du benutzt Luca für deine Drecksarbeit und erzählst keinem von uns, was los ist. Dann verschwindest du mitten im Nirgendwo in Kanada, ohne uns zu sagen, wo du bist oder wann du nach Hause kommst."

Ich verschränke die Arme vor der Brust. „Das ist nicht das Gleiche."

„Nicht?"

„Nein, ist es nicht", behaupte ich.

„Du hast Wahnvorstellungen."

„Pass lieber auf, was du sagst", warne ich erneut.

„Es reicht! Alle außer Massimo raus!", befiehlt Papà erneut.

Ich kann meinen Blick nicht von Massimo lösen, bis Dante seine Hand auf meine Schulter legt. „Gianni, lass uns gehen."

Ich zeige mit einem Finger in Massimos Gesicht. „Wenn ich herausfinde, dass sie den Abruzzos einen Tipp gegeben hat und meine Frau fast auf dem Gewissen gehabt hätte, werde ich sie finden."

„Wirf nicht mit leeren Drohungen um dich."

„Oh, das ist keine leere Drohung, kleiner Bruder. Es ist ein gottverdammtes Versprechen, und du wirst der Nächste auf meiner Liste sein."

„Raus!", schreit Papà noch lauter.

Ich werfe Massimo noch einen verächtlichen Blick zu und stapfe aus dem Büro. Als sich die Tür schließt, drängen sich Tristano und Dante um mich. „Können wir für einen Moment davon ausgehen, dass es nicht Katiya war?", sagt Tristano eindringlich.

Ungezügelte Wut durchströmt mich. „Du fragst regelrecht danach, verprügelt zu werden."

„Ganz ruhig. Tristano hat recht. Wir müssen alle Möglichkeiten in Betracht ziehen", sagt Dante.

Ich schließe die Augen, zähle bis dreißig und versuche, das Beben in meinem Inneren zu unterdrücken. Als ich meine Augen wieder öffne, sehe ich Cara aus dem Augenwinkel. Ich neige meinen Kopf zum oberen Ende des Treppenabsatzes. „Tesoro, geht es dir gut?"

„Ja. Mein Magen knurrt. Ich dachte, ich gehe mal in die Küche und suche mir einen Snack."

Ich schaue meine Brüder an und antworte, „Gute Idee. Ich werde dich begleiten. Dieses Gespräch hat mir alle Kraft geraubt." Ich treffe Cara am Fuß der Treppe und führe sie durch den Flur in Richtung Küche.

Sie hält inne und legt den Kopf schief, als wir die Küche betreten. „Geht es dir gut?"

Ich zähle bis vierzig und schaue ihr dann in die blauen Augen.

„Gianni, sag mir, was los ist."

Ich streiche mit meiner Hand über ihren Hintern und ziehe sie näher an mich heran. Ihr blumiges Parfüm steigt mir in die Nase und entgegen meinen anfänglichen Vorhaben, den Vorfall der letzten Woche nicht zu erwähnen, kann ich nicht anders und gebe zu, „Du hättest sterben können."

„Bin ich aber nicht. Und dir hätte es genauso ergehen können."

„Wenn ich dich verlieren würde..."

„Ssch." Sie legt ihre Finger auf meine Lippen. „Es ist alles in Ordnung. *Mir* geht es gut."

„Nichts von dem, was dir in der letzten Woche passiert ist, ist in Ordnung", platzt es aus mir hervor.

Sie wendet den Blick ab und schließt die Augen.

Meine Brust wird eng. Ich hebe ihr Kinn an, damit sie meinem Blick nicht ausweichen kann. „Du hast viel durchgemacht. Willst du mit jemandem reden? Dante hat für Bridget eine tolle Therapeutin gefunden. Vielleicht solltest du sie auch aufsuchen?"

Cara öffnet ihren Mund, aber schließt ihn wortlos wieder. Sie schüttelt den Kopf. „Mir geht es gut, Gianni. Kümmere dich einfach um meine Sicherheit, damit ich mein Geschäft führen kann. Ich will die Fashion Week nicht verpassen, nachdem ich all die Jahre so hart für diese Chance gearbeitet habe."

Ich schlinge meine Arme um sie und fahre mit den Fingern durch ihr Haar. „Das werde ich."

„Versprich es mir."

Ich nicke. „Du hast mein Wort."

Sie atmet tief durch und lächelt. „Danke. Also, was sollen wir essen? Ich weiß nicht, warum, aber ich habe einen Bärenhunger."

Ich lache. „Der Küchenchef kann dir machen, was du willst."

Sie rollt mit den Augen, aber ihr Lächeln wird breiter. „Natürlich kann er das. Du redest schließlich von eurem verdammten Michelin-Chefkoch, richtig?"

Tiefste Zufriedenheit überkommt mich. „Nur das Beste für Sie, Mrs. Marino."

Sie lacht. „Nun, wenn ich jetzt Mrs. Marino bin, sollte ich wohl die Vorzüge genießen, nicht wahr?"

Ich beuge mich vor und streiche mit meiner Zunge über ihr Ohrläppchen. „Warum zeige ich dir nach deinem Snack nicht die wirklichen Vorzüge?"

18

Cara

Zwei Wochen später

ARIANNA STRAHLT. „ICH DACHTE, EINE SAFT- UND SMOOTHIE-BAR wäre eine schöne Ergänzung."

„Ja! Das ist perfekt", stimme ich enthusiastisch zu.

„Großartig. Es gibt ein neues Unternehmen, mit dem ich bereits gesprochen habe, und sie sind so begeistert davon, Teil der Fashion Week zu sein, dass sie zugestimmt haben, ihre Preise dementsprechend anzupassen."

„Wow! Das ist ja noch besser."

„Die ganzen Rollenspiele haben sich als nützlich erwiesen", prahlt Killian, wackelt vielsagend mit den Augenbrauen und geht in Giannis Büro.

„Rollenspiel?", frage ich amüsiert.

Ariannas Wangen werden feuerrot. „Killian dachte, mein Verhandlungsgeschick müsse verbessert werden."

„Ich glaube, du brauchst noch ein paar Übungsstunden", erklärt Killian und lässt seinen Blick an ihrem Körper hinauf wandern, was sie nur noch mehr erröten lässt.

Sie ignoriert seine Bemerkung und fragt, „Was machst du denn hier? Ich dachte, du wolltest mit Massimo in die Stadt fahren."

„Er bekam einen Anruf und musste sich um etwas kümmern. Ich dachte, ich frage mal nach, ob ihr einen Ausflug machen wollt."

Mein Herz rast schneller. Ich habe mich in den letzten Wochen ausschließlich in der Marino-Villa aufgehalten. Der einzige Ort, an den ich gegangen bin, war der Vorhof, um frische Luft zu schnappen. Gianni sagt, er arbeitet an meinem Sicherheitsproblem, aber die Männer, denen er vertraut, kommen aus Italien. Er hat mir versichert, dass sie bis zur Fashion Week bereit sein werden. Und nach dem letzten Vorfall werde ich ihm nicht widersprechen. Also bleibe ich hier, wo es sicher ist. „Gianni wird mich nicht gehen lassen", platze ich heraus.

Killians Augen leuchten auf. „Ah, aber da liegst du falsch."

„Ich?"

„Ja."

„Wieso?"

„Wir kombinieren Ariannas Bodyguards und meine. Außerdem kann Killian mir helfen, aus dem Auto zu schießen, wenn es nötig ist", sagt Gianni, als er den Raum hinter uns betritt und beugt sich zu mir herunter, um mich zu küssen.

„Wird man wieder auf uns schießen?", frage ich besorgt.

Gianni verzieht das Gesicht. „Nein. Tut mir leid. Das war ein Scherz."

„Das ist nicht lustig."

„Ja, ich bin auch nicht der Klassen-Clown der Familie. Das ist Killians Job."

Ich neige meinen Kopf und lege meine Hand auf seine Wange. „Oh, manchmal bist du schon ganz witzig."

„Sag ihm das ruhig immer mal", neckt Killian.

„Haha! Ich darf also wirklich ausgehen?", frage ich Gianni.

Er nickt. „Ja. Und es wird dir gefallen, wohin wir gehen."

Ich hebe eine Augenbraue. „Wohin fahren wir denn?"

Stolz macht sich in Giannis Gesicht breit. „Zu deinen Meetings"

Aufgeregte Vorfreude erfüllt mich. Ich sollte mir heute die verschiedenen Veranstaltungsorte ansehen. Gianni bat mich abzusagen, weil es nicht sicher war. „Ich dachte, du hast gesagt, es sei zu gefährlich?"

„Ich habe ihn davon überzeugt, dass wir genug Unterstützung haben", wirft Killian ein.

Ich starre Gianni an.

„Es ist wahr. Du kannst dich bei ihm bedanken." Er zeigt auf Killian.

Ich wende mich ihm zu. „Danke."

„Kein Problem. Wie lange dauert es noch, bis ihr fertig seid?"

„Ich bin bereit", verkünde ich aufgeregt.

„Ich auch", fügt Arianna hinzu.

Wir bahnen uns einen Weg durch Giannis Flügel und hinaus zur Garage. Dort warten bereits drei schwarze Geländewagen auf uns. Manny steigt aus dem mittleren aus und öffnet die Tür für uns.

„Wow. Wir haben unsere eigene Autokolonne", necke ich.

„Für meine Frau nur das Beste", antwortet Gianni gelassen.

Ich lasse mich in den Wagen gleiten, und alle folgen mir. Arianna und Killian setzen sich uns gegenüber. Der Wagen fährt aus der Garage und durch das Tor. Sobald wir auf die Hauptstraße einbiegen, legt Arianna ihre Hand auf ihren Bauch und zuckt zusammen.

„Lass, was ist los?", fragt Killian beunruhigt.

Sie schüttelt den Kopf. „Nichts. Das Baby strampelt wieder. Kein Grund zur Besorgnis."

Killian sieht nicht überzeugt aus.

„Ehrlich. Mir geht es gut."

„Vielleicht sollten wir dich von Silvio untersuchen lassen. Das passiert in letzter Zeit zu oft", sagt er besorgt.

Sie lacht. „Ja. In mir wächst ein Kind mit Beinen heran. Ich brauche Silvio nicht. Es ist alles in Ordnung."

„Es wird nicht wehtun."

Ihre Miene wird immer amüsanter. „Wenn es nach dir ginge, würde ich jeden Tag von einem Arzt durchgecheckt werden."

„Es kann nicht schaden", grummelt er ernst.

Sie rollt mit den Augen und dreht sich zu Gianni und mir um. „Bitte sagt mir, dass wir nachher essen gehen. Ich bin am Verhungern."

Mein Magen knurrt so laut, dass es jeder hören kann. „Ich glaube, ich auch."

Gianni runzelt die Stirn. „Ich kann mich nicht erinnern, dass du früher so viel gegessen hast."

Ich lächle gefährlich ruhig. „Was willst du damit sagen, Darling? Urteilst du etwa über mich?"

„Ja, weil du mich mitten in der Nacht aufgeweckt hast, um dir Gelato zu holen."

„Hey! Du hast mehr gegessen als ich!"

Er lacht und zuckt mit den Schultern. „Es war gut."

„Welche Geschmacksrichtung war es?", fragt Arianna.

„Minzschokolade", antwortet Gianni.

„Das solltet ihr nicht im Haus haben. Du weißt doch, dass Papà sich nicht davon fernhalten kann", klagt sie.

„Es geht ihm gut. Er wurde gerade komplett durchgecheckt, und Silvio sagte, dass sich alle seine Werte verbessert haben", so Gianni.

„Minzschokoladen-Gelato wird seine Werte nicht verbessern", betont sie.

„Arianna, lass den Mann sein Gelato essen", murmelt Killian.

Sie ruckt zu ihm rum und stößt ihren Zeigefinger in seine Brust. „Glaube nicht, dass ich nicht gesehen habe, dass du heute extra Butter auf deinen Toast geschmiert hast."

Er stöhnt. „Auch meine Werte sind gut."

„Im Moment. Wie lange kann man so viel Butter essen und gesund bleiben?"

„Müssen wir schon wieder darüber reden? Ich bin Ire. Wir sind dazu gemacht, Butter zu essen."

„Wir bekommen bald ein Kind. Du solltest verantwortungsbewusster sein."

Er ergreift ihre Hand und küsst sie. „Lass, du hast gesagt, du würdest aufhören, dich um meine Gesundheit zu sorgen, wenn meine Werte positiv bleiben."

Auf ihrer Stirn bilden sich weitere Sorgenfalten.

Er beugt sich vor und flüstert ihr etwas ins Ohr.

Sie wird knallrot und stößt ihn mit dem Ellbogen in die Seite.

„Au!", schreit er.

„Habt ihr schon einen Namen für das Baby gefunden?", frage ich.

Ariannas Gesicht erhellt sich. „Nicoletta."

Gianni erstarrt. „Nach Mamma?"

Ihre Augen glänzen feucht. „Ja. Das ist doch in Ordnung, oder?"

„Ja, natürlich. Hast du es Papà schon gesagt?", fragt er sanft.

„Wir wollten es ihm heute Abend sagen. Meinst du, er wird sich darüber freuen?"

„Natürlich wird er das", versichert Gianni ihr.

Sie atmet tief durch und lächelt. „Habt ihr immer noch vor, nach Chicago zu kommen, wenn das Baby geboren ist?"

Gianni legt seinen Arm um meine Schultern und drückt mich an seine Brust. „Wir würden es um nichts in der Welt verpassen."

„Habt ihr das Kinderzimmer schon eingerichtet?", frage ich.

„Die Krippe ist noch nicht da, aber sonst ist alles fertig", antwortet Killian.

Das Trennfenster wird plötzlich heruntergelassen. „Boss, Sandro hat gesagt, dass der Hintereingang frei ist, aber wir können nicht dort parken. Wir müssen zurückkommen, um alle abzuholen", sagt Manny.

Giannis Miene verfinstert sich. Er wirft einen Blick aus dem Fenster und sieht dann Killian in die Augen. „Vielleicht sollten wir umkehren."

Killian schüttelt den Kopf. „Nein. Wir haben genug Verstärkung."

„Ich muss die Location wirklich sehen", betont Arianna.

Gianni starrt wieder aus dem Fenster, und ich weiß, dass er im Kopf mitzählt. Mir dreht sich der Magen um, aber ich will auch die bestmögliche Arbeit leisten. Ich ergreife seine zur Faust geballte Hand. „Das muss ich auch."

„Wir bekommen das schon hin", versichert Killian ihm.

Gianni holt tief Luft, sagt aber schließlich zu Manny, „Fahr hinten vor. Bleib so nah wie möglich in der Nähe und halte Ausschau nach allem, was dir ungewöhnlich vorkommt."

„Verstanden, Boss." Er bleibt vorm Hintereingang stehen.

Wir steigen aus, und es erscheinen mehrere Bodyguards zu allen Seiten. Sie umkreisen uns, und Gianni führt mich hinein. Als wir in den Hauptbereich kommen, sind ein Dutzend Fachleute, mit denen ich in der Vergangenheit gearbeitet habe, bereits am Werk.

„Cara, Darling", ruft Carmine Duplane, der Inspizient, und zieht mich in eine gekünstelte Umarmung. Er küsst mich auf beide Wangen, dann tritt er zurück und runzelt missbilligend die

Stirn. In seiner Stimme schwingt Abscheu mit. „Gianni Marino. Was machst du denn hier?"

Ich erschaudere. Carmine und ich arbeiteten in Italien zusammen, als Gianni mich das letzte Mal verließ. Nachdem ich wochenlang allen aus dem Weg gegangen war, kam Carmine einfach zu mir nach Hause. Ich durfte mich an seiner Schulter ausweinen, und dann zwang er mich, wieder an die Arbeit zu gehen. Ich schwor ihm, dass ich Gianni nie wieder in mein Leben lassen würde.

Gianni schnieft hart und zieht die Schultern zurück. Dann streckt er seine Hand aus. „Carmine. Schön, dich wiederzusehen."

Carmines Augen verengen sich zu Schlitzen. Er ignoriert Giannis ausgestreckte Hand und richtet seinen durchdringenden braunen Blick auf mich. „Was hast du mit ihm zu tun, Cara?"

Mein Magen dreht sich. Killian gackert im Hintergrund, aber ich ignoriere ihn. „Wir sind verheiratet", platzt es aus mir heraus.

Carmine keucht.

„Seien wir doch nicht so dramatisch", sagt Killian.

„Killian", murmelt Arianna.

„Was hast du getan?", fragt mich Carmine.

Ich zucke zusammen. „Ummm ..."

Was soll ich sagen? Ich kann ihm ja nicht gerade von meiner Entführung oder meiner Hochzeit erzählen.

Ein selbstgefälliger Ausdruck zieht über Giannis Gesicht. „Sie hat geschworen, mich für den Rest ihres Lebens zu lieben."

Wenn Blicke töten könnten …

Ich will nicht, dass er Carmine auf die Palme bringt.

Carmine blickt zwischen Gianni und mir hin und her, während eine unangenehme Stille entsteht. Schließlich legt er mir die Hand auf die Schulter. „Wir müssen unter vier Augen reden."

„Ich werde sowieso alles erfahren, was du mit ihr besprichst", sagt Gianni selbstgefällig.

Carmine legt den Kopf schief. „Wieso das denn? Glaubst du, ihr habt keine Geheimnisse voreinander?"

„Das tun wir nicht", erklärt Gianni entschieden.

Carmine schnaubt. „Du verheimlichst Cara also nichts?"

Gianni verschränkt die Arme und wiederholt mit Nachdruck, „Wie ich schon sagte, wir haben keine Geheimnisse."

„Klar. Und Schweine können fliegen."

„Gibt es das wirklich? Fliegende Schweine?", fragt Killian.

Arianna stöhnt und murmelt noch einmal „Killian" zur Warnung.

Er hält die Hände beschwichtigend in die Luft. „Was? Der Kerl mag deinen Bruder offensichtlich nicht."

Carmine dreht sich um. „Warum fragst du mich nicht, warum ich ihn nicht in Caras Nähe haben will?"

Ich packe Carmine am Bizeps. „Lass uns unter vier Augen reden."

Er grinst Gianni an und beginnt, mich aus dem Raum zu führen.

Gianni folgt.

Carmine dreht sich um und sieht ihn fragend an. „Hör auf, uns zu folgen."

„Tut mir leid, aber wo Cara hingeht, gehe auch ich hin."

Carmine sieht ihn abfällig an. „Ich weiß nicht, in welchem Jahrhundert du lebst, aber …"

„Es ist zu Caras Schutz."

„Was? In was hast du sie da hineingezogen?"

Gianni spannt den Kiefer an und seine Nasenlöcher weiten sich.

Ich deute auf ein Büro. „Dieser Raum hat nur einen Ein- und Ausgang. Dort werde ich sicher sein."

Gianni wirft mir einen missbilligenden Blick zu.

„Ich kann mit ihr gehen", bietet Killian an.

„Was? Nein. Du bleibst hier draußen", sage ich.

„Aber was ist, wenn Schweine wirklich fliegen können?"

„Oh mein Gott. Killian!", stöhnt Arianna und verdreht die Augen.

„Sandro, geh und sieh dich im Büro um", befiehlt Gianni.

Carmine wirft einen Blick auf Sandro und hält dann inne, um ihn zu mustern. Als er im Büro verschwindet, lehnt sich Carmine an mein Ohr, sodass nur ich ihn hören kann. „Wer ist Mr. Arsch aus Stahl?"

Ein Lachen entweicht ungewollt meinen Lippen.

„Du hast mir etwas vorenthalten", fügt er hinzu.

„Die Luft ist rein", ruft Sandro.

Carmine grinst Gianni und Killian an, dann zerrt er mich in das Büro und knallt die Tür zu. „Bitte sag mir, dass das ein furchtbarer Scherz ist und du diese betrügerische Schlange nicht geheiratet hast."

„Er hat mich nie betrogen."

„Das kannst du nicht mit Sicherheit wissen!"

„Hat er nicht", sage ich mit Überzeugung.

„Lass mich meinen Anwalt anrufen. Wir können uns überlegen, wie wir dich aus diesem Schlamassel herausholen." Er holt sein Handy aus der Tasche und wischt darauf herum.

Ich entreiße es ihm aus der Hand. „Nein."

Er atmet scharf ein und legt seine Hand auf meine Stirn. „Bist du krank? Fehlt dir etwas?"

Ich seufze und sage leise, „Carmine, Gianni und ich sind verheiratet. Daran wird sich nichts ändern."

„Aber du hast ihm doch abgeschworen? Hast du vergessen, was er dir in Italien angetan hat?"

Ich schließe meine Augen, dann öffne ich sie und schaue an die Decke. Ich zähle bis zwanzig und lache dann fast, als ich merke, wie sehr Gianni auf mich abgefärbt hat.

„Was ist so lustig?", schnauzt Carmine. „Ich weiß noch, wie ich dich vom Boden aufgesammelt habe, als er dich das letzte Mal sitzen gelassen hat."

Mein Lachen schwindet. „Ja. Ich erinnere mich. Und ich werde dir dafür ewig dankbar sein. Aber die Situation hat sich geändert."

„Sag mir nicht, dass du glaubst, er hätte sich verändert."

Ich zähle bis fünf, bevor ich selbstbewusst verkünde, „Das hat er."

Carmines Missbilligung ist physisch spürbar. „Männer wie er ändern sich nicht. Sie nehmen und nehmen, bis nur noch Reste übrig sind, und dann werfen sie diese ins Feuer, um dir den Todesstoß zu versetzen."

Ich sage nichts. Ich kann es Carmine nicht verdenken, dass er so denkt. Giannis Verschwinden in Italien war die schlimmste Zeit in meinem Leben. Wenn Carmine mir nicht geholfen hätte, wieder in Schwung zu kommen, hätte ich mein Geschäft verloren.

Carmine senkt seine Stimme. „Ich weiß, dass du Gefühle für ihn hast, aber-"

„Ich liebe ihn. Das habe ich immer. Ich werde ihn immer lieben. Egal, wie viel Zeit vergeht, die Gefühle sind nie verschwunden. Und er *ist* anders", behaupte ich. Aber während ich das sage, fragt sich ein kleiner Teil von mir, ob ich eine Närrin bin.

„Cara, es ist noch nicht zu spät, um da rauszukommen."

Ich lasse die Schultern hängen. In den letzten Wochen habe ich mich Gianni näher gefühlt als jemals zuvor, selbst in Italien, bevor er wegging. Er scheint sich wirklich verändert zu haben. Seit wir geheiratet haben, habe ich oft Giannis verletzliche Seite gesehen. Es ist, als hätte er seine Mauer fallen lassen, und nur ich bekomme sein wahres *Ich* zu sehen. Er ist ein fürsorglicher Ehemann, und jeden Tag verliebe ich mich mehr in ihn. Ich gebe zu, was ich in der Nacht, in der ich Gianni geheiratet habe, niemals hätte aussprechen können. „Ich will keine Scheidung."

„Du bist verrückt geworden", erklärt Carmine entsetzt.

Ein Hauch von Wut flammt in meinem Bauch auf. „Gianni und ich sind verheiratet. Er ist mein Mann. Ich *will*, dass er mein

Mann ist. Das wird sich nicht ändern. Ich verstehe zwar deine Sorge, aber ich kann dir versichern, dass er nicht mehr derselbe Mann ist wie früher. Ich wäre dir dankbar, wenn du das berücksichtigen und ihm den gleichen Respekt entgegenbringen würdest, den du mir entgegenbringst."

Carmines Augen weiten sich. „Er hat dir eine Gehirnwäsche verpasst."

Ich schließe meine Augen und flehe, „Bitte. Lass es sein."

„Ich kann nicht. Du bist meine beste Freundin, und er hat dich nicht verdient."

Ich fixiere Carmine mit meinem Blick und sage leise, „Bitte. Ich flehe dich an."

Er seufzt und schüttelt den Kopf. „Gut. Aber wenn er sein wahres Gesicht zeigt, kommst du zu mir. Ich werde dafür sorgen, dass du diesem Bastard alles nimmst, was er hat."

Ich kann mein Stöhnen kaum unterdrücken. So wie ich Carmine kenne, ist das ein guter erster Schritt. Und Gianni ist nicht unschuldig. Ich kann nicht einfach erwarten, dass Carmine die Vergangenheit vergisst, wenn ich es kaum konnte. Ich stelle mich auf die Zehenspitzen und küsse ihn auf die Wange. „Danke. Kannst du Arianna und mir jetzt zeigen, was du bereits erreicht hast?"

„Wer ist Arianna?"

„Meine Schwägerin. Die schöne Brünette, die neben Killian stand."

„Der arrogante Arsch, der seine Kommentare nicht für sich behalten konnte?"

Ich erschaudere. „Ja, genau der."

„Das arme Mädchen, muss ganz allein mit ihm zurechtkommen."

„Er ist zwar arrogant, aber eigentlich ist er ein netter Kerl. Lustig ist er auch", versichere ich ihm.

„Mensch, du hast wirklich eine Gehirnwäsche hinter dir."

Ich haue ihm mit der Faust gegen die Schulter.

„Au!", schreit er.

„Oh, bitte. Genug geredet. Kannst du mir zuliebe bitte nett sein?"

„Warum? Was wird dein Mann sonst tun? Dich einsperren und den Schlüssel wegwerfen?"

„Carmine, bitte sei nett", flehe ich.

„Ugh. Gut. Nur für dich. Aber wenn Gianni aus der Reihe tanzt, wird er es mit mir zu tun bekommen", droht Carmine.

„Abgemacht. Und jetzt zeig Arianna und mir bitte, was der Plan ist."

„Okay, aber ich habe noch eine Frage", sagt er.

„Was möchtest du wissen?"

„Was hat Arianna mit der Fashion Week zu tun? Hast du sie als deine Assistentin eingestellt?"

Ich lächle. „Nein. Sie hat ein fantastisches Eventplanungsgeschäft."

„Habe ich schon davon gehört?"

„Ich bin mir nicht sicher. Sie lebt in Chicago, und dort arbeitet sie auch hauptsächlich. Aber sie macht auch viel in New York."

„Und sie ist gut?"

„Sie ist die Beste! Ich würde niemand anderen für diese Veranstaltung engagieren. Du wirst sehen!", rufe ich.

Er kratzt sich an der Wange. „Wusstest du, dass Michelle ihr Geschäft verkauft hat?"

Michelle ist eine der besten Veranstaltungsplanerinnen in New York. „Nein, davon habe ich nichts gehört. Wer hat es gekauft?"

„Casey."

„Verdammt. Sie hat Casey gehasst, und er leistet furchtbare Arbeit", sage ich.

Carmine nickt. „Ja. Alle sind auf der Suche nach einer neuen Eventmanagerin. Wenn Arianna so gut ist, wie du sagst, dann hat sie eine Riesenchance hier Fuß zu fassen."

„Das ist sie, aber sie ist auch schwanger. Ich bin mir nicht sicher, wie viel sie übernehmen will. Du kannst es mit ihr besprechen."

Er lässt seinen Blick suchend über mein Gesicht schweifen.

„Was?"

„Ist sie wie dein Mann?"

Ich schlage ihn erneut. „Hör auf damit. Du hast versprochen, ihm eine Chance zu geben."

Er wirft die Hände kapitulierend in die Luft. „Gut. Aber kann er im Eingang stehen bleiben? Ich will nicht, dass mir ein Mafioso im Nacken sitzt."

Ich unterdrücke ein Lachen. „Klar."

„Und Killian. Der soll sich am Donut-Tisch den Mund vollstopfen."

„Du hast Donuts?", frage ich hoffnungsvoll.

Carmine rümpft die Nase. „Seit wann isst du Donuts?"

Ich zucke mit den Schultern. „Sie machen mir Appetit."

Er verzieht das ganze Gesicht. „Igitt. Wie du willst."

Dann lehnt er sich näher zu mir heran und flüstert, „Hast du den wahren Grund schon gehört, warum Vivian dieses Jahr nicht ihre große Party veranstaltet?"

19

Gianni

Eine Woche später

„Irgendjemand muss etwas über ihn wissen", beharre ich. Fast ein Monat ist vergangen, seit Uberto Cara entführt hat, aber nirgendwo gibt es eine Spur von ihm. Es ist, als hätte er sich auf magische Weise in Luft aufgelöst.

Luca zündet sich einen Joint an, nimmt einen tiefen Zug, dann hält er ihn mir hin. Ich schüttle den Kopf, als er die Luft ausbläst. „Keiner hat etwas von ihm gehört. Immer wenn ich jemanden auf ihn anspreche, wird das Thema schnell gewechselt."

„Ich will ihn haben", wiederhole ich wütend.

„Wir arbeiten Tag und Nacht daran."

„Arbeitet härter. Ich verliere langsam die Geduld", schimpfe ich.

Luca nimmt einen weiteren Zug und hält mir erneut den Joint hin.

Scheiß drauf.

Ich greife danach, ahme seine Bewegungen nach und halte den Rauch so lange wie möglich in meiner Lunge. Nachdem ich ihn ausgestoßen habe, füge ich hinzu, „Meine Frau ist in Gefahr, solange dieser Bastard lebt."

Lucas Augen verdunkeln sich. „Ich verstehe. Du hast mein Wort, dass ich mich voll darauf konzentriere, ihn zu finden. Aber wir sollten diese Sicherheitsfrage besprechen."

Ich laufe zum Fenster und schaue auf den Rasen hinaus. Schnee bedeckt das Gras. Die kalte Luft hat das Glas mit Eissternen überzogen, und von den kahlen Bäumen baumeln lange Eiszapfen. „In ein paar Tagen beginnt die Fashion Week. Ich habe die Sicherheitskräfte der Ivanovs, O'Malleys und O'Connors zur Unterstützung angefordert. Es werden mehr Männer da sein als nötig. Außerdem kommen alle Familien zu diesem Anlass in die Stadt. Wenn zusätzliche Verstärkung benötigt wird, werden sie ohne zu zögern einspringen."

Erstaunen macht sich in Lucas Gesicht breit. „Die O'Connor-Jungs sind aus Irland zurück?"

„Ja. Sie sind schon seit ein paar Monaten hier." Ich füge nicht hinzu, dass sie Dante geholfen haben, Bridgets Vergewaltiger aufzuspüren, als sie wieder in die Stadt kamen. Sie haben mitgemacht, als er sie folterte und tötete.

Luca spannt seinen Kiefer an.

„Was ist los?", frage ich.

„Nichts. Tu mir einen Gefallen und gib mir Brodys Nummer."

„Warum?"

Luca verschränkt die Arme vor der Brust. „Das geht nur ihn und mich etwas an. Und jetzt schick sie mir."

Ich hole mein Handy heraus und schicke Luca Brodys Nummer. Lucas Handy klingelt und er fragt, „Wann kommen unsere Jungs aus Italien an?"

Wut entflammt wieder in meinem Inneren. Ich schaue finster drein. „Giuseppe hat meinem Vater versprochen, dass die neuen Männer in zwei Wochen eintreffen werden."

Luca schnaubt. „Dieselbe alte Leier wird langsam unglaubwürdig, nicht wahr?"

Ich werfe einen Blick über meine Schulter. Wir sind in meinem Büro, und die Tür ist geschlossen, aber ich muss trotzdem vorsichtig sein. Papà duldet es nicht, dass jemand schlecht über Giuseppe spricht. Aber meine Verärgerung über ihn ist so groß, dass ich mich von ihm freisprechen würde, wenn Papà es erlauben würde. Es scheint Jahre her zu sein, seit Giuseppe etwas für uns getan hat, außer unser Geld zu nehmen. „So kann man es sagen."

Luca betrachtet mich mit einem kühlen Blick. „Ab wann wird dein Vater einsehen, dass er nicht mehr in der Lage ist, uns zu helfen, und uns keine Priorität einräumt? Er gibt immer nur vage Versprechen, aber ich kann mich nicht erinnern, wann er das letzte Mal eines gehalten hat. Inzwischen schwinden unsere Kräfte. Wenn wir unsere Bündnisse nicht hätten, wären wir am Ende."

Ich kann ihm in keiner Weise widersprechen. Das ist eine Wahrheit, die mein Vater nicht hören will. Seine Loyalität gegenüber Giuseppe ist so stark, dass er Scheuklappen trägt.

Luca nimmt einen letzten Zug von dem Joint und drückt ihn im Aschenbecher aus, dann erhebt er sich. „Sag mir Bescheid, wenn die Verstärkung eintrifft."

„Erwarte nicht zu viel", murmle ich und öffne die Tür.

Luca klopft mir auf die Schulter und geht.

Kaum ist er draußen, klingelt mein Handy. Ich werfe einen Blick auf das Display und gehe ran. „Rubio. Sag mir, dass dieser besser ist."

„Ettore ist in der Stadt. Er hat den Wert höher eingeschätzt, als wir erwartet haben. Er sagte, ich solle dir ausrichten, dass nichts gut genug sein wird, wenn du diesen nicht genehmigst."

„Ich bin nicht auf der Suche nach *gut genug*. Er ist für meine Frau. Ich suche nach etwas Außergewöhnlichem ... Einzigartigem", erinnere ich ihn.

Am selben Tag, an dem die Abruzzos unseren Geländewagen beschossen, traf ich mich mit Rubio. Der Diamant, den ich für meinen Tesoro bestellt hatte, kam an, aber er hatte nicht die Reinheit, die ich wollte. Also habe ich Rubio weiter nach dem perfekten Diamanten suchen lassen. Er schickte mir mehr als ein Dutzend Optionen, und der, für den ich mich letzte Woche entschied, war von einem Kaliber, das er noch nie zuvor gesehen hatte, versicherte der Lieferant.

„Ettore besteht darauf, dass er perfekt ist", versichert mir Rubio.

Vorfreude erfüllt mich. Jedes Mal, wenn ich Caras nackte Hand ansehe, erfüllt Panik meine Brust. Ihr Halsband gibt mir ein Gefühl der Ruhe, aber niemand weiß, dass es mehr als eine Halskette ist. Ich möchte, dass die Welt erfährt, dass sie beansprucht und vom Markt ist.

Ettore ist seit jeher unser Familienjuwelier. Er stammt aus der Generation meines Papàs und macht alles nach alter Schule. Niemand kennt sich mit Edelsteinen so gut aus wie er. Wenn er meint, dass dieser perfekt ist, zweifle ich nicht an der Makellosigkeit des Steins. „Ich bin auf dem Weg."

„Bis später", sagt Rubio und legt auf.

Ich verlasse mein Büro, gehe in die Garage und steige in mein silbernes McLaren 720S Coupé. Bevor ich ihn anlasse, schiebe ich meine Hand unter den Sitz und vergewissere mich, dass ich mehrere Magazine für meine Glock habe, dann starte ich das Auto. Innerhalb weniger Minuten fliege ich die Straße hinunter, wobei ich die Kurven schneller nehme, als ich es bei den Schneeverhältnissen sollte.

Ein anderer Fahrer hupt, als ich einen Lkw überhole.

Adrenalin schießt durch meine Adern. Es ist Monate her, seit ich selbst gefahren bin. Die Winter in New York können hart sein, deshalb riskiere ich es normalerweise nicht. Aber Autofahren war schon immer etwas, das mich beruhigt hat. Und in den letzten Wochen werde ich die Unruhe um Ubertos Verschwinden nicht los, die mich ständig plagt.

Ich biege scharf rechts ab, woraufhin mehr Fahrer hupen. Dann rufe ich Pina via Bluetooth an.

„Na, na, na! Wenn das nicht mein Lieblingszwilling ist", sagt sie, als sie abnimmt.

„Sag das Dante, wenn er dich das nächste Mal anruft."

„Oh, das werde ich", zwitschert sie. „Also, warum rufst du mich an? Ich weiß, dass deine Assistentin wieder gekündigt hat ... obwohl ich sagen muss, dass sie zwei Monate länger durchgehalten hat als die letzte, was ein großes Lob verdient. Aber

Dante lässt mich gerade Überstunden machen, also habe ich keine Zeit, ihre Arbeit für dich zu erledigen", sagt sie.

Ich stöhne innerlich auf. Pina ist schon ewig Dantes Assistentin. Sie ist fantastisch, und egal, wie sehr ich versuche, sie ihm abzuwerben, sie geht nicht auf meine Angebote ein. Das ist auch gut so, denn er würde mich umbringen, aber ich wechsle jedes Jahr drei- oder viermal die Assistentin. Keine ist wie Pina. Außerdem lässt sie sich nicht einschüchtern und schreckt vor uns nicht zurück. „Ich brauche nur eine Kleinigkeit", antworte ich.

Sie lacht. „Klar. Und der Papst ist nicht katholisch."

„Was soll das bitte bedeuten?"

„Seit wann bittest du mich nur um eine Kleinigkeit?"

„Dieses Mal ist es wahr. Obendrein weißt du, dass ich mich immer um dich kümmere. Ich kann mich nicht erinnern, dass du dich beschwert hast, als ich mich monetär bedankt habe, als du mir das letzte Mal geholfen hast."

„Gut", murrt sie. „Wenn der Gefallen nicht *winzig klein* ist, schuldest du mir das Doppelte."

Ich biege nach links ab und beschleunige, um an mehreren Autos vorbeizufahren. „Du musst mir für heute Abend eine Reservierung bei Marcos besorgen."

Ein Lachen erklingt in der Leitung.

„Was ist so lustig?", frage ich.

„Du weißt schon, dass es Freitagabend ist und Marcos eine neunmonatige Warteliste hat."

Ich beschleunige und fahre auf die Schnellstraße. „Und? Was ist das Problem? Lass deine Magie wirken."

„Ugh! Du bist so realitätsfremd."

„Fünf Riesen, wenn du es einrichten kannst."

Sie verstummt am anderen Ende der Leitung.

Ich schaue auf den Bildschirm des Armaturenbretts. Ihr Name wird noch immer angezeigt. „Pina, bist du noch dran?"

Ihre Stimme ist voller Unglauben. „Du willst mir fünf Riesen zahlen, damit ich dir einen Tisch zum Abendessen reserviere?"

„Heute Abend. Um sieben Uhr."

„Mensch, warum nicht noch etwas spezifischer?"

Mein Grinsen wird breiter. „Sorge dafür, dass ich einen guten Tisch bekomme. Je privater, desto besser."

„Großer Gott! Du übertreibst es wirklich", behauptet sie.

„Es sind fünf Riesen. Du willst doch keine Almosen, oder?", frage ich, denn ich weiß, wie sehr Pina es hasst, ihr Geld nicht wert zu sein. Sie ist auf der falschen Seite der Bronx aufgewachsen. Vielleicht kann sie deshalb mit Dante und dem Rest von uns umgehen, wenn wir etwas ausfallender werden. Vielleicht hat sie auch deshalb ein Auge auf all die zwielichtigen Dinge, die wir tun. Aber sie hat sich aus der Armut hochgearbeitet, und das hat sie nicht mit fremder Hilfe geschafft. Sie hat sich alles selbst verdient, was sie hat, und wann immer sie sieht, dass andere versuchen, uns auszunutzen, ist sie die Erste, die sie zur Rede stellt.

Sie seufzt. „Du bist so ein Mistkerl."

„Ja, ich weiß. Solltest du nicht aufhören, mir das Ohr abzukauen und mir meinen Tisch reservieren? Die Uhr tickt", necke ich.

„Arschloch. Übst du es, dich wie ein Idiot aufzuführen, oder ist das ein angeborenes Talent?", schießt sie zurück, aber ich kann ihr Lächeln hören.

„Das kommt ganz von allein. Eines meiner angeborenen Talente", antworte ich.

„Ha! Darauf wette ich!"

Ich weiche über drei Fahrspuren aus und schneide jemandem den Weg ab, um die Autobahn zu verlassen. „Ich muss weiter. Schick mir eine Nachricht, wenn du dich darum gekümmert hast." Ich beende das Gespräch und drehe die Musik auf. Mein bevorzugter 80er-Jahre-Sender schmettert Starships „We Built This City" heraus. Ich tippe mit den Fingern auf das Lenkrad und fahre in die Verladedocks.

Meine Brust zieht sich zusammen, als ich die Straße ignoriere, die ich nehmen müsste, um in das Gebiet der Abruzzos zu gelangen. Es kostet mich alles, nicht umzudrehen und jeden zu erschießen, der mir begegnet.

Ich zähle bis dreißig, bevor ich zu unserem Bereich komme und neben dem Eingang parke. Rubio wartet schon, als ich eintrete.

„Gianni. Warte, bis du das siehst", sagt er aufgeregt und seine Augen funkeln enthusiastisch.

Meine Vorfreude, den Diamanten zu sehen, steigt. „Wo ist er?", frage ich.

Rubio zieht ein Schmucksäckchen aus seiner Tasche und greift hinein. „Ettore hat ihn bereits am Ring befestigt." Er nimmt den Stein heraus und reicht ihn mir.

Mir stockt der Atem. Es ist das dritte Mal, dass ich einen lupenreinen Diamanten in den Händen halte. In der Vergangenheit habe ich sie weiterverkauft, aber diesmal ist er für meine Frau. Ich erkenne auf den ersten Blick Ettores Präzision, mit der er ihn gefasst hat.

Einige Augenblicke vergehen, dann fragt Rubio, „Was sagst du?"

Ich drehe den Ring noch einmal im Licht und suche angestrengt nach einem Fehler, aber es gibt nichts, was das bloße Auge erkennen könnte. Ich wende meinen Blick nicht von dem runden Brillantschliff ab und antworte, „Er ist mehr als perfekt."

Rubio gluckst. „Cara wird ausrasten, wenn sie den sieht."

Ich inspiziere den Ring. Gemäß meinen Anweisungen hat Ettore einen Teil dessen eingraviert, was auch im Halsband steht – *Für immer heißt für immer*. Ich lasse ihn in den Beutel zurückfallen, stecke ihn in meine Tasche und klopfe Rubio auf die Schulter. „Das hast du gut gemacht. Er ist unglaublich."

Er zieht stolz die Schultern zurück „Ich sagte doch, dass ich etwas für dich finden werde."

„Das hast du. Wie steht es mit dem Rest der afrikanischen Lieferung? Haben wir sie aus dem Hafen herausbekommen?"

„Wir arbeiten noch daran. Unsere Lieferanten sagen, dass sie sich bedeckt halten, weil der Zoll immer noch Lieferungen durchwühlt. Sie planen, heute Abend aufzubrechen."

Meine Brust spannt sich. Diese Lieferung ist mehr Geld wert als alles, was ich je zuvor beschafft habe. Meine Käufer regen sich auf, weil sie noch nicht da ist. Und ich mache mir langsam Sorgen, dass ich sie verliere, wenn sie nicht bald eintrifft. Ich schaue mich im Lagerhaus um und trete dann näher an Rubio heran. „Sobald sie eintrifft, muss sie schnellstmöglich verarbeitet werden. Wir können es uns nicht leisten, dass unsere Käufer ihr Geld in etwas anderes investieren."

Er nickt. „Mach dir keine Sorgen. Ich kümmere mich darum. Aber wir haben auch die neuen Käufer in der Tasche, falls wir sie brauchen."

Ich ziehe die Augenbrauen hoch. „Neue Käufer?"

Rubios Miene ist von Überraschung geprägt. „Hat Massimo dir nichts davon gesagt?"

Ein ungutes Gefühl macht sich in meinem Bauch breit. Ich zähle bis zehn und frage dann, „Was sollte er mir sagen?"

„Etwas über die neuen Käufer, die er gefunden hat."

Um nicht inkompetent zu wirken oder den Eindruck zu erwecken, dass wir nicht auf derselben Seite stehen, antworte ich, „Ja, das hat er. Tut mir leid, ich habe es vergessen. Ich war in letzter Zeit etwas beschäftigt mit allem, was sonst so los ist. Ich werde mit Massimo sprechen und mich vergewissern, dass er sie noch in der Hinterhand hat, falls wir sie brauchen."

„In Ordnung. Ich muss mich um einiges kümmern, aber ich sage dir Bescheid, wenn die Lieferung eintrifft", sagt Rubio und streckt seine Faust aus.

Ich stoße mit meiner dagegen und gehe. Draußen angekommen, steige ich ins Auto, starte den Motor und rufe Massimo an.

„Was ist?", antwortet er.

„Ich habe gerade mit Rubio gesprochen. Gibt es irgendetwas, das du mir sagen willst?" Ich bin sauer, dass er einen Käufer akquiriert hat, ohne mit mir darüber zu sprechen.

Seine Stimme spiegelt meine Gefühle wider. „Wovon redest du?"

„Spiel nicht mit mir", sage ich.

„Dieses Gespräch wird langsam langweilig."

„Seit wann findest du Käufer, ohne mit mir darüber zu sprechen?", platze ich heraus.

„Darum geht es also?"

„Verdammt richtig", feuere ich zurück und rase aus den Docks.

Massimo schnaubt. „Du hast mich also angerufen, um mich wegen der Erweiterung unseres Käuferportfolios anzuschreien?"

Ich trete das Gaspedal durch, bis der Tacho 210 Kilometer pro Stunde anzeigt, aber selbst das bringt mir keine Ruhe. „Wir haben nicht ohne Grund ein Protokoll. Ich bin dafür zuständig, die Käufer zu akquirieren. Nicht du."

„Jetzt gehts los", knurrt Massimo.

„Willst du mir etwas sagen?", frage ich provokativ.

Er zögert und fragt dann, „Hat dieser Anruf einen Sinn?"

„Stell dich nicht dumm, kleiner Bruder", warne ich.

„Steig von deinem hohen Ross herunter."

Ich biege in eine scharfe Kurve, und meine Reifen quietschen. „Ich bin auf dem Heimweg. Wir sehen uns in fünfzehn Minuten in meinem Büro."

„Tut mir leid. Bin nicht zu Hause."

„Dann beweg deinen Arsch lieber nach Hause", drohe ich.

Er schnaubt. „Sag mir nicht, was ich tun soll."

„Das ist kein Spiel, Massimo. Ich will Antworten darauf, wer diese Käufer sind und zwar sofort", knurre ich.

„Sie sind in Ordnung. Ich habe sie überprüft. Ende der Geschichte", behauptet er.

„Nein. Es ist das Ende der Geschichte, wenn ich es sage. Ich will alle Details, und wehe, du lässt mich warten."

„Entschuldige. Ich bin am anderen Ende der Stadt und habe heute andere Verpflichtungen. Wenn du etwas wissen willst, frag mich jetzt."

Wut erfüllt mich. „Massimo, ich warne dich. Wenn du nicht nach Hause kommst, damit wir das besprechen können, gehe ich mit dieser Information zu Papà."

„Ernsthaft?"

„Ja. Du bist zu weit gegangen. Jetzt beweg deinen Arsch in mein Büro", befehle ich.

„Wie ich schon sagte, wenn du Fragen hast, frag mich jetzt. Ich habe zu viel zu tun, um mich mit deinem Tobsuchtsanfall zu beschäftigen. Wir sprechen uns später", sagt er und legt auf, bevor ich antworten kann.

„Scheißkerl!", schreie ich und schlage mit der Hand auf das Lenkrad. Ich versuche, ihn zurückzurufen, aber er schickt mich auf die Mailbox.

Ich schreibe ihm eine Nachricht.

Ich: *Wie hast du sie überhaupt kennengelernt?*

Ich bin schon fast zu Hause, bevor er antwortet.

Massimo: *Ich habe Kontakte.*

Ich atme noch einmal tief durch, um meine Wut zu zügeln. Die Einstellung meines Bruders wird ihn in Schwierigkeiten bringen. Ich beginne mich zu fragen, warum er sich so verhält. Dann fällt es mir ein.

Krallen schlagen sich in meinen Bauch. Ich schließe die Augen, zähle bis dreißig und schreibe ihm dann zurück.

Ich: *Sie hat sie dir vorgestellt, nicht wahr?*

Er antwortet nicht, und das schreckliche Gefühl in meinem Bauch wird immer stärker.

Ich: *Antworte mir!*

Aber ich bekomme keine Antwort. Als ich reinkomme, ist die erste Person, die ich sehe, mein Tesoro.

„Baby, bist du okay?", fragt sie.

Ich straffe meine Schultern und nicke. „Alles gut. Warte bitte einen Moment."

Ich schreibe Pina eine Nachricht.

Ich: *Hast du alles geregelt?*

Pina: *Ich wollte dir gerade schreiben, dass alles bereit ist.*

Ich: *Gut.*

Pina: *Gern geschehen.*

Ich: *Danke.*

Ich schaue meinen Tesoro an. „Geh und zieh dein schönstes Kleid an."

Sie legt den Kopf schief und ihre Lippen zucken. „Warum?"

Ich trete vor und ziehe sie an meine Brust, streiche mit meinen Lippen über ihre Ohrmuschel „Weil ich meine sexy Frau zum Essen ausführe. Und jetzt geh, sonst kette ich dich heute Abend nicht an die Wand."

Hitze steigt in ihre Wangen. Ihre blauen Augen treffen meine, und ihre Brust hebt und senkt sich schneller.

Ich lache. „Zwing mich nicht, meine Drohung wahrzumachen."

Sie gibt mir einen züchtigen Kuss. „Verstanden." Sie blickt sich um und murmelt dann, „Soll ich ein Höschen tragen oder nicht?"

Ich verziehe die Lippen zu einem Lächeln. „Überrasche mich."

20

Cara

K̲noblauch, frisches Basilikum und geröstete Zwiebeln zerschmelzen auf meiner Zunge. „Das ist so gut", stöhne ich und esse einen weiteren Bissen von meinem Manicotti, das mit vier verschiedenen Käsesorten zubereitet wurde.

Ein humorvoller Ausdruck füllt Giannis Gesicht.

„Was ist so lustig?", frage ich.

Seine Lippen zucken. „Nichts."

Ich kaue zu Ende, schlucke und sage dann, „Irgendetwas scheint dich zu belustigen."

Sein Grinsen wird breiter. „Ich freue mich einfach, dass dir das Essen schmeckt."

Ich nehme einen Schluck von meinem Barolo und fahre mir dann mit der Serviette über die Lippen. „Ich kann nicht glauben, dass du es geschafft hast, uns hier einen Tisch zu reservieren. Ich konnte erst im Juni einen ergattern."

Sein Lächeln verwandelt sich in ein Grinsen. Er lehnt sich zurück und zuckt mit den Schultern. „Ist doch nichts dabei."

Ich lache. „Du hast also nur mit den Fingern geschnippt, und wir sind drin?"

„So ähnlich. Jedenfalls …" Er nimmt meine Hand und küsst sie. „Ich habe etwas für dich."

Ich lege meine Gabel zur Seite. „Was denn?"

Er wird ernst. „Ich wünschte, ich hätte ihn dir schon vor einem Monat geben können. Es hat mich wahnsinnig gemacht, dass du keinen trägst."

Gianni hat mich immer mit Geschenken überhäuft, es ist also nicht untypisch für ihn, aber ich bin mir nicht sicher, was er mir schenken wird. Ich lege den Kopf schief. „Okay. Aber ich habe alles, was ich brauche."

Er grunzt. „Nein, tust du nicht."

„Nicht?"

Er rutscht näher an mich heran und streicht mit einem Finger entlang meines Halsbandes. In den letzten Wochen habe ich es täglich getragen. Es ist ein umwerfendes Stück, und ich trage es, egal was ich anziehe. Außerdem gibt mir das Funkeln in Giannis Augen, wenn er mich darin sieht, einen zusätzlichen Anreiz.

Meine Haut kribbelt unter seiner Berührung und mir läuft ein Schauer den Rücken hinunter. Ich atme scharf ein und bewege mich unruhig. Ich verstehe immer noch nicht, warum mich das Halsband so sehr erregt, aber das Gefühl hat sich immer weiter verstärkt, seit er es mir in Kanada geschenkt hat.

Sein heißer Atem trifft mein Ohr. Er schiebt seine Finger unter den Rand des Schmuckstücks, fährt mit der anderen Hand über meinen Oberschenkel, bis er meine Pussy streichelt, und murmelt, „Es wird Zeit, allen klarzumachen, wem du gehörst."

Die Schmetterlinge in meinem Bauch breiten ihre Flügel aus. Ich drehe meinen Kopf so, dass sich unsere Lippen so nah sind, dass sich unser Atem vermischt. „Ich gehöre dir. Das weißt du."

Sein Mundwinkel verzieht sich zufrieden nach oben. „Jeder muss wissen, dass du mir gehörst."

Ein kleines Lachen entweicht mir. „Ich bin mir ziemlich sicher, dass jeder, der uns ansieht, weiß, dass ich dir gehöre und niemandem sonst."

„Aber wissen sie, dass ich dein Mann bin? Hmm?", fragt er skeptisch. Sein Gesicht nimmt wieder einen entschlossenen Ausdruck an.

„Du erzählst es jedem, der noch nicht weiß, dass wir verheiratet sind", antworte ich.

Er ergreift meine Hand und küsst meinen Ringfinger. Dann greift er in seine Jackentasche und holt den beeindruckendsten Diamantring heraus, den ich je gesehen habe. Er hebt ihn hoch, sodass er sich auf Augenhöhe befindet.

Mein Mund wird trocken und mein Puls rast. Er funkelt im flackernden Kerzenlicht, das seinen Glanz nur noch zu verstärken scheint. Ich kann ihn nur anstarren.

Gianni berührt meine Wange und sagt, „Ein lupenreiner Diamant für meine perfekte Frau. Jetzt wird jeder wissen, dass du mir gehörst." Er nimmt wieder meine Hand und schiebt den Ring auf meinen Finger.

Das ist alles, was ich je wollte – nicht das Kaliber des Diamanten, denn ich wäre glücklich gewesen, selbst wenn er mir einen Plastikring gegeben und um meine Hand angehalten hätte. Aber ihm zu gehören ist alles, wovon ich je geträumt habe.

Und dieser Ring sieht Gianni so ähnlich. Er ist auffällig, ein Statement, und ich kann mir nicht einmal vorstellen, was er gekostet hat. Mein Mann möchte, dass jeder weiß, dass ich nicht mehr auf dem Markt bin. Dieser Ring schreit das nicht nur, sondern macht auch deutlich, dass mein Gatte ein Mann mit Reichtum und Macht ist.

Ich betrachte meine Hand und versuche, nicht zu weinen, aber ein paar Tränen fallen. „Er ist wunderschön. Danke", ist alles, was ich herausbekomme.

Er wischt meine Tränen weg und senkt seine Stimme. „Wenn du nicht mit mir verheiratet wärst und ich dich darum bitten würde, was würdest du sagen?"

Ich schlucke den Kloß in meinem Hals hinunter und lecke mir über die Lippen. Dann antworte ich ehrlich. „Ich würde *ja* sagen."

Selbstzufriedenheit erhellt sein Gesicht, gemischt mit Glück. „Du bist also zufrieden damit, wie es zwischen uns läuft?"

Noch mehr Tränen laufen über meine Wangen. Ich nehme mir einen Moment Zeit, um über seine Frage nachzudenken. Es gibt nichts, was ich an unserer Ehe ändern würde. Gianni ist der perfekte Ehemann. Er ist freundlich, aufmerksam und kann seine Hände nicht von mir lassen. Seit wir unser Gelübde abgelegt haben, stehe ich für ihn an erster Stelle.

Sein Blick ist besorgt, als ich nicht sofort antworte. „Gibt es etwas, mit dem du nicht zufrieden bist?", fragt er.

Ich schüttle den Kopf. „Nein, Baby. Ich liebe es, wie die Dinge zwischen uns laufen."

Erleichterung überflutet sein Gesicht und er gibt mir einen keuschen Kuss. „Gut, Tesoro. Ich war noch nie so glücklich. Mehr als alles andere möchte ich, dass *du* glücklich bist."

„Das bin ich", versichere ich ihm, ohne mir die Zeit zu nehmen, über meine Antwort nachzudenken. Es ist wahr. Die Dinge waren ein bisschen chaotisch, während ich die Fashion Week plante, wir unseren neuen Normalzustand fanden und die Probleme mit den Abruzzos klärten, aber ich habe mich noch nie so lebendig gefühlt. Ich schlafe in Giannis Armen ein, die er jede Nacht schützend um mich legt. Ich wache in derselben Umarmung auf, und alles fühlt sich perfekt an.

Doch es geht nicht nur um unsere körperliche Kompatibilität. In der Vergangenheit hat er keine Verletzlichkeit gezeigt. Jetzt ist es, als wäre er auf einer Mission, mir sein wahres *Ich* zu zeigen, und ich genieße jede Minute unserer gemeinsamen Zeit. Meine Liebe zu ihm ist nur noch tiefer geworden.

Er scheint nicht überzeugt zu sein, dass ich die Wahrheit sage. „Bist du das wirklich?"

„Ja", versichere ich ihm.

„Gut. Ich möchte, dass du glücklich bist, Tesoro", sagt er erneut.

„Das bin ich", wiederhole ich und küsse ihn, wobei ich all meine Gefühle für ihn in den Kuss hineinlege. Als ich mich zurückziehe, betrachte ich noch einmal meinen Ring. „Danke. Er ist umwerfend. Ehrlich. Ich habe noch nie etwas so Schönes gesehen."

Stolz erfüllt sein Gesicht. Er streicht mir eine Haarsträhne hinters Ohr und fährt mit den Fingern zu meinem Halsband hinunter. „Nichts ist so schön wie du. Und ich liebe dich, besonders in diesem Kleid. Jedes Mal, wenn ich dich darin ansehe, wird mein Schwanz hart."

Ich beiße mir auf die Lippe, lasse meine Hand über seinen Oberschenkel gleiten und streichle ihn. „Wenn ich mein Halsband anlege, habe ich das Gefühl, ich gehöre dir."

Er verschränkt seine Finger mit meinen und schließt unsere Hände zu einer Faust. Er nickt in Richtung des Diamantrings. „Was ist mit dem? Fühlst du dich dadurch noch mehr an mich gebunden?"

Ich lege meine freie Hand in seinen Nacken und fahre mit dem Daumen hinter sein Ohr. Es ist seltsam, wie etwas Materielles einem das Gefühl geben kann, zu jemand anderem zu gehören, aber genau das tun das Halsband und der Ring. „Ja. Ich fühle mich als würde ich nur dir gehören."

Zufriedenheit erfüllt seinen Gesichtsausdruck. Seine Augen funkeln heller. Er presst seine Lippen auf meine, vertieft den Kuss, bis er alles verzehrt und ich alles um mich herum vergesse, nur ihn nicht.

„Boss, Zeit zu gehen", ruft Sandro plötzlich.

Giannis Körper versteift sich. Er unterbricht den Kuss, dreht den Kopf und sieht zu Sandro auf. „Was ist hier los?" Besorgnis liegt in seiner Stimme, aber er bleibt ruhig.

Sandro runzelt besorgt die Stirn. Seine Hand schwebt in der Nähe seiner Pistole, die er unter seiner Sportjacke versteckt. „Manny hat angerufen und gesagt, dass wir jetzt gehen müssen. Es sind ungewollte Besucher im Gebäude."

„Lass uns gehen, Tesoro." Gianni springt auf, hilft mir vom Stuhl und wirft etwas Geld auf den Tisch. Er schaut sich im Raum um, dann legt er seinen Arm um meine Taille.

Eine Gänsehaut macht sich auf meinen Armen breit. Ich erinnere mich an die feuchte Kälte des Kellers, in dem die Abruzzos mich gefangen hielten. Ich erschaudere, dann versuche ich, die Erinnerung zu verdrängen.

Sandro tritt hinter mich. Gianni führt mich durch das belebte Restaurant und hält mich dicht an seiner Seite. Er holt sein Handy heraus, wischt über den Bildschirm und sagt dann, „Ist der Vorderausgang gesichert?"

Es gibt eine Pause, dann nickt Gianni Sandro zu. Wir treten aus dem Gebäude, und der kalte Wind peitscht uns so heftig ins Gesicht, dass ich rückwärts gestolpert wäre, wenn Gianni mich nicht festgehalten hätte.

Manny wartet am Bordstein mit dem Geländewagen. Wir steigen alle ein, und er fährt in dem Moment, in dem sich die Tür schließt, mit quietschenden Reifen los.

Gianni lässt das Trennfenster herunter. „Wer war da drin?"

„Jacopo, seine drei besten Männer und ihre Familien", antwortet Manny.

„Ich habe keinen von ihnen gesehen", sagt Gianni.

Sandro dreht sich zu uns um. „Sie hatten das Privatzimmer reserviert. Soweit ich weiß, war es der Geburtstag von Jacopos Tochter."

Gianni atmet tief durch und drückt mich fest an seine Brust. „Stellt sicher, dass uns niemand folgt."

„Verstanden, Boss", antwortet Manny.

Gianni lässt das Trennfenster wieder hoch und küsst mich auf den Kopf. „Geht es dir gut?"

Ich hebe stolz mein Kinn. „Ja."

„Es tut mir leid, Cara."

„Ist schon gut. Es ist nicht deine Schuld", versuche ich ihm zu versichern.

Seine Finger streicheln über meinen Bizeps. „Meine Aufgabe ist es, dich zu beschützen. Dich in einen Raum mit einem Haufen Abruzzos zu stecken, ist jedoch das genaue Gegenteil."

„Du wusstest nicht, dass sie dort sein würden."

„Das hätte ich tun sollen."

„Wie solltest du das anstellen? Du kannst nicht die Reservierungsliste für jedes Restaurant in der Stadt bekommen, in das du mich ausführst. Du kannst auch nicht kontrollieren, wann sie auftauchen", argumentiere ich.

Seine Augen verdunkeln sich. Er mustert mich einen Moment lang und schnieft dann heftig. Er dreht sich um und starrt aus dem Fenster.

Ich zähle bis zwanzig, aber er wendet seinen Blick nicht von der vorbeiziehenden Straße ab. Ich setze mich rittlings auf seinen Schoß, drehe sein Gesicht zu mir und lege beide Hände auf seine Wangen. „Lassen wir uns von den Abruzzos nicht den Abend verderben."

Hass erfüllt Giannis Blick. „Du konntest nicht einmal zu Ende essen."

Ich zucke mit den Schultern. „Haben wir dafür nicht einen Fünf-Sterne-Michelin-Koch?"

„Ich wollte, dass der heutige Abend etwas Besonderes für dich ist", gibt er zu.

„Das war er und kann immer noch so sein."

Er seufzt. „Du bist nicht dazu gekommen, deine Manicotti aufzuessen oder einen Nachtisch zu bestellen."

Ich klettere wieder von ihm herunter und ziehe sein Handy aus seiner Tasche. Ich halte es ihm vor die Nase und sage, „Du bist ein Mann, der Dinge möglich macht. Ruf den Chefkoch an und lass ihn unser Abendessen nachkochen. Wir werden in unserer Suite essen."

Er fährt mit der Hand durch mein Haar, zieht mich näher zu sich und legt seine Hände auf meine Wangen. Seine Lippen sind nur Zentimeter von meinen entfernt, und er fragt, „Wie konnte ich so viel Glück haben, dich zu heiraten?"

Mein Herz schlägt höher. Das passiert jedes Mal, wenn Gianni mir ein Kompliment macht, aber ich spüre die Veränderung in ihm. Er hält sich nicht mehr so zurück – so wie früher. Es ist, als wäre die Mauer um sein Herz gefallen, und er trägt es nun auf der Zunge, wenn es nur wir zwei sind. „Du hast mich gerettet und nach Vegas entführt, weißt du noch?"

Etwas zieht in seinem Blick vorüber. Ich bin mir nicht sicher, ob es Bedauern oder Wut ist. Vielleicht ist es eine Mischung aus beidem. Er schließt kurz die Augen, dann schwört er, „Ich *werde* sie alle töten für das, was sie dir angetan haben."

Ich wünsche mir ihr Ableben, damit wir in Sicherheit sind und wir unser Leben weiterleben können, aber ich möchte nicht zulassen, dass sie uns noch etwas wegnehmen. Ich erhebe mich erneut, setzte mich auf meinen Mann und rutsche noch ein Stück weiter, sodass meine Knie die Rückenlehne der Rückbank berühren. Ich streiche die Seite seines Kopfes und sage dann, „Vergessen wir sie für den Rest der Nacht. Und jetzt ruf den Chefkoch an."

Seine Lippen zucken. „Irgendwie mag ich diese herrische Seite an dir."

„Haha! Fang an zu telefonieren!"

Er greift nach dem Handy, wischt über den Bildschirm und hält es an sein Ohr. „Unser Abendessen wurde unterbrochen und wir mussten früher aufbrechen. Wir sind auf dem Heimweg. Kannst du uns Manicotti und das neue Dessert machen, von dem du mir neulich erzählt hast?"

Er hört zu, als sein Gesprächspartner antwortet und küsst mich auf die Lippen. Seine Hand gleitet meinen Oberschenkel hinauf und unter mein Kleid, bis sie meinen Hintern erreicht. Er drückt meine Pobacke und gibt mir einen weiteren Kuss.

Dann lehnt er sich zurück und sagt ins Handy, „Gut. Wir werden in unserer Suite essen. Danke. Ciao." Er wirft sein Handy auf den leeren Sitz neben sich und presst dann seine Lippen wieder auf meine, als seine Zunge in meinem Mund eindringt.

Ich schlinge meine Arme um ihn, erwidere den Kuss mit der gleichen Intensität und drücke meinen Unterkörper gegen seine wachsende Erektion.

Zwischen zwei Küssen murmelt er, „Du hast kein Höschen an."

Ich streife mit meinen Lippen über sein Ohr, knabbere an seinem Ohrläppchen und greife nach seinem Reißverschluss, um seinen Schwanz zu befreien. Er stöhnt auf, als ich mit meinen Nägeln leicht über seinen Schaft fahre. Ich lasse mich darauf niedersinken, nehme ihn ganz und gar in mich auf, während ich einen zittrigen Atemzug ausstoße.

„Verdammmmt, Tesoro", murmelt er, packt meine Arschbacken fester und zieht an meinen Haaren, bis ich an die Decke schaue. Er knabbert mit seinen Zähnen an meinem Hals und beißt dann in mein Schlüsselbein.

Eine sinnliche Mischung aus Lust und Schmerz schießt durch mich hindurch. In letzter Zeit fühlt sich alles, was Gianni mit mir macht, noch intensiver an. „Oh Gott", stöhne ich.

„Wem gehörst du?", knurrt er.

„Dir, Baby. Nur dir", antworte ich und versuche, ihn schneller zu reiten, aber er legt seine Hand auf meine Hüfte und behält die gleiche Geschwindigkeit bei.

„Wenn wir nach Hause kommen, lecke ich jeden Zentimeter deiner Pussy. Und wenn du kommst, werde ich alles noch einmal machen, bis du heiser bist", verspricht er.

Mein Inneres umklammert seinen Schaft. Die Nerven in meinem Kanal erwachen vor Lust zum Leben. Mein Atem dringt stoßweise aus meinem Mund und ich versuche, mich wieder schneller zu bewegen, aber er hält mich weiter davon ab. „Bitte", flehe ich.

Er erwidert den Kuss und löst dann seinen Griff um meine Hüfte, um sie zurück zu meinem Hintern zu bewegen. „Du bist heute Abend sehr gierig. Sag mir noch einmal, wie sehr du mich liebst."

„So sehr, Baby. Ich liebe dich so, so sehr", flüstere ich, drücke meine Stirn an seine und reite ihn schneller.

„Sag mir, dass du es liebst, meine Frau zu sein", fordert er, und seine Augen schauen in meine Seele.

„Das ist alles, was ich je wollte", gestehe ich.

„Und du liebst es?"

Lust erfüllt meine Adern, so heiß, dass mir Schweißperlen auf der Haut ausbrechen. Die winzigen Empfindungen in meinem Unterleib nehmen zu und ich spanne mich um seinen Ständer an. „Ja. Ich liebe es, deine Frau zu sein. Ich liebe dich", schreie ich.

Sein Atem kommt schneller. Er hält seine Hand fest auf meinem Hintern gepresst und legt den anderen Arm um mich, um mich so nah wie möglich an sich zu ziehen. Er bewegt seinen Mund zu meinem Ohr. „Die ganze Nacht, Tesoro. Ich werde dich heute Nacht so oft zum Orgasmus bringen, dass du morgen früh zu wund sein wirst, um zu laufen. Ich freue mich schon auf den Moment, in dem du es nicht mehr aushältst und mich anflehst, aufzuhören. Aber das werde ich nicht tun. Ich werde dir mehr und mehr geben, bis du mir nichts mehr zu geben hast. Verstehst du das?"

Ein Kribbeln fährt meine Wirbelsäule hinab. Ich erschaudere, dann schießt Adrenalin durch meinen Körper und bringt mich an den Rand des Abgrunds.

Gianni hält mein Gesicht fest umschlungen „Du bist wunderschön. Und jetzt reite mich, als wäre es deine einzige Chance, mich heute Nacht zu haben." Er legt seine Hand besitzergreifend auf meine Hüfte, zieht mich mit aller Kraft auf sich hinunter, hebt mich wieder hoch und macht es dann noch einmal.

In meinem Körper ist die Hölle los. Ein Orgasmus trifft mich wie ein Blitzschlag. Es fühlt sich an, als käme er aus dem Nichts und elektrisiert jede Zelle in meinem Körper. „Baby! Oh Gott! Baby!" Dann rollen meine Augen zurück.

Er hält mich fest, streichelt meinen Rücken und führt meine Hüften, um meinen Orgasmus zu verlängern. „Von jetzt an sagst du mir, wann du kommst. Ich will es die ganze Nacht lang hören. Hast du verstanden?"

„Baby, ich komme schon wieder!", schreie ich.

21

Gianni

Einige Tage später

„Wir haben Uberto ausfindig gemacht, aber verloren", teilt mir Luca mit.

„Wie konntest du das zulassen?", knurre ich leise, schaue dann wieder zu meinem Tesoro.

Sie ist erst vor ein paar Stunden eingeschlafen. Seit ich ihr den Ring gegeben habe, haben wir kaum noch geschlafen. Ich weiß nicht, wer unersättlicher ist – sie oder ich. Bei jeder Gelegenheit, die sich uns bietet, liegen wir uns in den Armen.

Es ist kaum vier Uhr morgens. Sie muss um vier Uhr dreißig aufstehen. Ich möchte, dass sie die zusätzliche halbe Stunde Schlaf bekommt, denn heute ist ein wichtiger Tag.

Heute beginnt die Fashion Week, und ich muss mich zusammenreißen, nichts Dummes zu machen. Ich hatte gehofft, wir hätten Uberto inzwischen gefunden. Der Gedanke, dass Cara hinter den Kulissen und während der Veranstaltungen überall herumläuft, ist mir nicht geheuer. Ich habe ihr mehr Sicherheitspersonal zugeteilt, als ich es normalerweise tun würde, aber ich will kein Risiko eingehen. Doch die zusätzlichen Vorsichtsmaßnahmen beruhigen mich noch immer nicht.

Luca hustet und räuspert sich. „Der Bastard ist gerissen."

Ich gehe ins Bad und schließe die Tür. „Jemand hilft ihm. Finde heraus, wer es ist und bring ihn her."

Luca bekommt einen weiteren Hustenanfall, welcher etwa eine Minute lang anhält. Als er sich wieder beruhigt, frage ich, „Hast du dir etwas eingefangen?"

„Ich glaube, ich habe mir oben im Norden was eingefangen."

„Das wäre es nur wert, wenn du ihn gefangen hättest", murmle ich.

Luca senkt seine Stimme. „Hör zu, Gianni. Ich denke, wir müssen die O'Connors in die Sache einbeziehen."

Ich versteife mich. Wenn Bridgets Brüder oder ihre Männer uns helfen, wird Tully eine Gegenleistung verlangen. Wir haben ein Bündnis, und unsere Familien stehen sich nahe, aber Tully kann Männer um ihre Gunst bringen, und das nutzt er immer zu seinem Vorteil. Mit meinem Papà spielt er dieses Spiel nicht, aber die wenigen Male, als meine Brüder und ich die Hilfe seiner Söhne brauchten, hat er uns immer dazu gezwungen, uns mit etwas Komplizierterem zu revanchieren. Er behauptet, dass es nicht so ist, aber es ist immer eine Aufgabe, die wir lieber nicht erledigen würden. „Du weißt ja, wie Tully ist", antworte ich.

„Ja. Das wird dich etwas kosten, zweifellos. Aber wir brauchen noch ein paar Tracker. Ich habe mit Brody gesprochen. Er ist dabei, wenn du damit einverstanden bist", sagt Luca.

Ich fahre mir mit der Hand durchs Haar und betrachte mich im Spiegel, zähle bis fünfzig und überlege, ob ich Tully etwas schulden will.

Luca unterbricht meinen Gedankengang und gesteht, „Solange Giuseppe sein Versprechen, erfahrene Tracker zu schicken, nicht einlöst, haben wir nicht die richtigen Leute für eine Jagd dieses Kalibers. Wir hätten Uberto schon vor ein paar Nächten geschnappt, wenn ich mehr Männer gehabt hätte. Du musst mir mehr Ressourcen zur Verfügung stellen. Brody hat mir versichert, dass er und seine Leute sich mit mir darauf konzentrieren können."

Luca hat recht. Er braucht schon seit einer Weile mehr Männer. Ich verfluche Giuseppe in Gedanken dafür, dass er sich weiterhin nicht für uns einsetzt.

„Wenn ich mich nicht bald bei den Abruzzos blicken lasse, werden sie Verdacht schöpfen. Ich kann nicht an zwei Orten gleichzeitig sein. Dein Papà wird durchdrehen, wenn meine Tarnung auffliegt. Und du weißt, dass wir niemanden im Team haben, der die Sache leiten kann, während ich weg bin. Wir brauchen Brody", sagt Luca.

Ich atme aus, was sich eher wie ein genervtes Stöhnen anhört. Ich werde Tully etwas schulden. Ich hasse es, in dieser Situation zu sein, aber ich möchte sicher sein, dass mein Tesoro in Sicherheit ist. „Gut. Hol Brody und seine Männer mit ins Boot. Aber ich will, dass Uberto jetzt gefunden wird, Luca. Nimm ihn gefangen und bring ihn zu mir."

„Wird erledigt. Bis später." Luca fängt wieder an zu husten, aber legt auf.

Ich gehe durch das Badezimmer, öffne die Tür und trete ins Schlafzimmer. Ich bin in Gedanken versunken und schaue aus dem Fenster, bis Cara ihre Arme von hinten um meine Taille schlingt. Sie drückt ihre warme Haut gegen meinen Rücken und sagt, „Ich würde gerne wissen, worüber du nachdenkst."

Ich schließe meine Augen, greife hinter mich und lasse meine Hände über ihren Hintern gleiten. „Du solltest versuchen, noch ein bisschen zu schlafen."

Sie lacht.

Ich drehe mich um, streichle ihre Wangen und hebe ihr Kinn. „Was ist so lustig?"

Ihre Augen funkeln vor Aufregung. „Ich kann auf keinen Fall wieder schlafen gehen. Es ist Fashion Week!"

Auch wenn ich mich um ihre Sicherheit sorge, bin ich doch stolz auf sie, dass sie diese Leistung vollbracht hat. Sie hat es sich verdient, und ich möchte, dass sie jede Minute genießt. „Nicht echt! Ist es das?", scherze ich.

Sie rollt mit den Augen. „Du Witzbold."

Ich gebe ihr einen kurzen, aber intensiven Kuss. „Geh dich fertig machen. Ich lasse dir das Frühstück hochbringen."

Sie strahlt. „Gut. Ich bin am Verhungern nach dem Workout, dem du mich gestern Abend unterzogen hast. Ich bin sicher, ich habe mehr Kalorien verbrannt, als ich gegessen habe."

Ich tätschle ihren Hintern. „Es ist vielleicht besser, wenn du den ganzen Tag snackst. Heute Abend machen wir genau das Gleiche."

„Ohhh, necken Sie mich nicht, Mr. Marino", zwitschert sie und stolziert mit dramatisch schwingenden Hüften ins Bad.

Ich lache und schreibe dem Koch, was er zubereiten sollen. Ein paar Minuten später strecke ich meinen Kopf durch die Badezimmertür und sage zu Cara, „Das Frühstück kommt gleich. Ich gehe noch schnell trainieren."

„Okay, Baby. Danke", antwortet sie und steigt unter die Dusche.

Ich ziehe eine kurze Hose, ein T-Shirt und Socken an. Dann schlüpfe ich in meine Turnschuhe. Als ich ins Fitnessstudio komme, ist Massimo bereits dort. Er fährt sich mit einer Hand durch die Haare und seine Schultern sind angespannt. Er steht mit dem Gesicht zu einer Wand und telefoniert. „Ich habe dir doch gesagt, du sollst nicht gehen", knurrt er.

Ich verhalte mich ruhig, verschränke die Arme und lehne mich an die Wand gegenüber.

„Nein. Ich habe dir bereits gesagt, was ich davon halte, dass du dich mit diesen Leuten triffst. Du hast mir versprochen, dass du nicht hingehen würdest."

Genervt schüttle ich den Kopf. Ich habe keinen Zweifel daran, dass er mit der Bibliothekarin spricht und sich nicht getrennt hat, wie ich es ihm befohlen habe.

„Ich will deine Ausreden nicht hören. Diese Unterhaltung ist vorbei. Ich habe einen Scheiß zu tun", knurrt er wütend. Er legt auf und dreht sich um. Als er mich sieht, wird sein finsterer Blick noch unergründlicher. „Spionierst du mir jetzt nach?", sagt er zur Begrüßung.

Ich stoße mich von der Wand ab. „Das war die Bibliothekarin, nicht wahr?"

„Das geht dich nichts an", schleudert er zurück und beginnt Gewichte auf eine Stange zu schieben, bevor er mit den Kniebeugen beginnt.

Ich schiebe weitere zwanzig Kilogramm auf die andere Seite. Wir beide legen immer mehr nach, bis ich frage, „Warum spielst du mit dem Feuer? Ihre frühere Beziehung zu Donato ist nicht zufällig. Sie arbeitet für die Abruzzos. Du bist klug. Benutz deinen Kopf."

Er wirft die Hände in die Luft und sein Gesicht wird rot vor Wut. „Mein Gott, bist du arrogant. Du weißt nichts über sie. Und zum letzten Mal, sie hat nichts mit den Abruzzos zu tun."

Ich lache freudlos. „Wirklich? Zu wem ist sie gestern Abend gegangen?"

Massimos Augen werden zu Schlitzen. „Das geht dich nichts an."

„War es ein Abruzzo?"

„Willst du mich verarschen? Glaubst du, ich würde mir das gefallen lassen?" Massimo schüttelt wütend den Kopf. „Du bist nicht nur völlig falsch informiert, du hältst mich offenbar auch für einen Verräter."

„Nein, Bro. Ich glaube, du triffst Entscheidungen mit dem falschen Kopf."

„Halt die Klappe, Gianni", flucht er und hebt sie aus der Ablage.

„Ihr seid beide früh auf", sagt Finn O'Malley, der mit Maksim Ivanov den Fitnessraum betritt. Beide sind mit ihren Familien für die Fashion Week angereist.

„Ich versuche, meinem kleinen Bruder zu erklären, mit welchem Kopf er denken sollte", antworte ich und gehe auf Finn und Maksim zu.

„Genug, es sei denn, du willst es im Ring ausfechten. Und ich warne dich. Ich werde mich nicht zurückhalten", droht Massimo.

Maksim zieht die Augenbrauen hoch. In seinem russischen Akzent sagt er, „Boris wird in ein paar Minuten hier sein. Er bräuchte einen guten Arschtritt."

„Warum? Was hat er getan?", frage ich überrascht.

„Ich sagte, ihr sollt es gut sein lassen", ruft Boris und kommt mit Killian im Schlepptau auf uns zu.

„Meinst du nicht, du solltest ein bisschen mehr Gewicht stemmen?", scherzt Killian gegenüber Massimo.

Er grunzt und setzt seine Kniebeugen fort.

Ich schaue zu Finn und Maksim, damit sie mir sagen können, was zwischen ihm und Boris läuft, aber Maksim ist zu sehr damit beschäftigt, Boris anzustarren.

Finn klopft mir auf die Schulter und murmelt, „Das willst du gar nicht wissen."

Ich nicke und gehe zum Aufwärmen auf das Laufband. Der Rest der Ivanovs und O'Malleys strömt herein, ebenso wie meine beiden anderen Brüder und Bridgets Sohn Sean. Der Fitnessraum wird zu einem überfüllten Ort voller Schweiß, lauter Musik und höhnischer Witze.

Als ich mein Training beendet habe, kehre ich in meine Suite zurück. Cara legt gerade ihr Make-up auf. Das Frühstück steht auf dem Tisch, und sie hat einen Teller mit einem halb aufgegessenen Stück Toast und ein paar Rühreiern auf ihrem Waschtisch stehen.

Ich beuge mich zu ihr hinunter, sie sieht auf, und ich küsse sie auf die Lippen und atme ihren frischen Blumenduft ein. „Ist das das neue Parfüm, das ich auf deiner Kommode hinterlassen habe?"

„Ja. Danke. Ich liebe es", zwitschert sie.

Ich küsse sie erneut. „Für dich tue ich alles, Tesoro. Lass mich dir Kaffee nachfüllen." Ich hebe ihre Tasse an und gehe zum Tisch.

„Danke, Baby."

„Wie ich schon sagte, alles, aber nur für dich." Ich zwinkere ihr zu und füge Sahne und Zucker hinzu. Dann stelle ich die Tasse zurück auf ihren Waschtisch. „Ich gehe duschen und mache mich fertig."

„Okay. Ich laufe nicht weg", sagt sie.

Ich küsse sie auf den Kopf und steige unter die Dusche. Zum Glück brauche ich nicht lange und trockne mich schnell ab, bevor ich aus dem Bad trete und frage, „Was ziehst du an?"

„Das neue schwarze Kleid, das du mir letzte Woche gekauft hast. Es hängt hinter der Tür im Kleiderschrank."

Ich habe ihr bei einem kleinen Einkaufsbummel mehrere schwarze Kleider gekauft, daher bin ich mir nicht sicher, für welches sie sich entschieden hat.

Ich öffne ihren begehbaren Kleiderschrank, werfe einen Blick auf das Kleid und nicke zustimmend. Es ist stilvoll und schick. Ich habe es gekauft, weil es perfekt für den Anlass ist, aber auch nicht so auffällig, dass es den Anschein erweckt, Cara wolle mit den Models konkurrieren. Das ist eine echte Sorge, die Cara geäußert hat, als sie in ihrem Kleiderschrank stöberte und unsere Outfits für diese Woche aussuchte.

Ich greife nach dem Kleiderbügel und betrachte das goldene Cocktailkleid dahinter. „Ich nehme an, du trägst das da heute Abend?", frage ich und halte es so, dass Cara es sehen kann.

Sie wirft einen Blick darauf, aber trägt weiter Wimperntusche auf. „Ja."

„Hast du Zeit, nach Hause zu kommen und dich umzuziehen?"

„Wahrscheinlich nicht. Wir werden uns dort umziehen müssen."

„Okay." Ich gehe in ihren Kleiderschrank, suche einen Kleidersack und hänge das goldene Kleid hinein. Dann suche ich meine Outfits heraus und hänge den Smoking dazu. Dann schlüpfe ich in mein schwarzes Hemd, die Hose und den Sportmantel.

Cara kommt kurz darauf in den Kleiderschrank. Ihr schwarzer Spitzen-BH und der dazugehörige String sind fast durchsichtig.

Mein Schwanz wird hart, und ich ziehe sie an mich und tätschle ihren Hintern. „Ich glaube, Sie wollen sich verspäten, Mrs. Marino."

Sie lacht leise. Ihre blauen Augen funkeln vor Glück, und das macht mich so froh. Sie presst beide Hände gegen meine Brust. „Tut mir leid, mein italienischer Hengst. Das musst du dir für heute Abend aufheben."

Ich gebe ein übertriebenes Stöhnen von mir und lege meine Hände auf ihre Wangen und ziehe sie so nah an mich, dass ihr Bauch meinen Ständer streift.

Sie lacht wieder, drückt gegen meine Brust und verkündet, „Ich muss mich anziehen."

Ich rühre mich nicht von der Stelle. „Ich könnte dich über die Kommode beugen, und wir könnten einen Quickie machen."

Sie drückt fester gegen mich und lacht. „Neeein! Nicht heute Morgen!"

Ich lache, küsse sie, bis sie atemlos ist, und murmle dann, „Bist du sicher, dass du den Quickie auslassen willst?"

Sie befreit sich aus meinem Griff und flüchtet aus ihrem Kleiderschrank. „Sorry! Vielleicht morgen!"

„Du bringst mich um, Tesoro", rufe ich ihr hinterher und suche mir Schuhe aus.

„Du wirst es überleben, Liebster!"

Ich schnappe mir schwarze Slipper und meine Rolex, und bringe alles zur Couch. Mein Handy vibriert, und ich lese die Nachricht.

Killian: *Arianna versucht, Cara zu erreichen, aber sie geht nicht an ihr Handy.*

Ich: *Alles in Ordnung?*

Killian: *Ja, sie muss nur etwas mit ihr klären. Kannst du Cara bitten, ihre Nachrichten zu lesen?*

Ich: *Klar. Wir sehen uns in ein paar Minuten.*

„Cara, schau mal auf dein Handy", rufe ich und schlüpfe in meine Schuhe. Ich befestige meine Uhr an meinem Handgelenk und gehe zum Tisch. Ich nehme ein paar Bissen von den Rühreiern, dem Toast und dem Speck, von dem ich glaube, dass Cara ihn nicht einmal angerührt hat.

Als sie herauskommt, sehe ich sie zum ersten Mal angezogen. Das Kleid passt ihr wie angegossen, umschmeichelt ihre Kurven an den richtigen Stellen und zeigt ihr perfektes Dekolleté. Sie trägt ein Paar blutrote Ankle Boots und das Rubinarmband, das ich ihr vor Jahren geschenkt habe.

„Wow! Du siehst toll aus", sage ich atemlos.

Ihr Lächeln ist so strahlend, dass es den Raum erhellt. Sie hält mir ihre Halskette hin. „Danke. Kannst du mir dabei helfen? Ich kann sie nicht schließen."

„Klar. Willst du das?", frage ich und halte ihr eine Gabel voll Speck hin.

Sie rümpft die Nase und schüttelt den Kopf. „Nein."

„Was ist los? Seit wann magst du keinen Speck?"

„Findest du nicht auch, dass er komisch riecht?"

Ich werfe einen Blick zurück auf den Teller mit dem Speck, schnuppere daran und schaue dann auf meinen Tesoro. „Nein. Der ist richtig lecker."

Sie tritt zurück. „Kein Speck heute."

„Okay." Ich lege die Gabel weg, wische mir die Hände ab und streiche ihr dann das Haar über die Schulter. Ich nehme die Halskette und schließe sie, dann küsse ich ihren Nacken. „Wie alt waren wir, als ich dir die geschenkt habe?"

Sie dreht sich zu mir um und zuckt mit den Schultern. „Ich glaube, du warst in deinen Zwanzigern, und ich war kaum volljährig."

„Hört sich ungefähr richtig an. Ich bin froh, dass du sie behalten hast."

Sie berührt das Schmuckstück, das um ihrem Hals hängt. „Sie sind zeitlos."

Ich beuge mich herunter und küsse sie. „Ja, das sind sie. Alles in Ordnung mit Arianna?"

„Ja. Einer der Lieferanten hat seine Bestellung nicht geliefert bekommen. Arianna wollte nur, dass ich einen anderen Anbieter genehmige. Zum Glück handelt es sich nicht um eine der Forderungen der Models. Keine große Sache."

„Nun, das ist gut. Gott bewahre, dass sie die falsche Sorte Wasser trinken", scherze ich.

Cara grinst. „Ja. Gott bewahre. Bist du bereit?"

„Ich will mir noch die Zähne putzen", antworte ich und gehe ins Bad. Ich putze sie schnell und spüle dann mit Mundwasser aus. Ich spucke es aus, wische mir den Mund ab und gehe dann zu Cara zurück. „Lass uns gehen." Ich ergreife ihre Hand und verschränke meine Finger mit ihren. Wir gehen durch meinen Flügel und die Treppe hinunter.

Killian und Arianna sitzen auf der Bank im Eingangsbereich und warten auf uns. Arianna ist blass. Ihr Bauch sieht viel größer aus als noch vor ein paar Wochen. Killian reicht ihr eine Flasche Wasser.

„Geht es dir gut?", frage ich besorgt.

„Sie hat nur ein wenig Morgenübelkeit, das ist alles", sagt Killian, während sie einen Schluck nimmt.

Mehr Besorgnis erfüllt mich. „Ist sie nicht über dieses Stadium hinaus?"

Killian schüttelt den Kopf. „Der Arzt hat gesagt, dass es in Ordnung ist, wenn es im letzten Trimester wieder auftritt. Er sagte, das passiert nur bei einem kleinen Teil seiner Patientinnen." Er schiebt ihr eine Haarsträhne hinters Ohr.

„Brauchst du etwas? Ingwer oder etwas anderes?", fragt Cara.

Arianna schüttelt den Kopf, und langsam kehrt die Farbe in ihre Wangen zurück. „Mir gehts gut. Ich habe ein paar Ingwerbonbons in meiner Tasche, falls ich sie brauche."

„Ingwerbonbons?", frage ich.

„Sie helfen gegen Übelkeit", antwortet Arianna.

Ich runzle die Stirn. „Musst du dich übergeben?"

Sie steht auf und reicht Killian die Flasche. „Nein. Alles gut." Sie lächelt Cara an. „Lass uns zur Fashion Week aufbrechen!"

Wir verlassen das Haus und steigen in den Geländewagen ein. Ein zweiter fährt voraus, während ein dritter hinter uns bleibt. Es ist dunkel, aber die Strahlen der Morgensonne versuchen, durch die Wolken zu brechen. Schnee bedeckt den Boden. Eistropfen hängen an den Bäumen. Dichter Nebel versperrt mir die Sicht und ich kann nur ungefähr drei Meter weit sehen.

„Cara, sorge dafür, dass Arianna heute ein paar Pausen einlegt", befiehlt Killian.

„Natürlich."

Arianna stöhnt. „Killian!"

„Was?"

„Ich bin durchaus in der Lage festzustellen, wann ich eine kurze Pause brauche."

Killian richtet seinen Blick auf Cara. „Ich meins ernst. Sie hört nie auf, wenn du sie nicht dazu zwingst."

„Ich kann nichts dafür, dass ich jünger bin als du und mehr Energie habe", neckt Arianna ihren Mann.

Killian grinst. „Mehr Energie? Ist das eine Herausforderung?"

Ariannas Wangen werden feuerrot. „Klar. Leg dich ins Zeug."

Ich drehe mich zu Cara um, denn ich will nicht darüber nachdenken müssen, was ihre Herausforderung bedeutet. Ich bin froh, dass meine Schwester glücklich ist, aber sie ist immer noch meine kleine Schwester. „Du wirst ständig von vier Bodyguards bewacht werden."

Sie runzelt die Stirn. „Sie werden nicht auffallen, richtig? Damit niemand denkt, dass sie meine sind?"

„Genau. Und ich werde heute die ganze Zeit in deiner Nähe sein. Wenn du mich brauchst und mich nicht finden kannst, rufst du mich einfach an", füge ich hinzu.

Sie legt den Kopf schief und streichelt meine Wange. „Ich bin sicher, dass es mir gut gehen wird. Mit vier Bodyguards kommt niemand an mich heran. Warum gehst du nicht mit den Jungs etwas Lustiges unternehmen?"

Ich grunze. „Auf keinen Fall. Das haben wir doch schon besprochen."

„Okay. Ich dachte, ich gebe dir noch eine Chance zur Flucht", sagt sie.

Ich lehne mich näher an sie heran und schaue ihr tief in die Augen. „Ich will keine Chance auf Flucht."

Sie lächelt, und ihre blauen Augen funkeln glücklich. Ich habe nicht von dem heutigen Event gesprochen, und sie hat verstanden, was ich meine. Es ist ein Zeichen dafür, wie weit wir gekommen sind. Sie küsst meinen Handrücken, als wir vor dem Gebäude vorfahren, und gibt zu, „Ich auch nicht."

Mein Herz schlägt höher. Es sind drei Worte, die in der Vergangenheit nie viel bedeutet haben, aber jetzt mehr wert sind als alles andere.

Die Tür öffnet sich, und kalte Luft reißt meinen Blick von ihr los. Ich steige aus und reiche meinem Tesoro die Hand, um ihr aus dem Auto zu helfen. „Zeig mir, was du kannst." Ich führe sie in das Gebäude. Killian, Arianna und alle Bodyguards, die wir den beiden zugeteilt haben, folgen.

Innerhalb von Sekunden, nachdem sie die Sicherheitsvorkehrungen der Show passiert haben, gehen Cara und Arianna an die Arbeit. Obwohl ich vorhatte, sie in Sichtweite zu halten, es ist unmöglich. Zu viele Leute brauchen sie. Sie wird in verschiedene Bereiche gezogen, darunter auch in Umkleidekabinen, die ich nicht betreten darf.

Als sie ganz verschwindet, dreht sich mir der Magen um. Die Panik wächst, also versuche ich, ihr in den Raum zu folgen, in dem sie sich befindet, aber der Sicherheitsbeamte der Ausstellung hält mich auf. „Niemand darf diesen Bereich betreten, es sei denn, du hast eine Genehmigung."

„Meine Frau ist Cara Marino", knurre ich.

Er bläht seine Brust auf, tritt näher an mich heran und sagt entschlossen, „Wie ich schon sagte, niemand darf diesen Punkt überschreiten, es sei denn, du hast eine Genehmigung."

Ich baue mich vor ihm auf. „Glaubst du, du schüchterst mich ein?"

„Willst du für diese Woche Hausverbot bekommen?"

„Ist das eine Drohung?", schleudere ich zurück.

„Whoa. Ganz ruhig." Killian packt mich am Arm und zieht mich zurück.

Ich drehe mich um ihn. „Meine Frau …"

„Muss ihre Arbeit erledigen. Und du darfst kein Hausverbot erteilt bekommen. Entspann dich einfach."

„Sag mir nicht …"

„Gianni? Oh mein Gott! Gianni Marino!", kreischt eine Frau hinter uns. Ich drehe mich und erschaudere. Ein Model, Veronica Galanis, mit der ich vor ein paar Jahren zusammen war, wirft ihre Arme um mich. Ich verliere das Gleichgewicht und halte mich an ihrer Taille fest, um nicht rückwärtszufallen.

Sie ergreift meine Wangen und drückt mir einen Kuss auf die Lippen, ihr Lippenstift ist feuerrot. „Ich habe dich vermisst! Bist du gekommen, um mich zu sehen?"

Bevor ich antworten und ihr klarmachen kann, wie lächerlich dieser Gedanke ist, sackt mir mein Herz in die Hose. Meine Frau steht in der Tür neben dem Wachmann und starrt mich mit einem verletzten Blick im Gesicht an.

Ich versuche, Veronica wegzuschieben, aber Cara schüttelt den Kopf, dreht sich um und stürmt zurück in den Raum. Kaum ist sie durch die Tür, tritt der Wachmann wieder davor und grinst mich an.

Plötzlich wächst meine Wut exponentiell an. Killian versucht, sich zwischen uns zu stellen, aber es ist zu spät. Ich ziehe den Arm zurück und schlage dem Wachmann mit voller Wucht auf die Nase.

Blut spritzt überall hin. Veronica schreit, und das blanke Chaos bricht um mich herum aus.

22

Cara

Mein Inneres bebt, und Übelkeit überkommt mich. Ich eile in ein Bad und beuge mich über die Toilette. Schweißperlen treten auf meiner Haut hervor. Mit Mühe und Not zwinge ich die Galle, die meine Kehle hinaufsteigt, wieder hinunter.

Reiß dich zusammen. Du musst arbeiten, tadle ich mich selbst.

Nicht Veronica Galanis.

Jede außer ihr.

Ich schließe die Augen, lehne mich gegen die Kabinentür und atme durch meinen Ärger hindurch. Veronica Galanis ist eine meiner Top-Kundinnen. Sie ist der Inbegriff einer schönen Griechin, hat einen Körper, von dem Männer träumen, und bekommt für ihre Arbeit viel Geld.

Außerdem ist sie ein selbstbewusstes, fieses Miststück, das ständig Aufmerksamkeit und jemanden braucht, der ihr Ego streichelt. Jedes Mal, wenn ich eine Anfrage bekomme, sie zu buchen, muss ich ihr versichern, dass sie eine der schönsten Frauen auf diesem Planeten ist. Bei Shows wie dieser verbringe ich oft zu viel Zeit damit, ihr zu sagen, dass sie tief durchatmen und auf die Bühne gehen soll.

„Verdammt", murre ich niedergeschlagen. *Er hätte mit jeder schlafen können, aber er musste sie ficken.*

Jetzt muss ich sie mir für den Rest meines Lebens zusammen im Bett vorstellen.

Ich werde ihn umbringen, weil er ihr erlaubt hat, ihn zu küssen.

Ich wusste, dass er nur eine bestimmte Zeit lang treu sein würde, bevor er sich nicht mehr zusammenreißen kann.

Ariannas Stimme unterbricht meine wirren Gedanken. „Cara. Geht es dir gut?"

Ich schaffe es, mich vom Boden hochzurappeln. Ich atme tief durch, trete aus der Kabine und zeige dann auf Arianna. „Wage es nicht, hier hereinzukommen und deinen Bruder zu verteidigen."

Ihre Augen weiten sich. „Werde ich nicht. Würde ich nie tun."

„Nein?", frage ich erstaunt.

Sie schüttelt den Kopf. „Natürlich nicht. Ich bin nicht naiv. Ich weiß, dass er kein Heiliger ist."

Ich lache sarkastisch und spritze mir Wasser ins Gesicht. Dann tupfe ich mir die Wangen trocken und sage, „Das ist ein Tropfen auf den heißen Stein. Aber ich bin froh, dass wir auf derselben Seite sind."

Arianna tritt näher und zieht die Augenbrauen zusammen. „Was hat er getan?"

„Du hast es nicht gesehen?"

„Nein. Ich habe nur gesehen, wie du hier reingerannt bist und wie grün du aussahst."

Ich atme ein paar Mal durch, zähle bis acht und verfluche Gianni weiter dafür, dass ich seine Gewohnheit übernommen habe. „Er hat gerade Veronica Galanis geküsst."

Sie rümpft die Nase. „Igitt. Verdammt."

Ein weiteres gefühlloses Lachen dringt über meine Lippen. Es ist die perfekte Antwort, aber sie mildert den Schmerz nicht. „Du bist kein Fan?"

Arianna verzieht weiter das Gesicht. „Von Veronica? Niemals! Sie ist ein selbstverliebter, psychotischer Ausnutzer. Gianni konnte sie auch nicht lange ertragen."

Ein kleiner Teil von mir beruhigt sich. „Nein?"

Arianna schüttelt den Kopf. „Nein. Sie kam vor Jahren zu einer der Partys meines Papàs. In dieser Nacht ist etwas passiert, und Gianni hat ihr gesagt, sie solle gehen. Mehrere Wochen lang tauchte sie bei uns zu Hause auf. Die Wachen haben sie nach der ersten Begegnung nicht mehr reingelassen, weil Gianni ihr verboten hatte, das Grundstück zu betreten."

Erleichterung macht sich in mir breit, aber ich werde mich nicht umdrehen und so tun, als wäre nichts passiert. „Wenn das der Fall ist, warum hat er sie dann gerade geküsst?", frage ich.

Arianna beißt sich auf die Lippe, tief in Gedanken versunken. Ich zähle bis fünf, und sie fragt vorsichtig, „Hat er sie geküsst, oder hat sie sich in seine Arme geworfen?"

„Wie kommst du darauf? Siehst du, ich wusste, dass du dich für ihn einsetzen würdest", schnauze ich.

Sie wirft ihre Hände in die Luft. „Das tue ich nicht! Ich weiß nur, was zwischen Killian und seiner Ex passiert ist und-"

„Wovon sprichst du? Hat er dich betrogen? Ich werde ihn umbringen!", knurre ich.

Sie scharrt mit den Füßen, holt tief Luft und schaut dann an die Decke. Sie sieht mir in die Augen und sagt, „Nein, das hat er nicht. Aber seine Ex kam in den Pub und hat sich ihm in die Arme geschmissen."

„Und er hat es zugelassen?", frage ich ungläubig und bin von ihm genauso angewidert wie von Gianni.

„Nein! Sie war betrunken. Er hat versucht, sie von sich zu stoßen. Es ... ist eine lange Geschichte."

„Du musst dich also die ganze Zeit mit dieser Frau rumschlagen?"

Arianna schnaubt. „Nein. Das würde ich mir nicht gefallen lassen. Er hat sie und ihre Freunde aus dem Pub verbannt. Außerdem habe ich Killian eine Lektion erteilt."

„Wie?"

Röte kriecht ihr in die Wangen. „Ich will nicht zu sehr ins Detail gehen. Der Punkt ist, dass er sie nicht wollte. Manchmal sind diese Frauen so aufdringlich und werfen sich den Männern an den Hals, dass diese in eine Situation geraten, in der sie nicht sein wollen."

Ich schnaube verächtlich. „Ich bin sicher, das wird dein Bruder auch behaupten."

Sie stemmt ihre Hand in die Hüfte. „Vielleicht solltest du mit ihm reden und herausfinden, was passiert ist. Er ist verrückt nach dir. Du bist die Einzige, zu der er immer zurückgekehrt ist. Ich will nicht für ihn in die Bresche springen, aber ich kenne ihn. Er war schon immer in dich verknallt."

Die Vergangenheit holt mich wieder ein, und das tut weh. „Interessant, dass du so denkst, denn das hat er mir in all den Jahren nicht wirklich gezeigt."

Sie nickt. „Ja. Ich weiß. Ich liebe alle meine Brüder, und wie ich schon sagte, keiner von ihnen ist ein Heiliger. Er ist ein Trottel, aber er ist endlich zur Vernunft gekommen und hat dich geheiratet, nicht wahr? Gianni hat sich verändert, seit er dich geheiratet hat. Ich sehe es. Meine Brüder und Killian sehen es. Sogar Papà merkt es."

Ich verschränke die Arme und beiße mir auf die Zunge, um nicht noch mehr von meinen Ängsten preiszugeben. Egal, was Arianna behauptet, sie ist seine Schwester. Blut wird immer dicker als Wasser sein. Und im Moment will ich nicht hören, dass jemand für Gianni eintritt. Wenn Veronica herausfindet, dass ich mit ihm verheiratet bin, wird die Hölle los sein. Das ist das größte Event, an dem meine Agentur je teilgenommen hat, und es ist nicht der richtige Zeitpunkt für sie, auszurasten. „Sag Veronica nicht, dass ich mit Gianni verheiratet bin", sage ich schließlich, nachdem ich tief Luft geholt habe.

Verwirrung macht sich in Ariannas Gesicht breit. „Warum? Sie muss wissen, dass sie ihn nicht mehr anfassen darf."

Ich atme tief durch, um mich zu sammeln. „Ich kann es mir nicht leisten, dass sie nicht bei der Sache ist. Sie ist sonst schon schlimm genug. Wenn sie immer noch in deinen Bruder verknallt ist und das mit uns herausfindet, wird sie uns die ganze Woche über ein Dorn im Auge sein."

Arianna verdreht die Augen. „Sie ist so eine Drama-Queen."

„Du hast ja keine Ahnung."

„Okay, aber ich denke, du solltest mit Gianni reden."

Ich schweige, zähle bis zwanzig und schüttle den Kopf. „Nein. Ich will seine Ausreden nicht hören. Ich habe einen Job zu erledigen, und du auch. Bist du bereit dafür?"

Arianna sieht mich an, als hätte ich ihre Gefühle verletzt. „Ja, natürlich. Ich versuche nicht, mich vor meinen Pflichten zu drücken."

Ich seufze. „Es tut mir leid. Ich habe es nicht so gemeint."

Sie hält inne und starrt mich mit diesem Marino-Blick an, den ich nur zu gut kenne.

„Ich meine es ernst. Es war nicht meine Absicht, dich zu beleidigen oder dir etwas über deine Arbeitsmoral zu unterstellen."

„Okay. Entschuldigung angenommen." Sie tritt vor und umarmt mich. „Versprich mir einfach, dass du mit Gianni darüber redest und unvoreingenommen bleibst. Ich kann mir ehrlich gesagt nicht vorstellen, dass er irgendetwas von Veronica will, außer, dass sie weit, weit weg bleibt. Sie nervt ihn maßlos. Außerdem habe ich ihn noch nie so glücklich gesehen, wie seit eurer Hochzeit. Er hat dich immer geliebt, und du warst immer seine Traumfrau."

Ich möchte ihren Worten Glauben schenken, aber all meine Ängste aus der Vergangenheit zimmern wie ein Hammer auf mich ein. Und Arianna war im Herzen schon immer eine Romantikerin. Trotzdem möchte ich nicht weiter darüber reden. Ich zwinge mich zu einem Lächeln und lege meinen Arm um ihre Schultern. „Lass uns weitermachen, bevor die Leute uns suchen."

Wir verlassen gemeinsam das Badezimmer. Überall herrscht organisiertes Chaos. Schneiderinnen nähen letzte Anpassungen an den Kleidungsstücken. Visagisten und Friseure sind überall zugegen. Der Duft von Haarprodukten steigt mir in die Nase. Mir dreht sich der Magen um, aber ich stütze mich mit einer Hand auf einem Tisch ab und finde mein Gleichgewicht wieder.

Arianna und ich trennen uns. Ich studiere die Szene. Ein Gang scheint den Raum zu teilen. Auf der einen Seite stehen meine erfahrenen Klienten, auf der anderen meine unerfahreneren. Das überrascht mich nicht, aber es ist auch nicht das, was ich erreichen will. Veronica sitzt mit gekreuzten Beinen auf einer Couch, während zwei Nageltechnikerinnen – eine auf jeder Seite – ihre Nägel feilen. Ich schaffe es gerade einmal zwei Sekunden lang, ihr auszuweichen, bevor sie meine Anwesenheit zu spüren scheint. Sie fixiert mich mit ihrem stählernen Blick, sodass sich mein Magen zusammenzieht.

Ich kenne diesen Gesichtsausdruck nur zu gut, denn ich habe sie schon zu oft in Aktion gesehen. Sie weiß, dass ich Giannis Frau bin, doch anstatt sich zurückzuziehen, fordern ihre Augen mich heraus.

Großartig.

Es ist besser, die Sache jetzt hinter mich zu bringen als später.

Beruhige dich erst einmal. Sie hat die meisten Aufträge in der Show an Land gezogen. Außerdem läuft sie im großen Finale.

Scheiß auf sie. Er ist mein Mann. Ich muss klarstellen, welches Verhalten in Giannis Nähe angemessen ist und welches nicht.

Mit zusammengekniffenen Augen ziehe ich meine Schultern zurück und gehe zu ihr hinüber. Keine von uns beiden macht einen Rückzieher. „Wenn deine Nägel fertig sind, müssen wir unter vier Augen reden."

Ein finsteres Lächeln zeichnet sich auf ihren Lippen ab. Ihre Stimme trieft vor falscher Süße. „Worüber denn?"

„Gianni."

„Oh? Was ist mit ihm?"

Meine Fähigkeit, die Fassung zu bewahren, fliegt zum Fenster hinaus. „Spiel nicht die Dumme, Veronica. Wir sind verheiratet. Ich weiß nicht, was das für ein Spektakel da draußen war, aber ich kann dir versichern, dass ich mir das nicht gefallen lassen werde."

Sie täuscht ein Gähnen vor und ich möchte ihr am liebsten eine Ohrfeige verpassen. Ich balle eine Faust an meiner Seite. Sie klimpert mit den Wimpern und lächelt noch breiter. „Wenn du ein Problem mit Gianni hast, kannst du das mit ihm klären."

„Halt dich zurück, Veronica. Das ist deine einzige Warnung."

Sie wendet sich an die Nageltechnikerin zu ihrer Rechten. „Hast du gehört, wie sie mir gedroht hat?"

Der Nageltechniker blickt nervös zwischen uns hin und her.

Ich erinnere mich daran, dass ich einen Job zu erledigen habe. „Antworte ihr nicht." Ich drehe mich wieder zu Veronica um.

Sie schmunzelt. „Weißt du, was ich an Gianni amüsant finde?"

Geh ihr nicht in die Falle. Sag ihr, dass sie ihn in Ruhe lassen soll und lass sie links liegen.

Nur bin ich zu schwach. Ich kann mir nicht helfen. Ich schlucke den Köder und frage, „Was denn?"

Ihre Augen leuchten auf. Arrogante Zufriedenheit macht sich in ihrem Gesichtsausdruck breit. „Er langweilt sich so schnell."

Ihre Aussage raubt mir den letzten Nerv. Ich blinzle heftig, um ihr nicht zu zeigen, welche Wirkung ihre Aussage auf mich hat. Ich beuge mich zu ihr hinunter und murmle, „Weißt du, was ich an dir interessant finde?"

Sie sieht mir in die Augen und schluckt den Köder schneller als ich den ihren. „Was?"

„Dir läuft die Zeit davon. Deine Karriere wird eines Tages vorbei sein. Das Einzige, was dann noch bleibt, sind die Erinnerungen und dein Status als ehemaliges Model. Wenn das passiert, wirst du an mich denken. Weißt du, warum?"

All die Unsicherheiten, die ich nur zu gut kenne, treten wieder in ihren Blick. Sie schluckt schwer und stößt hervor, „Warum sollte ich an dich denken?"

„Weil ich mit dir fertig bin. Nach der Fashion Week werde ich dich nicht mehr vertreten. Sobald wir dieses Gespräch beendet haben, werde ich meinen Anwalt anrufen und er wird unser Arbeitsverhältnis beenden. Und du wirst erfahren, wie viel Mist ich mir von dir gefallen lassen habe, den alle anderen Agenturen nicht hinnehmen würden."

Ein nervöses Lachen entweicht ihr. „Das würdest du nicht tun. Ich verdiene zu viel Geld für dich."

Ich ziehe meine Schultern zurück. „Ist das wirklich, was du denkst?"

Sie schnaubt. „Natürlich ist es so."

Ich klopfe ihr auf die Schulter. „Danke, dass du mir deine Gedanken mitgeteilt hast." Alle Vernunft, die ich normalerweise an den Tag lege, um professionell zu bleiben, verpufft. Der Scheiß, den ich mir immer gefallen lassen musste, fordert seinen Tribut. Ich schwöre, dass ich nicht länger der Fußabtreter eines Models sein werde. Vielleicht ist das Karriereselbstmord, aber wenn es so ist, dann soll es so sein. Ich trete in die Mitte des Raums und rufe, „Könnt ihr mir bitte einen Moment lang eure Aufmerksamkeit schenken?"

Alle im Raum verstummen. Ich schaue mich um und nehme Blickkontakt mit allen Models auf. Bei jenen, die in letzter Zeit ein Ego entwickelt haben und zu Primadonnen geworden sind, halte ich ein paar Sekunden länger inne.

„Na los, mach schon", knurrt Veronica.

Ich ignoriere sie. „Viele von euch sind schon sehr lange bei mir. Irgendwann wart ihr mal da drüben." Ich zeige auf die Seite des Raums, wo sich meine neueren Models fertig machen, und fahre dann fort. „In jeder Phase eurer Karriere war ich für euch da. Ich habe mich um Skandale gekümmert, damit sie euren Karrieren nicht schaden. Ich habe Unternehmen davon überzeugt, euch einzustellen, obwohl sie sich nicht ganz sicher waren, ob ihr wirklich zu ihnen passt. Und ich habe mir ein Bein ausgerissen, um eure dummen Launen möglich zu machen."

Einige meiner altgedienten Models scharren mit den Füßen. Die Augen anderer huschen durch den Raum.

„Ich möchte mich klar ausdrücken. Ich werde weiterhin dafür kämpfen, dass ihr die Aufträge bekommt, die euch zustehen, aber ich werde eure Beschimpfungen und Launen nicht länger hinnehmen. Dazu gehört auch jegliches unangebrachtes Verhalten gegenüber euren Mitmenschen und Kollegen." Ich schaue zwischen den Veteranen und den Neulingen hin und her. „Ab nächster Woche werde ich klären, mit wem ich weiterhin zusammenarbeiten möchte und wer nicht in die Kultur meiner Agentur passt. Was ihr während unserer gemeinsamen Zeit auf der Fashion Week macht, wird in meine Entscheidung einfließen. Aber ich sollte erwähnen, dass ich bereits eine Entscheidung getroffen habe. Die erste Person, von der ich mich trenne, ist Veronica Galanis."

Lautes Keuchen erfüllt den Raum. Spannung liegt in der Luft, und die Mienen meiner Klienten zeigen unterschiedliche Reaktionen. Einige scheinen entsetzt zu sein. Bei anderen zucken die Lippen. Das sind diejenigen, die Veronica im Laufe der Jahre immer wieder dazu gebracht hat, sich unwohl in ihrer Haut zu fühlen.

„Ich wollte dich sowieso feuern", sagt sie, aber ihre Stimme zittert, als sie spricht.

Ich lächle sie an. „Gut zu wissen." Ich wende mich wieder an die anderen. „Meine Agentur repräsentiert euch, und ihr repräsentiert mich. Und ich erwarte von euch, dass ihr euch allen gegenüber anständig verhaltet. Das gilt auch für die Fachleute, die euch umwerfend aussehen lassen, für andere Models und für mich. Wenn dies nicht möglich ist, lasst es mich bitte sofort wissen."

Man könnte eine Stecknadel fallen hören. Keiner bewegt sich.

Ich schaue mich im Raum noch einmal um und sage, „Da ihr es ja schließlich sowieso alle erfahren werdet, teile ich es euch lieber persönlich mit. Ich habe vor kurzem Gianni Marino geheiratet." Ich halte inne und bewerte die Gesichtsausdrücke, um mir ein Bild davon zu machen, wer mit ihm ausgegangen ist.

Shakira Knightly, ein weiteres altgedientes Model, zeigt Schuldgefühle.

Ich konzentriere mich auf sie. So freundlich wie ich nur kann, sage ich, „Ich bin nicht naiv. Ich weiß, dass viele von euch mit ihm ausgegangen sind. Zur Hölle, seien wir ehrlich. Ihr habt mit ihm geschlafen. Lasst mich das ganz klar sagen. Die Vergangenheit ist Vergangenheit. Ich trage es euch nicht nach, aber wie ich schon sagte, das liegt in der Vergangenheit. Wenn ihr versucht, meine Ehe zu zerstören, werde ich euch rausschmeißen."

„Genau richtig", ruft Katrina Cabrera, die erste Klientin, die ich je unter Vertrag genommen habe. Im Gegensatz zu vielen meiner anderen Klientinnen hat sie nie ein Ego entwickelt und ist immer bodenständig geblieben. Keiner weiß es, aber dies ist ihre letzte Show. Sie will sich zur Ruhe setzen und hat mir gesagt, dass sie es vorzieht, sich mit einem *Boom* zu verabschieden. Sie behauptete, es gäbe keinen besseren Ort dafür als die Fashion Week. Ich konnte ihre Begründung nicht widerlegen.

Ich atme tief ein und lächle so breit wie möglich. „Ich möchte, dass ihr alle wisst, wie stolz ich auf euch bin. Ihr habt hart gearbeitet, um hierherzukommen. Ich möchte, dass wir die großartige Arbeit, die wir leisten, auch in Zukunft fortsetzen. Dies ist euer Moment. Lasst uns gemeinsam eine tolle Woche haben."

Ich drehe mich, um den Raum zu verlassen und frische Luft zu schnappen, aber eine der Friseurinnen – die einzige, die mit Veronica klarzukommen scheint – tritt vor mich. „Warte mal."

Ich hebe fragend meine Augenbrauen.

Sie legt ihren Arm um meine Schultern und dreht mich zu den anderen herum. „Ich denke, Cara verdient etwas Anerkennung. Ich habe von Anfang an mit ihr zusammengearbeitet und kann nur sagen, dass viele von euch ihr nie gedankt haben. Aber in Wahrheit wären die meisten von euch ohne sie nicht da, wo ihr jetzt seid."

Jemand beginnt zu applaudieren und bald klatschen alle im Raum. Das alles überwältigt mich. Eine Träne entweicht, und ich wische sie weg und nicke. „Danke." Mehrere Leute umarmen mich, was mich nur noch emotionaler macht. Als ich endlich den Raum verlassen kann, eile ich los.

„Ma'am." Der Wachmann nickt. Seine Augen sind blau, fast schwarz. Eines ist so stark geschwollen, dass sein Auge nur noch ein Schlitz ist.

Ich frage mich, was passiert ist, aber bleibe nicht stehen, um der Sache auf den Grund zu gehen. Ich lächle ihn an, drehe mich weg und greife nach meinem Handy. Mir wird ganz flau im Magen, als ich merke, dass es in meiner Handtasche sein muss.

Ich laufe in der Gegend herum und suche nach Gianni. Arianna hat nicht ganz Unrecht. Ich weiß nicht, was mit Veronica passiert ist. Und er hat sich verändert. Das glaube ich wirklich, tief in meinem Herzen. Also muss ich die Wahrheit herausfinden. Ich werde nicht den ganzen Tag warten und das schmoren lassen.

Ich höre das Klacken von Männerschuhen auf dem Boden. Meine Brust spannt sich an. Die Luft in meiner Lunge wird schal. Ich blicke hinter mich. Alle vier Bodyguards, die Gianni mir zugeteilt hat, sind in meiner Nähe, und einer steht direkt hinter mir.

Ich seufze erleichtert auf und suche weiter nach Gianni. Ich treffe mehrere Leute, die ich kenne. Wir unterhalten uns kurz, bevor ich mich entschuldige, um weiter nach ihm zu suchen.

Schließlich kehre ich zum Eingang des Raumes zurück, in dem sich die Models befinden. „Weißt du, wo mein Mann hingegangen ist?", frage ich den Wachmann.

Er schnieft heftig. Seine Nasenlöcher sind breiter als die jedes anderen Mannes, den ich kenne. Wenn ich ihm allein in einer dunklen Gasse begegnen würde, würde ich mich fürchten. Er blickt finster drein und fragt, „Der dunkelhaarige Mann, den Veronica Galanis geküsst hat?"

Sie hat ihn geküsst! Erleichterung durchflutet mich und ich würde den Wachmann am liebsten umarmen. „Sie hat ihn geküsst? Er hat sie nicht geküsst?", platze ich heraus.

Er schüttelt den Kopf. „Nein, Ma'am. Nicht nach dem, was ich gesehen habe."

Mein Herz klopft schneller. „Hast du ihn gesehen?"

Die Miene des Wachmanns verhärtet sich weiter. Mit fester, aber emotionsloser Stimme sagt er, „Ich nehme an, er wird abgefertigt."

„Abgefertigt?", erkundige ich mich verwirrt.

„Ja. Er und der andere Typ, mit dem er zusammen war, wurden verhaftet."

„Verhaftet?", schreie ich und stelle mir Gianni in Handschellen vor. Meine Brust zieht sich zusammen, bis ich das Gefühl bekomme, nicht mehr atmen zu können.

Der Wachmann verschränkt die Arme vor der Brust „Wenn man mich schlägt, hat das Konsequenzen."

Meine Kinnlade schlägt fast auf dem Boden ein. Ich starre ihn für einen kurzen Moment sprachlos an, bevor ich auf sein Gesicht zeige und frage, „Er war das?"

„Ja, Ma'am."

„Warum?"

Der Wachmann knackt mit dem Hals. „Er hat versucht, Ihnen nach drinnen zu folgen. Er hat keine Genehmigung. Der andere Typ hat sich auch eingemischt. Es hat vier Leute bedurft, um die Situation zu entschärfen."

Ich erstarre und stelle mir vor, wie Gianni und Killian gegen den Wachmann kämpfen. Ein Kloß bildet sich in meiner Kehle. Ich schlucke ihn herunter, drehe mich und renne zur Tür.

„Mrs. Marino!", ruft ein Mann, aber ich bleibe nicht stehen.

Ich renne gerade aus dem Gebäude, als eine Frau aus ihrem Taxi steigt.

„Mrs. Marino!", schreit mein Bodyguard erneut.

Ich halte nicht inne. Stattdessen springe ich in das Taxi und schlage die Tür hinter mir zu. „Fahr mich zum nächsten Revier und gib Gas!"

23

Gianni

„Drehen Sie sich zur Seite", befiehlt der Beamte.

Genervt knirsche ich mit den Backenzähnen, aber folge seinen Anweisungen und drehe mich mit der Schulter zur Wand, die mit Höhenmarkierungen versehen ist. Trotz all der verrückten Sachen, die ich in meinem Leben gemacht habe, bin ich nicht ein einziges Mal verhaftet worden. Mein Plan war es, Cara die ganze Woche über nicht aus den Augen zu lassen. Jetzt sitze ich hier fest und tue mein Bestes, um ruhig zu bleiben. Und es besteht kein Zweifel, dass Papà verärgert sein wird. Er plant wahrscheinlich schon eine weitere strenge Lektion für mich.

„Jetzt in die andere Richtung", fordert der Beamte.

Ich schniefe heftig, tue, was er verlangt, und er schießt ein weiteres Foto. Meine Hände sind zu Fäusten geballt und ich spüre noch immer die Tinte an meinen Fingerspitzen, mit der er meine Fingerabdrücke genommen hat.

„Beweg dich", befiehlt er und führt mich einen Gang entlang.

Ich nehme an, dass ich mit Killian in eine Zelle komme, aber stattdessen bringt er mich in einen Verhörraum.

Ich bleibe vor der Tür stehen und frage, „Warum werde ich wegen einer Schlägerei verhört?"

„Tu, was man dir sagt", knurrt der Mann.

Ich werfe einen Blick in den Raum. Zwei Polizisten befinden sich bereits darin. Der eine hat einen neutralen Gesichtsausdruck. Dem anderen steht der Hass ins Gesicht geschrieben.

Ein ungutes Gefühl überkommt mich. Ich bleibe wie erstarrt stehen, bewege mich nicht. Ich bin noch nie verhört worden, aber Papà schon einige Male. Es geschah immer aus heiterem Himmel. Meine Brüder und ich haben strenge Anweisungen bekommen, was zu tun ist, wenn so etwas passiert, aber es beunruhigt mich trotzdem. „Worum geht es hier?"

„Geh rein", sagt der Beamte hinter mir und stößt mich in den Raum. In seiner Stimme schwingt Abscheu mit.

Ich schätze die Situation ab, aber halte es für das Beste, zu gehorchen. Ich setze mich auf den Metallstuhl und beginne zu zählen. Der Beamte, der mich festgenommen hat, nimmt mir die Handschellen ab und geht.

Die beiden anderen Männer nehmen Platz. Derjenige mit dem neutralen Gesichtsausdruck sagt, „Ich bin Detective Anderson. Das ist Detective Contray."

Ohne mit der Wimper zu zucken, starre ich auf das verspiegelte Glas und zähle weiter. Beide beobachten mich, aber ich blicke zwischen ihnen hindurch. Anderson erhebt sich und geht in dem kleinen Raum auf und ab. „Gianni Marino. Es sieht so aus, als würde der Apfel nicht weit vom Stamm fallen."

Der Scheißkerl hat echt Nerven, meinen Papà zu beleidigen. Ohne mit der Wimper zu zucken, erinnere ich mich an alles, was er mir eingeprägt hat. Ich zähle immer weiter und atme durch meine Wut hindurch.

„Es scheint, als wären Sie sehr beschäftigt gewesen", sagt Contray.

Ich verschränke die Arme, lehne mich in meinem Stuhl zurück und schaue ihn finster an. Ich zähle weiter, widerstehe dem Drang, ihm die Meinung zu sagen, frage mich aber auch, worauf er sich bezieht.

Contray haut heftig auf den Tisch. „Der Club. Die Docks. Es scheint, dass überall, wo Sie hingehen, Blutvergießen folgt."

Mein Herz hämmert in meiner Brust. Auf Dantes Anweisung haben Finn und Killian O'Malley zusammen mit meinen Brüdern mehrere hochrangige Abruzzos erschossen, um Brenna zu retten. Dante und ich haben außerdem vor ein paar Monaten weitere Abruzzos an den Docks ausgeschaltet. Ich bezweifle, dass diese Wichser Beweise haben, dass ich darin verwickelt war, aber es ist trotzdem nervenaufreibend. Ich würde für den Rest meines Lebens im Gefängnis sitzen, wenn sie mich mit irgendetwas in Verbindung bringen könnten.

Dennoch bleibe ich kühl und ändere mein Verhalten nicht. „Ich weiß nicht, worauf Sie anspielen", entgegne ich emotionslos.

Anderson lacht freudlos und wendet sich an Contray. „Ich dachte, er wäre vieles, aber dumm nicht."

Ich wackle mit den Zehen in meinen Schuhen und behalte meinen teilnahmslosen Gesichtsausdruck bei, aber ich möchte Anderson am liebsten zeigen, wie 'dumm' ich wirklich bin – mit meinen Fäusten. Ich schniefe heftig und beuge mich vor. „Wollen Sie wissen, was ich denke?"

Contray hebt seine Augenbrauen. „Was denken Sie?"

Ich mustere die Gesichter der Männer, bis sie sich winden, und antworte dann, „Ich glaube, Sie haben von nichts eine Ahnung. Wenn Sie das täten, hätten Sie mich nicht hier eingesperrt. Aber was ich weiß, ist, dass ich das Recht auf einen Anwalt habe, wenn sie mich verhören wollen. Lassen Sie mich also meinen Anruf tätigen."

„Einen Anwalt, was? Das klingt, als hätten Sie eine Menge zu verbergen", wirft Anderson mir vor.

Ich ignoriere ihn und schaue das Spiegelglas an der gegenüberliegenden Wand an. „Haben Sie gehört, dass ich von meinem Recht auf einen Anwalt Gebrauch machen will?"

Es vergehen zehn Sekunden in Stille. Ich werfe einen Blick auf die Kamera in der Ecke des Raumes. „Nehmen Sie das auf? Ich sage jetzt zum dritten Mal, dass ich meinen Anwalt anrufen will."

Drei weitere Sekunden vergehen, dann klopft es an der Scheibe. Die Tür öffnet sich, und Contray schiebt seinen Stuhl so schnell zurück, dass er mit einem lauten, schrillen Geräusch über den Boden schrammt. „Ich hätte nicht gedacht, dass du ein Weichei bist", sagt er leise. Er stapft aus dem Zimmer und Anderson folgt ihm.

Die Tür schlägt hinter ihnen zu und ich bleibe mehrere Minuten lang in derselben Position sitzen. Ein Beamter, den ich noch nie gesehen habe, kommt kurz darauf herein. „Zeit zu gehen. Erheben Sie sich und strecken Sie die Hände nach vorne."

Ich nehme die Position ein, und er legt mir Handschellen an, dann führt er mich den Gang hinunter und durch eine weitere Tür. Auf beiden Seiten sind Zellen, und Männer beginnen zu schreien. Er öffnet eine, nimmt mir die Handschellen ab und schiebt mich hinein.

Erleichtert, aus dem Verhörraum heraus zu sein, sehe ich mich in meiner neuen Umgebung um. Ein obdachloser Mann schläft auf der Bank. Ein anderer Mann mit Totenkopf- und Dolchtätowierungen steht in einem weißen Tank-Top und schmutzigen, zerrissenen Jeans in einer Ecke. Er sieht finster drein, und ich werfe ihm einen ähnlichen Blick zu, damit er weiß, dass er sich nicht mit mir anlegen soll. Ein dritter Mann riecht wie das Innere einer Brauerei. Ich nehme an, dass er immer noch betrunken oder high ist und möglicherweise psychische Probleme hat. Er brabbelt vor sich hin.

„Hält er jemals die Klappe?", frage ich den Mann, der das Tank-Top trägt.

Er bewegt seinen Kiefer hin und her, als ob er darüber nachdenken würde, ob er meine Frage beantworten soll oder nicht. „Er wird in etwa zwei Minuten die Klappe halten, bevor er wieder anfängt", sagt er schließlich.

Ich unterdrücke ein Stöhnen und nicke. Ich laufe in der Zelle umher und frage mich, wie lange ich hier drin sein werde. Sie haben mir nicht erlaubt, meinen Anruf zu tätigen. Ich beschließe, erneut darauf zu bestehen, sobald der nächste Beamte vorbeikommt.

Nach ein paar Stunden, in denen ich den betrunkenen Mann immer wieder brabbeln höre, werde ich unruhig. Ich wende mich an den Mann in dem Tank-Top. „Kommt jemals ein Wachmann hier runter?"

Er zuckt mit den Schultern. „Nur, wenn sie noch jemanden in eine Zelle stecken."

„Toll. Wie lange bist du schon hier drin?"

„Drei Tage."

Bei dem Gedanken wird mir ganz flau im Magen. „Drei Tage?", frage ich ungläubig.

Er nickt. „Ja. Das passiert, wenn man sich keinen Anwalt leisten kann. Die vom Gericht tun einen Scheiß für dich."

„Aber du hast deinen Anruf tätigen können?"

„Man bot mir einen an, aber ich sagte ihnen, dass ich keinen Anwalt habe und sie mir einen zur Seite stellen müssten."

Ich erschaudere bei dem Gedanken, bin aber auch erleichtert, dass ihm ein Anruf angeboten wurde. „Wie lange hat es gedauert, bis du jemanden anrufen durftest?"

Er zuckt mit den Schultern. „Ein paar Minuten nach meinem Eintreffen."

Scheiße, Scheiße, Scheiße. Sie werden mich für immer hier drin behalten.

Wo ist Killian?

Vielleicht lassen sie ihn gehen. Er wird meinen Anwalt anrufen, um mich hier rauszuholen.

„Weshalb haben sie dich aufgegriffen?", frage ich den Mann.

Er scharrt mit seinen Füßen und verzieht leicht die Lippen, während sich seine Miene verhärtet. Diesen Blick kenne ich nur zu gut. Das ist ein Mann, der mit dem Teufel tanzt und nicht zweimal darüber nachdenkt. Er bohrt seinen Blick in meinen. „Für nichts."

Ich nicke. „Natürlich nicht." Ich trete näher. „Warum sagst du mir nicht, warum sie dich hier festhalten?"

Er blickt sich um. Der Obdachlose schläft, und der Junkie starrt singend in die Ecke. Er tritt näher und senkt seine Stimme. „Mord."

Ich nicke. „Ja? Wie viele Männer?"

„Woher weißt du, dass es mehr als einer waren?", fragt er.

„Ist es nicht so?"

Sein Grinsen wird breiter. „Sie versuchen, mir zwei unterzuschieben. Aber sie haben den falschen Kerl."

Natürlich tun sie das.

Ich beobachte ihn zehn Sekunden lang und strecke dann meine Hand aus. „Gianni Marino."

Er wölbt die Augenbrauen. „Von der Marino-Verbrecherfamilie?"

Ich versteife mich. „Und wenn es so ist?"

Er ergreift meine Hand, drückt sie fest und schüttelt kräftig. „Dann würde ich sagen, dass du ein Mann bist, den ich kennenlernen möchte."

„Ja? Wieso?", frage ich.

Sein Blick verfinstert sich, und ich habe keinen Zweifel daran, dass er diese Männer getötet hat. Ich erkenne schnell, wenn ein Mann nicht zweimal darüber nachdenkt, einen anderen zu töten. Er scharrt mit den Füßen. „Ein Mann wie du lässt sich von niemandem herumschubsen."

Ich grunze. Das ist normalerweise die Wahrheit, aber diese Schweine halten mich in einer Zelle fest, und ich kann im Moment nichts dagegen tun. „Du hast mir deinen Namen nicht genannt."

„Garrett Steelworth."

„Steelworth. Woher kommst du?"

Er zuckt mit den Schultern. „Bin mir nicht sicher. Meine Familie ist weit rumgekommen."

Ich verkneife mir ein Lachen und mustere ihn weiter. „Und wo waren sie am längsten?"

„Ich will meinen Anruf-", dringt plötzlich Killians Stimme an mein Ohr.

Ich drehe mich und werfe einen Blick durch die Gitterstäbe. Sein Gesicht ist knallrot vor Wut, und ich war noch nie so froh, meinen Schwager zu sehen. Aber die Freude ist nur von kurzer Dauer, als ich feststelle, dass er immer noch im Bau ist und auch seinen Anruf nicht erhalten hat.

„Halt die Klappe und geh in die Zelle", befiehlt ein Beamter und öffnet die Tür. Er nimmt Killian die Handschellen ab und knallt die Metalltür zu. Das Geräusch hallt durch den Raum, und ich halte mir die Hände über die Ohren.

„Die Bastarde wollten mir mein Anruf nicht gewähren. Hast du deinen bekommen?", knurrt Killian.

„Nein", gebe ich zu.

Er deutet in eine Ecke, damit wir uns unterhalten können. Ich folge ihm, und er sagt leise, „Haben sie dir gesagt, wieso sie dich einbuchen?"

„Keine Details. Nur etwas über den Club und die Docks. Und bei dir?"

„Club."

Wir starren uns eine Weile an.

Er blickt hinter sich und tritt noch näher. „Angelo hat Polizisten auf seiner Gehaltsliste stehen, richtig?"

„Ja."

Er holt tief Luft, stößt sie wieder aus und klopft mir auf den Rücken. „Gut. Dann sind wir bald wieder draußen."

„Saßt du schonmal im Knast?", frage ich.

Killian schnaubt. „Ja, natürlich."

Ich sehe ihn unverwandt an, sage aber nichts.

Er zieht die Augenbrauen hoch und neigt den Kopf zur Seite. „Bist du noch nie verhaftet worden?"

„Nein."

„Niemals?"

„Nein", wiederhole ich.

„Verdammt. Du Glückspilz", murmelt er. Er dreht sich um und konzentriert sich auf Garrett. „Wer ist dein Freund?"

Garrett blickt finster drein, aber nicht mehr so finster wie zuerst, als ich die Zelle betrat. „Was geht dich das an?"

„Ruhig", befehle ich. „Garrett, das ist mein Schwager, Killian."

Garrett schaut sich Killian genauer an. „Kluger Schachzug, in die Marinos einzuheiraten."

„Wie bitte?", fragt Killian, als wäre er beleidigt.

„Du weißt schon."

„Nein, weiß ich nicht. Warum klärst du mich nicht auf?", sagt Killian.

Garrett juckt sich an der Nase und antwortet, „Zum Schutz. Der Rückhalt einer legitimen Familie. Und hey, Mann, nichts für ungut, aber ich kann verstehen, warum ein Mann wie du das wollen würde."

Killians Gesicht verfärbt sich rot. „Ein Mann wie ich?"

Garrett nickt. „Ja."

Killian starrt ihn an und tritt dann vor, zeigt ihm ins Gesicht. „Du hast keine Ahnung, wer ich bin. Du solltest aufpassen, was du sagst."

„Ja? Wer bist du ohne die Marinos?", fragt Garrett frech.

Amüsiert lehne ich mich gegen die Wand.

Killians grüne Augen glühen wie wild. „Ich bin der Wichser, der dein schlimmster Albtraum werden könnte."

Garrett hebt das Kinn und bläht die Nasenflügel. „Ist das so?"

„Mein Gott, bist du ignorant." Killian dreht sich zu mir um. „Wie lange bleiben deine Brüder normalerweise im Bau, wenn sie verhaftet werden?"

Meine Brust spannt sich, aber ich antworte nicht.

Killians Augen weiten sich. „Keiner von euch ist jemals verhaftet worden?"

Mein Schweigen ist Antwort genug.

Ungläubigkeit macht sich in seinem Gesicht breit. „Das soll wohl ein Witz sein", murmelt er.

„Nicht jeder kann so erfahren sein wie die O'Malleys", spotte ich.

„Halt die Klappe. Wir sind hier drin, weil du dich nicht beherrschen konntest", sagt Killian.

Die ganze Wut, die ich über diese Situation empfinde, kocht wieder in mir hoch. Ich habe den Skandal auf der Fashion Week kurzzeitig vergessen. „Ernsthaft? Müssen wir darüber reden?"

„Wieso nicht?", fragt Killian aufmüpfig.

„Fick dich. Tu nicht so, als wärst du Mutter Teresa", knurre ich.

„Mann, ich weiß nicht, wie viele Ex-Freundinnen du noch in der Agentur deiner Frau hast, aber vielleicht solltest du in Zukunft nicht mehr dort wildern. Und dank dir ist meine schwangere Frau ungeschützt", wettert Killian.

Ich wende mich ab und gehe zu den Gitterstäben. Ich schließe meine Fäuste um sie, um mich zu sammeln. Killian hat recht. Cara und Arianna sind jetzt in einer Situation, in der sie auf sich selbst gestellt sind. Ich vertraue zwar auf ihre Bodyguards, aber die zusätzliche Verstärkung durch Killian und mich war nicht nur zum Schein. Die Abruzzos sind hinterhältig und wissen, wie sie jemanden verletzen können. Sie schrecken vor nichts zurück, um zu bekommen, was sie wollen. Jetzt sind die beiden Frauen, die ich am meisten liebe, in höchster Gefahr.

„Marino! O'Malley!", ruft ein Wachmann.

Wir legen unseren Streit für den Moment beiseite, und Killian tritt neben mich, während wir darauf warten, dass der Wachmann die Türen aufschließt. Ich nicke Garrett zu, als ich hinausgehe. „Viel Glück, Mann."

„Ja. Wir sehen uns draußen", sagt er.

Killian und ich durchlaufen das Entlassungsprotokoll, und sie lassen uns gehen. Als wir nach draußen treten, wartet Papà in einem unserer schwarzen SUVs.

Wir steigen ein und Stille erfüllt das Fahrzeug. Der Fahrer fährt vom Parkplatz. Papà sitzt bewegungslos da, drückt die Fingerkuppen aneinander, seine dunklen Augen wandern zwischen uns hin und her. Ich mache mich auf einen weiteren Vortrag gefasst. Wir haben bereits einen Häuserblock hinter uns gelassen, bevor er sagt, „Ich möchte genau wissen, was ihr beide den Bullen erzählt habt."

„Nichts. Glaubst du, ich würde diesen Bastarden irgendetwas erzählen?", platzt Killian heraus.

„Ja. Es ist nicht sein erstes Rodeo", füge ich hinzu.

„Haltet die Klappe", knurrt Papà, und Killian starrt mich an. „Was haben sie zu dir gesagt?"

„Sie sagten, sie wüssten, dass ich an der Schießerei im Club beteiligt war", antwortet Killian.

Papà atmet tief ein und beißt die Zähne zusammen. Er ist immer noch wütend darüber, wie die Dinge in dieser Nacht gelaufen sind. Dante widersetzte sich einem direkten Befehl, was bedeutete, dass wir alle es auch taten. Aber es gab keine andere Möglichkeit, Brenna sicher da herauszuholen und sicherzustellen, dass der Schläger der Abuzzos, der sie gekauft hatte, nicht hinter ihr her sein würde. „Ich möchte genau wissen, wie du reagiert hast", sagt Papà.

„Ich habe ihnen gesagt, dass ich keine Ahnung habe, wovon sie reden, und dass ich meinen Anwalt sprechen will", antwortet Killian.

„Was noch?", drängt Papà.

„Das ist alles. Ich bin kein Idiot", behauptet er.

Papà richtet seinen Blick wieder auf mich. „Und du?"

„Sie sagten, ich hätte etwas mit den Geschehnissen im Club und an den Docks zu tun."

Papà schließt die Augen und schüttelt den Kopf. Er öffnet sie wieder und schaut mich mit seinem kalten Blick an. „Die Docks. Welcher Teil des Hafens?"

Mir wird flau im Magen. Er fragt dies im Zusammenhang mit einem weiteren Streit, den Dante und ich mit ihm führten. „Ich weiß es nicht. Sie sagten, das Blutvergießen scheint mich auf Schritt und Tritt zu verfolgen."

„Was haben sie gegen dich in der Hand?", erkundigt sich Papà.

„Nichts, sonst säße er nicht in diesem Geländewagen", sagt Killian.

„Mit dir rede ich nicht", schimpft Papà erneut und wendet sich dann wieder mir zu. „Was haben sie?"

„Nichts. Killian hat recht", sage ich, aber das unbehagliche Gefühl in meinem Bauch wird größer.

„Was haben deine Leute gesagt?", fragt Killian.

„Wenn ich dir noch einmal sagen muss, dass du die Klappe halten sollst-", warnt Papà.

Killian stöhnt. „Mein Gott, Angelo. Was willst du machen? Den Vater des ungeborenen Kindes deiner Tochter töten? Ich bitte dich. Wir haben ein Problem. Hör auf, den Boss zu spielen, und lass uns darüber reden, um eine Lösung zu finden."

Papà gibt selten nach, aber er blickt aus dem Fenster und tippt mit den Fingern auf sein Knie.

Ich werfe Killian einen Blick zu, der frustriert den Kopf schüttelt. Eine Weile wird nichts gesagt, bis wir auf einem belebten Parkplatz neben einem anderen Geländewagen mit verdunkelten Scheiben anhalten.

„Schick Garrett Steelworth unseren Anwalt. Er soll ihn vertreten. Er muss sofort freigelassen werden", weise ich an.

Papà zieht die Augenbrauen hoch. „Warum sollte ich das tun?"

„Weil er ein Mann ist, der vor nichts zurückschreckt. Und er wird uns etwas schulden", sage ich.

„Ist das dein Ernst?", fragt Killian ungläubig.

„Halt die Klappe", befehle ich.

Papà mustert mich.

„Tu es", fordere ich.

Papà verschränkt die Arme. „Okay. Wenn ich das später bereue, geht das auf deine Kappe."

„Gut. Was haben wir hier zu suchen?" Ich deute auf den anderen Geländewagen neben unserem Fahrzeug.

Papà zeigt auf uns beide. „Ihr beide habt eine Schuld zu begleichen."

„Welche Schuld?", frage ich überrascht.

Das Fenster des Geländewagens wird heruntergelassen und Bridgets Vater, Tully, krümmt seine Finger, seine Lippen sind nach oben verzogen.

„Oh, verdammt, nein! Ich schulde Tully nichts", knurrt Killian.

„Ist das ein Scherz?", frage ich.

Papà atmet mehrmals tief durch und wischt sich mit den Händen über das Gesicht. Er sieht mich mit einem Blick an, den ich noch nie gesehen habe. Ich weiß nicht, was ich davon halten soll, aber irgendetwas sagt mir, dass die Dinge in unserer Familie schlimmer stehen, als mir bewusst war. „Tully hat die

Polizei in der Tasche. Die Leute, die auf meiner Gehaltsliste standen, sind alle tot."

Mein Inneres überschlägt sich. Das Blut rinnt mir aus den Wangen, sodass mir fast schwindlig wird. „Wovon redest du? Wann ist das passiert? Und warum hast du es uns nicht gesagt?"

Papàs Gesichtsausdruck wird noch wütender. „Wenn du und deine Brüder nicht immer machen würden, was ihr wollt, könnte ich euch vertrauen."

„Uns vertrauen? Glaubst du ernsthaft, dass du uns nicht vertrauen kannst?", frage ich ungläubig.

Enttäuschung macht sich in Papàs Miene breit. Zum ersten Mal sehe ich die Anspannung in seinem Gesicht. Er sieht aus, als sei er um zwanzig Jahre gealtert. Kälte überkommt mich, und eine neue Sorge macht sich breit.

Er seufzt und zeigt auf Tullys SUV. „Geh deine Schulden abbezahlen. Wenn du nach Hause kommst, werden wir uns unterhalten."

Die Spannung im Auto ist groß, und niemand bewegt sich.

Killian unterbricht sie endlich. „Nun, ich denke, Tully kann mich nicht zwingen, jemanden zu heiraten."

„Soll das ein Witz sein?", schnappt Papà.

Killian hält beschwichtigend die Hände in die Luft. „Ja. Beruhige dich, Angelo." Er öffnet die Tür und steigt aus dem Auto.

„Papà-"

„Geh! Ich will es nicht hören. Begleiche deine Schuld und komm danach nach Hause. Wir müssen uns um dieses Problem kümmern, und zwar schnell", sagt er.

Ich öffne den Mund, beschließe aber, ihn wortlos wieder zu schließen. Ich folge Killians Beispiel und steige aus. Sobald die Tür zugeht, ruft Tully, „Jungs. Steigt ein."

„Verdammt noch mal", murmelt Killian leise, öffnet die Tür und rutscht über den Sitz.

Ich folge wieder und frage mich, was Tully vorhat. Ich erschaudere, als ich feststelle, dass Aidan auch im Auto sitzt. Es besteht kein Zweifel, dass er jeden Moment von Tullys Vorhaben genießen wird.

Tully lässt das Fenster hoch, grinst uns an und der Fahrer fährt los. Das ist ein Gesichtsausdruck, den ich nur ungern sehe, besonders jetzt. Er scheint besonders aufgeregt zu sein, was die Grube in meinem Magen nur noch vergrößert. So wie ich ihn kenne, wird es etwas sein, das Killian und ich verabscheuen werden.

„Du hast nicht gedacht, dass du jemals wieder hier sitzen würdest, nach deinem letzten Aufenthalt im Knast, oder?", fragt Tully Killian spöttisch.

„Bring es hinter dich, Tully. Was auch immer es ist, spuck es aus", schleudert ihm Killian entgegen.

„Pass auf, wie du mit meinem Vater sprichst", warnt Aidan.

Killian schnaubt. „Oder was? Sprich keine Drohungen aus, die du eh nicht halten kannst, Aidan."

Aidan lacht. „Was ist mit euch O'Malleys nur los?"

„Wie bitte?", fordert Killian aggressiv.

„In Ordnung. Genug", befiehlt Tully.

Killian und Aidan starren einander an. Tully reibt seine Hände aneinander und konzentriert sich auf mich.

„Tully, ich habe keine Zeit zu verlieren. Ich muss zurück zu meiner Frau. Was auch immer es ist, können wir es hinter uns bringen?", frage ich genervt.

Er lacht, dann wird sein Grinsen noch breiter.

Mein Puls rast schneller. Ich kenne Tully schon mein ganzes Leben lang. Er ist im Moment viel zu glücklich. Was auch immer er im Schilde führt, ich werde es nicht genießen.

Er gackert lauter, lehnt sich zurück und sagt, „Entspannt euch, Jungs. Wir machen einen kleinen Ausflug. Wenn wir dort ankommen, werde ich euch sagen, was ihr für mich tun werdet."

24

Cara

„Sie müssen warten, bis Sie dran sind, Ma'am", sagt die Beamtin finster.

Die Wut und die Sorge, die in meinem Inneren brodelt, nimmt fast überhand. Niemand will mir sagen, wo Gianni ist oder wann er entlassen wird. Ich weiß, es gibt ein Gesetz, das es verbietet, Informationen über den Aufenthaltsort eines Ehepartners zu verweigern, wenn man ihn in Gewahrsam hat. Doch diese Beamten tun so, als gäbe es das nicht. Oder wenn doch, spielt es für niemanden in diesem Revier eine Rolle. Ich tippe mit dem Finger auf den Tresen. „Ich warte schon seit Stunden. Ich will wissen, wo mein Mann ist und warum mir niemand Auskunft geben will!"

Sie zeigt auf den hinteren Teil der Schlange. Ihre Augen verengen sich zu Schlitzen. „Zwingen Sie mich nicht, es Ihnen noch einmal zu sagen", faucht sie.

„Sagen Sie mir, wo mein Mann ist!", wiederhole ich.

„Ah, Mrs. Gianni Marino", zwitschert eine Männerstimme hinter mir.

Ich drehe mich und begutachte ihn von Kopf bis Fuß. Im Gegenteil zu den uniformierten Beamten trägt er einen billigen dunkelbraunen Anzug. Sein Bierbauch ragt etwa fünfzehn Zentimeter über seinen Gürtel hinaus. Sein zurückgegeltes Haar ist so fettig, dass es mich erschaudern lässt. „Wer sind Sie?"

Seine Lippen verziehen sich zu einem schmalen Lächeln. Er lässt mich nicht aus den Augen und starrt mich an, als wolle er mich einschüchtern.

Dieses Spiel wird langsam langweilig. Ich habe Respekt vor dem Gesetz, aber ich weiß, dass mein Mann und seine Familie keine Heiligen sind. Der Mangel an Informationen, die sie mir geben, macht mich stutzig, und ich frage mich, ob sie etwas gegen Gianni in der Hand haben. Mein Puls schnellt in die Höhe. Ich ziehe meine Schultern zurück. „Muss ich meinen Anwalt anrufen und ihn bitten, eine Klage einzureichen?"

Er grunzt und vermittelt den Eindruck, dass ich ihn amüsiere.

„Sie finden meine Frage amüsant?", frage ich aufgebracht.

Er grinst. „Ein bisschen."

„Warum?", schnauze ich.

Er verlagert sein Gewicht von einem Bein aufs andere. „Kommen Sie mit, Mrs. Marino."

Ich bleibe, wo ich bin und zähle bis zehn.

Er tritt näher. „Wir sollten reden."

„Ich gehe nirgendwo mit Ihnen hin. Ich habe Sie nach Ihrem Namen gefragt und möchte wissen, wo mein Mann ist. Ich sollte besser bald ein paar Antworten bekommen, sonst erleben Sie ihr blaues Wunder", drohe ich und wünschte, ich hätte mein Handy dabei. Ich weiß nicht, wie ich ohne jemanden erreichen kann. Natürlich habe ich mir keine Nummern der Marinos eingeprägt, aber es ist sowieso unwahrscheinlich, dass jemand in diesem Höllenloch so freundlich wäre, mir ein Handy zu leihen.

Er hält beschwichtigend die Hände in die Luft und lächelt, als ob wir Freunde wären. „Bitte beruhigen Sie sich. Ich bin Detective Contray. Wenn Sie mir folgen würden, kann ich Ihnen alle Einzelheiten über Ihren Mann erzählen."

Ich zögere, weil ich mit diesem Mann nichts zu tun haben will, aber nicht weiß, welche andere Möglichkeit ich habe, etwas über Gianni herauszufinden.

Er bittet mich, vor ihm den Flur entlangzugehen. Da ich keine andere Wahl habe, gehe ich ein paar Meter voran, bis er mir neue Anweisungen gibt. „Biegen Sie bitte rechts ab. Wir nutzen Raum sieben."

Ich gehorche und erstarre, als ich eintrete. Der Raum sieht genauso aus wie einer dieser Verhörräume aus den Filmen.

„Nehmen Sie Platz, Mrs. Marino."

Ich drehe mich, als die Tür zuschlägt, und frage. „Warum sind wir in diesem Raum?"

„Ich dachte, Sie würden gerne in Ruhe besprechen, weswegen wir Ihren Mann anklagen", erklärt er.

„Ihn anklagen? Weswegen?", frage ich und versuche, ruhig zu bleiben, aber es gelingt mir nicht besonders gut.

Er zeigt auf den Stuhl und den Tisch. „Wenn Sie sich setzen, können wir alles besprechen."

Ich schlucke den Kloß in meinem Hals hinunter und setze mich auf den kalten Metallstuhl. Die Wand gegenüber ist aus verspiegeltem Glas. Es gibt mir das Gefühl, dass ich irgendwie in Schwierigkeiten stecke. Ich frage mich, ob andere Polizisten dahinter stehen und mich beobachten.

Detective Contray setzt sich mir gegenüber, tippt mit dem Zeigefinger auf die Tischplatte und mustert mich.

Ich tue alles, was in meiner Macht steht, um nicht in meinem Sitz hin und her zu rutschen, obwohl sich der Metallstuhl unter meinem Hintern kalt anfühlt. Nach einer gefühlten Ewigkeit verliere ich den letzten Rest Geduld. „Wo ist mein Mann?"

Contray schenkt mir ein mitleidiges Lächeln und senkt seine Stimme. „Ihr Mann steckt in großen Schwierigkeiten, Mrs. Marino. Ihm droht eine lebenslange Haftstrafe."

Mein Magen dreht sich so schnell um, dass ich meine Hand darüber legen muss, um ihn zu beruhigen. Meine Kehle wird trocken und meine Stimme klingt kratzig. „Wieso?"

„Wir haben wichtige Beweise, die auch Sie betreffen", erklärt er.

Ich rucke mit dem Kopf nach hinten. „Wie bitte?"

Er nickt. „Ihre DNA ist überall."

Mein Herz klopft so stark gegen meine Brust, dass ich sicher bin, er kann es hören. „Wovon reden Sie?"

Es vergehen dreißig Sekunden, in denen mir so heiß ist, dass ich zu schwitzen beginne. Schließlich antwortet er. „Du hast zwei Möglichkeiten, Cara. Stört es dich, wenn ich dich Cara nenne?" Er schenkt mir ein freundliches Lächeln, und ich möchte mich am liebsten übergeben. Schmieriger Typ.

Ich starre ihn an. „Ja. Es macht mir etwas aus."

Er lacht amüsiert. „Nun gut. Mrs. Marino, hier sind Ihre Auswahlmöglichkeiten. Hören Sie gut zu."

Ich habe genug von seinem herablassenden Blödsinn, aber ich habe auch Angst, dass Gianni womöglich ins Gefängnis muss und weil Contray diese DNA-Bemerkung gemacht hat. Ich verschränke die Arme vor der Brust und wünsche mir, Gianni wäre hier, um mich zu beschützen, während ich versuche zu entschlüsseln, was auch immer gerade in diesem Raum passiert.

Er interpretiert mein Schweigen als Zustimmung und lehnt sich näher heran. „Die erste Möglichkeit ist, dass Sie lebenslang ins Gefängnis wandern."

Ich zittere innerlich. Ich habe in meinem Leben noch nie ein Verbrechen begangen. Ich habe keine Ahnung, wo sie meine DNA gefunden haben wollen oder warum sie an einem Tatort sein sollte. Also lasse ich Contray nicht aus den Augen und tue so, als wäre ich Gianni. Ich versuche, meinen Gesichtsausdruck neutral, aber ernst zu halten, damit ich nicht verängstigt wirke. „Ich weiß nicht, warum Sie glauben, dass ein Richter mich jemals zu einer Gefängnisstrafe verurteilen würde. Ich bin mein ganzes Leben lang eine gesetzestreue Bürgerin gewesen."

Er legt den Kopf schief, während eine neue Welle des Mitleids seine Miene ziert. Ich werde noch aufgewühlter und blinzle angestrengt, um nicht in Tränen auszubrechen. Er blickt hinter sich und rückt seinen Stuhl näher an den Tisch heran. „Mrs. Marino, Sie haben eine zweite Möglichkeit."

„Eine Möglichkeit, dem Gefängnis zu entgehen, obwohl ich nichts getan habe?", fauche ich wütend, setze mich aufrecht hin und sammle meine Kräfte.

„Aber Sie haben etwas getan, oder?", fragt er.

„Wovon reden Sie?", frage ich erneut, etwas lauter.

Er lehnt sich zurück und sein Tonfall wird nun sehr sachlich. „Option zwei. Sie helfen uns, und Sie sichern sich eine saubere Weste und Ihre Freiheit."

Der Raum scheint kleiner zu werden. Meine Brust zieht sich zusammen, und es fällt mir schwer, genug von der abgestandenen Luft einzuatmen. Alles an diesem Detective macht mich krank. Der Gedanke, ihm bei irgendetwas zu helfen, bringt mich zum Würgen. Ich verliere den Kampf und frage, „Wobei soll ich helfen?"

„Ich denke, Sie kennen die Antwort darauf", sagt er selbstgefällig.

Er will, dass ich Gianni zu Fall bringe.

Übelkeit überkommt mich unerbittlich. Ich fange an zu zählen und betrachte Contrays fettiges Haar, seine schwammige Haut und seinen Hängebauch, der gegen den Tisch stößt. Er ist das genaue Gegenteil von allem, was mein Mann verkörpert. Gianni mag kein Heiliger sein, aber dieser Typ ist es auch nicht. Der Unterschied zwischen den beiden ist, dass Gianni nicht verheimlicht, wer er ist oder was für Fehler er hat. Er gesteht sie sich ein. Ich wette, Detective Contray schläft nachts ein und denkt, er sei rechtschaffen. Aber mein Gefühl sagt mir, dass er auf jeden Fall das Gesetz zu seinen Gunsten biegt.

Er fährt mit seinen dicken Pfoten durch sein Haar. Dann nimmt er einen dicken Ordner in die Hand und legt ihn vor mir auf den Tisch. „Nur zu, Mrs. Marino. Schauen Sie rein."

Ich krümme meine Zehen in meinen Heels, um nicht zu zappeln. Innerlich bebe ich stärker, und nachdem ich tief durchgeatmet habe, öffne ich vorsichtig den Ordner und schließe ihn dann sofort wieder. Ich wende den Kopf zur Seite und versuche zu verdrängen, was ich gerade gesehen habe.

„Nein. Ich möchte, dass Sie sich diese Fotos *wirklich* ansehen", befiehlt Contray, nimmt ein Foto und hält es mir vor die Nase.

Als ich den Toten betrachte, der ein Einschussloch im Kopf hat, kneife ich die Augen zusammen und bete, dass meine Übelkeit verschwindet.

„Es gibt zwanzig weitere Fotos in dieser Mappe. Jeder einzelne Mann wurde von Ihrem Mann ermordet oder er spielte eine Rolle bei ihrem Tod", sagt Contray wütend.

Das Geräusch von auf dem Boden schabendem Metall dringt an meine Ohren. Ich öffne die Augen und sehe, dass Contray seinen Stuhl zurückgeschoben hat und nun weniger als einen Meter von mir entfernt steht, und alle Fotos auf dem Tisch in mein Blickfeld ausbreitet. Jedes einzelne zeigt Blut und Tod.

Contrays Moschusgeruch steigt mir in die Nase und verstärkt mein Unbehagen. Ich nehme all meine Kraft zusammen, schiebe meinen Stuhl zurück und stehe auf. „Ich will meinen Mann sehen, jetzt sofort", wiederhole ich, aber es klingt schwach. Ein Schwindelgefühl überkommt mich. Ich stütze meine Hand auf den Schreibtisch und setze mich schnell wieder hin.

„Ah, ja. Wie ich sehe, sind Sie von diesen Fotos äußerst betroffen", sagt er großspurig.

Ich vermeide es, die toten Männer anzuschauen. „Ich weiß nichts darüber. Mein Mann weiß es auch nicht, das kann ich Ihnen versichern."

Contray beginnt zu lachen, als die Tür auffliegt. Ein hagerer Mann in einem ähnlich billigen Anzug in Marineblau tritt ein und schließt die Tür hinter sich. Er mustert mich und zieht den anderen Stuhl für sich zurück. „Ich bin Detective Anderson. Ich habe gerade mit dem Staatsanwalt gesprochen. Er ist bereit, mit Ihnen einen Deal zu machen, wenn Sie kooperieren."

Die Härchen auf meinen Armen stellen sich auf. Ich beiße die Zähne zusammen, atme mehrmals tief durch und beginne zu zählen. „Ich habe keine Verbrechen begangen. Ich möchte jetzt meinen Mann sehen", antworte ich schließlich.

Er schüttelt den Kopf, als wäre ich ein dummes Kind, das einfach nicht versteht, was er von mir will. „Es tut mir leid, Mrs. Marino. Ihr Mann ist in Gewahrsam und wird uns nicht so bald verlassen, wenn überhaupt, es sei denn, Sie kooperieren."

Meine Lippen beben. Die Tränen, die ich zu unterdrücken versucht habe, fließen über meine Wangen. „Ich will meinen Mann sehen!", schreie ich, und meine Stimme bricht.

Contray wendet sich an Anderson und sie unterhalten sich, als wäre ich nicht im Raum. „Sie scheint keine Angst vor einer Haftstrafe zu haben."

Es fühlt sich an, als würden die Wände näher kommen. Ich schreie, nicht mehr in der Lage, die Fassung zu bewahren, „Ich habe nichts getan!"

„Unsere DNA-Funde besagen etwas anderes", ruft Anderson wütend, während er auf mich zeigt.

Ich schaue zwischen den beiden Männern hin und her und kann nicht glauben, was hier passiert. „Fick dich." Ich gehe an ihnen vorbei und versuche, die Tür zu öffnen, aber sie ist verschlossen.

Ich starre sie an, mein Herz rast und die Angst explodiert in mir.

Werden sie mich für immer hier behalten?

Ist es das, was sie mit Gianni machen?

Weiß jemand, dass wir hier sind?

Ich drehe mich um und ziehe meine Schultern zurück. „Ich will mit meinem Anwalt sprechen."

„Und wer sollte das sein?", fragt Anderson und grinst.

Ich habe keinen Anwalt, aber ich bin eine Marino. Die Familie muss ein Bataillon von Strafverteidigern haben.

Ich muss Angelo anrufen.

Ich weiß seine Nummer nicht auswendig.

Oh Gott! Ich kenne die Nummer von niemandem!

„Bin ich verhaftet?", frage ich kühl.

Beide Männer tauschen einen Blick aus.

Ich lache spöttisch. „Bin ich nicht, nicht wahr?"

„Was passiert, wenn Sie die Nächste sind? Hmm?", fragt Anderson und zieht die Augenbrauen hoch.

Ich verkneife mir jegliche Antworten und konzentriere mich auf das Wichtigste. „Wenn ich nicht verhaftet bin, dann verlange ich, dass Sie mich sofort gehen lassen!"

„Ich gebe ihr weniger als sechs Monate, bevor sie von der Bildfläche verschwindet", sagt Contray abfällig.

Ich drehe mich, schlage mit den Händen gegen den Spiegel und schreie, „Hören Sie mich? Lasst mich gehen, oder ich verklage euch alle persönlich, sowie das gesamte Polizeipräsidium!"

Die Tür schwingt auf. Ein weiterer Mann tritt ein. Er hält eine Brieftasche in die Höhe, in der ein Ausweis steckt. „Mrs.

Marino. Ich bin Agent Bordeaux vom FBI. Ich würde Sie gerne unter vier Augen sprechen."

„Ich habe deutlich gesagt, dass ich gehen will", sage ich wütend.

Er hält beschwichtigend die Hände hoch und nickt. „Ja. Ich verstehe. Bitte. Geben Sie mir ein paar Minuten."

Ich stemme meine Hand auf meine Hüfte. „Bin ich verhaftet?", frage ich erneut.

„Nein."

„Ich kann also gehen?"

„Ja, aber ich denke, es ist in Ihrem Interesse, noch ein paar Minuten zu warten. Ich verspreche Ihnen, sobald wir unser Gespräch beendet haben, zeige ich Ihnen den Weg nach draußen, wenn Sie weiterhin gehen wollen", sagt er.

Ich bewege mich nicht vom Fleck, fühle mich wie gelähmt.

Bordeaux nickt den Detectives zu, und sie verlassen den Raum. Sobald sich die Tür schließt, deutet er zum Tisch. „Bitte, setzen Sie sich wieder."

Ich seufze und setze mich widerwillig, ohne zu wissen, warum ich mich entschieden habe zu bleiben.

Er nimmt den Platz mir gegenüber ein. „Mrs. Marino, das FBI ist bereit, große Anstrengungen zu unternehmen, um Sie für Ihre Bemühungen zu entlohnen."

„Wie bitte?", frage ich verwirrt.

Er macht eine Pause und sagt dann, „Ihr Mann ist ein schlechter Mensch. Ich glaube nicht, dass Sie naiv sind oder dass Sie unwissend darüber sind, zu welchen Verbrechen er fähig ist."

Ich erhebe mich. „Ich bin jetzt bereit, zu gehen."

Auch er steht auf und ruft, „Mrs. Marino! Wir können Sie beschützen."

Ich lache sarkastisch. „Mich wovor beschützen?"

„Vor Ihrem Mann. Seiner Familie. Jedem anderen, der für sie arbeitet und Ihnen Angst macht."

Ich trete näher an ihn heran und verschränke meine Arme. Ich neige den Kopf, um ihm in die Augen zu sehen, und knurre, „Mein Mann und seine Familie, *meine Familie*, würden mir nie etwas antun. Keiner, der für sie arbeitet, würde es wagen, Hand an mich zu legen."

„Ist Ihnen klar, was mit Frauen wie Ihnen passiert?", fragt er.

„Frauen wie mir?"

„Ja. Eins von zwei Dingen passiert. Entweder sie landen im Gefängnis oder sie sterben."

„Ich möchte gehen", sage ich entschieden und gehe auf die Tür zu. Ich greife nach der Klinke, aber er drückt seine Handfläche gegen die Tür, um mich am Gehen zu hindern.

„Ich kann Ihnen helfen, all das zu verhindern. Alles, was Sie tun müssen, ist, uns zu helfen, und ich gewähre Ihnen vollen Zeugenschutz", verspricht er.

Ich lasse den Türknauf los und starre ihn über die Schulter hinweg an.

Seine Augen weiten sich und seine Stimme klingt fast väterlich. „Hören Sie auf zu denken, dass Ihnen nichts passieren kann. Alles, was ich brauche, ist Ihre Kooperation …"

„Hören Sie mir jetzt gut zu. Ich werde niemals – niemals – tun, was Sie von mir verlangen. Was immer Sie meinem Mann anhängen wollen, hören Sie auf", fordere ich.

„Seien Sie nicht dumm ..."

„Ich bin jetzt bereit, zu gehen. Lassen Sie mich raus", befehle ich.

Er spannt seinen Kiefer an und bewegt sich nicht.

„Jetzt", schreie ich.

„Letzte Chance", sagt er.

„Nein."

Er schüttelt den Kopf, nimmt die Hand von der Tür und tritt zurück.

Ich reiße die Tür auf und renne praktisch durch den Flur in den Hauptbereich hinaus. Ich bleibe nicht stehen, bis ich an die frische Luft trete. Fünfmal atme ich tief ein und schaue mich um.

Ich muss nach Hause und mit Angelo sprechen.

Die kalte Luft dringt schnell durch meine Kleidung und in meine Knochen. Ich habe keinen Mantel dabei, weil ich ohne nachzudenken aus der Fashion Week gerannt bin. Ich will nur noch weg von dieser Polizeistation und herausfinden, wie ich Gianni da herausholen kann.

Oh Gott! Er ist immer noch da drin, denke ich, während ich die Straße hinuntergehe. Mehrere Taxis stehen an einer Ecke, also laufe ich schneller. Ich öffne die Tür und steige hinten in eines ein. Dann gebe ich dem Fahrer die Adresse des Marino-Anwesens.

Das Taxi fährt los, schlängelt sich durch den Verkehr und wieder heraus. Ich starre aus dem Fenster und versuche, mich nach all dem, was gerade passiert ist, zu beruhigen, aber ich kann es nicht.

Die Grausamkeit in den Fotos bleibt in meinem Gedächtnis haften. Ich weiß nicht, ob Gianni das getan hat, aber wenn er es getan hat, nehme ich an, dass die Männer es verdient haben. Unabhängig davon frage ich mich, ob sie tatsächlich etwas gegen ihn in der Hand haben oder ob alles eine Lüge war.

Angelo wird sich darum kümmern. Ich muss nur nach Hause kommen.

Wenn man bedenkt, wo wir uns in der Stadt befinden, wird es dank des Verkehrs noch mindestens fünfundvierzig Minuten dauern, bis ich zu Hause ankomme. Ich lehne meinen Kopf zurück an die Kopflehne, schließe die Augen und versuche, meine wirbelnden Gedanken zu beruhigen. Ich schlafe fast ein, aber das Taxi nimmt auf einmal eine scharfe Kurve, und der Fahrer schreit empört, „Was zum Teufel soll das?"

Jeder Muskeln in meinem Körper spannt sich an. Panisch öffne ich meine Augen und setze mich auf. „Was ist los?"

Mehrere schwarze SUVs umringen uns. Einer fährt links von uns auf gleicher Höhe. Das Fenster wird heruntergelassen, und ein Mann streckt eine Waffe heraus. Er schießt, und ein lauter Knall dröhnt in meinen Ohren.

Glas zerspringt, Blut spritzt überall hin, und der Körper des Taxifahrers sackt auf dem Sitz zusammen. Ich schreie, und weitere Schüsse erschüttern die Luft. Das Taxi sackt runter, als wären die Reifen zerschossen worden, und schrammt über den Asphalt.

Die SUVs bleiben an dem Taxi dran, während es noch etwas weiterrollt, bis es langsam zum Stehen kommt. Ich verriegele die Türen, denn ich weiß nicht, was ich sonst tun kann, um diesen Männern zu entkommen, aber es ist sinnlos.

Meine Brust zieht sich zusammen, und meine Lungen fühlen sich an, als ob sie keinen Sauerstoff mehr aufnehmen könnten. Ich neige den Kopf zwischen die Beine und schließe die Augen, während ich mir wünsche, dass all das verschwindet, und doch weiß, dass es nicht der Realität entspricht. Scharfe Schmerzen schießen durch mein Herz.

Es wird lauter. Weitere Schüsse ertönen. Um mich herum ertönen raue Männerstimmen. Jemand packt mich und zerrt mich aus dem Wagen.

„Lass mich los!", würge ich hervor, greife nach dem Sicherheitsgurt und ziehe ihn so fest wie möglich.

Der Mann zerrt so stark an mir, dass ich den Gurt loslasse. Ich versuche, mich aus seinem Griff zu befreien, aber es ist zwecklos.

Ich werde in einen schwarzen Geländewagen geschoben. Nach meinem ersten Atemzug in diesem Wagen wird mir schlecht. Selbst bevor ich sein Gesicht sehe, weiß ich, dass *er* es ist.

Eine neue Angst überwältigt mich, als ich den Kopf hebe und dem Teufel in die Augen schaue. Mein Magen zieht sich zusammen und dreht sich.

In Ubertos finsterem Blick schwingen sowohl Erregung als auch Hass mit. Das letzte Mal, als ich diesen Blick gesehen habe, hat er mich unter Drogen gesetzt und zum Verkauf angeboten. Die Ironie unserer Situation bringt mich fast zum Lachen. Früher lag ich in seinen Armen und jetzt bin ich sein Feind. Erneut empfinde ich das Bedürfnis, ihm zu entkommen, aber meine Gliedmaßen sind wie erstarrt.

Ich drehe mich um und versuche aus dem Wagen zu springen, aber sein riesiger Schlägertyp hält mich auf. Meine Beine und Arme zappeln in der Luft, bis Uberto seine Hand um meine

Kehle legt und zudrückt. „Stopp, oder ich drücke so lange zu, bis kein Leben mehr in dir ist."

Ich erstarre, aber meine Lippen beben.

Uberto fährt mit dem Finger über meine Wange, und ich erschaudere, weil mir die Tränen in die Augen schießen. Er packt mein Kinn, zwingt mich, ihm ins Gesicht zu sehen und sagt, „Es ist Zeit, dir zu zeigen, was ich mit Verrätern mache."

25

Gianni

Tully pafft an seiner Zigarre, nimmt sich Zeit, den Rauch auszuatmen und ausführlicher auf meine Frage einzugehen.

„Mein Gott, Tully. Was zum Teufel machen wir hier?", fragt Killian, sein Gesicht rot vor Wut. Das verlassene Bürogebäude sieht aus wie der perfekte Ort für einen Crack-Deal. Zerbrochene Fenster, eine Tür, die kaum noch in den Angeln hängt, und ein Dach, das aussieht, als würde es bald einstürzen – es ergibt keinen Sinn, warum Tully uns hierher gebracht hat.

„Sei meinem Vater gegenüber nicht so respektlos", warnt Aidan.

Killian runzelt die Stirn. „Komm mir nicht mit diesem Schwachsinn. Dein Vater spielt Spielchen mit uns, und das weißt du."

Je mehr Zeit vergeht, desto wütender werde ich. Sowohl Killians als auch meine Handyakkus sind leer. Das liegt wahrscheinlich daran, dass ich in der Zelle nach einem Signal gesucht habe. Dass ich nach allem, was passiert ist, nicht mit Cara sprechen kann, macht mich fertig. „Tully, ich habe keine Zeit zu verlieren. Sowohl Cara als auch Arianna sind ohne uns auf der Fashion Week. Wir müssen dorthin zurück."

Er atmet noch einmal ein und antwortet in seinem rauchigen irischen Akzent, „Sie haben doch ihre Bodyguards bei sich. Mach dir keine Sorgen."

„Tully, ich warne dich", drohe ich und schaue Aidan an, mit dem ich mich immer gut verstanden habe. „Hilf mir mal."

Er scharrt mit den Füßen. „Okay, Dad. Lass uns loslegen. Ich habe noch ein Date."

Tully zieht die Augenbrauen hoch. „Mit der Mutter von Fionas Freund?"

„Ja."

Tully pfeift anerkennend. „Sie ist eine gutaussehende Milf."

„Du solltest mal sehen, was sie heute Abend anzieht." Aidans Grinsen wird breiter.

Killian stöhnt. „Lass deinen Schwanz in der Hose und bring deinen Vater dazu uns zu erzählen, was er von uns will."

Tully bauscht seine Brust auf und zeigt auf die Tür. „Das habe ich gerade gekauft. Geht rein."

„Warum?", frage ich.

„Weil ich es sage", antwortet Tully.

„Sieht aus, als hättest du ein wahres Prachtstück gekauft. Vielleicht solltest du dir einen neuen Makler suchen", murmelt Killian, wirft mir einen genervten Blick zu und öffnet die Tür.

Tully grunzt, als ob ihn das alles amüsieren würde und steigt ebenfalls aus.

Ich nehme an, das tut es auch. Ich seufze und folge Killian.

An der Tür ist ein kleines Vorhängeschloss befestigt. Er macht sich nicht die Mühe, nach dem Schlüssel zu fragen. Er reißt daran, um das Metall vom Holz zu lösen. Dann hält er Tully das Schloss hin. „Du solltest außerdem dein Sicherheitspersonal feuern."

Anstatt wütend zu werden, lacht Tully. „Du bist so berechenbar. Und jetzt hör auf, Zeit zu verschwenden und folgt mir."

Killian starrt ihn an, aber wir folgen ihm durch die Tür in einen leeren, offenen Raum. Der Boden ist mit Schmutz bedeckt, sowie der einzige Gegenstand in diesem Raum – ein schmutziger Teppich. Die Holzwände weisen an mehreren Stellen Löcher auf. Die Luft von draußen strömt ungehindert hinein und schafft eine feuchte Atmosphäre.

„Ich glaube, Killian hat recht. Du solltest dir einen neuen Immobilienmakler suchen", sage ich, schaue mich in der Leere um und frage mich, warum Tully dieses Gebäude jemals kaufen würde.

„Ah, aber da liegst du falsch", antwortet er und deutet auf den Teppich. „Rollt ihn zusammen, Jungs."

„Wir sollten ihn zusammenrollen?", wiederhole ich skeptisch.

„Du musst dir einen Innenarchitekten anschaffen, wenn du glaubst, dass es sich lohnt, diesen zerfetzten Teppich zu retten", murmelt Killian.

„Wer vergeudet jetzt wessen Zeit?", fragt Aidan genervt.

„Ich werde dich verprügeln", droht Killian.

„Haltet die Klappe. Ihr beide", fordere ich und gehe an eine Ecke des Teppichs.

Killian tritt widerwillig auf die andere Seite, und wir beginnen, den Teppich zusammenzurollen.

„Schön eng, Jungs. Fangt von vorne an. Macht es nicht so halbherzig", weist Tully an.

Killian und ich werfen uns einen finsteren Blick zu, rollen ihn aber zusammen und tun, was er sagt.

Wir haben den halben Teppich zusammengerollt, als Tully *Stopp* ruft.

Wir sehen ihn beide entgeistert an.

Er nimmt einen weiteren Zug von seiner Zigarre und nickt dann in die Mitte des Raumes. „Deshalb habe ich dieses Gebäude gekauft."

Aidan kommt zu uns herüber und öffnet eine Falltür. Er grinst als wir ihn entgeistert ansehen und sagt, „Nach euch."

„Tully, worum geht es hier eigentlich?", frage ich erneut. Ich bin kein Mensch, der sich über Überraschungen freut. Diese unklaren Situationen machen mich nervös.

„Ihr werdet schon sehen. Runter mit euch, Jungs", antwortet Tully.

Ich werfe einen Blick an mir herunter, betrachte meinen Designeranzug und stöhne. Dann drehe ich mich um und steige die Metallleiter hinunter. Die Luft ist so feucht, dass ich vor Kälte zittere. Dunkelheit schluckt mich, und ich rufe, „Bekomme ich ein Licht?"

„Die Schnur ist direkt über dir. Zieh daran", antwortet Aidan.

Killians Schritte hallen vom Metallgestell wieder. Ich habe Mühe, die Schnur zu finden, aber gerade als er neben mir auf den Boden tritt, finde ich sie und ziehe daran.

Aidan und Tully gesellen sich zu uns, und meine Augen stellen sich auf die nun erhellte Umgebung ein.

„Gütiger Gott", murmelt Killian ungläubig.

Vier Männer hängen nackt kopfüber an Vorrichtungen, die ihre Gliedmaßen so weit wie möglich strecken. Jeder einzelne von ihnen hat eine rostige Metallkugel im Mund. Diese sind mit einem Stachelhalsband verbunden. Wenn sie ihren Hals strecken, graben sich die Stacheln daran so tief in ihre Haut, weshalb ihre Gesichter mit einer Mischung aus getrocknetem und frischem Blut bedeckt sind. Vier angsterfüllte Augenpaare starren uns an. „Wer sind sie?", frage ich ruhig.

Aidan tritt vor und legt seinen Arm um meine Schulter. „Unser Geschenk an dich."

„Ein Geschenk?", wiederhole ich, ohne zu wissen, was das bedeutet. Ich habe noch nie einen dieser Männer gesehen.

Tully nimmt einen letzten Zug und wirft die Zigarre dann zu Boden, um sie mit dem Fuß auszutreten. Dann räuspert er sich. „Betrachte meine *Du-kommst-aus-dem-Gefängnis*-Karte als ein verspätetes Geschenk zur Hochzeit. Du wolltest wissen, wie du die Jagd auf Uberto schnell beenden kannst? Das ist deine Chance."

Verwirrt mustere ich die Männer und sage dann, „Ich verstehe nicht. Wer sind sie?"

„Sie sind O'Learys", sagt Aidan angewidert und spuckt ihnen vor die Füße.

„Ich habe noch nie von ihnen gehört", sagt Killian ruhig.

„Ich auch nicht", gebe ich zu.

Tully tritt näher an die Männer heran und der mittlere pisst sich ein. Urin rinnt über seinen Oberkörper, seinen Hals und sein Gesicht und bildet dann eine Pfütze unter seinem Kopf. Tully runzelt die Stirn. „Die O'Learys scheinen zu denken, dass sie unser Gebiet ohne Konsequenzen betreten können." Tully geht in die Hocke, löst den Ballknebel und packt einen der Männer am Kiefer. Der Mann hustet, aber Tully presst ihm eine Hand auf den Mund, bis er lila anläuft.

Als Tully ihn loslässt, versucht er, zu Atem zu kommen. Ein starker irischer Akzent, wie ihn nur ein wahrer Ire haben kann, erfüllt den Raum. „Fick dich, Tully."

Tully tritt zurück, hebt seinen Fuß und tritt ihm in die Brust. Das Geräusch seiner knackenden Rippen dringt an meine Ohren.

Der Mann schreit und würgt noch mehr.

„Willst du uns damit sagen, dass es eine neue Familie aus Irland gibt, die hinter dir her ist?", fragt Killian erstaunt. Das sollte er nicht sein. Es kommen ständig neue Familien, aber fairerweise muss man sagen, dass sie selten direkt aus dem Mutterland kommen.

„Ja. Diese Bastarde dachten, sie könnten einfach so hereinspazieren und wir würden ihre Geschäfte in unserem Gebiet oder ihre Allianz mit den Abruzzos ignorieren", sagt Aidan.

„Mit den Abruzzos?", platze ich heraus. Die Härchen in meinem Nacken stellen sich auf. Das Letzte, was unsere beiden Familien brauchen, ist ein neuer Feind in unserem Revier.

„Weiß Liam davon?", fragt Killian.

Tully nickt. „Ja. Er ist sich dessen bewusst."

Aidan hockt sich neben seinen Vater und packt einen der Männer an den Haaren. Seine Augen verengen sich hasserfüllt. Er zerrt so fest, dass der Mann vor Schmerz wimmert. „Dieser Wichser schien mich zu unterschätzen, als wir uns in Irland trafen. Das wirst du nicht noch einmal tun, oder?"

Blut tropft den Hals des Mannes hinunter. Er wirft Aidan einen hasserfüllten Blick zu.

Aidans Faust trifft auf seinen Wangenknochen, und ein Knacken hallt durch die Luft. Ein weiterer gedämpfter Schrei ertönt. Aidan lacht, lässt den Mann los und dreht sich zu uns herum. „Ratet mal, wer mit Uberto in Kontakt war?"

Ich stelle mir meinen Tesoro nackt auf einer Bühne vor und meine Brust spannt sich. Das Atmen fällt mir schwerer. Ich bin es so leid, nicht zu wissen, wo Uberto ist, und mich zu fragen, welches Unheil meiner Frau als Nächstes droht. „Wo ist er?", frage ich aufgebracht.

Aidan zeigt auf die vier Männer. „Frag nicht mich. Frag sie."

Drei der Männer sagen kein Wort und nehmen mit keinem von uns Augenkontakt auf. Der Mann, den Aidan geschlagen hat, zuckt zusammen. Es ist kaum merklich, aber ich sehe es.

Ich entferne seinen Knebel, nehme meine Pistole heraus, drücke sie ihm an den Schädel und frage, „Wo ist Uberto?"

Er antwortet nicht, sondern knirscht mit den Backenzähnen, aber beginnt am ganzen Körper zu zittern.

Ich entsichere die Waffe und lade sie. Er spuckt mich an und sagt höhnisch, „Mach schon, du italienisches Stück Scheiße."

Ich trete zurück, ziele auf seinen Fuß und schieße.

Er schreit, und der Mann neben ihm übergibt sich.

„Jetzt gehts los. Mal sehen, was für Muschis wir vor uns haben", ruft Aidan, klatscht in die Hände und sein Blick wird immer verrückter. Er verwandelt sich in den Aidan, den ich kenne, seit wir Kinder waren. Wie meine Brüder ist er immer bereit, seine Familie zu verteidigen, immer bereit, jeden Feind auszuschalten, den er für eine Bedrohung hält, mit oder ohne Beweise.

„Gib mir dein Feuerzeug, Tully", fordere ich und strecke meine Hand aus.

„Du solltest Benzin mitbringen, wenn du das nächste Mal hier vorbeischaust", fügt Killian hinzu.

Tully schüttelt den Kopf und gluckst. „Ihr O'Malleys und euer Benzin. Ich habe Liam gesagt, er braucht ein Upgrade."

„Wozu?"

Tully schaltet eine Taschenlampe ein und richtet sie in eine Ecke. Dutzende von blauen Plastikbehältern stehen dort eng aneinander aufgereiht. „Kerosin", sagt er selbstzufrieden.

Killian verzieht das Gesicht. „Warum ist das besser?"

Tully tritt vor den Mann, den er getreten hat, und schlägt gegen seine hervorstehende Rippe. Der Mann schreit auf, sein Körper wehrt sich kaum gegen die Fesseln, aber es reicht, um ihn weiter zu verletzen. Seine gequälten Schreie werden lauter, und Tränen rinnen über sein Gesicht. Tully schnieft scharf, seine Lippen zucken und er sagt, „Kerosin brennt langsamer und es ist schwieriger zu löschen."

„Das könnte aber dazu führen, dass sie schneller sterben, bevor man Informationen von ihnen erhält", sagt Killian skeptisch.

Aidan hebt einen Kanister an und stellt ihn neben mich. „Deshalb braucht man Disziplin und Präzision. Das macht es noch schmerzhafter. Stimmts, Dad?"

Tully klopft ihm auf die Schulter. „Das ist richtig, mein Junge."

„Huh. Dann werde ich mit Liam reden", sagt Killian und nickt.

Aidan reicht mir einen Schürhaken und der Funke in seinen Augen brennt heller. „Weißt du noch, wie wir unsere ersten Abruzzos an diesem Baum aufgehängt haben?"

Ich lächle Aidan an. „Das würde ich niemals vergessen. Es ist schon lange her." Ich strecke ihm meine Faust entgegen. Dieser Mord war Aidans und mein erster. Wir waren erst siebzehn. Wir waren in einem Sexclub, und zwei Schläger mischten Frauen Drogen in ihre Drinks. Aidan und ich hörten, wie sie auf der Toilette damit prahlten.

Wir hassten die Abruzzos bereits und wussten, dass wir diese Leute irgendwann ausschalten mussten. Aidan rastete aus, und ich sah, dass es keine Möglichkeit gab, ihn aufzuhalten. Ehe ich mich versah, hatten wir die Schläger in unserer Gewalt, als sie aus dem Club traten.

Als ich Papà anrief, nahm ich an, er würde wollen, dass wir sie ins Verlies bringen. Stattdessen bekam ich eine Standpauke darüber, dass man die Regeln des Clubs nicht missachtet, ebenso wie Aidan. Dann befahl Papà unserem Fahrer uns in einem Feld in Jersey abzusetzen. Er sagte, wir sollten warten, bis er und Tully eintrafen. Sie zwangen uns dazu, die Schläger im Baum aufzuhängen, und dann brachten sie uns stundenlang Foltertechniken bei. Ein Teil dieser Lektion war, wie viel Schaden man einem Mann mit einem heißen Schürhaken, etwas Brennbarem und viel Geduld zufügen kann. Noch heute sehe ich die Gesichter dieser Männer vor mir … wie großspurig sie im Club auftraten, außerhalb des Clubs aber völlig verängstigt waren.

Aidan öffnet den Kerosinkanister, und ich tauche den Schürhaken hinein. Tully schnippt sein Feuerzeug und hält es unter das Ende des Metalls.

Die Flammen züngeln sofort auf, bestärkt durch das Kerosin, bis das Metall leuchtend rot glüht. Ich drehe den Schürhaken in einer Hand, beobachte, wie sich die Flammen nähren, und atme den einzigartigen Geruch ein. „Weißt du noch, wie die Geier kamen, als wir das Feuer gelöscht hatten?", frage ich Aiden.

Er verzieht seine Mundwinkel nach oben. „Das Beste war, sie schreien zu hören, als die Geier sie zerfetzten." Er geht auf den Mann zu, dem ich meine Waffe vorgehalten hatte, und hockt sich vor ihn. Er legt ihm beide Hände auf die Wangen und bewegt dann langsam seinen Kopf, sodass sich die Stacheln des Halsbandes in seinen Nacken bohren und ein frischer Strom von Blut über Aidans Hände fließt.

Der Mann fleht ihn an aufzuhören, doch Aidan lacht nur und macht weiter, dann fragt er, „Wo ist Uberto?"

Der Typ antwortet nicht.

Aidan sieht mich über die Schulter an. „Bereit?"

Ich schniefe heftig, fühle den leichten Rausch des Kerosin und von dem, was ich gleich tun werde. Ich trete vor. „Letzte Chance. Sag mir, wo Uberto ist!" Ich halte ihm den Schürhaken vor die Augen.

„Bitte! Bitte nicht!", fleht er.

„Wo ist er!", schreie ich so laut, dass mir die Spucke aus dem Mund fliegt.

„Ich weiß es nicht!"

„Lügner!", knurre ich und steche ihm ins Auge. Es brennt, und seine Schreie werden immer verzweifelter. Die Wut und die

Verzweiflung, die ich wegen dieser Situation empfinde, machen es mir schwer, die Kontrolle zu behalten. Ich trete zurück, zähle bis fünfzehn und befehle Killian, „Dreh die Folterbank um. Er soll mir von Angesicht zu Angesicht gegenüberstehen."

Killian und Aidan drehen sich um. Tully zündet sich eine weitere Zigarre an. Der Gestank der ausgeschiedenen Körperflüssigkeiten vermischt sich mit dem Rauch und dem Kerosin. Die meisten Menschen würden sich übergeben, aber ich habe mich im Laufe der Jahre daran gewöhnt. Inzwischen freue ich mich auf den Geruch, weil er bedeutet, dass ein Feind weniger auf dieser Erde wandelt, auch wenn es Wochen dauern wird, bis ich es nicht mehr rieche.

Der Mann schreit noch lauter. Die anderen um ihn herum zittern. Killian schnappt sich drei Schürhaken und wirft Aidan und Tully einen zu. Er taucht seinen in das Kerosin und sagt, „Enthaltet nicht den ganzen Spaß."

Tully schnippt sein Feuerzeug erneut an und Killians Folterwerkzeug geht in Flammen auf. Aidan folgt seinem Beispiel, dann zündet Tully seinen an.

In den nächsten dreißig Minuten ringen wir ihnen Stück für Stück Informationen ab, bis sie uns anflehen, sie zu töten.

Zwei Männer werden ohnmächtig, aber wir lassen sie nicht lange *schlafen*. Ich befürchte, dass wir sie umbringen werden, bevor wir irgendwelche nützlichen Informationen aus ihnen herausbekommen, aber der Mann, den ich verhöre, murmelt schließlich, „Brownstone."

Ich erstarre. „Was hast du gesagt?"

Der Raum ist in Stille getaucht, nun gut ... bis auf das Stöhnen und Schluchzen der Männer.

Der Typ vor mir spuckt Blut aus seinem Mund. Seine Augen rollen, und sein Kopf wippt nach vorne.

Ich packe ihn am Haar und ohrfeige ihn, weil ich Angst habe, dass er stirbt, bevor ich mehr erfahre. „Wach auf, du mieses Stück Scheiße!"

Seine Augen fliegen auf.

„Von welchem Brownstone redest du?", frage ich.

Sein Mund bleibt offen stehen.

Ich ziehe an seinem Kopf. „Sag es mir jetzt!"

„Er … er …" Er verschluckt sich, und noch mehr Blut fließt aus seinem Mund.

„Er hat was?"

„Jacopos neues Gebäude", stammelt er, dann wird sein Blick ausdruckslos.

„Wach auf!", schreie ich wieder und schlage ihn immer fester, aber er erwacht nicht mehr zum Leben.

„Wo ist es?", schreit Aidan.

Der Mann, den Killian foltert, murmelt etwas.

„Was hat er gesagt?", frage ich.

Killian runzelt die Stirn. „Er sagte Queens."

„Wo in Queens? Sag es mir, oder ich schiebe dir den hier in den Arsch", bellt er.

Die Stimme des gefangenen O'Leary wird lauter. „Nein! Bitte!"

Ich stelle mich hinter ihn, führe den Schürhaken so nah wie möglich an seinen Hintern heran, ohne ihn zu berühren, aber so, dass er die Hitze spürt, und lehne mich an sein Ohr. „Sag es mir!"

„B-Bow Street", flüstert er.

„Wo in der Bow Street?", frage ich, packe ihn an den Haaren und ziehe seinen Kopf rückwärts, sodass er auf meiner Schulter ruht.

„In der Nä-ä-ä-he vom Q-Q-Queens B-Boulevard", stottert er.

Ich atme tief ein, dann hebe ich meinen Schürhaken und ramme ihn ihm in den Rücken und durchstoße sein Herz. Innerhalb der nächsten paar Sekunden ist er tot.

„Wie viele Männer bewachen das Gebäude?", knurrt Aiden.

Ich trete hinter seinen Schlägertypen und fahre mit der Spitze meines Schürhaken über seine Wirbelsäule. Er versucht einen qualvollen Schrei auszustoßen, aber er ist heiser, und man kann ihn kaum hören. Blut sickert aus der versengten Wunde.

„Töte mich", schluchzt er.

Aidan nickt und spricht leiser. Er wirft seinen Schürhaken weg und hält das Gesicht des Mannes liebevoll zwischen beiden Händen. „Willst du, dass wir dich jetzt töten?"

„Ja", schluchzt der Mann.

„Das werde ich. Ich werde dich schnell töten, und dann ist das alles vorbei. Ist es das, was du wirklich willst?"

„Bitte!"

Aidan nickt. „Sag mir, wie viele Männer er hat und in welchen Räumen sie sind."

Der Mann ringt nach Atem, und der einzige andere Überlebende flüstert, „Ich sag's dir, wenn du mich tötest."

Tully grunzt. „Das Vergnügen wird mein sein. Wie viele Wachen stehen an den Ausgängen?"

„Drei."

„Und im Haupteingang?"

„Keine."

„Blödsinn", schreie ich.

„Es ist wahr! Jetzt töte mich!", schreit er mit neuer Energie und voller Verzweiflung.

„Du glaubst, du könntest mich anlügen?", fragt Tully viel zu ruhig.

„Drei Männer, mehr nicht", sagt der Mann, den Aidan quält.

Ich tausche einen Blick mit Aidan. Keiner von uns beiden glaubt, dass nur drei Männer ein Haus bewachen, in dem sich Uberto versteckt hält.

Aidan zuckt mit den Schultern und lehnt sich vor. „Sieh mal, die Sache ist die. Du steckst mit den Abruzzos unter einer Decke. Das macht dich zu einem Abruzzo. Also werde ich jedes Quäntchen Schmerz aus dir herausholen" – er zeigt auf den anderen Mann – „und aus dir. Bis ich mit euch fertig bin, wird die Sonne bereits aufgehen. Weißt du, wie viele Stunden noch vergehen müssen, bis das passiert?"

Wie aus dem Nichts bekommt er einen Energieschub. Er versucht, sich zu befreien, reißt an den Fesseln und schluchzt wie ein Verrückter, „Töte mich, O'Connor, du Scheißkerl."

Aidan lacht. Es ist ein langes, grenzwertig psychotisches, spöttisches Lachen.

Tränen laufen dem Mann über das Gesicht. Er verliert allen Willen zu leben und beginnt zu beten. „Gegrüßet seist du,

Maria, voll der Gnade, der Herr ist mit dir. Du bist gebenedeit unter den Frauen, und gebenedeit ist die Frucht deines Leibes, Jesus. Heilige Maria, Mutter Gottes, bitte für uns Sünder, jetzt und in der Stunde unseres Todes. Amen. Gegrüßet seist du, Maria, voll der Gnade, der Herr …"

„Tss, tss, tss. Denkst du, Maria wird dich retten? Für dein Handeln kannst du keine Buße tun. Weder Jesus noch Gott scheren sich einen Dreck um deinen armseligen irischen Arsch", ruft Killian.

„Vater unser im Himmel, geheiligt werde dein Name, dein Reich komme, dein Wille geschehe, wie im Himmel so auf Erden. Unser tägliches Brot gib uns heute …"

„Lasst uns das Ganze etwas beschleunigen, ja? Erlöse uns von dem Übel …", spottet Aidan und wirft seine Arme in die Luft.

„Tötet mich", schreit ein Mann, während der andere weiter betet.

Jede weitere Sekunde, die ich hier verschwende, gibt Uberto eine weitere Chance, wieder zu verschwinden. Ich werfe meinen Schürhaken zur Seite. „Ich habe genug gehört. Lasst uns gehen."

„Sie sind noch nicht tot", sagt Aidan, und sein wilder Gesichtsausdruck verdunkelt sich mehr als je zuvor.

„Wir müssen gehen", sage ich erneut und zeige zwischen Killian und mir hin und her.

Tully mustert Aidan und reicht ihm dann seinen Schürhaken. „Ich denke, wir haben genug Informationen. Ich nehme an, du willst bleiben und die Sache zu Ende bringen?"

Aidan nickt, seine Augen huschen zwischen den beiden Männern hin und her. „Schick Devin und Tynan, um mir bei der Entsorgung zu helfen."

Tully mustert Aidan erneut und klopft ihm dann auf den Rücken. „Viel Spaß, mein Junge."

Zu dritt klettern wir die Leiter wieder hinauf und steigen in Tullys Geländewagen ein. Der Geruch von Kerosin und Tod hängt mir weiterhin in der Nase und schürt mein Verlangen, Uberto etwas anzutun. Tully schaltet sein Handy ein und murmelt, „Scheiße."

„Was ist los?", frage ich besorgt.

Er schluckt schwer, fixiert mich mit seinem stählernen Blick, und mir wird flau im Magen. „Angelo hat mir geschrieben. Arianna ist zu Hause und flippt aus. Keiner kann Cara finden."

26

Cara

DIE FAHRT DURCH DIE STADT SCHEINT EWIG ZU DAUERN, BIS WIR vor einem Brownstone-Gebäude in Queens anhalten. Nun wünschte ich, wir würden noch fahren. Die ganze Fahrt über saßen Uberto und sein Schlägertyp neben mir und schwiegen.

Uberto schnappt sich einen Mantel und befiehlt, „Zieh den an und wirf dir die Kapuze über, damit man dein Haar nicht sieht."

„Nein", stoße ich hervor und beschließe, dass es sicherer ist, draußen im Auto zu sitzen, als ins Gebäude zu gehen.

Er packt mich an den Haaren und reißt meinen Kopf so stark nach hinten, dass mein Nacken teuflisch schmerzt.

„Au!", schreie ich.

Sein abgestandener Atem weht mir ins Gesicht. „Du wirst mir gehorchen. Jetzt zieh ihn an." Er mustert mich einige Augenblicke lang, fordert mich mit seinem Blick heraus, ihm zu widersprechen, und zieht fester an meinem Haar.

Ich möchte es nicht, aber der Schmerz ist zu überwältigend. Eine Träne läuft mir über die Wange. „Lass los! Du tust mir weh!"

Er kommt mir noch näher. „Wenn du denkst, das tut weh, dann hast du noch nie richtigen Schmerz gespürt. Aber nur zu, widersprich mir noch einmal, dann..."

Meine Lippen beben noch stärker. Ich kneife die Augen zusammen und wünsche mir, dass dies alles nur ein Albtraum ist. Der Kämpfer in mir zieht sich zurück. Der stechende Schmerz in meinem Nacken ist *zu* viel. „Ich ziehe ihn an."

Er zerrt noch stärker und hält mich so fest, dass ich mich nicht bewegen kann.

„Bitte", flehe ich unter Tränen.

Schließlich lässt er mich los, und ich bringe meinen Hals langsam wieder in eine normale Position. Es schmerzt immer noch, als er mir den Mantel wieder vor die Nase hält.

Ich nehme ihn, strecke meine Arme durch die Ärmel und ziehe die Kapuze hoch.

Uberto stopft ein paar Haare, die unter dem Stoff hervorlugen, wieder hinein und grinst mich an. „Wir gehen jetzt rein. Wenn du versuchst zu fliehen, werde ich dich in eine Million Stücke reißen. Hast du mich verstanden?"

Mein Magen krampft sich zusammen. Ich schniefe und nicke gebrochen.

„Sage es", fordert er.

Ich habe einen Kloß im Hals. „Ja."

Er klopft ans Fenster, und der Mann vom Beifahrersitz öffnet die Tür. Ein kalter Luftzug trifft mich, aber die frische Luft füllt meine Lungen. Es ist eine Erleichterung, die aber nicht lange anhält. Uberto begleitet mich die Treppe hinauf und führt mich schnurstracks in das Gebäude.

Zwei furchterregend aussehende Männer stehen unten an der Treppe in der Nähe der Tür. Sie sind riesig, und ich bekomme den Eindruck, dass sie viel Zeit im Fitnessstudio verbringen. Es besteht kein Zweifel daran, dass sie mich sofort zerquetschen würden, wenn ich versuchen würde zu rennen. Der eine mustert mich, lässt seinen Blick über jeden Zentimeter meines Körpers wandern. Er leckt sich die Lippen, aber Uberto warnt ihn. „Denk nicht einmal daran."

Der Blick des Mannes wandert von mir zu Uberto. „Tut mir leid, Boss."

Uberto gibt mir einen Klaps auf den Hintern und zeigt die Treppe hinauf. „Geh."

Ich öffne den Mund, um zu protestieren, aber sein Blick verfinstert sich. Ich schließe ihn und tue, wie mir befohlen wurde. Angst macht sich in meiner Brust breit und mein Herz hämmert schneller. Jeder Schritt, den ich mache, fühlt sich an, als ginge ich auf meinen Tod zu.

Am oberen Ende der Treppe befindet sich eine Tür. Mein Verstand schreit mich an, sie nicht zu öffnen. Ich erstarre, und Uberto drängt sich an mich, aber überragt meine zierliche Gestalt. „Habe ich gesagt, du kannst stehen bleiben?", knurrt er.

„Bitte. Lass mich gehen", flehe ich erneut, aber es ist zwecklos.

Ein angespanntes Lächeln umspielt seine Lippen und lässt den stechenden Schmerz in meiner Brust noch stärker werden. „Weißt du, es ist ziemlich unterhaltsam, dir dabei zuzusehen, wie du mich um dein Leben anflehst." Sein Lächeln schwindet, und er zieht mich wieder an den Haaren.

„Halt!", schreie ich.

Verachtung erfüllt seine Miene. „Es wird Zeit, dass ich dir zeige, was wir mit Marinos machen", sagt er leise. Er mustert mich zehn Sekunden lang, dann fliegt ihm die Spucke aus dem Mund, als er schreit, „Mrs. Marino."

Ein heftiger Schauer läuft mir über den Rücken. Weitere Tränen fallen, während ich mich dafür verfluche, dass ich nicht nachgedacht habe, bevor ich aus der Fashion Week gerannt bin. Hätte ich das getan, hätten mich meine Bodyguards beschützt. Ich wäre nicht in dieses Taxi gestiegen. Ich hätte mein Handy dabei gehabt, und Gianni könnte mich wenigstens aufspüren, falls so etwas passierte.

Im Moment hat er keine Chance, mich zu finden.

Meine Angst wird noch größer, als ich daran denke, wie Uberto im letzten Monat von der Bildfläche verschwunden war. Ich versuche, nicht daran zu denken, wie gering die Chancen stehen, dass Gianni mich findet, oder ob er überhaupt weiß, dass ich verschwunden bin.

Dann fällt mir ein, dass er vielleicht noch auf dem Revier eingesperrt ist. Wenn das der Fall ist, bin ich *verloren*.

Eine Welle der Übelkeit überschwemmt mich erneut. Ich lege meine Hand auf meinen Bauch und die andere auf meinen Mund. Schweiß bricht mir auf der Stirn aus.

„Na, werde jetzt nicht schwach. Das würde keinen Spaß machen", sagt Uberto sarkastisch, klopft an die Tür und dreht den Knauf. Er stößt mich hinein.

Ich stolpere fast, halte mich aber am Arm des Mannes fest, der neben der Tür steht.

„Tss, tss, tss", spottet Uberto. „Einmal eine Hure, immer eine Hure."

„Es ist nicht ihre Schuld. Ich bin unwiderstehlich für Frauen, ob Hure oder nicht", sagt der arrogante Kerl und sieht mir in die Augen.

Ich versuche, von ihm wegzuspringen, aber er packt mich an der Schulter.

Uberto schnaubt. „Hat dir das deine Mamma erzählt, Adamo?"

Sein Blick hält mich gefangen. „Meine Mamma und alle Frauen, die ich je gevögelt habe. Soll ich weitermachen?"

„Wie auch immer. Nimm deine Hände von ihr und beweg deinen Arsch nach unten zu den anderen", befiehlt Uberto und deutet auf die Tür.

Adamo hält inne, aber lässt mich dann los. Er starrt mich weiter an und sagt dann ruhig, „Klar, ich will sie nicht die ganze Nacht schreien hören."

Eine weitere Welle der Angst überschwemmt mich. Ich wende mich ab und starre an die Wand, während die Tränen fallen. Der Klang seiner Schritte, das Schließen der Tür und das Einrasten eines Schlosses dringen an meine Ohren. All das gibt mir das Gefühl, als würden die Wände näher kommen.

Uberto packt mich am Ellbogen und zerrt mich durch eine weitere Tür. Es handelt sich um einen Wohnbereich, der mit luxuriösen Möbeln ausgestattet ist. Er wurde professionell eingerichtet und hat große Fenster.

Draußen ist es dunkel, aber ich vermute, dass die Vorhänge nicht allzu bald zugezogen werden. Das schwache Geräusch des

Stadtverkehrs ist durch das dicke Glas zu hören. Es ist eine weitere Erinnerung daran, wie grausam diese Situation ist. Gianni ist so nah und doch so fern. Wie soll er mich je finden?

Ich schlucke den Kloß in meinem Hals hinunter und wünschte, ich hätte etwas zu trinken. Mein Mund ist so trocken wie die Sahara. Das Schlucken tut weh, als ob meine Kehle bluten würde.

Uberto schaltet den Gaskamin ein, dann kommt er auf mich zu, und ich weiche zurück, bis ich an der Wand stehe.

Seine Lippen zucken. Ich betrachte ihn und stelle fest, dass er um zehn Jahre gealtert zu sein scheint. Tiefe Falten umgeben seinen Mund und seine Augen. Wenn er die Augenbrauen zusammenzieht, ist die Kerbe dazwischen tiefer als früher. Dunkle Augenringe hängen wie Säcke unter seinen Augen. „Es wird viel mehr Spaß machen, wenn du dich ein bisschen beruhigst."

„Mich beruhigen?", frage ich verwirrt.

Er nickt und streicht mit den Fingerknöcheln über meine Wange. Das Gefühl lässt mir die Galle hochkommen, aber ich schlucke und schaffe es, sie zu unterdrücken. „Wenn du dich von der Angst beherrschen lässt, wird es noch mehr wehtun. Dir, nicht mir."

Innerlich bebe ich noch stärker. Ich begehe den Fehler zu fragen, „Was wird weh tun?"

Ein Lächeln breitet sich auf seinem Gesicht aus. Er lehnt sich näher an mich heran und streicht mir das Haar hinters Ohr. Die Kombination aus seinem Schweiß und Moschusgeruch steigt mir in die Nase, und ich kann die Übelkeit nicht mehr zügeln.

Erbrochenes fliegt aus meinem Mund und trifft seine Brust. Ich beuge mich vor und entleere weiter den wenigen Inhalt meines Magens von heute Morgen, sowie meine Magensäure.

„Was zum Teufel ist los mit dir, Cara?", schreit er.

Alles in meinem Kopf dreht sich. Ich knie mich auf den Boden und versuche, mich zu beruhigen. Es hilft nicht und ich beginne wieder zu würgen.

„Hör auf! Sofort!", befiehlt Uberto.

Aber ich kann nicht. Sein Geruch und der meines Erbrochenen und das Hämmern in meinem Kopf machen es mir unmöglich, mein Equilibrium wiederzufinden.

Er packt mich unter den Achseln und zerrt mich quer durch den Raum ins Bad. Ich hänge für eine gefühlte Ewigkeit über dem Rand der Toilette, während mir der Schweiß ausbricht. Als sich mein Magen beruhigt, überkommt mich der Schüttelfrost.

„Geh raus und wisch deinen Dreck weg", sagt Uberto barsch hinter mir. Ich sehe ihn an und frage mich, wie dieser grausame Mann mir jemals etwas bedeuten konnte. Er dreht sich um und stapft aus dem Raum.

Ich atme ein paar Mal tief durch, erhebe mich und verlasse das Badezimmer.

Uberto reißt sich das Hemd vom Leib und wirft es in die Spüle. Er wühlt in einem Küchenschrank darunter, dann knallt er Reinigungsmittel und einen Wischlappen auf die Anrichte. „Zieh dich aus und mach dich an die Arbeit."

Ich starre ihn entsetzt an.

Er grinst. „Ah. Du dachtest, ich würde dich nicht wie die nuttige Sklavin behandeln, die du eindeutig bist?"

Meine Zähne klappern. „Wovon redest du?"

Er zeigt auf das Erbrochene. „Zieh dich aus und mach die Sauerei weg, sonst musst du sie vom Boden auflecken."

Der Gedanke daran lässt meinen Magen wieder kribbeln. Ich lege meine Hand auf meinen Bauch, schließe die Augen und atme ein paar Mal tief durch.

„Drei. Zwei–", beginnt Uberto zu zählen.

Meine Augen fliegen auf. „Okay! Ich werde es tun", rufe ich und hebe meine Hände kapitulierend in die Luft.

Er verschränkt die Arme vor der Brust. „Na dann, an die Arbeit."

Da ich keine andere Möglichkeit sehe, ziehe ich mich bis auf meinen BH und mein Höschen aus. Ich schnappe mir das Reinigungsmittel und Uberto lacht.

Wieder schmerzt mein Herz.

„Du hast doch nicht gedacht, dass du deine Unterwäsche anbehalten darfst, oder?", fragt er.

Ich erschaudere. „Bitte. Mir ist eiskalt. Ich brauche eine heiße Dusche."

Er grunzt und zeigt auf den Boden. „Zieh dich aus und mach deinen Dreck weg."

Meine Hände zittern. Ich wende mich ab und schaffe es kaum, die Haken meines BHs zu lösen. Mehr Tränen laufen mir über die Wangen, fallen von meinem Kinn auf den Boden.

„Dein Höschen auch", befiehlt er.

Ich kneife meine Augen fester zusammen und wünsche mir, dass es aufhört. Ich möchte einfach nur wieder in Giannis

Armen liegen, weit weg von diesem sadistischen Mann. Der Gedanke an ihn lässt mich nur noch mehr weinen. Ich ziehe mein Höschen aus und knie mich auf den Boden, versuche meine Blöße mit einer Hand zu bedecken, aber es ist unmöglich.

Uberto setzt sich in einen schwarzen Ledersessel, zündet sich einen Joint an und nimmt einen tiefen Zug.

Dank des Geruchs des Grases wird mir wieder übel, aber mein Magen ist bereits leer. Ich huste allerdings wieder.

„Großer Gott. Wann bist du so ein Schwächling geworden?", fragt Uberto und nimmt einen weiteren Zug von seinem Joint.

Ich antworte ihm nicht, versuche, den Geruch zu verdrängen und konzentriere mich darauf, mein Erbrochenes wegzuwischen. Der Wischlappen beseitigt nicht einmal die Hälfte davon. Ich schaue auf. „Ich brauche mehr Lappen."

Er wirft mir einen herablassenden Blick zu und gibt mir das Gefühl, mehr als erbärmlich zu sein. Dann nickt er in Richtung Küche. „Dann steh auf und hol sie dir."

Ich zucke zusammen, weil ich nicht aufstehen oder nackt vor ihm herumstolzieren möchte. Ich zögere und frage dann, „Könntest du sie bitte holen? Ich fühle mich immer noch nicht gut."

Hass schwingt in seiner Stimme und seinem Gesicht mit. „Bitch, wenn du noch mehr kotzt, wirst du das auch noch wegwischen müssen. Das ist mir so was von egal. Und jetzt schwing deinen Arsch hoch und tu, was immer du tun musst, um deinen Dreck zu beseitigen."

Ich schüttle den Kopf und sage, „Warum tust du mir das an? Hat dir unsere gemeinsame Zeit nichts bedeutet?"

Das sind beides blöde Fragen. Ich hätte mir die Mühe sparen können, sie zu stellen. Ich kenne die Antworten bereits. Es ist nicht mehr als eine Hinhaltetaktik.

Er springt so schnell auf, dass der Sessel nach hinten kippt. Er stürzt sich auf mich und zieht mich an den Haaren, bis ich wieder auf den Beinen bin.

„Hör auf!", schreie ich.

„Willst du wissen, was du mir bedeutet hast?"

„Lass mich los", schluchze ich und drücke mit den Händen gegen seine Brust.

Er packt mein Kinn und reißt es nach oben. Seine blutunterlaufenen Augen haben den gleichen verrückten Blick inne, den ich in der Nacht sah, als er mich unter Drogen setzte und entführte. Spucke fliegt mir ins Gesicht, als er weiter wütet. „Glaubst du, ich hätte nicht gewusst, was du Gianni bedeutet hast? Oder dass irgendwas von dem, was ich dir gesagt habe, wahr war?"

Mir rinnt das Blut aus meinem Gesicht.

Uberto lacht. „Du dachtest wirklich, wir hätten uns zufällig getroffen? Dass es nichts mit deinem Bastard-Ehemann zu tun hatte?"

„W-warum solltest du ... was ... oh Gott." Mein Körper bebt, und Uberto verschwimmt vor meinen tränenüberströmten Augen.

Er lehnt sich vor und flüstert in mein Ohr. „Jedes Wort, jede Berührung, jeder geteilte Augenblick war geplant."

„A-aber warum?", frage ich entsetzt.

Er legt eine Hand an meine Wange und sieht mir tief in die Augen. „Bist du wirklich dümmer, als ich dachte?"

Stille erfüllt die Luft. Selbstzufriedenheit ziert seine Miene, dann Abscheu. „Ja, das bist du."

Ich schneide eine Grimasse, denn ich bin nichts als verwirrt.

„Wach auf, Cara. Du hast einen Marino geheiratet. Schon bevor du dein Gelübde abgelegt hast, warst du seine einzige Schwäche. Er war schon immer besessen von dir. Jeder konnte es sehen. Und alle, die mit ihnen unter einer Decke stecken, sind Freiwild."

„Freiwild? I-ich verstehe nicht."

Er seufzt und tritt einen Schritt zurück. „Es ist nicht wichtig, dass du es verstehst. Und jetzt fang an zu putzen." Er fährt sich mit der Hand durch sein fettiges Haar und geht vor dem Fenster auf und ab.

Ich nutze die Ablenkung, um in der Küche weitere Wischlappen zu finden. Als ich zurückkomme, spüre ich seine Augen auf mir, die meine nackte Haut durchbohren. Ich hocke mich hin und wische den Boden, bis er nur wenige Zentimeter vor mir zum Stehen kommt.

Langsam blicke ich auf, und meine Angst schnellt in die Höhe. Sein Gesichtsausdruck versetzt mich in Angst und Schrecken. Ich habe diesen überheblichen Blick schon früher gesehen. Er hat mich oft dazu gebracht, ihn ficken zu wollen, aber jetzt stößt er mich nur noch ab. Er grinst. „Wenigstens können wir uns die Zeit mit etwas Spaß vertreiben."

Meine Hände zittern stärker. Ich schüttle den Kopf, aber das bringt ihn nur zum Lachen.

„Ahh, liebe Cara. So dumm. Weißt du, wie es ist, auf der Flucht zu sein?"

„N-nein", stottere ich.

Er leckt sich über die Lippen, lässt eine Hand in seine Hose gleiten und streichelt sich. „Es ist einsam. Du hast doch nicht geglaubt, dass ich dich dazu zwinge, dich auszuziehen, ohne mich zu bedienen, oder?"

Ich schließe die Augen. „Bitte. Ich bin verheiratet. Lass … mich einfach gehen. Ich werde Gianni nichts hiervon erzählen. Ich verspreche es."

„Gianni!" Er lacht lauter als zuvor und hockt sich vor mich. Seine Finger graben sich in meinen Nacken, und er senkt seine Stimme. „Denkst du wirklich, dass ich Angst vor deinem Mann habe?"

Ich sage nichts, will aufhören zu weinen, aber ich kann es nicht. Ich versuche, den Blick abzuwenden, aber er lässt mich nicht.

„Außerdem wird er dich nie finden. Ich bin ihm die ganze Zeit auf der Spur gewesen, und er hat mich nicht einmal bemerkt. Du wirst ihn erst wiedersehen, wenn ich mit dir fertig bin", prahlt Uberto.

Meine Beklommenheit wächst.

Er setzt sich auf die Couch und tätschelt seinen Oberschenkel. „Wenn du mit dem Putzen fertig bist, bewegst du deinen Arsch hier rüber und reitest mich."

27

Gianni

Meine Haut fühlt sich plötzlich zu eng für meinen Körper an. Die Gedanken, die mir durch den Kopf schießen, sind nichts, worüber ein Mann jemals in Bezug auf seine Frau nachdenken sollte.

Es war meine Aufgabe, sie zu beschützen.

Ich habe versagt.

Vielleicht ist das alles nur ein böses Missverständnis, und sie ist bereits zu Hause.

Keine Chance. Er hat sie entführt.

Tief Luft zu holen scheint fast unmöglich. Es fühlt sich so an als würde mein Herz in einem Schraubstock stecken, der fest darum gespannt wurde. Ich lasse das Trennfenster herunter. „Fahr schneller."

„Ich fahre 170 km/h", antwortet der Fahrer.

„Das ist mir scheißegal! Gib Gas", fordere ich und strecke meine Hand in Tullys Richtung aus. „Gib mir dein Handy."

Er wirft es mir zu. Ich rufe Papà an, und er hebt sofort ab. „Tully. Wie weit bist du entfernt?"

„Ich bin's. Sag mir, dass sie da ist", flehe ich, obwohl ich weiß, dass sie es nicht ist. Ich habe das Gefühl, dass meine ganze Welt um mich herum zusammenbricht.

Papà räuspert sich. „Ist sie nicht. Wie weit seid ihr?"

Ich werfe einen Blick auf ein vorbeiziehendes Autobahnschild. „Wir fahren gerade von der Autobahn."

„Bis bald." Er legt auf, und ich knirsche mit den Backenzähnen, während ich meine Fäuste öffne und schließe.

Ich werde ihn finden und ihn in Stücke reißen.

Wehe er fasst sie an.

Bei dem Gedanken daran bricht mir der Schweiß aus. Ich wische mir über die Stirn und versuche, mich zusammenzureißen, aber ich bin wie ein Elefant im Porzellanladen, bereit, alles zu zerstören, was mir vor die Füße fällt.

Ich wähle Lucas Nummer.

Es klingelt einmal, und er antwortet, „Tully."

„Nein. Ich bin's."

„Warum hast du sein Handy?"

„Keine Zeit für Erklärungen. Hör zu, du musst die Bow Street durchkämmen, die dem Queens Boulevard am nächsten ist. Er ist in einem der Brownstones und er hat meine Frau", knurre ich.

Stille erfüllt das andere Ende der Leitung.

„Hast du mich verstanden?", knurre ich.

Luca räuspert sich. „Ja, Mann. Bin schon unterwegs."

„Wir haben keine Zeit zu verlieren, Luca", warne ich.

„Bin schon auf dem Weg. Bewahr einfach die Ruhe", befiehlt er und legt auf.

Ich gebe Tully sein Handy zurück. Die Stimmung im Inneren des SUVs wird immer angespannter. Er lässt das Fenster runter und zündet sich eine weitere Zigarre an.

„Mein Gott. Du wirst uns noch ausräuchern", klagt Killian und lässt sein Fenster ebenfalls runter.

„Halt die Klappe", knurrt Tully und pustet seinen Rauch aus dem offenen Glas.

Killian wendet sich mir zu. „Gianni. Wieso haben unsere Bodyguards das nicht verhindert?"

Plötzlich werde ich noch wütender. „Ich weiß es nicht. Aber ich werde es herausfinden, wenn ich sie in die Finger kriege."

„Habt ihr einen Verräter in euren Reihen?", fragt Tully.

Mein Magen sinkt. Hätte ich irgendwelche Zweifel an den Männern, die ich mit Caras und Ariannas Schutz beauftragt hatte, hätte ich ihnen diesen Auftrag nie gegeben. Doch es wäre nicht das erste Mal, dass ich mich in jemandem irre.

„Wir wissen nicht, was passiert ist. Wir sollten keine Vermutungen anstellen", warnt Killian.

„Meine Frau ist verschwunden", knurre ich.

„Du musst ruhig bleiben", sagt Tully, und die Tore zum Anwesen öffnen sich.

Ich ignoriere ihn und springe aus dem Geländewagen, noch bevor er hält. Sobald ich das Haus betrete, rufe ich „Papà" und renne in Richtung seines Büros.

Er tritt heraus und ich schlittere vor ihm zum Stehen. Seine harte Miene spiegelt den kalten Blick in seinen Augen wider. Das Einzige, worauf ich mich bei meinem Papà immer verlassen kann, ist, dass er in einer Krise konzentriert bleibt und führt. „Komm rein."

Ich folge ihm, denn ich weiß nicht, was ich sonst tun soll. „Uberto hat sich in Queens versteckt. Luca sucht jetzt nach dem Brownstone-Gebäude. Wir müssen los."

Massimo lädt bereits seine Glock. „Ich bin bereit."

„Wo ist Dante?"

„Er und Bridget sind noch nicht von der Fashion Week zurück. Er steckt im Verkehr fest", antwortet Tristano.

Ich zähle bis zehn, um mich zu beruhigen. Dante und ich kennen den nächsten Schritt des anderen, bevor wir sie machen. Ich fühle mich immer besser, wenn er bei mir ist, aber Massimo und Tristano müssen ausreichen.

„Weißt du, wie viele Männer er hat?", fragt Papà.

„Uns wurde von drei Männern berichtet, aber das könnte eine Lüge sein", antwortet Killian und betritt mit Tully den Raum.

„Ist sonst schon jemand zurück?"

Papà schüttelt den Kopf. „Alle stehen im Stau. Arianna ist nur bereits eingetroffen, weil sie früher gegangen ist."

„Wo ist sie?", fragt Killian.

„In ihrem Zimmer."

Er stürmt aus dem Büro.

„Also haben wir keine Ivanovs und keine O'Malleys außer Killian auf unserer Seite, und sind nur zu dritt?", frage ich.

„Ich komme mit", sagt Tully.

„Nein. Du bleibst. Ich möchte, dass du alle Wachen verhörst. Du hast sie nie getroffen. Wir müssen wissen, ob es auch nur den Hauch einer Chance gibt, dass jemand mit uns spielt. Du bist die beste Option, das zu tun, denn du bist unvoreingenommen", sagt Papà.

Er verschränkt seine Finger, streckt seine Arme nach vorn und lässt seine Knöchel knacken. Er bewegt seinen Hals zu beiden Seiten und lässt seinen Nacken ebenfalls knacken. Tully nickt.

„Gehen wir", befiehlt Papà.

Sie verlassen das Büro. Meine Brüder und ich folgen ihnen nach draußen. Papà steigt mit uns in den Geländewagen ein.

Ich ziehe die Augenbrauen hoch. „Was machst du da?"

Seine Nasenlöcher blähen sich. Er ist wahrscheinlich genauso wütend wie ich, denn er knirscht mit den Backenzähnen. „Er hat eine Marino-Frau entführt."

Das ist alles, was er zu sagen hat. Es ist eine weitere Regel, die die Abruzzos nicht zu respektieren scheinen. Aber diese Regel gilt nicht nur für Papà, meine Brüder oder mich. Es ist ein Schwur, den niemand missachten sollte. Die meisten Frauen in unseren Verbrecherfamilien sind nicht an den illegalen Geschäften ihrer Männer beteiligt. Sie sind blütenrein und kennen keine geschäftlichen Details oder Geheimnisse. Diese Grenze zu überschreiten, öffnet Türen zu etwas Schrecklichem. Keine Familie kann sich unter diesen Umständen sicher fühlen, aber die Abruzzos sind die Einzigen, die das in den letzten Jahrzehnten getan haben.

Tristano lehnt sich vor und holt weitere Waffen unter dem Sitz hervor. Er überreicht uns allen eine zusätzliche Glock und ein Taschenmesser. Wenn wir sie benutzen müssen, lassen sie sich in einer Sekunde und ohne großen Aufwand öffnen.

Der Geländewagen rast in Richtung Queens. Ein paar Blocks von der Bow Street entfernt klingelt Papàs Handy. „Ja", sagt er, als er rangeht.

Mir stellen sich die Nackenhaare auf, als ich seinen Gesichtsausdruck beobachte, der sich nicht verändert.

Er schnieft heftig. „Sind seine Wachen zu sehen?"

Unser Fahrer biegt um eine Ecke. Ich schaue aus dem Fenster und frage mich, welches Gebäude das seine ist.

Massimo rutscht hin und her, und verzieht das Gesicht.

„Was ist los?", frage ich.

Er blinzelt ein paar Mal und schüttelt dann den Kopf. „Nichts. Bereit, ein paar Abruzzos zu töten?"

„Sie sind also alle drinnen. Ist jemand auf dem Dach?" Papà nickt. „Gut. Welches Gebäude können wir nutzen?"

Das Auto verlangsamt sich und mein Puls flattert heftig. Ich lege meine Hand auf den Türgriff.

Massimo legt seine Hand auf meine. „Warte. Geh da nicht alleine rein. Sie könnte verletzt werden."

Ich runzle die Stirn, weiß aber, dass er recht hat.

„Noch drei Gebäude weiter, dann hältst du den Wagen", weist Papà den Fahrer an und wendet sich wieder an den Anrufer. „Wir kommen jetzt rein. Gib uns ein Zeichen."

Eine Haustür entlang der Häuserreihe öffnet sich. Ich erkenne den Umriss von Aidans Bruder Brody. Er macht eine schnelle Bewegung mit der Hand und verschwindet dann wieder aus unserem Blickfeld.

Meine Brüder und ich steigen aus dem Auto und gehen schnell ins Gebäude. Brody und Luca treten beide in den Flur. „Wir müssen auf das Dach. Von dort haben wir Zugang zu allen Wohnhäusern. Es ist das nächste Gebäude, und müssen nur etwa dreißig Zentimeter bis zum nächsten Dach springen."

„Dreißig Zentimeter?", fragt Massimo besorgt.

„Sei kein Angsthase", lacht Tristano.

„Halt den Mund. Ich checke nur."

„Du hättest deine Knieschiene anlegen sollen."

„Im Ernst, halt die Klappe", befehle ich, sauer darüber, dass Tristano Massimo verhöhnt, während meine Frau festgehalten wird und Uberto Gott weiß was mit ihr anstellt.

Luca schüttelt irritiert den Kopf. Brody gibt Tristano einen Klaps auf den Hinterkopf.

„Was zum Teufel soll das?", ruft Tristano.

Brody zeigt ihm ins Gesicht. „Werde erwachsen."

„Folgt mir", weist Luca an und nimmt jeweils zwei Stufen auf einmal die Treppe hinauf.

Ich tue dasselbe. Meine Brüder und Brody folgen uns. Schnell kommen wir auf dem Dach an. Luca öffnet eine Tür, und die kalte Luft schlägt mir ins Gesicht.

Ich folge ihm über die Dächer und springe dann auf das des anderen Gebäudes. Ich halte nicht einmal inne, um zu sehen, ob die anderen den Abstand überbrücken können. Die Tür zum Haus ist verschlossen. „Tritt zurück", sagt Luca.

Ich gehorche, und er schießt auf das Schloss. Der Schuss hallt durch die Luft.

„Die Zeit läuft. Los gehts", rufe ich den anderen zu, hebe meine Waffe und trete als Erster in das kleine Treppenhaus, in der Hoffnung, dass ein Abruzzo auftaucht und ich ihn ausschalten kann.

Mein Blut rauscht in meinen Ohren, je weiter ich ins Gebäude vordringe. Ich betrete das dritte Stockwerk, nehme vier weitere Stufen und höre plötzlich Stimmen. Ich halte meine Faust hoch, damit die anderen stehen bleiben, und halte auf der Treppe inne.

„Ich weiß nicht, was es war, Boss", behauptet eine Wache.

Ubertos Stimme dringt an meine Ohren. „Finde es heraus!"

Ich schleiche weiter und tue mein Bestes, um ruhig zu bleiben, aber mein Herz springt mir fast aus der Brust. Das leise Schluchzen meines Tesoro ist kaum vernehmbar, aber ich höre es.

Am Ende des Treppenabsatzes schaue ich um die Ecke, um die Situation einzuschätzen.

Die erste Person, die ich sehe, ist *sie*. Sie ist nackt, umgeben von Reinigungsmitteln und etwas, das wie Erbrochenes aussieht.

Auch Cara sieht mich. Ihre funkelnden Augen weiten sich und noch mehr Tränen fallen. Ich schaue mich schnell um, richte meine Waffe auf Ubertos Schläger und schieße.

Er geht zu Boden, und Uberto dreht sich zu mir um. Obwohl ich ihn am liebsten jahrelang foltern würde, gehe ich kein Risiko ein. Ich feuere ihm eine Kugel genau zwischen die Augen. Er fällt auf seinen Schläger, und Blut bedeckt den hölzernen Boden.

Mit wenigen Schritten durchquere ich das Zimmer und hebe Cara in meine Arme. Sie schluchzt an meiner Brust, und ich laufe schnell zur Treppe.

Massimo geht an mir vorbei, und zwei Schüsse fallen, die mir in den Ohren klingen.

Cara schreit, aber meine Brust dämpft den Laut. Ich erreiche den zweiten Stock und laufe dann in ein Schlafzimmer. Sie schluchzt und zittert noch stärker. „Ssch. Ist ja gut, Tesoro. Ich habe dich. Wir sind gleich draußen."

Ich ziehe eine Decke vom Bett und wickle sie um ihren nackten Körper. Ich küsse sie schnell und gehe wieder die Treppe hinauf. Oben angekommen, halte ich inne. „Es wird gleich sehr kalt werden. Du musst dich an mir festhalten, Cara. Egal was passiert, lass mich nicht los. Und drück deinen Kopf an meine Brust."

„O-okay", würgt sie hervor.

Ich küsse sie auf die Lippen, aber sage ihr nicht, wie leid es mir tut, dass ich sie nicht beschützt habe. Ich schiebe die Gedanken an das, was möglicherweise passiert ist, vorerst beiseite und konzentriere mich darauf, das Dach zu überqueren.

Es fühlt sich an, als würde es ewig dauern. Die anderen sind mir dicht auf den Fersen. Ich springe hinüber zum anderen Gebäude und lande sicher auf dem anderen Dach. Cara hält ihre Arme fest um mich geschlungen. Ich überquere das andere Dach und erreiche die Tür, aus der wir gekommen sind.

„Noch drei Gebäude weiter", ruft Luca plötzlich.

„Was?", frage ich erstaunt.

„Geh", sagt er und läuft vor uns her.

Ich folge ihm, und wir springen über drei weitere Dächer. Schließlich erreichen wir das dritte Gebäude, und die Tür öffnet sich. Papà steht auf dem Dach, schaut Cara an und sieht mir dann mit besorgtem Blick in die Augen.

Ich nicke und blinzle heftig, überwältigt von meinen Gefühlen. Er küsst ihren Kopf und gibt mir ein Zeichen, hineinzugehen. Ich renne die Treppe hinunter und halte vor der Haustür inne.

„Es ist sicher", teilt mir Papà mit.

Ich eile nach draußen, laufe so schnell wie möglich zum Geländewagen und lasse mich mit Cara auf dem Schoß auf den Rücksitz fallen. Die anderen schließen sich mir an, schlagen die Türen zu, und der Geländewagen setzt sich in Bewegung.

Sirenen heulen, erst lauter, dann leiser, je weiter wir uns entfernen. Ich weiche den Blicken der anderen aus, versuche, Cara zu beruhigen und halte sie fester.

Sie schluchzt noch heftiger, ihr Körper bebt in meinen Armen. Egal, was ich tue, ich kann ihr nicht helfen. Ich will wissen, was er ihr angetan hat, aber ein anderer Teil will es nicht. Ich hatte noch nie so viel Angst, auch nicht, als sie bei der Auktion auf der Bühne stand. In jener Situation hatte ich trotzdem die Kontrolle. Es war eine Routinesituation, und ich wusste, dass niemand sie anfassen würde, bevor sie versteigert wurde. Dies war eine völlig neue Demonstration von abruzzischer Macht.

„Es ist alles gut, Tesoro. Du bist in Sicherheit", flüstere ich ihr ins Ohr.

Mein Hemd wird von ihren Tränen durchtränkt und sie zittert so heftig, dass ich Angst bekomme, dass sie in Ohnmacht fällt. „Fahr schneller", sage ich zu unserem Fahrer.

„Bitte Silvio zum Haus zu kommen", sage ich zu Papà.

„Er ist schon auf dem Weg", antwortet er.

Ein kleiner Anflug von Erleichterung überkommt mich, aber er ist nur von kurzer Dauer. Je länger Cara weint, desto nervöser werde ich. „Ich sagte, fahr schneller", knurre ich unseren Mann erneut an.

Er tritt aufs Gas, aber die nächsten Minuten scheinen sich ewig hinzuziehen. Das Tor ist bereits geöffnet, als wir vorfahren. Sobald der Geländewagen parkt, öffne ich die Tür, trage Cara hinein und gehe direkt zu unserer Suite.

Arianna und Killian stehen auf dem oberen Treppenabsatz.

„Geht es ihr gut?", fragt meine Schwester besorgt.

„Ja. Denke ich zumindest", füge ich hinzu, aber fürchte all die Dinge, die vielleicht vorgefallen sind, während sie Uberto ausgesetzt war. Ich eile an ihnen vorbei und laufe in meine Suite.

Ich gehe direkt ins Bad und stelle die Dusche an. Cara zieht sich etwas von meiner Brust zurück und legt ihre Hand an meine Wange. „Gianni", flüstert sie, dann schluchzt sie erneut auf.

„Ssch. Es ist alles okay, Tesoro", murmele ich, aber ich kann die Stimme in meinem Kopf nicht zum Schweigen bringen, die mir sagt, dass ich nicht weiß, ob mit ihr alles okay ist. Ich küsse sie auf die Lippen. „Du zitterst ganz schön. Lass uns duschen gehen."

Sie nickt unter Tränen und ich lasse die Decke, die ich um ihren Körper geschlungen habe, fallen. „Ich setze dich jetzt ab. Kannst du stehen?"

„J-ja", antwortet sie.

Vorsichtig setze ich sie ab. Als ich sicher bin, dass sie das Gleichgewicht halten kann, ziehe ich mein Hemd aus und lasse meine Hose fallen. Ich ziehe nicht einmal meine Socken aus, sondern steige einfach mit ihr unter die Dusche, in der Hoffnung, dass meine Körperwärme und das Wasser ihr Zittern stoppen werden.

Wir sprechen nicht miteinander. Ich lasse mir Zeit beim Waschen ihrer Haare und ihres Körpers und halte sie dann, während das Wasser über unsere Köpfe läuft. Ihr Schluchzen wird leiser und sie zittert kaum noch, als das Wasser abkühlt.

Ich schalte das Wasser ab, wickle ein Handtuch um ihr Haar und trockne sie ab. Dann greife ich nach ihrem Bademantel, ziehe ihn ihr an und binde ihn an der Taille zu.

Ihre blauen Augen treffen die meinen. Sie schluckt schwer und legt ihre Hände auf meine Wangen. Ihre Augen quellen wieder über. „Ich habe gehofft, dass du mich finden würdest, aber ich wusste nicht, ob ...", sagt sie und schnüffelt.

Ich ziehe sie zurück in meine Arme. „Ssch. Ich werde dich immer finden, Tesoro. *Immer*. Du bist mein Herz und meine Seele. Niemand, und ich meine *niemand*, wird dich mir jemals wieder wegnehmen."

„Versprich es mir", würgt sie hervor und ihre Brust hebt sich schneller.

Ich blinzle meine Tränen weg. „Ja. Ich verspreche es. Komm, leg dich hin. Du musst dich ausruhen." Ich führe sie zum Bett, ziehe die Decken zurück und streife ihr dann den Bademantel von den Schultern. Sie steigt ins Bett, und ich ziehe ihr die Decke bis unters Kinn. „Ich hole dir ein Nachthemd."

„Warum? Komm einfach zu mir ins Bett. Bitte."

Ich wische ihr mit meinem Daumen die Tränen weg. „Das werde ich, aber zuerst muss Silvio dich untersuchen."

Sie schüttelt den Kopf. „Nein. Mir geht es gut."

„Tesoro, ich möchte sichergehen, dass das wirklich der Fall ist", gebe ich zu. Ich öffne den Mund, um sie zu fragen, was *er* ihr angetan hat, schließe ihn aber wortlos wieder.

Sie legt den Kopf schief. „Was wolltest du sagen?"

„Nichts."

„Lüg mich nicht an."

Ich atme tief durch und zähle bis fünfzig, während ich sie anstarre. Endlich fasse ich den Mut und stelle die Frage, die mir das Herz zerfetzt. „Was hat dieser Bastard dir angetan?"

Sie schließt die Augen und schüttelt den Kopf. „Nichts. Ich ... ich habe mich übergeben. Er hat mich gezwungen, mich auszuziehen, um es wegzuwischen. Wenn du nicht ... oh Gott." Sie holt tief Luft und öffnet wieder die Augen.

Ich zögere, frage aber trotzdem. „Wenn ich nicht *was*?"

Sie schaut weg und verzieht das Gesicht. „Wenn du nicht gekommen wärst ..." Wieder beginnt sie zu schluchzen.

Ich seufze, teils aus Erleichterung, teils aus Sorge. Ich lege mich neben sie und ziehe sie so nah wie möglich an mich heran. „Es tut mir so leid."

„Es ist nicht deine Schuld", sagt sie.

Ich habe so viele Fragen, auf die ich Antworten brauche, aber sie müssen alle warten. Im Moment gibt es nur eine Sache, die von Belang ist.

Mehrere Minuten lang weint meine Frau in meinen Armen. Als sie sich beruhigt, küsse ich sie auf die Stirn und zwinge sie, mich anzuschauen. „Tesoro, Silvio muss dich untersuchen."

„Mir geht es gut. Wirklich", sagt sie mit Nachdruck.

Ich setze mich auf und ziehe sie mit mir. Ich schiebe ihre Locken hinter ihr Ohr. „Tu mir den Gefallen. Bitte. Ich werde nicht aufhören, mir Sorgen zu machen, bis ich weiß, dass es dir gut geht."

„Gianni–"

Ich lege einen Finger auf ihre Lippen. „Du bist für mich das Wertvollste auf der ganzen Welt. Bitte tu mir den Gefallen."

Weitere Tränen fallen, aber sie nickt. „Okay."

Erleichtert küsse ich sie und stehe auf. „Ich sage Silvio, er soll hereinkommen."

28

Cara

Gianni kehrt ins Schlafzimmer zurück und wirft mir wieder einen besorgten Blick zu. Er setzt sich auf den Rand des Bettes und streicht mit den Fingerknöcheln über meine Wange. „Silvio spricht gerade mit Papà. Er wird gleich kommen."

Die Erinnerung an Ubertos Fingerknöchel auf meiner Haut überwältigt mich. Ich schließe die Augen und wende meinen Kopf ab. Weitere Tränen steigen in meine Augen und ich verfluche mich. Ich habe gerade aufgehört zu weinen, und jetzt fange ich schon wieder an.

Warum bin ich so ein emotionales Wrack?

„Tesoro, was ist denn los?", ruft Gianni und versteift sich.

Ich schüttle den Kopf, schaue ihn aber nicht an. „Nichts. Mir gehts gut."

„Irgendetwas hat dich gerade erschreckt. Was war es?", fragt er fest.

Ich schniefe und setze mich aufrechter hin, zwinge mich, seinem Blick zu begegnen. „Mir gehts gut. Kannst du Arianna bitten, herzukommen?"

Er zieht die Augenbrauen zusammen. „Was hat er dir angetan?", fragt er finster.

„Ich habe es dir bereits gesagt."

„Nein. Etwas, das ich getan habe, hat dich gerade erschreckt. Ich möchte wissen, was diese Reaktion ausgelöst hat."

Ich schließe meine Augen und atme die Erinnerung weg. Ich hatte Glück. Ich weiß es. Es hätte so viel schlimmer ausgehen können. Und ich hasse es, dass ich so ein Schwächling bin. Als ich versteigert wurde, war die Gefahr genauso groß, aber ich habe mich nicht unterkriegen lassen. „Er hat mir mit den Fingerknöcheln über die Wange gestrichen. Es ist keine große Sache. Ich war nur einen Moment lang in Panik. Es tut mir leid."

Die Stille hängt schwer in der Luft, und ich weiche Giannis Blick aus, was die Spannung noch steigert. Ich zähle bis dreißig, bevor er mit leise sagt, „Es tut mir leid. Ich werde es nicht wieder tun. Hat er sonst noch etwas getan?"

Ich richte meinen Blick auf meinen Mann. „Nein. Sag das nicht. Ich will nicht, dass du aufhörst, mich so zu berühren, wie du es schon immer getan hast."

Sein Blick ist von Besorgnis geprägt.

Es schmerzt mich, ihn weniger selbstbewusst als sonst zu sehen. Ich beschließe, dass es an der Zeit ist, das Thema zu wechseln. „Kannst du Arianna bitte herholen?", frage ich erneut.

„Warum?"

„Ich muss mit ihr darüber sprechen, was heute bei der Fashion Week passiert ist. Ich kann nicht glauben, dass ich einfach so gegangen bin."

Er rutscht auf dem Bett hin und her. „Was ist passiert? Ich kenne immer noch nicht alle Details."

„Es tut mir leid. Ich hätte nicht gehen dürfen. Der Wachmann hat mir gesagt, dass du verhaftet wurdest, und ich bin einfach ausgeflippt", gebe ich zu. Mein Magen dreht sich um bei der Erinnerung an Veronica in seinen Armen.

Er senkt den Kopf, und ich zähle bis zehn. Dann öffnet er die Augen und sieht mich an. „Es tut mir leid. Ich habe versucht, dir nachzulaufen. Ich schwöre dir, ich habe Veronica seit Jahren nicht mehr gesehen. Ich kann sie nicht ausstehen. Sie hat sich auf mich gestürzt, bevor ich wusste, was los war."

Ich sage nichts dazu. Seit Jahren arbeite ich mit Veronica zusammen und habe ihre Streiche miterlebt. Sie glaubt, sie sei die wichtigste Person auf Erden. Jeder küsst ihr den Hintern, aber sie verhält sich aberwitzig gegenüber den wenigen Leuten, die das nicht tun. Es ist, als könnte sie nicht verstehen, wieso sie sie nicht rund um die Uhr mit Komplimenten überhäufen.

Gianni deutet mein Schweigen als Zweifel. „Tesoro, du musst mir glauben. Du bist die Einzige für mich. Nichts hat sich geändert. Ich bin dir treu ergeben und nur dir", schwört er.

Es fallen noch mehr Tränen, aber nicht vor Schmerz oder aus Kummer. Ich lege eine Hand an seine Wange und sage, „Ich glaube dir."

„Wirklich?"

„Ja. Ich kenne Veronica besser als jeder andere. Ich habe sie nach dem Vorfall gefeuert. Und es tut mir leid, dass ich so reagiert habe, wie ich es tat. Ich weiß, dass du dich geändert hast. Ich zweifle nicht im Geringsten an deiner Liebe zu mir", gestehe ich.

Er legt seine Hand an meine Wange, und ich lehne mich in die Berührung. „Das stimmt. Du verstehst also, dass es keine andere Frau gibt, die ich will oder jemals wollen werde?"

Mein Herz schwillt vor Liebe an. Zum ersten Mal seit Jahren glaube ich ihm wieder. Nur hat sich das Gefühl verändert. Er ist ein anderer Mann als damals, als wir noch Kinder waren. Er hat nichts anderes getan, als mir eine neue Seite von sich zu zeigen. Was wir haben, ist etwas Besonderes. Ich bin mir sicher, dass er das genauso gut versteht wie ich. „Ja, Baby. Ich verstehe."

Erleichterung mischt sich in seinem Gesicht mit Freude. Sein Blick wird weicher. „Du hast Veronica wirklich gefeuert?"

„Ja. Und ich habe allen anderen mitgeteilt, wie es in Zukunft ablaufen wird. Es gibt Regeln."

Er wölbt die Augenbrauen. „Wie lauten die Regeln?"

„Das werde ich dir zu einem anderen Zeitpunkt sagen. Aber im Grunde hat es mit Respekt zu tun."

Sein Lächeln wird breiter. „Das wurde auch Zeit. Ich bin stolz auf dich, Tesoro." Er beugt sich herunter und küsst mich.

Ich lege meine Arme um seine Schultern, halte ihn so fest wie möglich und küsse ihn mit allem, was ich habe.

Er zieht sich zurück, seine Augen verengen sich zu Schlitzen. „Wie bist du deine Bodyguards losgeworden?"

Ich zucke schuldbewusst zusammen. „Als der Wachmann mir sagte, dass du verhaftet wurdest, bin ich fast durchgedreht. Ich bin rausgerannt und in ein Taxi gesprungen. Aber was ist auf dem Polizeirevier passiert? Sie haben mich so erschreckt."

Sein Blick verdunkelt sich. „Wer hat dich erschreckt?"

„Diese beiden Polizisten und der FBI-Agent. Ich habe ihnen mit einem Anwalt gedroht und wollte deinen Vater anrufen, aber sie haben mich nicht gelassen. Sie zeigten mir diese Bilder und behaupteten, du hättest alle Männer darauf getötet. Ich wollte den Raum verlassen, aber sie hielten mich auf. Dann setzten sie mich unter Druck, ihnen im Austausch für Zeugenschutz zu helfen."

Gianni wird ganz blass, und die Härchen auf meinen Armen stellen sich auf. Zweiundvierzig Sekunden vergehen, bevor er in einem Tonfall, der mich glauben lässt, dass er alles daran legt, nicht die Kontrolle zu verlieren, sagt, „Sie haben dir Fotos gezeigt?"

Ich nicke. „Ja. Einen riesigen Stapel."

Gianni strahlt pure Wut aus. „Sie haben dich in einen Verhörraum gesteckt?", knurrt er.

„Ja."

„Und sie haben dich nicht gehen lassen?"

Ich schüttle den Kopf. „Es hat sich angefühlt wie eine Ewigkeit."

„Was war auf den Fotos zu sehen?"

Ich zögere, aber dann sage ich, „Tote Männer. Eine Menge toter Männer."

Giannis Miene verhärtet sich.

„Hast du …" Ich schlucke den Kloß in meinem Hals hinunter. „Hast du diese Männer getötet?"

Er atmet langsam ein und strafft die Schultern. „Ich weiß nicht, welche Bilder sie dir gezeigt haben, aber es ist möglich, dass ich es war." Er starrt mich einen Moment lang an. „Was ist, wenn ich es getan habe? Was würdest du dann von mir denken?"

Ich zögere nicht, sondern ergreife seine Hand und sehe ihm tief in die Augen. „Dann würde ich sagen, dass du wahrscheinlich deine Gründe hattest, und sie haben bekommen, was sie verdient haben."

Er küsst meine Hand und mustert mich. „Hießen die Typen Anderson und Contray?"

„Ja."

„Und wer war der FBI-Agent?"

„Er sagte, sein Name sei Agent Bordeaux. Bist du ihm schon einmal begegnet?"

Gianni schnieft heftig. „Nein. Ich muss mit Papà sprechen und sehen, ob er etwas über ihn weiß." Gianni öffnet den Mund und schließt ihn wieder. Dann starrt er an die Decke.

„Baby, was ist los?"

„Was hast du ihnen gesagt?", fragt er ruhig.

Ein leises Lachen entweicht mir. „Was denkst du denn?"

„Ich hoffe, du hast ihnen gesagt, sie sollen sich verpissen."

Ich gluckse. „Ich bin mir nicht sicher, ob ich genau diesen Wortlaut verwendet habe, aber das trifft es ungefähr."

Er gibt mir einen unschuldigen Kuss. „Das ist mein Mädchen. Danke."

Ich lege meine Hände auf seine Wangen. „Danke mir nicht. Du bist mein Mann. Der Mittelpunkt meiner Welt. Mein Herz. Verstehst du mich?"

Er nickt. „Ja, das tue ich. Denn alles, was du fühlst, fühle ich auch."

Ich lächle. „Gut. Geh und sprich mit deinem Papà. Und bitte frage Arianna vorbeizukommen. Ich muss wissen, was passiert ist, nachdem ich gegangen bin."

Er streicht mir übers Haar. „Okay. Ich schicke dir Arianna und lasse sie dann Silvio holen."

Ich küsse ihn auf die Lippen. „Danke, Baby. Für alles, auch dafür, dass du ihn umgebracht hast."

Er knirscht mit den Backenzähnen, atmet tief ein und antwortet dann, „Es tut mir leid, dass ich ihn nicht früher aus dem Weg räumen konnte."

„Keine Entschuldigungen mehr. Und jetzt hol deine Schwester, bitte."

Er erhebt sich. „Okay, Boss."

„Haha!"

Er küsst mich auf die Stirn und verlässt den Raum. Wenige Augenblicke später klopft Arianna an die Tür und streckt ihren Kopf herein. „Hey."

Ich lächle. „Komm rein."

Sie kommt herüber und setzt sich auf denselben Platz wie Gianni. Ihr Blick ist voller Sorge. „Wie geht es dir?"

Sie ist durch und durch eine Marino, auch wenn sie nicht die gleichen brutalen Züge ihrer Brüder und ihres Vaters zu haben scheint. Ich zwinge mich zu einem Lächeln, obwohl es mir nicht zum Lachen zumute ist. „Mir gehts gut. Es gibt keinen Grund zur Sorge."

Sie legt den Kopf schief und öffnet den Mund, bevor sie sich auf die Lippe beißt.

„Nur zu. Sag, was du sagen willst", ermutige ich sie.

Sie rutscht auf dem Bett hin und her. „Ist alles okay? Wirklich okay? I-ich weiß, wie es ist, wenn man …" Sie schluckt schwer.

Ich ergreife ihre Hand. Dante hat mir erzählt, dass ein Abruzzo sie entführt und versucht hat, sie zu vergewaltigen. „Mir ist nichts passiert. Versprochen."

Sie beißt sich auf die Lippe und mustert mich. „Wenn du jemals darüber reden musst, auch wenn es erst in ein paar Monaten ist, bin ich für dich da."

„Danke. Ich weiß das zu wirklich schätzen." Ich räuspere mich und lasse den Kopf hängen. „Ich möchte fast nicht fragen, aber wie ist der Rest des Tages verlaufen, nachdem ich gegangen bin?"

Sie lächelt. „Es war gut. Ausgezeichnet, wirklich. Deine Assistenten sind eingesprungen und haben alles geregelt. Alle dachten, dass du dich um andere Dinge kümmern würdest. Und nach deiner kleinen Ankündigung hat sich die Einstellung der Models stark verändert."

Meine Brust zieht sich zusammen und ich frage mich, ob ich alles noch schlimmer gemacht habe. „Was meinst du?"

„Sie waren großartig. Nett zu allen, auch zueinander. Ich glaube, sie haben sich das, was du gesagt hast, zu Herzen genommen", sagt sie.

„Wirklich?"

„Ja."

„Wow. Ich wünschte, ich hätte das schon vor Jahren getan. Aber ganz ehrlich, du würdest mir doch sagen, wenn es irgendwelche Probleme gegeben hätte, oder?", frage ich.

Ihre Augen weiten sich. „Aber natürlich! Das verspreche ich dir. Alles lief reibungslos ab! Es war eine tolle Show. Ich wünschte, du hättest sie sehen können."

Etwas Enttäuschung macht sich in mir breit. Mein ganzes Leben lang war die Fashion Week das unerreichbare Ziel, auf das ich zugearbeitet habe. Ich hasse es, dass ich auch nur einen Moment davon verpasst habe.

„Mach dir keine Sorgen! Du hast den Rest der Woche Zeit!", versichert sie mir.

Ich erzwinge ein Lächeln. „Das ist wahr."

„Du musst nur an Gianni vorbeikommen", fügt sie verschwörerisch hinzu.

Mir wird mulmig zumute. „Er wird versuchen, mich zu Hause ans Bett zu fesseln, nicht wahr?"

Sie zuckt mit den Schultern. „Sie haben sich alle da unten versammelt und diskutieren über unser Sicherheitsproblem."

„Es war nicht ihre Schuld. Ehrlich gesagt, bin ich einfach rausgerannt, als ich hörte, dass Gianni verhaftet wurde. Ich habe nicht über die Konsequenzen nachgedacht", gebe ich zu und verfluche mich erneut für meine Dummheit.

Sie rollt mit den Augen. „Ich habe Killian gesagt, dass wir genug Bodyguards haben. Ich meine, wie viele Bodyguards braucht man wirklich, solange alle Ivanovs und O'Malleys hier sind?"

Ich zucke mit den Schultern. „Keine Ahnung. Diese Details überlasse ich Gianni. Aber bitte tu alles, was du kannst, um ihn davon zu überzeugen, mich morgen gehen zu lassen."

Mein Magen knurrt, und sie lacht, dann steht sie auf. „Ich hole Silvio, damit du deine Untersuchung hinter dich bringen und essen kannst."

„Danke. Und danke für alles, was du heute für mich auf der Fashion Week getan hast", füge ich hinzu.

„Kein Problem. Es war mir eine Ehre." Dann senkt sie ihre Stimme. „Wenn … wenn du reden willst, lass es mich wissen. Ich …" Sie schaut auf den Boden, dann wieder zu mir und seufzt. „Manchmal habe ich Flashbacks. Es kann einen treffen, wenn man es am wenigsten erwartet. Killian hat mich dazu überredet, eine Psychologin aufzusuchen."

Ich bin wirklich überrascht. Ich hatte von all dem keine Ahnung. „Hat es dir geholfen?"

„Nicht am Anfang, aber dann habe ich die gleiche wie Gemma konsultiert, und das hat geholfen", gesteht sie.

„Das freut mich. Hat es auch Gemma geholfen?" Gianni hat mir erzählt, was Nolans Frau Gemma durchgemacht hat, bevor sie geheiratet haben. Ihre Erlebnisse hören sich an, als stammten sie direkt aus einem Horrorfilm.

„Das stimmt. Sie war diejenige, die mir sagte, ich solle wechseln. Ihre Psychologin hat eine kilometerlange Warteliste, machte aber eine Ausnahme für mich, weil ich mit Gemma verwandt bin."

„Das ist gut."

Arianna zögert. Ich warte, bis sie fortfährt. „Okay. Ich sage Silvio Bescheid, dass du bereit für ihn bist und bequatsche Gianni wegen der morgigen Show. Aber was soll ich dem Chefkoch sagen, was er für dich zubereiten soll?"

Ich lache. „Ich verstehe, warum du so gut bist in dem, was du tust. Ich werde alles lieben, was er für den Rest der Familie zubereitet."

„Soll ich ihn anweisen, es hierher bringen zu lassen?"

Ich schüttle den Kopf. „Nein. Ich möchte mit der Familie essen."

„Bist du dir sicher?"

„Ja."

Sie nickt und geht zur Tür, dann dreht sie sich um. „Bridget ist ausgeflippt und will dich unbedingt sehen. Soll ich sie reinschicken?"

Ich überlege und schüttle dann den Kopf. „Sag ihr, dass ich Silvios Untersuchung hinter mich bringen will. Ich komme danach runter."

„Okay." Arianna geht.

Innerhalb weniger Minuten klopft Silvio an die Tür.

„Komm rein", rufe ich.

Er ist langsamer unterwegs als ich es in Erinnerung habe, aber das liegt wahrscheinlich daran, dass er bereits in seinen Siebzigern ist. Sein Gesicht und seine Hände sind von Falten übersät, aber das Funkeln in seinen Augen, das ich früher schon bemerkt habe, ist immer noch da. Er zieht den Schreibtischstuhl neben das Bett heran und setzt sich. „Cara, es ist schon lange her."

„Ja. Wie geht es dir?"

Er sucht mein Gesicht ab. Ich nehme an, er will sehen, wie ich mich schlage. „Mir geht es gut. Älter, aber gesund."

Ich lache. „Gehst du bald in Rente?"

„Das bin ich bereits. Meine Söhne leiten jetzt die Praxis. Das Einzige, was ich noch mache, ist, mich um die Marinos zu kümmern. Ich habe Angelo gesagt, dass meine Söhne mich bald ablösen müssen, aber du weißt ja, wie stur er ist, wenn neue Leute in seine Familie kommen", sagt Silvio.

„Ah. Ja. Ich kann mir vorstellen, dass Angelo darauf besteht, dass du bleibst", gebe ich zu.

Er lehnt sich näher heran. „Ich werde dir ein Geheimnis verraten."

„Ach? Welches denn?"

Seine Lippen zucken. „Es stellt mich zufrieden. Es gibt einem alten Mann wie mir etwas, auf das er sich freuen kann."

Ich wedle mit der Hand herum. „Jetzt komm schon. Du kannst doch nicht älter als fünfzig sein, oder?"

Er gluckst und deutet auf mich. „Und du bist gerade mein Lieblings-Marino geworden." Dann wird er wieder ernst. „Tut dir irgendetwas weh?"

Fast hätte ich *Nein* gesagt, aber dann halte ich inne. „Er hat mich ziemlich hart am Hals gepackt. Es schmerzt noch ein wenig."

„Darf ich dich untersuchen?"

„Ja."

Er berührt meinen Hals, und ich zucke zusammen. Silvio zieht seine Hand zurück. „Ich möchte Röntgenaufnahmen und ein MRT machen. Es ist besser, jetzt herauszufinden, ob etwas gezerrt ist, als später. Du hast viele Prellungen."

Dem kann ich nicht widersprechen. „In Ordnung."

Silvio wirft einen Blick zur Tür. „Was immer ich dich frage, bleibt unter uns, okay? Ob du es Gianni oder den anderen sagen willst, überlasse ich dir."

„Wirklich?", frage ich zweifelnd.

„Ja. Sie haben zwar viel Macht, aber ich lege trotzdem viel Wert auf die ärztliche Schweigepflicht."

„Danke", antworte ich, nicht sicher, was Gianni oder die anderen nicht wissen dürfen, aber dankbar, dass ich die Möglichkeit habe.

Silvios Blick wird weicher. „Hat er sich dir aufgedrängt?"

Mein Bauchgefühl sinkt. Ich verschränke die Hände in meinem Schoß und senke meinen Blick. „Nein, so weit ist es nicht gekommen. Ich habe ihn aber vollgekotzt."

Silvios Augen weiten sich. „Warum musstest du dich übergeben?"

„Ich bin mir nicht sicher. Mir wurde übel und schwindlig."

„Ist das schon mal passiert?"

Ich denke einen Moment darüber nach und schaue ihm dann in die Augen. „Ja. Das geht vielleicht schon ein paar Wochen so."

„Hast du dich zuvor schon mal übergeben?"

„Nein. Nur heute."

Er hängt sich sein Stethoskop um und nimmt seine Lupe aus seiner Tasche. Er untersucht mich gründlich, und als er fertig ist, holt er einen Urinbecher aus seiner Tasche. „Tu mir den Gefallen und pullere hier hinein."

„Warum?"

„Reine Routine. Mach einen alten Mann glücklich und tu, was man dir sagt", befiehlt er.

Ich lache. „Okay. Du bist der Boss."

„Lass es einfach auf dem Waschbeckenrand stehen, wenn du fertig bist", weist er mich an.

Ich steige aus dem Bett, nehme den Becher und gehe dann ins Bad. Ich kann nicht pinkeln, also drehe ich das Wasser auf und fülle schließlich den Becher. Ich stelle ihn auf den Waschbeckenrand und verlasse das Badezimmer. „Alles erledigt."

„Gutes Mädchen. Du bekommst eine Eins plus in deine Patientenakte", neckt er.

Ich schnaube. „Nun, jetzt kann ich als glückliche Frau sterben."

„Nein. Der Tod lässt noch lange auf sich warten", sagt Silvio und nimmt seine Tasche mit ins Bad.

Ich trete an meinen Kleiderschrank, ziehe ein Sweatshirt und eine Yogahose an und setze mich dann auf die Couch, um auf Silvio zu warten.

Ein paar Minuten vergehen, dann setzt er sich neben mich auf die Couch, seine Augen leuchten.

Die Schmetterlinge in meinem Bauch spreizen ihre Flügel. „Was ist los? Warum siehst du mich so an?"

Er ergreift vorsichtig meine Hand. „Wollen du und Gianni ein Baby haben?"

Mein Mund wird trocken und ich starre ihn ungläubig an.

Er gluckst. „Das verstehe ich als ein *Nein*. Hast du dich irgendwie geschützt?"

„Ich habe meine Antibabypille nicht mehr genommen, seit wir geheiratet haben", sage ich leise.

„Wie lange hast du sie genommen?", fragt er.

Ich erschaudere. „Mein ganzes Leben lang."

Seine Miene hellt sich auf. „Nun, es ist manchmal schwierig für Frauen, schwanger zu werden, wenn sie so lange die Pille genommen haben. Ich möchte, dass du so bald wie möglich einen Termin für eine Ultraschalluntersuchung ausmachst. In der Praxis gibt es ein mobiles Gerät, das Angelo gerne benutzt, sodass du nicht das Haus verlassen musst."

„Willst du damit sagen, dass ich schwanger bin?" Ich starre ihn an.

Sein Grinsen wird breiter. „Dem Schwangerschaftstest zufolge, ja."

Panik überkommt mich. Wenn Gianni herausfindet, dass ich schwanger bin, wird er mich auf keinen Fall aus dem Haus lassen, um die Fashion Week zu besuchen. Ich greife nach Silvios Bizeps. „Sag es weder Gianni noch sonst jemandem. Noch nicht. Bitte!"

Er sieht mich überrascht an. „Ich habe dir bereits meinen Grundsatz erklärt. Das bleibt unter uns, aber du musst mir versprechen, dass du das nicht zu lange verheimlichst. Ich möchte, dass du dich durchchecken lässt."

Erleichterung durchströmt mich. „Werde ich nicht. Ich brauche nur eine Woche."

Belustigung zeichnet seine Miene. „Fashion Week?"

Ich schneide eine Grimasse. „Ist es so offensichtlich?"

Er gluckst. „Vielleicht ein bisschen vorhersehbar, aber ich kenne die Marino-Männer. Eine Woche kann nicht schaden. Ich schicke dir ein paar pränatale Vitamine, damit du wenigstens schon damit anfangen kannst."

„In Ordnung. Ich danke dir vielmals."

Er klopft mir väterlich auf die Schulter und erhebt sich. „Ich werde die verschiedenen Tests vorbereiten. Das MRT und die Röntgenaufnahmen sollten wir jetzt machen."

Ich stöhne. „Gianni wird wahrscheinlich einen Anfall bekommen. Können wir nicht warten?"

„Ich fürchte nicht. Lass die Tests machen und wir sehen mal, was sie ergeben. Ich glaube nicht, dass es etwas Ernstes ist, aber es ist nicht ratsam, zu warten", sagt er.

Ich seufze. „Gut. Aber kannst du versuchen, Gianni davon zu überzeugen, dass es keine große Sache ist?"

„Klar. Und herzlichen Glückwunsch! Gianni und Angelo werden begeistert sein", sagt er.

„Kannst du den anderen sagen, dass ich in ein paar Minuten runterkomme? Ich brauche nur einen Moment für mich."

Er klopft mir auf die Schulter. „Betrachte es als erledigt. Wenn du etwas brauchst, lass es mich wissen."

„Danke, Silvio."

Er geht.

Ich stehe auf, stelle mich vor den Spiegel und betrachte meinen Bauch.

Schwanger.

Ich bin einundvierzig.

Wie ist das möglich?

Einige Minuten vergehen, dann atme ich tief durch. Ich muss nur diese eine Woche hinter mich bringen.

Wie wird Gianni reagieren?

Hat er es ernst gemeint, als er von Kindern sprach?

Ich starre noch ein paar Minuten auf meinen Bauch und reibe ihn. „Hey, Baby. Ich werde deine Mami sein."

29

Gianni

„Schnappt ihn euch", befehle ich und lege auf.

Dante sieht auf und fragt dann mit gedämpfter Stimme, „Hat Luca das FBI-Schwein gefunden?"

Ich trete näher und spreche leise. „Ja. Haben Massimo oder Tristano schon angerufen?"

„Nein."

„Ich möchte, dass sie heute Abend alle geschnappt werden", sage ich zum zehnten Mal.

„Dito. Hast du schon mit Aidan gesprochen?"

Ich halte inne und warte darauf, dass die Krankenschwester an uns vorbeiläuft. Silvio hat für Cara ein MRT und Röntgenaufnahmen in einer Praxis arrangiert, die ihm gehört. Ich bin außer mir vor Wut, seit sie mir erzählt hat, wie die Detectives und der

FBI-Agent sie verhört haben, ihre Bitte um einen Anruf oder einen Anwalt ignoriert haben und versuchten, sie gegen uns auszuspielen. All die Wut, die ich über das, was ihr mit Uberto passiert ist, empfunden habe, hat sich noch vervielfacht. Ich mache mir keine Sorgen, dass sie übergelaufen ist. Sie würde mich nie hintergehen, und das weiß ich im tiefsten Inneren meiner Seele.

Diese Arschlöcher haben eine schlechte Entscheidung getroffen. Sie haben sie nicht respektiert, indem sie sie in einen Verhörraum brachten, ihr grausame Fotos zeigten und ihr Angst machten. Meine Frustration und Irritation, als sie mich gefangen hielten, war schlimm genug. Zu erfahren, was sie meiner Frau angetan haben, lässt mir keine andere Wahl, als zu handeln.

Niemand wird Cara jemals wieder in eine Situation bringen, die sie in Gefahr bringt. Es ist mir egal, ob sie Gesetzeshüter sind oder nicht. Ich werde verdammt nochmal dafür sorgen, dass sie in Sicherheit ist. Also werde ich als Erstes den Eliminierungsprozess einleiten, auch wenn Papà sich geweigert hat, uns grünes Licht zu geben, weil er darauf besteht, dass unsere Familie noch mehr unter Druck gerät, wenn sie vermisst werden.

Es ist mir egal. Meine Gedanken drehen sich so schnell vor Empörung und der Vorstellung, dass meine Frau von den Behörden bedroht wurde, dass ich mich nur noch auf eine Sache konzentrieren kann – Rache.

Und wenn ich mit ihnen fertig bin, werde ich eine Nachricht an jeden Agenten senden, bevor sie jemals wieder auf den Gedanken kommen, eine Marino-Frau anzusprechen.

Es ist an der Zeit, dass das FBI eine Lektion lernt. Unsere Frauen sind tabu. Wer sich mit ihnen anlegt, wird in der Hölle schmoren.

Sobald wir Papàs Büro verlassen hatten, drängten meine Brüder und ich uns zusammen. Erleichterung erfüllte mich, als Dante nicht gegen den Plan stimmte. Ich brauchte ihn nur zu fragen, wie er reagieren würde, wenn die Behörden das Gleiche mit Bridget gemacht hätten, und er nickte. Stattdessen übergaben wir Massimo und Tristano die Aufgabe, Anderson und Contray einzusacken. Als Erstes trafen sie sich mit Luca und sagten ihm, er solle diesen *Bordeaux* finden.

Dante begleitete mich und Cara. Während ich die Röntgen- und MRT-Räume überprüfte, um sicherzustellen, dass sie sicher waren, rief Dante Aidan an. Da Papà uns befohlen hat, keine 'Gesetzeshüter' ohne seine Erlaubnis anzufassen, brauchen wir einen anderen Ort, an den wir diese Bastarde bringen können. Tullys neues Gebäude war der perfekte Ort dafür.

Dantes Handy klingelt. Er wirft einen Blick auf das Display, dann sieht er mir in die Augen und antwortet, „Ist es vollbracht?"

Mein Puls schnellt in die Höhe. Ich balle meine Hände an meinen Seiten zu Fäusten, immer noch wütend, dass sie den Mut hatten, meine Frau zu diskriminieren.

„Geschafft! Ich bin gesund." Cara strahlt, als sie in den Flur tritt. Ihre Bodyguards treten an ihre Seite. Im Moment nutzen wir Bridgets, da sie sicher zu Hause ist. Ich habe die Bodyguards suspendiert, die Cara aus den Augen verloren haben, als sie die Fashion Week verließ. Sie hatten Glück, dass ich auf dem Polizeirevier von der Situation mit meinem Tesoro erfuhr. Ich konnte mich ablenken, sodass sie nur ihren Lohn und nicht ihr

Leben verloren haben. Sobald ich mich mit dieser Situation befasst habe, werde ich eine vollständige Untersuchung der Ereignisse von heute früh einleiten.

Erleichterung erfüllt mich, dass es ihr gut geht. Ich lege meinen Arm um ihre Schultern. „Keine Probleme?"

„Nein! Sie haben mir gesagt, dass ich meinen Nacken kühlen soll und dass eine Sitzung beim Chiropraktiker gegen die Schmerzen helfen könnte, aber es ist alles in Ordnung", zwitschert sie und gähnt.

Ich küsse sie auf die Stirn. „Gut zu hören. Komm, wir bringen dich nach Hause und ins Bett."

Sie widerspricht nicht und schläft auf dem Heimweg an meiner Brust ein. Unser Fahrer hält vor der Haustür, und ich trage sie die Treppe hinauf. Ich versuche, sie sanft auszuziehen, aber sie öffnet die Augen. „Hey. Bin ich eingeschlafen?"

„Ja. Ich ziehe dich aus, und dann decke ich dich zu."

Ein leises Lachen erfüllt die Luft. „Mich zudecken, huh?"

Ich gebe ihr einen keuschen Kuss auf die Lippen. „Ja."

„Hmm." Sie zieht ihre Schuhe aus.

Ich ziehe ihr die Yogahose runter, und bald ist sie nackt. Ich halte die Decken hoch und befehle, „Rein hier."

„Wer ist jetzt der Boss?", neckt sie, während sie ins Bett hüpft.

Ich ziehe die Decken bis zu ihrem Kinn hoch und küsse sie erneut. „Ich habe noch etwas zu tun. Ich komme später zurück."

Sie legt den Kopf schief. „Was hast du zu tun?"

„Seit wann stellst du mir diese Frage?", frage ich skeptisch.

Sie verschränkt die Arme und wölbt die Augenbrauen.

Ich erstarre. „Was?"

„Ich kenne dich, Gianni. Was hast du vor?"

Mein Herz klopft in meiner Brust. Ich sage nichts, weil ich Angst habe, dass alles herauskommt, wenn ich den Mund aufmache.

„Gianni–"

„Cara, du weißt, dass ich für dich sterben würde, oder?"

Sie blinzelt heftig. „Ja."

„Okay. Gut." Ich ziehe sie in meine Arme und flüstere ihr ins Ohr, „Niemand, und ich meine niemand, wird jemals wieder versuchen, dir in irgendeiner Weise zu schaden. Es ist mir egal, wer sie sind. Du hast mein Wort."

Sie zieht sich zurück. „Das kannst du nicht versprechen. Außerdem solltest du dir diese Last nicht aufbürden müssen. Es werden wieder Dinge passieren, die sich deiner Kontrolle entziehen, Gianni."

Wut steigt in mir auf. Ich lege die Hände um ihr Gesicht und sage fest, „Ich bin dein Mann. Du bist eine Marino. Nie wieder, Cara", schwöre ich.

Sie seufzt. „Baby, ich liebe dich, aber das ist eine Menge, was du dir zumutest."

Ich küsse ihre Lippen und befehle, „Schlaf jetzt und überlass mir das Grübeln."

Sie zögert, mustert mein Gesicht. „Sag mir, was du vorhast", sagt sie leise.

Ich schaue an die Decke, zähle bis zwanzig und atme tief ein.

„Gianni!"

Ich fixiere sie mit meinem Blick. „Ich werde eine Bedrohung ausschalten, das ist alles, was ich dir sagen kann."

Ihre Augen weiten sich. „Ist das klug?"

„Tesoro, mach dir keine Sorgen. Es ist alles unter Kontrolle", versichere ich ihr. „Bleib im Bett. Ich bin so schnell wie möglich wieder da."

„Wirklich? Sind sie nicht im Verlies?", erkundigt sie sich.

Ich erstarre. „Was weißt du über das Verlies?"

Sie beißt sich auf die Lippe und sieht schuldig drein. „Als Arianna Anfang zwanzig war, fand ich sie weinend in ihrem Zimmer. Sie hatte ziemlich viel getrunken. Es war der Geburtstag deiner Mutter, und sie machte eine schwere Zeit durch. Sie vermisste sie. Keiner von euch wollte sie arbeiten lassen, also beschwerte sie sich darüber und erzählte mir von dem Verlies. Sie wollte es nicht, aber es rutschte ihr raus."

Verärgerung macht sich in mir breit. „Na toll. Wem hat sie es noch erzählt?"

„Keinem. Nur ich war bei ihr. Aber das ist schon lange her, also halt es ihr nicht vor", verlangt Cara.

Ich seufze. „Gut."

„Warum sind sie nicht unten? Warum musst du gehen?", fragt sie.

Ich überlege, sage aber schließlich die Wahrheit. „Papà heißt es nicht gut. Wir halten sie woanders."

Cara erstarrt.

„Verstehst du jetzt, warum du im Schlafzimmer bleiben und schlafen gehen musst?"

Sie schluckt schwer. „Wirst du in Sicherheit sein?"

„Ja. Du brauchst dir keine Sorgen zu machen. Und jetzt geh schlafen, okay?" Ich küsse sie auf die Lippen.

Sie streichelt die Seiten meines Kopfes. „Ich werde schlafen, wenn du mir etwas versprichst."

Ich gluckse. „Was willst du? Sag es."

„Ich möchte morgen zur Fashion Week zurückkehren und es zu Ende bringen."

Ihre Bitte trifft mich wie eine Abrissbirne. „Auf keinen Fall."

Sie setzt sich im Bett auf. „Ich verschaffe dir Zugang zum hinteren Bereich. Du kannst so viele Wachen aufstellen, wie du willst, und du kannst die ganze Zeit an meiner Seite sein. Aber nimm mir das nicht weg."

Ich schließe meine Augen, zähle bis fünfzig und öffne sie dann.

„Gianni, ich brauche das. Bitte", flüstert sie.

Ich atme tief ein und nicke. „Okay. Aber du gehst nirgendwo ohne mich hin. Wir sind an der Hüfte zusammengeschweißt."

Sie strahlt, und es rührt mein Herz. „Danke, Baby. Versprich mir, dass du vorsichtig sein wirst."

Ich gebe ihr noch einen Kuss. „Ich verspreche es. Und jetzt schlaf, Tesoro."

Sie krabbelt unter die Decke und streckt ihre Arme aus. „Ich brauche noch einen Kuss, aber diesmal einen guten."

Ich lache und küsse sie, bis sie atemlos ist, dann reiße ich mich von ihr los und verlasse den Raum, um Dante am Ende meines Flügels zu treffen.

Wir gehen in die Garage und steigen in den Geländewagen ein. Während der Fahrt überprüfen wir beide unsere Glocks und schärfen unsere Messer. Zum zweiten Mal heute betrete ich das Gebäude, das Tully erst neu erworben hat.

„Wie zum Teufel hat Tully das hier gefunden?", murmelt Dante und sieht sich erstaunt um.

Ich zucke mit den Schultern. „Wer weiß." Ich öffne die Falltür, und wir klettern in den feuchten Keller hinunter.

Aidan, Massimo und Tristano warten bereits auf uns. Die beiden Detectives und der FBI-Agent liegen auf Tischen, nackt, geknebelt und mit gestreckten Gliedmaßen.

Ich werfe Aidan einen fragenden Blick zu. „Wann hast du die Tische hier runtergebracht?"

Er verzieht seine Lippen zu einem finsteren Lächeln. Er wirft den Beamten einen Blick zu, als seien sie seine Beute und er könne es kaum erwarten, sie in Stücke zu reißen. „Ich dachte, es wäre nur angemessen, wenn wir ihre eigene Taktik gegen sie anwenden. Ich habe sie vor einer Stunde von meinen Leuten herbringen lassen."

„Wir haben Glück. Tully hat gestern das Wassersystem erneuern lassen", sagt Massimo. Er zeigt auf die Wand, an der mehrere Schlauchleitungen mit Wasserhähnen verbunden sind.

„Warum habe ich das nicht früher bemerkt?", frage ich.

Aidans Augen glänzen. „Wir hatten zu viel Spaß."

Massimo schnappt sich einen Schlauch und dreht das Wasser auf. Er schnieft heftig. „Es macht dir doch nichts aus, wenn ich Anderson verhöre, oder?"

„Nein. Ich konzentriere mich auf Bordeaux. Warum willst du Anderson?", frage ich.

„Kein Grund. Ich habe nur so ein Gefühl", sagt er, aber etwas liegt in seinem Blick. Es ist das erste Mal, dass ich ihn bei einer Lüge ertappe.

Ich werfe Dante einen vielsagenden Blick zu. Er hat es auch gesehen. Wenn etwas zwischen Massimo und Anderson vorgefallen ist, hätte Massimo es uns gesagt. Weder Dante noch ich antworten, aber ich beschließe, mich später mit Massimo zusammenzusetzten. „Nur zu", sage ich.

„Lasst mich nicht außen vor", fügt Tristano hinzu und nimmt einen weiteren Schlauch in die Hand.

„Nimm Contray", befehle ich. Ich nehme einen weiteren Schlauch und sage zu den anderen, „Tut mir leid. Ihr müsst euch erst einmal zurücklehnen."

Aidan verzieht den Mund und deutet auf die Tische. „Legt los. Ich werde bis zur Halbzeit warten."

„Halbzeit?", frage ich.

Er geht in eine Ecke und schnappt sich eines von einem Dutzend Einweckgläsern. „Ich werde meine Zeit abwarten."

„Was ist das?"

„Schweine müssen gefüttert werden. Es ist ihr Abendessen", betont er.

Ich gehe näher heran. In den Gläsern sind Körperteile – Augäpfel, Zungen, Finger und mehr.

„Mein Gott, bist du pervers", sage ich und klopfe ihm auf den Rücken.

„Es ist ein Geschenk", prahlt er.

Ich drehe das Wasser auf und halte meinen Schlauch über Agent Bordeaux, damit das Wasser seinen Bauch trifft. „Du hast eine Grenze überschritten, als du meine Frau bedroht hast. Diesen Fehler wirst du nicht noch einmal begehen." Ich löse den Ballknebel in seinem Mund, der an seinem Hinterkopf befestigt ist. „Und jetzt weit aufmachen."

30

Cara

Eine Woche später

Gianni streicht mein Haar zur Seite. Seine Lippen berühren meinen Nacken. „Halt still."

Ich erstarre und er legt mir einen weichen Stoff über die Schulter. „Ich weiß, dass dir das gefallen hat, also habe ich Pietro dazu gebracht, es mir zu verkaufen."

Ich blicke in den Spiegel. Das fuchsiafarbene Kaschmir-Tuch von Pietro Dominico wurde in letzter Minute zur heutigen Abschluss-Show hinzugefügt. Er ist ein aufstrebender Designer, und das modische Stück war ein großer Erfolg. Zahlreiche Käufer wollten es haben, aber Pietro weigerte sich, es zu verkaufen.

„Wie hast du ihn dazu gebracht, zuzustimmen?", frage ich, immer noch fassungslos, weil es jetzt um meine Schultern hängt.

Gianni erstrahlt. Dann küsst er mich hinters Ohr. „Ich habe meine Wege, Tesoro."

Ich lache leise. „Du hast ihm eine exorbitante Menge Geld geboten, nicht wahr?"

Gianni gluckst. „Möglicherweise. Bist du bereit?"

Ich drehe mich zu ihm um. „Ja. Danke für das Tuch. Ich liebe es."

Er grinst. „Das freut mich. Ich wollte schon die ganze Woche meine Frau für mich haben."

„Du warst so ein guter Junge, weil du mich diese Woche mit den Heerscharen geteilt hast", scherze ich.

Er grunzt. „Ich teile nicht, Tesoro."

Ich lege meine Arme um seinen Hals. „Ich auch nicht."

Er küsst mich und ergreift meine Hand. „Lass uns gehen." Er führt mich aus unserer Suite und den Flur entlang. Wir biegen um die Ecke und treffen auf Dante.

„Ich brauche ein paar Minuten, Gianni."

Er stöhnt. „Nein. Ich gehe mit meiner Frau aus."

„Zwei Minuten", beharrt Dante.

„Ist schon gut. Ich warte unten", sage ich.

Gianni schüttelt verärgert den Kopf und tätschelt meinen Hintern. „Es wird nicht lange dauern."

Ich stelle mich auf die Zehenspitzen, küsse ihn auf die Wange und schlendere dann durch das Haus und die Treppe hinunter. Als ich in der Lobby ankomme, sehe ich Massimo, der gerade telefoniert.

Er hat eine Hand in seinem Haar vergraben und starrt aus dem Fenster. Die Muskeln in seinen Schultern spannen sich an. „Das ist zu viel des Zufalls. Ich lasse mich nicht mehr von dir verarschen, Katiya", knurrt er.

Mein Instinkt sagt mir, dass ich mich vergewissern muss, dass es ihm gut geht. Ich habe noch nie von Katiya gehört. Ich kenne die Situation nicht, aber er klingt aufgebracht. Ich kämpfe gegen den Drang an, zu bleiben und herauszufinden, was los ist. Anstatt zu lauschen, gehe ich ins Wohnzimmer, damit ich nicht noch mehr von seinem Gespräch belausche. Dann setze ich mich auf die Couch und warte auf Gianni. Ein paar Minuten vergehen, bevor er seinen Kopf durch die Türöffnung streckt. „Fertig?"

„Alles bereit", antworte ich und stehe auf.

Er legt mir die Hand auf den Rücken und führt mich zum Geländewagen hinaus. Wir steigen ein, und der Fahrer schließt die Tür.

Gianni fährt das Trennfenster hoch. Sobald es ganz geschlossen ist, zieht er mich auf seinen Schoß. „Ich möchte dir etwas sagen."

Ich ziehe die Augenbrauen hoch. „Was?"

Er streichelt meine Wange. „Jeder Moment mit dir in dieser Woche war unglaublich. Als ich dich in Aktion gesehen habe, habe ich immer wieder gedacht: *Das ist meine Frau.* Ich bin so stolz auf dich."

Mein Herz schlägt höher. Ich habe Gianni schon immer geliebt, aber in der letzten Woche hat sich diese Liebe weiter vertieft. Ich setze mich rittlings auf ihn und schlinge meine Arme um seinen Hals. „Ich liebe dich, Baby."

„Ich liebe dich auch, Tesoro."

Mein Lächeln wird so breit, dass mir die Wangenmuskeln wehtun. „Ich muss dir etwas sagen."

„Oh? Was denn?", fragt er.

Die Schmetterlinge in meinem Bauch flattern schneller. Ich habe die ganze Woche überlegt, wie ich es ihm sagen soll, aber ich fand nicht den richtigen Zeitpunkt. Nur hat Silvio für morgen eine Ultraschalluntersuchung angesetzt, ich habe also keine Zeit mehr. „Weißt du noch, als du sagtest, du wärst bereit, mir Kinder zu schenken?"

Er grinst. „Wir können heute Abend beginnen, es zu versuchen, wenn du willst."

Ich lehne mich näher heran. „Wir brauchen es nicht mehr zu versuchen."

Er öffnet seinen Mund und schließt ihn erstaunt wieder. Er mustert mich genauer. „Bist du …?" Seine Augen weiten sich. „Bist du schwanger?"

Meine Gefühle nehmen wieder überhand. Tränen steigen mir in die Augen. Ich nicke. „Ja."

„Wirklich?", fragt er, als ob ich ihn anlügen würde.

„Laut Silvio."

Schweigen erfüllt das Auto. Gianni starrt in meine Augen. Zehn Sekunden vergehen, und er legt beide Hände auf meine Wangen. „Wir bekommen ein Baby?"

Plötzlich habe ich Angst, dass ich die Situation völlig falsch verstanden habe. Vielleicht ist er noch nicht bereit für ein Kind. Ich lächle und antworte, „Ja. Bist du nicht glücklich?"

Er ruckt mit dem Kopf nach hinten. Seine Stimme hebt sich um mehrere Oktaven. „Machst du Witze? Cara, wir bekommen ein Baby!"

„Also … bist du glücklich?", frage ich vorsichtig.

Er zieht mich an seine Lippen. „Tesoro, du hast mich gerade zum glücklichsten Mann der Welt gemacht."

„Wirklich?"

„Ja!" Er küsst mich und zieht sich zurück. „Warte! Silvio wusste davon?"

„Ja. Wir haben vor einer Woche zusammen einen Test gemacht."

„Vor einer Woche!", ruft er.

Ich beiße mir auf die Lippe und zucke mit den Schultern. „Tut mir leid. Ich habe ihn gebeten, dir nichts zu sagen."

Giannis Augen verdunkeln sich. „Warum?"

„Ich dachte, du würdest mich die Show nicht beenden lassen, wenn du es wüsstest", gebe ich zu.

Er streicht mit dem Finger entlang meines Kiefers. Ich erschaudere und ein Kribbeln läuft mir den Rücken hinunter. „Du warst ungezogen, Tesoro. Was soll ich nur tun, um dich zu bestrafen?"

„Du bist nicht böse auf mich?", frage ich.

Er seufzt. „Nein. Du hattest recht. Ich hätte dich die Show nicht machen lassen. Aber ich bin froh, dass du es getan hast. Es wäre ein schrecklicher Fehler von mir gewesen, dich aufzuhalten. Du hast es verdient, dabei zu sein. Ich habe dich die ganze Zeit beobachtet und du hast vor Freude gestrahlt. Aber jetzt …" Er lehnt sich an mein Ohr. „Strahlst du, weil ich dich geschwängert habe."

Ich lache und gebe ihm einen Klaps. „Werde nicht übermütig!"

Seine Hände gleiten an meinen Schenkeln hinauf. Lust erfüllt mich. Er gleitet mit seinen Fingern unter meinen String und neckt mich. „Du magst es nicht, wenn ich übermütig werde? Ich dachte, du magst es." Er bewegt seine Hand zu meiner Spalte und streichelt meinen Schlitz.

Ich winde mich auf seinem Schoß und nicke. „Ich habe keine Lust dazu, auszugehen. Bring mich nach Hause."

Er wölbt die Augenbrauen. „Du musst essen. Besonders jetzt, da du unser Baby in dir trägst."

Ich lehne mich an sein Ohr. „Ruf deinen Chefkoch an. Bestell uns, was auch immer er gerade im Haus hat. Es ist mir egal. Alles, was ich will, bist du und die Wand."

Er vergräbt seine Hand in meinem Haar und zieht daran.

Mein Atem stockt und mein Brustkorb hebt sich schneller.

Seine Lippen kräuseln sich. „Wenn ich dich an die Wand kette, wirst du dich auspowern."

„Ich kann morgen ausschlafen."

Er mustert mich und schüttelt dann den Kopf. „Nein. Ich kann dich nicht die ganze Nacht wach halten."

„Bitte", flehe ich und drücke den Knopf für das Trennfenster. „Manny, bring uns nach Hause."

Gianni grinst. „Ist es der Mutterinstinkt in dir, der dich herrischer macht?"

Ich drücke erneut auf den Knopf, und das Fenster fährt hoch. Dann schnalle ich seinen Gürtel auf und öffne den Reißverschluss seiner Hose. „Weißt du was, ich glaube, wir sollten nicht warten."

„Tss, tss, tss. So gierig und…" Er beißt mir sanft in den Nacken, schiebt einen Finger in meine Pussy und lässt seinen Daumen auf meinem Kitzler kreisen. „Feucht."

Ich stöhne und reibe mich an seiner Handfläche.

Seine Zunge streicht über meine Ohrmuschel. Mein Inneres umklammert seinen Finger. „Meine sexy Frau." Er bearbeitet meinen Körper, bis ich kurz davor bin zu kommen, dann hört er plötzlich auf.

Meine Stimme bricht, als ich jammere, „Bitte, Baby. Bitte hör nicht auf."

Er hebt seine Hüften, lässt seine Hose fallen und hebt mich an, sodass seine Eichel meinen Eingang trifft. Seine tiefe Stimme macht mich verrückt. Er zieht mich wieder an den Haaren und schmiegt seine Wange an meine. „Willst du mich, Tesoro?"

„Ja!"

„Jetzt gleich?"

„Bitte!"

Er presst seine Lippen auf meine, lässt seine Zunge in meinen Mund gleiten und gibt das Tempo vor. Ich lasse ihn und erwidere seine Zuneigung. Er vertieft den Kuss und lässt seine Zunge schneller kreisen, dann stößt er seine Hüften nach oben und zieht mich auf ihn herab.

„Oh Gott!", schreie ich.

Er zeigt keine Gnade, hält nicht inne, stößt weiter in mich, bevor ich mich an seinen Umfang gewöhnen kann.

„Baby", flüstere ich und schlinge meine Arme fester um ihn.

Er fährt mit der Hand über meinen Kitzler und bringt mich wieder an den Rand des Höhepunkts, aber dieses Mal hört er nicht auf.

Adrenalin explodiert in all meinen Zellen. Ich folge seinen Stößen, wimmernd, mir wird schwindlig, sehe weißes Licht hinter meinen Lidern.

Gianni wird immer härter in mir. Sein Schaft neckt meinen Kanal und trägt zu diesem Endorphin geladenen Chaos bei. Er stößt tiefer, stöhnt, dann murmelt er, „Meine, Tesoro. Deine Pussy. Dein Herz. Deine gottverdammte Seele. Es gehört alles mir."

„Ja, Baby. Ich gehöre dir", stoße ich hervor, als meine Augen zurückrollen und ein Erdbeben meinen Körper erschüttert.

„So ist es gut, Tesoro. Fuuuck, das ist es. Zieh deine enge Pussy um meinen Schwanz zusammen", knurrt er und ändert die Geschwindigkeit seines Daumens auf meiner Perle, was meinen Orgasmus nur verlängert.

„Oh! Baby!", schreie ich und zittere noch stärker.

„Ich muss dich schmecken", sagt er und hebt mich von sich und wirft mich auf den Sitz.

„Nein! Oh Gott! Ich brauche dich in mir", flehe ich.

Er lässt sich auf die Knie fallen, spreizt meine Beine und sagt, „Du brauchst meinen Mund auf dir." Seine Zunge erfüllt meinen Körper, und ich stöhne. Er lässt sie nach oben gleiten, bis er meine Perle umkreisen kann, und neckt mich mit einem langsamen Schnippen.

„Oh Scheiße! Baby, bitte!", flehe ich wieder, will einen weiteren Hit, wie ein Junkie.

Zwei Finger gleiten in mich hinein. Er streckt sie und krümmt sie dann nach oben.

„Oh", hauche ich.

Er saugt leicht an meiner Perle, dann folgt er einem Muster aus Schnipsen und Saugen, während er meinen G-Punkt massiert.

Alles wird intensiver und entfacht in mir eine Hitze, die ich noch nie zuvor gespürt habe. Meine Haut glänzt, wird rot von dem Feuer, das in mir brennt. Und dann explodiert die Welt um mich herum. Es gibt nur noch Gianni und mich und einen Orgasmus, den er kontrolliert, als würde er ihm gehören.

Und das tut er.

Das hat er immer getan.

Er ist Gianni Marino, und ich bin Mrs. Gianni Marino. Wir gehören zusammen, egal, was in der Vergangenheit passiert ist. Mein Herz gehört für immer ihm, und ich habe endlich keinen Zweifel mehr daran, dass ich immer seines haben werde.

Als meine Stimme heiser wird und meine Schreie kaum noch zu hören sind, zieht er sich zurück. Er wischt sich den Mund an seinem Unterarm ab und hält einen Zentimeter vor meinen Lippen entfernt inne. Seine Hand gleitet durch mein Haar, und er fragt, „Willst du mich heiraten?"

Ich erstarre. War unsere Hochzeit im Flugzeug nicht echt? Bin ich nicht mit ihm verheiratet? Hat er es nur legal *erscheinen* lassen? „Wir sind nicht verheiratet?", frage ich wutentbrannt.

Er nickt. „Doch, das sind wir. Aber ich will ein neues Gelübde."

„Wovon redest du? Dein Gelübde hat mir wirklich gut gefallen", gestehe ich.

Er wölbt die Augenbrauen. „Ich rede nicht von meinem. Ich will ein neues von dir. Ich will dich vor unseren Familien, Freunden und allen, die uns etwas bedeuten, erneut heiraten. Ich möchte, dass wir die Hochzeit haben, die wir schon vor Jahren hätten feiern sollen."

Ich starre ihn an und nehme alles in mich auf.

Er verzieht das Gesicht. „Möchtest du das nicht?"

Ich lächle, blinzle die Tränen zurück und packe ihm am Kopf. Ich küsse ihn. „Ja, ich will dich heiraten. Und ich will dir ein neues Gelübde geben."

„Wirklich?", fragt er überrascht.

„Ja. Und ich verspreche, dass ich dich bis zu deinem Tod lieben, schätzen und ehren werde", verspreche ich, und ich meine es ernst. Nichts anderes war je so wichtig für mich. Ich werde bis zum Tag meines Todes froh darüber sein, dass mich niemand jemals mehr lieben wird als Gianni Marino.

Irgendwie habe ich alles im Leben bekommen, was ich mir gewünscht habe.

Ich habe *ihn*.

EPILOG

Gianni

Ein Monat später

„Wie findest du ihn?", frage ich Cara und stecke ihr eine Gabel von unserem Hochzeitskuchen in den Mund.

„Mmm", stöhnt sie und leckt sich etwas weiße Schokolade von den Lippen.

Ich glucke und stecke mir einen Bissen in den Mund. Ich ahme ihr Stöhnen nach.

Sie klopft mir lachend auf die Brust. „Ich denke, wir sollten den hier nehmen."

Ich schlucke und trinke etwas Wasser. „Wenn es das ist, was du willst, dann sollst du es auch bekommen", erkläre ich überglücklich. Es vergeht keine Sekunde, in der ich nicht daran denke, wie viel Glück ich habe. Ich habe nicht nur meine Traumfrau für mich gewonnen, sondern sie trägt auch noch mein Baby in sich. Die Welt liegt mir zu Füßen, und nichts kann mich aus der Bahn werfen.

Sie strahlt den Konditor an. „Der ist es, ganz sicher!"

„Ich dachte mir schon, der würde Ihnen gefallen. Ich habe ein paar Ideen, von denen ich glaube, dass Sie verrückt danach sein werden. Für den Desserttisch, dachte ich, könnten wir–"

„Gianni!", brüllt Dante.

Der Konditor zuckt zusammen und Cara hebt die Augenbrauen.

Ich stöhne innerlich auf und drehe mich um. „Was ist los?"

„Komm", knurrt Dante und zeigt auf den Flur, wo Tristano auf und ab geht.

Mein Magen sackt. Es lief alles ein bisschen zu gut, seit die Fashion Week zu Ende gegangen ist. Ich habe die Abwesenheit des Dramas sehr genossen. Jeden freien Moment habe ich damit verbracht, mich mit Cara um unsere Hochzeitsplanung zu kümmern. Ich habe immer angenommen, dass es langweilig sein würde, aber alles, was ich mit meinem Tesoro mache, macht mir Spaß. Doch ich hätte wissen müssen, dass die Ruhe nicht lange anhalten würde. Dantes Tonfall und das Tempo von Tristanos Schritten lässt mich ahnen, dass ich mit dem, was auch immer passiert ist, nicht glücklich sein werde.

Ich küsse Cara auf die Stirn. „Ich brauche nur eine Minute. Bitte entschuldigt mich."

Sie schenkt mir ein breites Lächeln. „Ist schon gut. Ich werde einfach deinen Teil der Probetorte essen."

Ich gluckse. „Wage es ja nicht!"

„Gianni!", ruft Dante aufgebracht.

Ich atme tief aus und zähle, während ich gehe. Sobald sich die Tür hinter mir schließt, schwindet die Freude, die ich empfinde. „Was ist so wichtig, dass du mich unterbrechen musstest?"

„Sag es ihm", befiehlt Dante Tristano.

Tristanos Gesichtsausdruck besteht aus einer Mischung aus Schuld und Wut. Er wirft Dante einen nervösen Blick zu, dann richtet er seinen kalten Marino-Blick auf mich. „Ich habe ein paar Dinge über Massimos Freundin herausgefunden."

Meine Brust spannt sich. „Katiya? Ich dachte, er hätte sich von ihr getrennt?"

Tristano zuckt mit den Schultern. „Das glaube ich nicht."

„Warum?", frage ich.

„Es scheint, dass unser lieber Bruder verwirrt ist", schimpft Dante.

Die Härchen in meinem Nacken stellen sich auf. „Was bedeutet das?"

Meine Brüder tauschen einen weiteren Blick aus. Tristano schließt die Augen und schüttelt den Kopf.

„Was zum Teufel ist hier los?", belle ich, genervt von dem flauen Gefühl in meinem Magen, dem ich nicht entkommen kann.

Tristano schnieft heftig. „Sie wohnt in dem Brownstone."

Eine Gänsehaut macht sich auf meiner Haut breit. Ich kenne die Antwort schon, hoffe aber, dass ich mich irgendwie irre. Mit zusammengebissenen Zähnen frage ich, „Welchem Brownstone?"

Dantes Stimme wird tödlich leise. „Jenem, aus dem wir Cara gerettet haben. Aus dem der Abruzzos. Und Massimo weiß es. Er geht oft dorthin."

Die Welt scheint stillzustehen. „Woher weißt du das?"

Dante und Tristano tauschen erneut einen Blick aus.

Das ungute Gefühl in meinem Magen wird immer stärker und gräbt sich in meine Knochen. „Was hast du getan?", knurre ich.

Dante verschränkt die Arme vor der Brust. „Ich wollte es selbst wissen. Ich habe Luca auf ihn angesetzt. Es ist wahr. Ich habe Fotos mit Zeit- und Datumsstempeln darauf."

„Du hast Massimo beschatten lassen und hast es mir nicht gesagt?", klage ich.

„Du hattest eine Menge um die Ohren", behauptet Dante. „Aber das ist nicht der springende Punkt. Lass uns nicht vom Thema abkommen."

„Wir müssen mit ihm reden", sage ich.

Dante schüttelt den Kopf. „Nein. Keiner von uns wird etwas sagen. Wenn Massimo zu den Abruzzos übergelaufen ist, müssen wir es wissen."

Ich starre ihn an. „Bist du verrückt? Er würde niemals …"

„Er ist mit einer ihrer Informantinnen zusammen! Er weiß es und geht trotzdem zu ihr!", knurrt Dante und schäumt vor Wut.

Eins. Zwei. Drei. Vier. Fünf–

„Von nun an wird Massimo auf Schritt und Tritt beschattet. Ich lasse auch sein Handy und seinen Laptop anzapfen." Dante blickt über seine Schulter, bevor er fortfährt. „Keiner sagt Papà etwas davon. Bis wir alle Fakten auf dem Tisch haben, bleibt das unter uns."

„Massimo ist *kein* Verräter", sage ich leise.

Der Ausdruck in den Augen meiner Brüder macht mich krank.

„Wir hoffen bei Gott, dass er es nicht ist", antwortet Tristano.

Seid ihr bereit, Crazed, Buch 3 der Mafiakriege New York-Reihe zu lesen? Klickt hier oder blättert auf die nächste Seite, um einen kurzen Vorgeschmack auf das Buch zu bekommen.

MASSIMO & KATIYA

Ich habe ihn verraten ... und ihn für den Feind ausspioniert.

Was er jedoch nicht weiß, ist, dass ich dazu gezwungen wurde.

Jetzt muss ich mich entscheiden. Wähle ich mein Leben oder mein Herz?

Also schwöre ich mir selbst, dass ich mich nicht in ihn verlieben werde.

Aber es ist ein unmögliches Unterfangen.

Er ist fünfzehn Jahre älter als ich.

Jeder sündige Befehl, der ihm über die Lippen kommt, steigert mein Verlangen und meine Sehnsucht nach ihm.

Und nach allem, was passiert ist, beschützt er mich – sogar vor seiner Familie, die mir nicht traut.

Wenn ich doch nur keine Lüge leben würde ...

CRAZED ist Buch 3 der *Mafiakriege New York*-Reihe. Es ist ein Dark Mafia-Liebesroman, mit einem Altersunterschied, Verrat und Intrige, der viel Spannung verspricht. Die Bücher dieser Reihe können unabhängig voneinander gelesen werden, fließen aber ineinander über. Ein Happy End ist garantiert!

Lies Crazed, das dritte Buch der Mafiakriege New York-Reihe!

CRAZED PROLOG

Katiya Nikitin

Jede Sekunde, die vergeht, ist ein Geschenk. Ich habe nur noch wenig Zeit und weiß, dass gerade mehrere Kugeln in Läufe geladen werden, um mein Leben zu beenden. Normalerweise mache ich mir keine Gedanken über die Entscheidungen, die ich getroffen habe, aber in diesem Moment bedauere ich alles – aber das liegt nicht an der zusätzlichen Gefahr, die mich umgibt.

Hätte ich doch nur einen anderen Weg gewählt.

Ich habe es versucht.

Wirklich, das habe ich.

Allerdings erst, als es schon zu spät war.

Ich wusste nicht, dass er mein Herz in Stücke reißen würde.

Als ich merkte, dass ich zu tief drin steckte, versuchte ich, mich zu befreien. Doch nichts, was ich sagte, konnte die mächtigen

Männer davon überzeugen, mir einen anderen Auftrag zu geben.

Meine Rolle zu spielen, war, als würde ich von einem Boot springen und nie wieder auftauchen. Zum ersten Mal in meinem Leben hatte ich etwas – jemanden –, der gut, liebevoll und echt war. Das gab mir Hoffnung auf eine Zukunft. Aber ich war naiv. Und als ich merkte, wie tief drin ich steckte, war es, als ob die kalte Tiefe des Ozeans mich ganz verschlucken wolle.

Jetzt weiß ich nicht, wie ich das tun soll, was sie von mir verlangen.

Vier Augenpaare starren mich an, beurteilen jedes Wort, das ich sage und jede Bewegung, die ich mache. Sie alle versuchen zu erkennen, ob ich lüge oder die Wahrheit spreche. Die Stimme in meinem Kopf schreit, dass sie mir kein einziges Wort abkaufen, aber ich zwinge mich, ruhig zu bleiben und mich nicht weiter in den Mist zu reiten.

Jeder Atemzug fällt mir schwerer. Der Schmerz in meiner Brust, den ich nicht loswerden kann, wird stärker. Das Blut in meinen Adern kocht immer heißer und ich bin kurz davor, in Schweiß auszubrechen. Ich habe Mühe, nicht zu schwanken und gleichzeitig die Fassung zu bewahren.

Leo Abruzzo tritt näher. Er ist Jacopos jüngster Bruder, der Boss der Abruzzos. Es ist das erste Mal seit Monaten, dass ich Leo sehe. Ich kann nicht sagen, dass ich ihn vermisst habe.

Nach dem Tod meines Vaters beanspruchte Ludis Petrov, der Erbe der russischen Mafia, mich als sein Eigentum. Ludis sagte, mein Vater habe für ihn gearbeitet. Ich hatte keine Ahnung davon. Ich sah nur, wie hart mein Vater in seinem Holzverarbeitungsbetrieb arbeitete. Dennoch sagte Ludis, dass es eine unbezahlte Schuld gäbe. Da ich kein Geld hatte, teilte er mir mit, dass ich nun ihm gehörte. Ich war damals fünfzehn und hatte keine Möglichkeit, mich zu wehren, als seine Männer kamen, um mich zu holen. In der ersten Nacht in Ludis' Haus zeigte er keine Gnade und nahm mir meine Jungfräulichkeit.

Ich wollte nicht mit ihm zusammen sein. Als er mir befahl, in seinem Bett zu schlafen, drehte sich mir der Magen um. Das Dienstmädchen sagte, ich solle mich nicht wehren – es sei einfacher, es durchzustehen, wenn ich mich nicht wehrte. Dann zeigte sie mir die Narben auf ihrem Bauch und ihren Beinen. Sie stammten aus der Zeit, als sie versuchte, ihn abzuwehren.

Ihr entstellter Körper brannte sich in mein Gedächtnis ein. Also befolgte ich ihren Rat, als Ludis wieder ins Zimmer kam, und gab keinen Laut von mir, während mir stille Tränen über die Wangen liefen.

Jahrelang gehörte ich ihm. Dann verlor er eine Wette. Ehe ich mich versah, wurde ich an die Abruzzos verkauft, um seine Spielschulden zu begleichen. Sie waren nicht besser als die Petrovs. Ich lernte schnell, dass sie die Dinge auf ähnliche Weise handhabten.

Ich lebe nicht bei den Abruzzos, aber ich gehöre ihnen trotzdem. Während ich in die Läufe der auf mich gerichteten Waffen und auf die muskulösen Männer starre, die mich ohne Vorwarnung in zwei Hälften reißen würden, steigt mir Leos schaler Atem vom Alkohol der letzten Nacht in die Nase. Er starrt mich mit blutunterlaufenen Augen an und brüllt auf Italienisch, „Du nützt uns nichts. Soll ich dich daran erinnern, was wir mit denen machen, die uns verraten?" Obwohl meine Muttersprache Russisch ist, spreche ich fließend Italienisch und habe daher keine Probleme, ihn zu verstehen.

Mein Magen dreht sich um. Als ich mich an Leos schweren Körper auf meinem erinnere, wird mir übel. Die Hälfte von dem, was ich sage, ist eine Lüge. Der andere Teil entspricht der

Wahrheit. Selbstbewusst behaupte ich, „Ich habe dich nicht verraten. Das würde ich nie tun. Und er weiß es nicht. Aber ich kann nur so viel Druck machen, bis er herausfindet, wer ich bin. Er hat bereits einen Verdacht …"

„Wenn er Verdacht schöpft, dann überzeug ihn vom Gegenteil!", bellt Leo und knallt mit der Hand auf den Tisch.

Ich unterdrückte den Drang aufzuspringen oder irgendwelche Gefühle zu zeigen. Die meisten Menschen sehen nur eine kalte Russin. Das ist etwas, was ich als Kind von meinem Vater gelernt habe. Er sagte immer, *„Katiya, deine Gefühle werden dich eines Tages umbringen. Du musst lernen, sie zu kontrollieren."*

Darin bin ich immer besser geworden, seit Ludis mich zum ersten Mal berührt hat. In diesem Leben gibt es keinen Platz für Schwäche, auch das hat mir mein Vater beigebracht.

Ich hebe mein Kinn und sage zu Leo, „Ich brauche mehr Zeit."

„Mehr Zeit?" Leo spuckt nun förmlich und trifft meine Wange.

Ich reagiere nicht, bleibe auf meinem Platz stehen und widerstehe dem Drang, mir seinen Speichel aus dem Gesicht zu wischen. Ich habe es einmal gemacht und schnell meine Lektion gelernt, als Leo mich eine Woche lang in einer Sauna an eine Bank gekettet hielt. Von Zeit zu Zeit kam er herein, übergoss mich mit Wasser und gab mir nur so viel, wie ich zum Überleben brauchte.

Stille erfüllt das Brownstone-Gebäude. Ich bemühe mich, die verbleibenden Erinnerungen aus meinem Kopf zu verdrängen. Ein Sonnenstrahl wird übermütig, scheint durch das Fenster und quält mich noch mehr. Mein Körper fühlt sich überhitzt an, als ob ich wieder in der Sauna wäre.

Leo nickt seinem Schläger zu. Das Geräusch eines einrastenden Magazins in einer Glock erfüllt meine Ohren, gerade als einer der Schläger an meinen Haaren zieht und mir dann die Waffe an den Kopf hält.

Mein Herz rast. Ich löse meinen Blick von der Decke, fixiere Leo und bleibe so reaktionslos wie möglich. „Wenn er mich tötet, fängst du von vorne an. Ist es das, was du willst?", frage ich emotionslos.

Die Stille wird immer angespannter. Der überwältigende Duft von Männerschweiß, Alkohol und Rauch vermischt sich mit etwas Moschusartigem. Der Geruch schließt sich um mich, bis ich mich so erstickt fühle, dass ich hoffe, ich würde ohnmächtig werden.

Leo tritt näher, packt mein Kinn und drückt fest zu. Seine Finger graben so tief, dass ich mich frage, ob ich blute.

„Au!", schreie ich, unfähig, nicht zu reagieren.

Eine Schweißperle rinnt ihm über die Stirn. Sein heißer Atem wird noch stechender. Seine Augen huschen über mein Gesicht und dann hinunter zu meinen Brüsten. Er bohrt seinen Blick in mich und hält für eine gefühlte Ewigkeit inne. Schließlich droht er, „Das ist deine letzte Chance. Wenn du nicht bis nächste Woche herausfindest, wer ihre Lieferanten sind …"

„Sein Bruder heiratet in ein paar Monaten. Gib mir bis dahin Zeit. Ich werde das Vertrauen der Familie gewinnen. Der Frauen. Der Männer. Der Kinder. Von allen. Dann werde ich die Informationen haben, die du brauchst", platze ich heraus.

„Ein paar Monate. Das ist praktisch", murmelt einer der Schlägertypen.

„Halt die Klappe", knurrt Leo, dann wendet er sich wieder mir zu. Es vergehen noch ein paar Minuten, während er mich schweigend betrachtet.

Mein Puls pocht heftig, während seine Finger mein Kinn fest umklammert halten. Also breche ich das Schweigen. „Das Warten wird sich lohnen. Ich werde noch viel mehr herausfinden. Das verspreche ich."

„Mehr? Was zum Beispiel?", fragt Leo.

Panik überkommt mich. Aus diesem Grund sollte ich nicht unüberlegt mit Dingen herausplatzen. Mein Vater hätte mir wochenlang einen Vortrag über diesen Fehler gehalten.

Als ich nicht reagiere, sagt Leo, „Du weißt nichts–"

„Alles. Nicht nur die Namen, sondern auch, wie man sie kontaktieren kann, ihren Aufenthaltsort, einfach alles", werfe ich ein und denke wieder einmal nicht daran, wie unmöglich das sein wird. Ich muss Leo aus diesem Gebäude kriegen.

Leo mustert mich weiter, bevor er sich über mich beugt.

Mein Inneres bebt noch stärker. Ich verdränge die Erinnerungen an all die sadistischen Dinge, die er mir angetan hat. Ich versuche präsent zu bleiben, um nicht die Kontrolle über meine Gefühle zu verlieren.

„Zwei Wochen nach der Hochzeit. Wenn du nicht alle Details lieferst, die wir besprochen haben, werde ich dich nicht nur töten. Ich werde dich einsperren und für jeden bereithalten, der dich ficken will. Du wirst darum betteln, dass ich dein Leben beende. Haben wir uns verstanden?", warnt er.

Mein Magen dreht sich, und Galle steigt in meinem Hals auf. Ich schlucke sie herunter und nicke. „Ja."

Er drückt fester zu, lässt dann mein Kinn los und tritt zurück. Ein weiterer Moment vergeht, während er versucht, mich weiter einzuschüchtern. Er schnieft und deutet auf die Tür, sagt aber nichts zu seinen Schlägern. Jeder von ihnen wirft mir einen finsteren Blick zu, bevor sie gehen.

Als die Männer gegangen sind, laufe ich zur Tür und schließe sie ab. Nicht, dass es von Bedeutung wäre, aber es verschafft mir einen Hauch von Erleichterung. Ich lehne mich gegen das Holz und versuche, meine Atmung zu regulieren, und lasse schließlich eine Träne entweichen.

Sobald sie mein Kinn berührt, wische ich sie weg. Es ist keine Zeit für Gefühle. Schwäche würde mich nur umbringen.

Nur ein paar Monate.

Ich erhalte diese Informationen nie.

Warum zum Teufel habe ich jemals gesagt, ich würde alles herausfinden?

Ich schlage meinen Kopf leicht gegen die Tür und wünsche mir, dass mein Leben kein endloser Albtraum wäre. Alles, was ich will, ist, den Abruzzos und Petrovs zu entkommen.

Aber ich kann es nicht.

Massimo wird mir keine dieser Informationen geben.

Wie könnte ich ihn jetzt noch verraten?

Ich schließe meine Augen, und noch mehr Tränen fallen. Außer meinem Vater gibt es nur einen Mann, der mich je geliebt hat. Als ich ihn traf, schien die Welt stillzustehen. Ich arbeitete in der Bibliothek, wo die Abruzzos mich regulär einsetzten. Wir flirteten, aber ich dachte nicht weiter darüber nach. Als er mich um ein Date bat, lehnte ich ab. In meinem Leben war kein Platz mehr für jemand anderen. Ich war gebrochen und Leos Eigentum. Außerdem war Massimo ein Marino, der Hauptfeind der Abruzzos.

Wenn Massimo nur nicht immer wieder zurückgekommen wäre.

Die Abruzzos bekamen schließlich Wind von seinem Interesse an mir. Als sie mir meinen Auftrag erteilten, erschauderte ich. Doch ich konnte nichts tun, es sei denn, ich widersetzte mich ihnen. Mein Schicksal würde nichts weniger als abscheulich sein.

Ich bin mir nicht sicher, wann ich mich in Massimo verliebt habe. Es könnte nach dem ersten gemeinsamen Moment gewesen sein. Aber das ist wohl egal. Wenn ich Leos Wünsche erfülle, wird er mich hassen.

Streich das. Ich werde tot sein. Entweder wird Leo mich töten oder Massimo. Wenn ich erst einmal getan habe, was nötig ist, wird Massimo keine Gnade walten lassen. Und ich werde jeden Moment des Schmerzes verdienen.

Ich gehe ins Bad und spritze mir kaltes Wasser ins Gesicht. Als ich in den Spiegel schaue, ist alles klar.

Für mich wird es niemals ein glückliches Ende geben. Ich habe mir in den Monaten nur etwas vorgemacht. Egal, wie sehr ich mir ein Leben mit Massimo wünsche, es ist nicht möglich. Ich bin eine ehemalige Petrov und jetzt eine Abruzzo, und man kann ihnen nicht entkommen.

Selbst Massimo kann mich nicht retten.

Lies Crazed, das dritte Buch der Mafiakriege New York-Reihe!

SIND SIE BEREIT FÜR MAFIAKRIEGE CHICAGO, DAS ORIGINAL? LERNEN SIE DIE IVANOVS UND O'MALLEYS KENNEN!

Er ist ein rücksichtsloser Fremder. Einer, den ich nicht sehen

kann, nur fühlen. Meine Freundinnen handeln in meinem Namen einen Deal mit ihm aus.

Keine Namen. Keine persönlichen Details. Kein Gesicht, das sich in mein Gedächtnis einbrennt.

Nur er, ich, und ein teurer Seidenschlips.

Was in Vegas passiert, bleibt in Vegas.

Er warnt mich, dass er voller Gefahr steckt.

Aber diese Seite an ihm sehe ich nie. Alles, was ich erlebe, ist sein russischer Akzent, sein köstlicher Duft und seine Berührungen, die mich in Flammen aufgehen lassen.

Aus einer unglaublichen Nacht werden zwei. Dann gehen wir getrennte Wege.

Aber das Schicksal kann uns nicht lange voneinander fernhalten. Als ich *meinen* attraktiven Fremden in Chicago wiedertreffe, weiß ich sofort, dass er es ist, auch wenn ich seine eisblauen Augen noch nie zuvor gesehen habe.

Unser Verlangen brennt heißer als in Vegas. Aber er hat mich nicht belogen.

Er ist ein rücksichtsloser Fremder …

Rücksichtsloser Fremder ist der fesselnde erste Teil der *Mafiakriege Chicago*-Reihe. Es ist ein eigenständiger Dark Mafia Liebesroman, mit einem glücklichen Ende.

Sind Sie bereit für Maksims Geschichte? Klicken Sie hier, um Ruthless Stranger zu lesen, Buch 1 der Mafiakriege Chicago-Reihe.

KANN ICH SIE UM EINEN GROSSEN GEFALLEN BITTEN?

Wären Sie bereit, mir eine Rezension zu hinterlassen?

Ich wäre Ihnen ewig dankbar, denn eine positive Rezension auf Amazon ist wie ein hundertfacher Kauf des Buches! Die Unterstützung der Leser ist das Lebenselixier für Indie-Autoren und gibt uns das Feedback, das wir brauchen, um den Lesern das zu geben, was sie in zukünftigen Geschichten wollen!

Ihre positive Rezension bedeutet für mich die Welt! Deshalb danke ich Ihnen von ganzem Herzen!

CLICK TO REVIEW

MEHR VON MAGGIE COLE

In deutscher Sprache erhältlich

http://www.authormaggiecole.com/germany

Mafiakriege New York

Toxic - (Dantes und Bridgets Geschichte) - Buch 1

Immoral - (Giannis und Caras Geschichte) - Buch 2

Crazed - (Massimo und Katiyas Geschichte) - Buch 3

Carnal - (Tristano und Pinas Geschichte) - Buch 4

Flawed - (Luca und Chanels Geschichte) - Buch 5

Mafiakriege - Dark Mafia Romance (Reihe 5)

Um Dmitris und Annas Geschichte zu lesen, lade Secret Mafia Billionaire herunter.

Ivanov Familie

Rücksichtsloser Fremder (Maksims Geschichte) - Buch 1

MEHR VON MAGGIE COLE

Gebrochener Kämpfer (Boris' Geschichte) - Buch 2

Grausamer Vollstrecker (Sergejs Geschichte) - Buch 3

Boshafter Beschützer (Adrians Geschichte) - Buch 4

Grimmiger Ermittler (Obrechts Geschichte) - Buch 5

O'Malley Familie

Ungekrönter Herrscher (Liams Geschichte) - Buch 6

Perfekter Sünder (Nolans Geschichte) - Buch 7

Brutaler Verteidiger (Killians Geschichte) - Buch 8

Skrupelloser Hacker (Declans Geschichte) - Buch 9

Unermüdlicher Jäger (Finns Geschichte) - Buch 10

Es ist kompliziert (Chicago Milliardäre)

My Boss the Billionaire - Buch 1

Forgotten by the Billionaire - Buch 2

My Friend the Billionaire - Buch 3

Forbidden Billionaire - Buch 4

The Groomsman Billionaire - Buch 5

Secret Mafia Billionaire - Buch 6

In englischer Sprache erhältlich

https://www.authormaggiecole.com

Behind Closed Doors (Series Four - Former Military Now International Rescue Alpha Studs)

Depths of Destruction - Book One

MEHR VON MAGGIE COLE

Marks of Rebellion - Book Two

Haze of Obedience - Book Three

Cavern of Silence - Book Four

Stains of Desire - Book Five

Risks of Temptation - Book Six

Together We Stand Series (Series Three - Family Saga)

Kiss of Redemption - Book One

Sins of Justice - Book Two

Acts of Manipulation - Book Three

Web of Betrayal - Book Four

Masks of Devotion - Book Five

Roots of Vengeance - Book Six

It's Complicated Series (Series Two - Chicago Billionaires)

My Boss the Billionaire - Book One

Forgotten by the Billionaire - Book Two

My Friend the Billionaire - Book Three

Forbidden Billionaire - Book Four

The Groomsman Billionaire - Book Five

Secret Mafia Billionaire - Book Six

All In Series (Series One - New York Billionaires)

The Rule - Book One

The Secret - Book Two

MEHR VON MAGGIE COLE

The Crime - Book Three

The Lie - Book Four

The Trap - Book Five

The Gamble - Book Six

Stand Alone Christmas Novella

Judge Me Not

ÜBER DIE AUTORIN

BESTSELLERAUTORIN

Maggie Cole hat es sich zur Aufgabe gemacht, ihren Leserinnen und Lesern dominante Liebhaber zum Mitnehmen zu bescheren. Sie wurde als *literarische Meisterin der erotischen Romantik* bezeichnet. Ihre Bücher sind voller roher Emotionen, Spannung und lassen ihre Leser nach mehr verlangen. Sie ist eine meisterhafte Erzählerin zeitgenössischer Liebesromane und liebt es über Menschen zu schreiben, die am Rande des Abgrundes stehen, aber sich wie ein Phönix aus der Asche erheben.

ÜBER DIE AUTORIN

Sie lebt in Florida, in der Nähe des Golfs von Mexiko mit ihrem Mann, ihrem Sohn und ihrem Hund. Sie liebt Sonnenschein und Wein und verbringt ihre Zeit gern mit Freunden.

Ihre aktuellen Buchreihen wurden in der folgenden Anordnung geschrieben:

In deutscher Sprache:

- Es ist kompliziert (eigenständige Bücher mit sich überschneidenden Charakteren)
- Mafiakriege
- Mafiakriege New York

In englischer Sprache:

- All In (Stand alones with entwined characters)
- Together We Stand (Brooks Family Saga - read in order)
- Behind Closed Doors (Read in order)
- Judge Me Not-Stand alone Novella
- Holiday Hoax-coming November 15, 2022

Maggie Coles Newsletter
Melden Sie sich hier an!

Besuchen Sie Maggies Webseite, um ihre kompletten Werke zu sehen
https://www.authormaggiecole.com

Treffen Sie Maggie in ihrer Lesergruppe
Maggie Coles Romance Addicts

Für Werbegeschenke folgen Sie bitte
Facebook Page Maggie Cole

ÜBER DIE AUTORIN

Instagram
@maggiecoleauthor

TikTok
https://www.tiktok.com/@maggiecoleauthor

Buch-Trailer
Folgen Sie Maggie auf YouTube

Feedback oder Anregungen?
E-Mail: authormaggiecole@gmail.com

Printed in Poland
by Amazon Fulfillment
Poland Sp. z o.o., Wrocław